हिन्द पॉकेट बुक्स

सुपरस्टार

10 जून, 1955 को मेरठ में जन्मे वेद प्रकाश शर्मा हिंदी के लोकप्रिय उपन्यासकार थे। उनके पिता पं. मिश्रीलाल शर्मा मूलत: बुलंदशहर के रहने वाले थे। वेद प्रकाश एक बहन और सात भाइयों में सबसे छोटे हैं। एक भाई और बहन को छोड़कर सबकी मृत्यु हो गई। 1962 में बड़े भाई की मौत हुई और उसी साल इतनी बारिश हुई कि किराए का मकान टूट गया। फिर एक बीमारी की वजह से पिता ने खाट पकड़ ली। घर में कोई कमाने वाला नहीं था, इसलिए सारी ज़िम्मेदारी मां पर आ गई। मां के संघर्ष से इन्हें लेखन की प्रेरणा मिली और फिर देखते ही देखते एक से बढ़कर एक उपन्यास लिखते चले गए।

वेद प्रकाश शर्मा के 176 उपन्यास प्रकाशित हुए। इसके अतिरिक्त इन्होंने खिलाड़ी श्रृंखला की फिल्मों की पटकथाएं भी लिखी। *वर्दी वाला गुंडा* वेद प्रकाश शर्मा का सफलतम थ्रिलर उपन्यास है। इस उपन्यास की आजतक करोड़ों प्रतियाँ बिक चुकी हैं। भारत में जनसाधारण में लोकप्रिय थ्रिलर उपन्यासों की दुनिया में यह उपन्यास सुपर स्टार का दर्जा रखता है।

हिन्द पॉकेट बुक्स से प्रकाशित

लेखक की अन्य पुस्तकें

वर्दी वाला गुण्डा

सुहाग से बड़ा

चक्रव्यूह

खेल गया खेल

सभी दीवाने दौलत के

सुपरस्टार

वेद प्रकाश शर्मा

हिन्द पॉकेट बुक्स
पेंगुइन रैंडम हाउस इम्प्रिंट

हिन्द पॉकेट बुक्स

यूएसए। कनाडा। यूके। आयरलैंड। ऑस्ट्रेलिया। सिंगापुर
न्यू ज़ीलैंड। भारत। दक्षिण अफ्रीका। चीन

हिन्द पॉकेट बुक्स, पेंगुइन रैंडम हाउस ग्रुप ऑफ़ कम्पनीज़ का हिस्सा है, जिसका पता www.hindpocketbooks.com पर मिलेगा

पेंगुइन रैंडम हाउस इंडिया प्रा. लि.,
चौथी मंजिल, कैपिटल टावर 1, एमजी रोड,
गुरुग्राम 122002, हरियाणा, भारत

पेंगुइन
रैंडम हाउस
इंडिया

प्रथम संस्करण: तुलसी पेपर बुक्स द्वारा 2011 में प्रकाशित
प्रथम हिन्दी संस्करण हिन्द पॉकेट बुक्स द्वारा 2019 में प्रकाशित

10 9 8 7 6 5 4 3 2

इस पुस्तक में व्यक्त विचार लेखक के अपने हैं, जिनका यथासंभव तथात्मक सत्यापन किया गया है, और इस सम्बन्ध में प्रकाशक एवं सहयोगी प्रकाशक किसी भी रूप में उत्तरदायी नहीं हैं।

ISBN 9789353494100
मुद्रक: रेप्रो इंडिया लिमिटेड

www.penguin.co.in

FSC www.fsc.org MIX Paper from responsible sources FSC® C047271

This is a legitimate digitally printed version of the book and therefore might not have certain extra finishing on the cover.

सुपारिका

सामने से दौड़ी चली आ रही गाड़ी को देखते ही पंकज को लगा, वह अब फुटपाथ से टकराई कि तब टकराई।

रात का एक बजा होने के कारण वह खाली पड़ी सड़क पर इस तरह लहरा रही थी जैसे कैपेसिटी से ज्यादा पी गया शराबी हो।

स्पीड बहुत ज्यादा थी।

कम से कम अस्सी तो रही ही होगी।

पल भर के लिए वह ऐसे कोण पर भी आई कि पंकज का पूरा जिस्म और बाइक हैडलाइट्स की रोशनी से नहा गए।

आंखें चौंधिया गईं।

इसीलिए बाइक लहरा गई।

इस विचार ने उसके तिरपन कंपा दिए कि वह उसे भी उसी तरह रौंद सकती है जिस तरह सड़क को रौंदती चली आ रही थी।

बहुत ही फुर्ती से खुद को बचाने के लिए पंकज ने अपनी बाइक फुटपाथ पर चढ़ा दी लेकिन अगले ही पल हैडलाइट सड़क के दूसरी तरफ दौड़ने लगी थी।

वह हक्का-बक्का-सा गाड़ी की तरफ देख रहा था कि रोशनी फिर उसके जिस्म पर पड़ी और गाड़ी 'सर्र . . . र्र' की-सी आवाज पैदा करती बगल से गुजर गई।

रूह कांप गई थी पंकज की।

पैर स्वतः ब्रेक पैडल पर पड़ा।

बाइक जाम हो गई।

वह खुद को पलटकर गाड़ी की तरफ देखने से न रोक सका।

अब उसे उसकी पीछे की लाइट्स नजर आ रही थीं। कभी वह

सड़क के इस किनारे पर नजर आती थीं कभी उस पर–अर्थात् गाड़ी लगातार लहराती हुई दौड़ी चली जा रही थी।

अंततः वही हुआ जिसका पंकज को अंदेशा था।

वह ज्यादा दूर नहीं जा पाई थी कि शांत पड़े माहौल में 'धड़ाम्' की बहुत ही जोरदार आवाज गूंजी। उसका अगला हिस्सा फुटपाथ पर चढ़ने के बाद एक खम्बे से टकरा गया था।

गाड़ी जहां की तहां खड़ी रह गई थी।

पंकज ठीक से फैसला न कर पाया इन हालात में उसे क्या करना चाहिए कि गाड़ी के बोनट पर आग नजर आई।

फिर, वह खुद को, बाइक को फुटपाथ से सड़क पर कुदाने से नहीं रोक सका। बहुत तेजी से यू-टर्न लिया उसने और बाइक को गाड़ी की तरफ दौड़ा दिया।

मुश्किल से तीस सेकिंड में वह गाड़ी के नजदीक पहुंच गया परंतु इतने कम समय में ही आग पूरे बोनट पर फैल चुकी थी।

आश्चर्य की बात यह थी कि गाड़ी की तरफ से अभी तक कोई इंसानी आवाज नहीं आई थी जबकि स्वाभाविक यह था गाड़ी के खम्बे से टकराते ही इंसानी चीखें उभरनी चाहिए थीं।

पंकज बाइक से उतरा और बगैर उसे स्टैंड पर लगाए ड्राइविंग डोर की तरफ दौड़ा। बाइक 'धाड़' से सड़क पर गिरी थी।

उसकी परवाह किए बगैर पंकज ड्राइविंग डोर के करीब पहुंचा। लपटें गाड़ी के नीचे से बाहर की तरफ लपलपाने लगी थीं।

ड्राइविंग सीट पर एक परछाईं-सी नजर आई।

उसने एक झटके से डोर खोला और चीखा–"कैसे आदमी हो तुम! कैसे गाड़ी चला रहे थे और अब इससे निकलते क्यों नहीं? गाड़ी में आग लग चुकी है बेवकूफ।"

"य . . . ये खुल नहीं रही।" इन शब्दों के साथ शराब का बहुत ही तेज भभका पंकज की नाक में दाखिल हुआ।

पंकज तपिश महसूस करने लगा क्योंकि आग अब मुकम्मल गाड़ी को घेरती जा रही थी। नीचे की तरफ लगी आग ने पंकज की जींस को लपक-लपककर छूना शुरू कर दिया।

ड्राइविंग सीट पर बैठे व्यक्ति के हाथों में हरकत थी।

पंकज ने महसूस किया वह बैल्ट खोलने की कोशिश कर रहा था मगर खुल नहीं रही थी।

''पता नहीं लोग इतनी क्यों पी लेते हैं!'' चीखकर कहने के साथ आग से बचते हुए पंकज ने अपना आधा शरीर गाड़ी के अंदर डाला और एक ही झटके में न सिर्फ बैल्ट खोल दी बल्कि सीट पर मौजूद शख्स का बाजू पकड़कर घसीटने के-से अंदाज में बाहर खींच लिया।

खींचता हुआ वह उसे गाड़ी से दूर ले गया।

अगर यह कहा जाए तो जरा भी गलत नहीं होगा कि तब तक पूरी गाड़ी धूं-धूं कर जलने लगी थी।

उस स्थान पर सड़क के किसी भी तरफ कोई बस्ती नहीं थी। शायद इसीलिए इतना बड़ा हादसा होने के बावजूद वहां कोई नहीं पहुंचा। शराबी अब झूम तो नहीं रहा था मगर उसके जिस्म में कंपन जरूर थी। अपनी जलती हुई गाड़ी से नजरें हटाते हुए उसने पंकज की तरफ देखा और बोला–''थैंक्यू यंगमैन। तुमने बचा न लिया होता तो आज हमारी टांय-टांय फिश्श हो गई थी।''

''मेरे ख्याल से तो जो हो रहा था, होने ही देना चाहिए था मुझे।'' गुस्से की ज्यादती के कारण भन्नाए पंकज ने भी जलती हुई गाड़ी से नजरें हटाकर उसकी तरफ देखते हुए कहा–''क्योंकि तुम सुसाइड कर रहे थे और मैंने शायद तुम्हारे इरादों पर पानी फेर दिया।''

''हां, वह चाहती तो है कि हम ऐसा कर लें।'' वह बड़बड़ाया, फिर बोला–''पर नहीं यंगमैन, हमारा ऐसा कोई इरादा नहीं था।''

''इरादा नहीं था तो वह कोई तरीका था गाड़ी चलाने का?'' पंकज ने लगभग उसे डांटा था।

''स . . . सॉरी यार।'' वह बोला–''आज कुछ ज्यादा ही हो गई।''

पंकज पुनः चीखकर उसे डांटने वाला था कि फिर खुद ही रुक गया। दिमाग में विचार आया था–'मैं क्यों इस पर इतना गुस्सा कर रहा हूँ!' और उस क्षण . . . पंकज ने उसे पहली बार ध्यान से देखा।

वह करीब पचपन के पेटे का आदमी था। सिर पर लंबे काले सफेद बालों की खिचड़ी। वैसे ही बालों की लंबी और घनी दाढ़ी।

उस चेहरे को पहचानते ही पंकज बुरी तरह चौंका।

मुंह से हकलाहट निकली–''अ . . . आप राजेश कुमार हैं?''

''तुम भी पहचानते हो!'' वह खोखली हंसी हंसा।

''अ . . . आपको कौन नहीं पहचानता!'' बुरी तरह हैरान पंकज के मुंह से शब्द खुद-ब-खुद निकले जा रहे थे–''अपने जमाने के सुपरस्टार हैं आप। उस जमाने में आपकी हर पिक्चर सिल्वर जुबली करती थी। इसलिए लोग आपको जुबली कुमार भी कहने लगे थे और मैं तो आपका जबरदस्त फैन हूँ।''

''यंगमैन . . . रात गई, बात गई।'' निराशा में डूबा लहजा।

''अरे पर आप इस हालत में! ड्राइवर भी नहीं था! खुद ही ड्राइव कर रहे थे! मैं तो सोच भी नहीं सकता था कि . . .

''आदमी जो सोच सकता हो, वही होता रहे तो यह जिंदगी ही बदरंग हो जाए। जिंदगी का मजा ही इसमें है कि आदमी के साथ वह होता रहे जो उसने कभी सोचा ही न हो। खैर . . .।'' उसने अपनी जलती हुई गाड़ी की तरफ देखा और बोला–''जिंदगी तो बचा ली तुमने हमारी, अब क्या एक और एहसान कर सकते हो?''

''क . . . कैसी बात कर रहे हैं आप! इसमें एहसान वाली क्या बात है! आप कहिए तो सही, मैं आपके लिए सबकुछ . . .

''हमें घर छोड़ दो।''

''म . . . मेरे पास तो सिर्फ यह बाइक है।''

''अच्छा है न!'' वह हंसता हुआ बोला–''कंधे पर उठाकर नहीं ले जाना पड़ेगा। वेट भी काफी बढ़ गया है हमारा।''

''प . . . पर क्या आप बाइक पर बैठ सकेंगे?''

''जितनी चढ़ी थी, सब उतर गई है दोस्त।''

''आपकी गाड़ी तो पूरी खत्म हो गई।''

''हमारी नहीं।'' वह फिर हंसा–''इंश्योरेंस वालों की।''

''ओह!'' कहने के बाद पंकज यह सोचकर रोमांचित-सा होता हुआ बाइक के नजदीक पहुंचा कि आज खुद राजेश कुमार ने उससे घर छोड़ने के लिए कहा है।

काश उसे मालूम होता इस लम्हे से उसकी कमबख्ती के दिन शुरू हो गए हैं! दुर्भाग्य ने उसे उस तरफ ले जाना शुरू कर दिया है जहां उसकी तबाही की दस्तान लिखी जाने वाली है।

उसने बाइक सड़क से उठाई और किक मारी।

मगर वह स्टार्ट नहीं हुई।

जैसे बता रही हो–'रहने दे पंकज। उस तरफ मत बढ़। वहां कुछ भी ठीक होने वाला नहीं है।'

मगर, बेजुबान चीजों की भाषा इंसान की समझ में कब आती है! वह बार-बार किक मारने लगा।

जैसे अपनी किस्मत में किक मार रहा हो।

बाइक भी कब तक साथ देती! पांचवीं किक पर वह पंकज को उसके हाल पर छोड़कर स्टार्ट हो गई।

⅄

वह खुद बैठता हुआ बोला–"बैठिए सर।"

राजेश कुमार दोनों तरफ पैर करके पिछली सीट पर बैठ गया।

पंकज ने कहा–"मुझे कसकर पकड़ लीजिए।"

"चिंता न करो दोस्त, अब नहीं लुढ़केंगे हम।" कहने के साथ उसने अपने दोनों हाथ पंकज की जांघों पर रख लिए।

पंकज ने बाइक आगे बढ़ा दी।

"डिंपल बैंग्लो।" राजेश कुमार ने अपना एड्रेस बताया–"डी बीस, जुहू स्कीम। 'सी' के सामने।"

"क्या बात कर रहे हैं सर आप!" पंकज ने शर्मिंदा-सा होते हुए कहा–"आपको भी क्या एड्रेस बताने की जरूरत है!"

वह फिर हंसा–थकी हुई हंसी।

पंकज को लग रहा था बाइक ही नहीं, उसका दिमाग भी हवा में उड़ा चला जा रहा था।

उस वक्त वह खुद को दुनिया का सबसे खुशकिस्मत आदमी समझ रहा था। खुद को बार-बार यकीन दिलाने की कोशिश कर रहा था कि बाइक पर उसके पीछे, उसकी जांघों पर हाथ रखे राजेश कुमार बैठा है–वह राजेश कुमार जिसे होश संभालने से अब तक वह थ्येटर की अगली पंक्तियों में से किसी सीट पर बैठकर पर्दे पर इस तरह देखता था जैसे आसमान से उतरे फरिश्ते को देख रहा हो।

मगर यकीन था कि आने को ही तैयार नहीं था।

आता भी कैसे! जो हो रहा था, वह सोच भी नहीं सकता था कभी वैसा भी हो सकता है।

स्टूडेंट लाइफ में उसने राजेश कुमार की एक-एक फिल्म इतनी इतनी बार देखी थी कि गिनतियां खुद उसे याद नहीं थीं।

उसकी फिल्मों के डॉयलाग उसे मुंहजुबानी याद थे।

मुंबई में कदम रखने के बाद सबसे पहले वह डिंपल बैंग्लो ही गया था। इच्छा थी उससे मिलने की, बात करने की और . . . वह सब न हो पाए तो सिर्फ एक नजर देखने की।

वह अक्सर डिंपल बैंग्लो के सामने जाकर खड़ा हो जाता था।

देखने की इच्छा तो खैर उसने उस दिन पूरी कर ली थी जिस दिन सिगरेट पीता राजेश कुमार बैंग्लो की बाल्कनी में आया था। मगर बातें करना तो दूर, मिलने तक की हसरत पूरी नहीं हो पाई थी। बैंग्लो का भारी-भरकम गेट हमेशा बंद रहता था और उस पर तैनात रहते थे–वर्दीधारी दो हथियारबंद गार्ड।

एक बार उसने गार्ड से बात करने की कोशिश की थी मगर गार्ड ने ऐसी लताड़ मारी थी कि फिर कभी उसकी तरफ देखने तक की हिम्मत नहीं पड़ी थी।

धीरे-धीरे, तब–जब पंकज उस काम के स्ट्रगल में व्यस्त हो गया जिसके लिए अपने शहर से भागकर मुंबई आया था, तो डिंपल बैंग्लो के सामने उसकी हाजिरी कम होती चली गई और फिर पूरी तरह बंद हो गई थी। अब तो करीब-करीब एक साल से उसने बैंग्लो की तरफ रुख तक नहीं किया था।

मगर आज . . . आज वह उस बैंग्लो के मालिक को, उस हस्ती को बाइक पर बैठाए ले जा रहा था जिसका दीवानगी की हद तक फैन रहा था और सोच रहा था–जिस गार्ड ने लताड़ा था, जब वह राजेश कुमार को बाइक से उतरते देखेगा तो उसकी क्या हालत होगी!

अपनी सोचों में गुम पंकज को अचानक लगा राजेश कुमार ने कुछ कहा है। हवा के तेज कटाव के कारण आवाज उसे साफ नहीं आई थी इसलिए स्पीड कम करता बोला–''आपने कुछ कहा सर?''

''हमने कहा, जब हमारी पत्नी को पता लगेगा तुम न होते तो आज वह विधवा हो जाती तो क्या सोचेगी?''

‘‘आप सोनम जी की बात कर रहे हैं?’’

‘‘अरे, तुम्हें उसका नाम भी पता है?’’

‘‘मुझे आपसे जुड़े हर आदमी का नाम पता है सर। वे सभी नाम मैग्जींस, न्यूजपेपर्स और टीवी चेनल्स पर आते रहते हैं और सोनम जी को तो मैंने देखा भी है।’’

‘‘देखा है?’’

‘‘आप ही के साथ।’’

‘‘हमारे साथ?’’

‘‘टीवी पर।’’

‘‘ओह! अच्छा!’’ राजेश कुमार फिर हंसा, वही फीकी हंसी।

‘‘जब आप उनकी बांहों में बांहें डाले फिल्मी पार्टियों में जाते हैं तो बहुत ही जमती है आपकी जोड़ी।’’

‘‘अच्छा!’’ एकाएक राजेश कुमार ने बड़ा ही अजीब सवाल किया–‘‘तुम्हें कैसी लगती है वो?’’

‘‘ज . . . जी?’’ पंकज अचकचा-सा गया।

‘‘अरे भई हमने पूछा, तुम्हें कैसी लगती है सोनम?’’

‘‘जी सुंदर हैं। स्मार्ट हैं।’’

‘‘और जवान भी!’’

‘‘अ . . . आप . . .।’’ पंकज कुछ कह नहीं सका।

‘‘अच्छा छोड़ो, यह बताओ–प्राची कैसी लगती है?’’

‘‘प . . . प्राची! अपकी पहली पत्नी?’’

‘‘तुम तो सब जानते हो!’’

‘‘वे भी सुंदर थीं। स्मार्ट थीं।’’

‘‘थीं क्यों बोल रहे हो दोस्त? वह तो है–अब भी है।’’

‘‘पर वे अब अपकी पत्नी नहीं हैं न!’’ बौखलाए से अंदाज में कहा था पंकज ने–‘‘इसलिए थीं बोला।’’

‘‘वह ज्यादा सुंदर और स्मार्ट है या सोनम?’’

यह सवाल ही ऐसा था कि पंकज एकदम से कोई जवाब न दे सका। गड़बड़ा-सा गया वह। फिर संभलकर बोला–‘‘सच्ची बात ये है सर कि जो आपके साथ रहता है वह मुझे अच्छा लगता है। जो आपसे दूर चला जाता है वह जरा भी अच्छा नहीं लगता। प्राची मुझे उसी दिन से अच्छी लगनी बंद

हो गई जिस दिन उसने आपसे तलाक लिया और उस दिन से तो नफरत हो गई जिस दिन टीवी इंटरव्यू में आप पर यह झूठा इल्जाम लगाया कि आप उसे मारते-पीटते थे।''

वह फिर हंसा–''तुम्हें कैसे पता उसने झूठ बोला था?''

''आप वैसा कर ही नहीं सकते।''

पुनः फीकी हंसी। उस हंसी के खत्म होते-होते बाइक डिंपल बैंग्लो के भारी-भरकम गेट पर पहुंच गई थी।

गेट हमेशा की तरह बंद था। कोई गार्ड नहीं था वहां।

मन ही मन में यह दुआ करते पंकज ने हार्न बजाया कि गेट वही गार्ड खोले जिसने उसे लताड़ा था।

''खोलते हैं भई।'' बाइक से उतरते हुए राजेश कुमार ने कहा।

''आप क्यों खोलेंगे? गार्ड खोलेगा न!''

''कोई गार्ड नहीं है दोस्त।''

''नहीं हैं?'' पंकज चौंका–''कहां गए?''

''सबकी छुट्टी कर दी।'' उसने गेट खोलते हुए कहा–''आओ, मोटर साइकिल अंदर ले आओ।''

पंकज ने राजेश कुमार के हुक्म का पालन किया। उसे आश्चर्य हो रहा था कि वहां कोई गार्ड क्यों नहीं था।

बात खटकी थी, पर उसने ध्यान नहीं दिया।

बाइक के उस तरफ पहुंचते ही राजेश कुमार ने गेट पुनः बंद किया और पीछे बैठता बोला–''चलो।''

बैंग्लो क्योंकि ऊंचाई पर था, छोटी-सी पहाड़ी पर बनाया गया था इसलिए पहाड़ी सड़क जैसी एक सड़क ऊपर की तरफ चली गई थी। पंकज ने यह सोचते हुए बाइक चढ़ाई पर चढ़ानी शुरू कर दी कि–क्या किस्मत पाई है मैंने भी, हजार कोशिशों के बावजूद जिस बैंग्लो में दाखिल होने की हसरत कभी पूरी न हो सकी, उसमें इतनी शान से दाखिल हुआ था–इतनी शान से कि बैंग्लो का मालिक खुद बाइक पर मेरे पीछे बैठा है।

सड़क करीब आधा किलोमीटर लंबी तो थी ही।

पहाड़ी के शीर्ष पर पहुंचकर जब उसने बैंग्लो की तरफ देखा तो आंखों में ऐसे भाव थे जैसे ताजमहल को देख रहा हो।

हालांकि इस बैंग्लो को उसने अनेक बार देखा था लेकिन जहां से इस वक्त देख रहा था, वहां से देखने की तो कल्पना तक नहीं की थी। उसने तो हमेशा गेट और करीब बीस फुट ऊंची चारदीवारी के बाहर से ही बैंग्लो को निहारा था। वहां से उसकी ऊपरी मंजिल और टैरेस ही नजर आते थे।

''वाओ?'' उसके मुंह से निकल गया–''क्या बैंग्लो है आपका!''

फिर फीकी हंसी।

पंकज ने जरा भी गलत नहीं कहा था।

हर तरफ फैली हरियाली के बीच वह भव्य और तीन मंजिला भवन पहाड़ी के शीर्ष पर यूं खड़ा था जैसे किसी पहाड़ को बहुत ही नफासत के साथ तराशकर सफेद पत्थरों से मंडित कर दिया गया हो। यकीनन वे पत्थर ऐसे लग रहे थे जैसे वहीं से खरीदे गए हों जहां से ताजमहल के खरीदे गए थे। सबसे आगे दो मजबूत और गोल पिलर थे जो करीब बाइस फुट की ऊंचाई तक चले गए थे और उन पर टिकी थी इमारत से बाहर की तरफ निकली-सी बाल्कनी।

वही बाल्कनी जिस पर पंकज ने राजेश कुमार को सिगरेट पीते देखा था। बाल्कनी के निचले हिस्से को पोर्च कहा जा सकता था। इतना बड़ा पोर्च कि उसमें पांच गाड़ियां खड़ी हो सकती थीं।

चार तो अभी-भी खड़ी थीं।

पांचवीं को जलकर राख होते उसने देखा ही था।

मगर, पोर्च के अलावा कहीं कोई रोशनी नहीं थी और पोर्च में मौजूद रोशनी भी बहुत धुंधली-धुंधली-सी थी।

फिर भी, आकाश पर चांद क्योंकि अपने पूरे आकार में चमक रहा था इसलिए इमारत साफ नजर आ रही थी।

पोर्च से शुरू होकर करीब बीस-बीस फुट लंबी तेरह सीढ़ियां ऊपर की तरफ चली गई थीं। जहां वे खत्म होती थीं वहां विशाल लैंडिंग थी और लैंडिंग पर था इमारत का भव्य मेनगेट।

पंकज उस सबको देखता रह गया था और . . . देखते ही देखते, खुद उसकी समझ में नहीं आया कि–वह शानदार इमारत उसे क्यों मनहूस-सी नजर आने लगी थी!

अचानक इमारत उसे पहाड़ी पर खड़ा दैत्य-सा नजर आने लगा।

दिल में अजीब-सा डर समाता चला जा रहा था।

''क्या सोचने लगे यंगमैन?'' राजेश कुमार ने उसका बाजू पकड़ कर कहा–''मोटर साइकिल खड़ी कर दो और आओ।''

''क . . . कहां?'' वह चौंका।

''अंदर भई . . . और कहां?''

''न . . . नो सर।'' पंकज नहीं समझ पा रहा था उसे बुरी फीलिंग क्यों आ रही थी–''मेरा काम खत्म हो गया। अब चलता हूँ।''

''ऐसे-कैसे जा सकते हो दोस्त।'' उसकी पकड़ पंकज के बाजू पर सख्त हो गई थी–''तुमने हमारी जान बचाई है। क्या हम तुम्हें एक पैग भी नहीं पिला सकते!''

''न . . . नहीं सर . . .

''पीते नहीं हो तो जीते कैसे हो?''

''पी तो लेता हूँ सर लेकिन इस वक्त नहीं।''

''पीने वालों के लिए कोई वक्त नहीं होता . . . आओ।''

''लेकिन सर आप तो पहले ही . . .

उसने हंसकर पंकज की बात काट दी। बोला–''क्या इस वक्त हम तुम्हें पिए हुए लग रहे हैं?''

''पिए हुए न होते तो एक्सीडेंट नहीं होता।''

''यकीनन वह हमारे पिए हुए होने के कारण हुआ लेकिन उसने एक ही झटके में उतार दी और फिर . . . अच्छा ही तो हुआ कि वह एक्सीडेंट हो गया। न हुआ होता तो तुम जैसे शरीफ लड़के से भेंट कैसे होती? जो होता है, अच्छे के लिए होता है।''

अचानक पंकज को लगा एक्सीडेंट मेरे अच्छे के लिए नहीं हुआ था। मेरे साथ कुछ बुरा होने वाला है लेकिन उसने सिर को जोर से झटका। खुद से कहा–ये क्या बकवास ख्याल आ रहे हैं मेरे दिमाग में! यह एक्सीडेंट तो मेरे इतने अच्छे के लिए हुआ है जितना अच्छा पिछले जीवन में कभी हुआ ही नहीं था। एक्सीडेंट न होता तो किसी हालत में राजेश कुमार से मिलने का मौका नहीं मिलता और मिलता भी तो मुलाकात ऐसी न होती कि खुद राजेश कुमार उसे ऐसी नजरों से देख रहा होता। वह अंदर चलने का अनुरोध कर रहा था।

अपने अंदर से आ रहीं अनाप-शनाप आवाजों पर काबिज होते उसने खुद से कहा–'सोच क्या रहा है बेवकूफ! बेवजह घबरा क्यों रहा है! किस्मत ने आज तुझे वह मौका दिया है जिसके लिए मुंबई आया था और डेढ़ साल से यहां भटक रहा है। ऐसा गोल्डन चांस तो यहां किसी को भी नहीं मिला होगा। तुझे तो इस मौके का फायदा उठाना चाहिए और तू है कि जाने किस डर से डरकर राजेश कुमार के अनुरोध के बावजूद वापस भागने की तैयारी कर रहा है।'

राजेश कुमार ने कहा–''इतना सोच क्यों रहे हो दोस्त?''

''च . . . चलिए।'' उसने बाइक स्टैंड पर लगा दी।

काश वह समझ गया होता जिसे वह 'गोल्डन चांस' समझ रहा था वह 'ब्लैक चांस' था। ब्लैकहोल जैसा ऐसा चांस जिसमें एक बार फंसने के बाद आदमी निकल नहीं सकता। बस उसी में घूमता और छटपटाता रहता है। जिस क्षण से राजेश कुमार के साथ मेनगेट तक चली गई सीढ़ियां चढ़नी शुरू कीं उस क्षण से उसने जिंदगी को रफ्तार देनी शुरू कर दी थी–ठीक वैसी ही रफ्तार जिसके अंत में राजेश कुमार की गाड़ी खम्बे से जा टकराई थी।

लैंडिंग पर पहुंचकर राजेश कुमार ने जेब में हाथ डालते हुए कहा था–''दो बज गए हैं। सोनम सो गई होगी।''

पंकज अपने दिमाग में उन बातों को व्यवस्थित कर रहा था जिन्हें उसे राजेश कुमार से करना था बल्कि जिन्हें करने का सपना संजोए डेढ़ साल पहले मेरठ से मुंबई आया था।

राजेश कुमार ने चाबी की-होल में डालकर गेट खोल दिया।

अगर पंकज समझ जाता कि उस क्षण उसे ऐसा क्यों लगा था कि यह गेट डिंपल बैंग्लो का नहीं बल्कि उसकी बरबादियों का खुला है तो शायद यह कहानी ही जन्म न लेती। वह इस खुशफहमी का शिकार हुआ राजेश कुमार के साथ उसमें घुसता चला गया कि अब शायद उसके सारे सपने पूरे होने जा रहे हैं।

चालीस बाई चालीस की विशाल लॉबी में कदम रखते ही पंकज को ऐसा लगा था जैसे स्वर्ग में आ गया हो। उसकी गुंबदाकार छत करीब पच्चीस

फुट ऊपर थी और ऐसी नक्काशी हुई, हुई थी उस पर कि एक बार देखो तो देखते ही रह जाओ।

लॉबी के बीच से शुरू होकर फस्र्ट फ्लोर की बाल्कनी तक चली गई सीढ़ियां नीचे से दस फुटी, बीच से पांच फुटी और ऊपर से पुनः दस फुटी थीं। लाल रंग का कालीन बिछा था उन पर। उसी की नहीं बल्कि लॉबी के चारों तरफ नजर आ रही बारह फुट ऊपर बाल्कनी की रेलिंग भी सफेद पत्थरों के बड़े-बड़े पायों की बनी थी।

राजेश कुमार ने दीवार पर लगी एक नोब घुमाई तो सेंट्रल एसी की ठंडी हवा लॉबी को साइबेरियन हवाओं में बदलने लगी और एक स्वीच ऑन करते ही गुंबदाकार छत के बीचों-बीच बंधी फैंसी जंजीर के निचले सिरे पर बंधा इतना बड़ा फानूश रौशन हो उठा जितना बड़ा पंकज ने पहले कभी नहीं देखा था।

सैंकड़ों बल्ब लगे थे उसमें और उन सैंकड़ों बल्बों की रोशनी ने लॉबी के हर कौने को रौशन कर दिया था।

मुकम्मल लॉबी में बिछा ऐसा वनपीस ईरानी कार्पेट जिसमें पंकज के पैर धंसे जा रहे थे। दीवारों पर लगी दुनियाभर के ऐसे ऐसे चित्रकारों की बेशकीमती पेंटिंग्स जिनके पंकज ने बस नाम ही सुने थे। क्रिस्टल के बने सोफे, मेज, डायनिंग टेबल और उसकी चेयर्स।

कम से कम पंकज के लिए वह स्वर्गलोक जैसा था।

उसे अभी तक भी यकीन नहीं आ रहा था वह राजेश कुमार के साथ उसके घर में है। दिमाग को भ्रम हुआ, कहीं वह स्वप्न तो नहीं देख रहा! राजेश कुमार की नजरों से बचाकर उसने अपने बाजू में चूंटी भरी। जब दर्द हुआ तो लगा–नहीं, मैं स्वप्न नहीं देख रहा। जो हो रहा है, हकीकत में हो रहा है। फिर अचानक उसे ऐसा लगने लगा कि लॉबी को भव्यता प्रदान करने वाली हर चीज की मौजूदगी के बावजूद वहां सन्नाटा था।

अजीब-सा, मन में खौफ पैदा करने वाला सन्नाटा।

पंकज ने फिर सिर झटका।

निगेटिव विचारों से खुद को मुक्त किया और देखा–जिस तरफ राजेश कुमार बढ़ा उस तरफ बार बनी हुई थी। ऐसे ऐसे ब्रांड्स की बोतलें लगी थीं वहां जिन्हें पंकज ने पहले भी देखा तो था मगर ढक्कन खोलकर सूंघने तक का मौका न मिला था।

बार के समीप पहुंचकर राजेश कुमार ने अपने कोट की जेब में हाथ डाला। हाथ वापस आया तो उसमें लंदन की किसी सिगरेट का पैकिट और गोल्डन कलर का लाइटर था। पंकज समझ सकता था वह सोने का होगा। एक सिगरेट अपने होठों पर लटकाने के बाद उसने पैकिट पंकज की तरफ बढ़ा दिया। पंकज ने इंकार करना चाहा लेकिन तभी दिमाग ने कहा–'नर्वस क्यों हो रहा है पंकज! ये मौका हिम्मत से काम लेने का है। क्या पता दोबारा राजेश कुमार के इतने नजदीक आने का मौका मिले, न मिले। ऐसा हो गया तो सारी जिंदगी पछताता ही रह जाएगा। चूक मत। हौसले से काम ले और कह दे वह सब जिसे कहने मुंबई आया था'।

पैकिट से सिगरेट निकालने के लिए जब उसने हाथ बढ़ाया तो वह बुरी तरह कांप रहा था। पंकज ने अपने हाथ की कंपकंपाहट को रोकने की भरपूर कोशिश की मगर कामयाब न हो सका। वो तो अच्छा था उस वक्त राजेश कुमार का पूरा ध्यान बार रैक्स में सजी बोतलों की तरफ था इसलिए वह उसके कांपते हाथ को नहीं देख सका। उसी ने पूछा था–''कौनसी लोगे?''

''व . . . वौट सिक्टीनाइन।'' उसके अलावा पंकज को कुछ सूझा ही नहीं क्योंकि उस वक्त उसे उसी का लेबल चमक रहा था।

राजेश कुमार ने उसकी तरफ देखा। हौले से मुस्कराया।

पंकज ने बहुत मेहनत से जिस्म में दौड़ रही कंपकंपाहट पर काबू पाया था। फिर, समूची लॉबी में ऐसा संगीत गूंज उठा जैसे ए आर रहमान ने कोई तान छेड़ दी हो। ऐसा राजेश कुमार के लाइटर ऑन करने के कारण हुआ था। लाइटर की नीली, भगवा और लाल लौ से पहले उसने अपने होठों में लटक रही सिगरेट सुलगाई फिर हाथ उसी पोजीशन में पंकज की तरफ बढ़ा दिया।

इस रोमांच के कारण थरथराते पंकज ने सिगरेट सुलगाई कि उसकी सिगरेट खुद राजेश कुमार सुलगा रहा था। लाइटर को ऑफ करने के बाद वह पुनः बार की तरफ पलटता हुआ बोला–''आज हम तुम्हें ग्लैन मैरेंजे सिंगल माल्ट पिलाते हैं''।

पंकज का गला इतना खुश्क हो गया था कि कोशिश के बावजूद उससे आवाज नहीं निकल सकी। उसकी पूर्ति करने के लिए उसने 'जैसी इच्छा' वाले अंदाज में कंधे उचका दिए जबकि हकीकत यह थी कि पंकज ने वह नाम ही पहली बार सुना था।

अपनी घबराहट को छुपाने के लिए उसने सिगरेट में एक लंबा कश लगाया और धुवें को पी गया।

राजेश कुमार बार काऊंटर के दूसरी तरफ गया। रैक से ग्लैन मैरेंजे सिंगल माल्ट की सील्ड बोतल निकाली। वापस आकर बार स्टूल पर बैठता बोला– ''बैठो।''

पंकज बगल में पड़े दूसरे स्टूल पर बैठ गया।

राजेश कुमार ने ऐसे गिलासों में दो पैग तैयार किए जैसे पंकज ने बस फिल्मों में ही देखे थे और फिर एक गिलास को हवा में उठाता हुआ बोला– ''चियर्ज!''

पंकज ने अपना गिलास उठाकर इतने हौले से राजेश कुमार के गिलास से टकराया जैसे उनके चटक जाने का खतरा हो।

''हमारे बारे में तो तुम सबकुछ जानते ही हो।'' पहला घूंट हलक से उतारने के बाद राजेश कुमार ने कहा–''अब कुछ अपने बारे में बताओ। अभी तो हमने तुम्हारा नाम तक नहीं पूछा।''

''जी पंकज . . . पंकज है मेरा नाम–पंकज रावत।''

''गुड नेम। कहां के रहने वाले हो?''

''जी यूपी में एक शहर है–मेरठ। वहीं से आया हूँ।''

''कब आए थे?''

''डेढ़ साल पहले।''

राजेश कुमार मुस्कराया–''जो भी मुंबई आता है, आंखों में कोई सपना लेकर आता है। कुछ बनने का सपना। तुम क्या बनने का सपना लेकर आए थे?''

पंकज और ज्यादा रोमांचित इसलिए होता जा रहा था क्योंकि राजेश कुमार ने खुद ही वह टॉपिक छेड़ दिया था, जिस बारे में वह बात करनी चाहता था। बोला–''राइटर।''

''ओह!'' राजेश कुमार के दाढ़ी से भरे चेहरे पर कुछ खास भाव इकट्ठे हुए थे–''बन सके?''

''ब . . . बन तो सका, मगर वो नहीं जो बनने आया था।''

''मतलब?''

''डेढ़ साल में मुश्किल से बालाजी में टीवी सीरियल के लिए एक कहानी पास हो सकी है। वह भी अभी एयर पर नहीं आई है जबकि मुंबई में

फिल्में लिखने आया था और फिल्में भी सिर्फ आपके लिए।''

''हमारे लिए?'' वह फिर हंसा।

''जी।'' अब हिम्मत करके पंकज कहता चला गया–''बचपन से मेरे हीरो आप ही हैं। जो भी कहानी दिमाग में आई आप ही को लेकर आई। शुरू में सोचता था मेरी कहानी अगर किसी प्रोड्यूसर डायरेक्टर को पसंद भी आ गई तो क्या जरूरी है वह हीरो आप ही को ले? फिर जब आपने अपना प्रोडक्शन हाऊस खोल लिया तो हौसला बहुत बढ़ गया। सोचा–बस आप ही को कहानी सुनाऊंगा और जब आपको पसंद आएगी तो हीरो भी आप ही होंगे।''

''फिर?'' राजेश कुमार ने उसकी कहानी में इंट्रेस्ट लिया।

''मुंबई में भटकता रहा। दिल में समझौता कर लिया जिसे भी कहानी पसंद आ जाएगी बेच दूंगा। लगभग सभी नामचीन प्रोड्यूसर डायरेक्टर्स से मिलने की कोशिश की। ज्यादातर से तो मिल ही नहीं सका, जो मिले उन्होंने पांच मिनट में कहानी सुनाने के लिए कहा। भला पांच मिनट में कोई कहानी सुनाई जा सकती है! फिर भी सुनाई लेकिन अक्सर सुनाते-सुनाते ही मुझे लगा कि बात मुझे ही नहीं जम रही है तो सामने वाले को क्या जमेगी क्योंकि कहानी की जो आत्मा है वो पांच मिनट में सुनाने पर बाहर नहीं आ पाती थी इसलिए . . .

''मतलब कहानी किसी को पसंद नहीं आई?''

''ऐसा भी नहीं कह सकता। कई को पसंद भी आई मगर उसके पास फिट होने वाले आर्टिस्ट नहीं होते या कोई और कारण बन गया लेकिन नतीजा नाकामी ही रहा।''

''मुंबई में कहां रहते हो? खर्चा कैसे चलता है?''

''दो-चार दिन होटल में रहा। पैसे खत्म हो गए तो फुटपॉथ पर आ गया। फिर फिल्म सिटी में एक स्पॉट ब्वाय मिला। उसे मुझ पर तरस आ गया और एक दिन अपने साथ दादर स्थित अपनी खोली में ले गया। तब से वहीं, उसी के साथ रहता हूँ। बाहर खड़ी बाइक भी उसी की है। उसने वादा ले रखा है यदि मैं कामयाब हो गया तो मेरी कमाई का आधा हिस्सा उसका होगा।''

''कोई लड़की पाली?''

''ज . . . जी?'' एक बार फिर पंकज बुरी तरह अचकचा गया।

राजेश कुमार ने मुस्कराते हुए पूछा–''कोई प्यार-मुहब्बत की?''

''न . . . नहीं।'' उसने झूठ बोल दिया।

''तो फिर लवस्टोरीज कैसे लिखोगे?''

''आप सुनेंगे तो पता लगेगा।''

''सुनाओ।''

''ज . . . जी! क . . . क्या?''

''कोई कहानी।''

''स . . . सुना तो दूं पर . . . ।'' ऐन मौके पर उसके दिमाग में धमाका सा हुआ था। उसे लगा था–उसके पास राजेश कुमार को सुनाने के लिए कुछ भी नहीं था। दिमाग एकदम खाली महसूस हुआ।

''पर क्या?'' राजेश कुमार ने पूछा।

इस वक्त पंकज रावत को अपने ऊपर इतना गुस्सा आ रहा था जितना पिछले जीवन में कभी किसी पर नहीं आया था। उसके दिमाग में कहानियाँ ही कहानियाँ थीं मगर इस क्षण . . . जबकि उस हस्ती ने खुद कहानी सुनाने के लिए कहा था जिसे अपनी कहानी सुनाने का उसका सबसे बड़ा सपना था, कोई भी कहानी उसे सुनाने लायक क्यों नहीं लग रही थी। बड़े ही नर्वस भाव से वह बोला–''सॉरी सर, इस वक्त मेरे पास आपको सुनाने लायक कोई कहानी नहीं है।''

''क्यों? तुमने तो कहा था . . .

''मेरे पास जितनी भी कहानियाँ हैं, वे सब उस राजेश कुमार को ध्यान में रखकर तैयार की गई हैं जिसे जुबली कुमार कहा जाता था। पर . . . बुरा मत मानिएगा सर, आपकी उम्र काफी बढ़ चुकी है। इस उम्र के हीरो के लिए मैंने कभी कोई कहानी नहीं लिखी।''

''गुड।'' राजेश कुमार ने जिस अंदाज में यह शब्द कहा उससे पंकज को लगा, उसे उसकी बात पसंद आई है। जबकि वह कहता चला गया–''इतनी स्पष्ट बात मुंबई का कोई प्रोफेशनल राइटर नहीं कहता। वह तो फौरन . . . केवल इसी बात पर कहानी सुनाने बैठ जाता कि हमने कहानी सुनाने के लिए कहा है और वही कहानी सुना देता जो जुबली कुमार के लायक होती। जब हम उम्र की बात कहते तो हमें यह कहकर चढ़ाना शुरू कर देता कि सर, क्या बात कर रहे हैं आप! आप आज भी इतने जवान लगते हैं कि रणवीर कपूर को भी मात दे दें लेकिन तुमने ऐसा कुछ भी न कहकर साबित कर दिया तुम सिर्फ बेचने के लिए कहानी नहीं सुना सकते। तुम्हारे पास एक सच्चे

राइटर का दिमाग है। हमें ऐसे ही दिमाग की तलाश थी।''

राजेश कुमार के मुंह से अपनी प्रशंसा सुनकर पंकज की जुबान कुछ ऐसी अकड़ी कि मुंह से शब्द निकालने लायक ही न रही।

पुनः राजेश कुमार ने ही कहा–''क्या तुम हमारे लिए, आज के राजेश कुमार को हीरो बनाकर कोई कहानी लिख सकते हो?''

''क . . . क्यों नहीं सर–क्यों नहीं!'' राजेश कुमार का बहुत ही स्पष्ट ऑफर पाकर उसके जिस्म का रोंया-रोंया खड़ा हो गया था। आवाज लरजने लगी थी मगर कहता चला गया–''आप मेरे सामने हैं। अब मैं आपके लिए ऐसी कहानी तैयार कर सकता हूँ जैसी दुनिया का कोई और राइटर नहीं कर सकता। यह मेरा दावा है। एक हफ्ता . . . आप बस मुझे एक हफ्ता दीजिए।''

''दिया।''

''थ . . . थैंक्यू . . . थैंक्यू सर, आपने तो आज अचानक ही मेरी झोली खुशियों से भर दी।'' उसकी आवाज भर्रा गई थी। गिलास काऊंटर पर रखकर वह स्टूल से उठा और राजेश कुमार अभी कुछ समझ भी नहीं पाया था कि उसके पैरों में झुक गया। बहुत ही श्रद्धा से उसके चरणस्पर्श किए उसने, जबकि उसकी इस हरकत पर राजेश कुमार बुरी तरह बौखला गया। 'अरे-अरे, क्या कर रहे हो ये!' कहते हुए उसने झुककर पंकज के दोनों कंधे पकड़े और उसे ऊपर उठाया।

भावनाओं के सैलाब के कारण पंकज का चेहरा लाल सुर्ख नजर आ रहा था। आंखों में आंसू तैर रहे थे। सारा शरीर बुरी तरह कांप रहा था उसका। राजेश कुमार कहे बगैर नहीं रह सका–''अरे, तुम रो रहे हो पगले!''

''नहीं सर, मैं हंस रहा हूँ।'' कहने के साथ वह फूट-फूटकर रोने लगा था–''खुशी के आंसू हैं ये। अ . . . आप नहीं समझ सकते कि एक ही झटके में आपने मुझे कितनी बड़ी खुशी दे दी है। वह खुशी जिसका सपना मैंने मेरठ में देखा था और फिर उसे ही लिए यहां दौड़ा चला आया। यकीन मानना सर–यकीन मानना, जान लड़ा दूंगा अपनी! अपने दिमाग का भुर्ता बना दूंगा मैं–इससे ऐसी कहानी निकालकर ही दम लूंगा जो न सिर्फ आज के राजेश कुमार पर फिट बैठे बल्कि आपकी आज तक की सभी फिल्मों से ज्यादा हिट हो–सुपरहिट।''

''हम बहुत पहले समझ चुके हैं पंकज कि तुम . . . और सिर्फ तुम

ही ऐसा कर सकते हो।'' उसके कंधे मजबूती से पकड़े राजेश कुमार ने कहा–''क्योंकि इस काम के लिए जुनून की जरूरत है और मुंबई के किसी प्रोफेशनल राइटर में ये जुनून नहीं हो सकता जो हमें इस वक्त भी तुम्हारे फेस पर नजर आ रहा है। जिस तरह तुम्हारा सपना हमारे लिए कहानी लिखना है उसी तरह पिछले दो साल से हमारा सपना खुद को साबित करना है। काफी दिन हो गए यह सुनते कि राजेश कुमार खत्म हो गया, चुक गया है अब वह। लोगों के ये शब्द हमारे दिल में नश्तर की मानिंद चुभते हैं। हमें भी किसी ऐसी कहानी की तलाश है जिस पर काम करके साबित कर सकें कि राजेश कुमार, राजेश कुमार है। आज भी सुपरस्टार वही है। उसके जिंदा रहते यह खिताब कोई अमिताभ, कोई शाहरूख या कोई आमिर हासिल नहीं कर सकता। सुपरस्टार एक ही पैदा हुआ था और एक ही है।''

''मैं ये करूंगा . . . मैं ये करके दिखाऊंगा सर।''

''तो हम भी वादा करते हैं, यदि हमें तुम्हारी कहानी पसंद आई तो हम उस पर फिल्म बनाएंगे। अपने बंद पड़े प्रोडक्शन हाऊस को दोबारा से खड़ा करेंगे। उस एक्सीडेंट के बहाने कुदरत ने हमें शायद इसीलिए मिलाया है कि तुम्हारा सपना भी पूरा हो सके और हम भी जमाने को बता सकें कि राजेश कुमार, राजेश कुमार है। उसका ताज कोई नहीं छीन सकता। तुम्हारी कहानी को हम पर्दे पर . . .

एक आवाज ने राजेश की आवाज काटी–''यह वक्त जागती आंखों से सपने देखने का नहीं, सोने का है शेखचिल्ली महाशय।''

एकसाथ दोनों चौंके।

दोनों ने आवाज की दिशा में देखा।

आवाज की मालकिन सबसे ऊपर वाली सीढ़ी पर खड़ी थी।

सोनम पर नजर पड़ते ही पंकज के दिलो-दिमाग को जैसे विद्युत का झटका लगा था। एक ही क्षण में आकाशीय बिजली से जैसे सारा अस्तित्व थरथरा उठा था उसका।

भले ही टीवी पर उसने सोनम को सैंकड़ों बार देखा हो मगर इस वक्त जो औरत उसके सामने थी, उसे उसने कभी नहीं देखा था बल्कि यदि यह कहा

जाए तब भी अतिश्योक्ति नहीं होगी कि वैसी खूबसूरत और सेक्सी औरत उसने पहले कभी देखी ही नहीं थी।

वह टीवी पर कभी वैसी नजर नहीं आई थी।

उसकी उम्र पच्चीस-छब्बीस से ज्यादा नहीं थी। कद पांच फुट छः इंच के आसपास। रंग ऐसा जैसे ताजा पका हुआ सेव। उसके अंडाकार चेहरे पर नोकीली नाक और प्रियंका चोपड़ा जैसे होंठ। और आंखें! आंखें हरे कलर की थीं। बेहद चमकीली। पन्ने जैसी। खुले हुए लंबे, काले, रेशमी और घने बाल कंधों पर फैले हुए थे।

उसके गदराए-से, सांचे में ढले जिस्म पर इस वक्त दूध की मानिंद सफेद रंग की नाइटी थी। नाइटी के नीचे ब्रा चमक तो नहीं रही थी लेकिन उसके वक्षस्थल की शेप बता रही थी कि बेहद कसी हुई ब्रा पहने हुए है वह क्योंकि उरोज गर्व से तनी चट्टानों से नजर आ रहे थे। उसकी गोल-सुडौल बांहें आवरणहीन होने के कारण बहुत ही सुंदर लग रही थीं।

इसमें जरा भी शक नहीं कि पंकज की नजर उस पर पड़ी तो वहीं चिपकी रह गई जबकि वह स्थिर और कठोर आंखों से उन दोनों को देखे जा रही थी। खामोशी राजेश कुमार ने भंग की–''अरे! तुम जाग गईं डार्लिंग! . . . आओ, इससे मिलो, ये पंकज है। पंकज रावत। ये न होता तो अब तक तुम विधवा हो चुकी होतीं।''

''मतलब?'' लहजा हंटर की फटकार जैसा था।

''मतलब ये मेरी जान कि इसने हमारी जान बचा ली।''

पंकज की नजर में जो चेहरा दुनिया का सबसे खूबसूरत चेहरा था उस पर पत्थर की-सी कठोरता लिए सोनम ने पंकज की तरफ देखते हुए कहा था–''तुम जानते हो इस वक्त ये नशे में हैं, इन्हें नहीं पता ये क्या कह रहे हैं। तुम बताओ–क्या मतलब है इनका?''

''हां-हां। बताओ। बताओ पंकज।'' राजेश ने कहा–''सोनम मेरी बात पर जरा भी यकीन नहीं करती, इसलिए तुम्हीं बताओ।''

''ये ठीक कह रहे हैं।'' पंकज बोला–''वाकई एक्सीडेंट बहुत भीषण था। संयोग से उस वक्त मैं वहां न होता तो . . .

कहता-कहता खुद ही रुक गया पंकज। कारण था–सुंदर मुखड़े पर उभरने वाले भाव। पंकज को हरे रंग की आंखों में अचानक ही अपने लिए घृणा नजर आई थी।

उसे लगा था–यह सुनकर सोनम को खुशी नहीं हुई थी कि मैंने उसके पति को मरने से बचा लिया था बल्कि . . . अजीब-सा गुस्सा आया था उसे। जैसे मैंने कोई नाजायज हरकत कर दी हो।

''रुक क्यों गए?'' उसने हुक्म-सा दिया–''बात पूरी करो।''

पंकज के दिमाग को करंट-सा लगा। यह सोचकर उसने सिर को जोर से झटका कि ये क्या सोच रहा था मैं!

संभलकर बोला–''म . . . मुझे नहीं पता सर कहां से आ रहे थे। पर जहां से भी आ रहे थे, इन्होंने कुछ ज्यादा ही पी ली थी इसलिए गाड़ी भी ठीक से नहीं चला पा रहे थे। उसी झोंक में खम्बे से जा भिड़े और फिर बैल्ट न खुलने के कारण बाहर नहीं निकल पा रहे थे जबकि गाड़ी में आग लग चुकी थी। अगर मैं . . .

''क्या कहा! आग लग गई गाड़ी में!'' वह बीच में ही चीख पड़ी थी–''कहां है गाड़ी? कितनी जल गई?''

''स्वाहा।'' राजेश कुमार ने कहा।

''क . . . क्या? क्या मतलब हुआ स्वाहा का?'' वह इतनी कर्कश आवाज में राजेश कुमार पर गुर्राई थी कि पंकज की नजर में उसकी सारी खूबसूरती धरी की धरी रह गई–''गाड़ी पूरी जल गई क्या?''

''स्वाहा का यही मतलब होता है।''

''अरे! तुम्हें क्या मालूम नहीं है हमारी कैसी हालत चल रही है! ऐसी हालत में गाड़ी जला आए और . . .

''फिक्र क्यों करती हो डार्लिंग। तुम्हें तो मालूम है हमारा कुछ नहीं जला, इंश्योरेंस कंपनी का जला है।''

इस बार वह कुछ बोली नहीं बल्कि गुस्से में तेजी से सीढ़ियां उतरती नीचे आई। उस वक्त उसके उरोज बहुत ही हाहाकारी अंदाज में हिले थे मगर वह हाहाकारी अंदाज पंकज को आकर्षित नहीं कर पाया क्योंकि उस वक्त तो उसे यह लग रहा था नीचे पहुंचकर कहीं वह राजेश कुमार को चांटा ही न मार दे। लेकिन, राजेश कुमार के चेहरे पर शिकन तक नहीं थी। वह आराम से व्हिस्की चुसकता रहा जबकि पंकज स्टूल से खड़ा हो गया था।

जब वह उसकी बगल से गुजरी तो विदेशी परफ्यूम की मदहोश कर देने वाली सुगंध पंकज के नथुनों से घुसकर जहन में फैलती चली गई। उसे बिल्कुल समझ नहीं आ रहा था सोनम करना क्या चाहती है जबकि वह बार काऊंटर के उस तरफ पहुंची।

रैक से ब्रांडी की बोतल निकाली। एक गिलास में डाली और एक ही झटके में पी गई। फिर उसने दूसरा पैग गिलास में डाला और इस बार उसे हाथ में लिए आराम से घूमी।

पंकज हैरान रह गया क्योंकि अब उसके चेहरे पर गुस्से का कोई चिन्ह नहीं था बल्कि बड़े ही कृतज्ञ भाव से पंकज की तरफ देखती बोली–''थैंक्यू मिस्टर . . . तुमने इसका क्या नाम बताया काकू?''

''पंकज।'' राजेश कुमार ने बताया–''पंकज रावत।''

पंकज जानता था राजेश कुमार को बहुत नजदीक से जानने वाले उसे काकू कहते थे। सोनम ने पंकज की तरफ देखते हुए बात पूरी की–''जो तुमने बताया, अगर वह सच है तो थैंक्यू मिस्टर पंकज। सचमुच तुमने मुझे विधवा होने से बचा लिया।''

पंकज पर कुछ कहते न बन पड़ा।

उसकी समझ में तो यह तक नहीं आया यह बात उसने सचमुच कृतज्ञतापूर्वक कही थी या व्यंग किया था।

''और तुम!'' वह राजेश कुमार के करीब आई और उसकी दाढ़ी पर हाथ फिराती बोली–''ठीक तो हो तुम? कहीं चोट-वोट तो नहीं आई? कितनी बार कहा है, ध्यान से ड्राइविंग किया करो।''

''यही तो चमत्कार हुआ जाने बहार, एक्सीडेंट इतना भीषण हुआ लेकिन चोट के नाम पर खरोंच तक नहीं आई और ऐसा केवल पंकज के कारण हुआ। यह अगर बैल्ट खोलकर हमें गाड़ी से खींचने में एक मिनट भी लेट हो जाता तो चिता पर रखने तक की जेहमत नहीं उठानी पड़ती तुम्हें। वहीं भस्म हो जाते।''

''एक बार फिर थैंक्यू मिस्टर पंकज।'' कहते हुए उसने पंकज की तरफ देखा और पंकज की समझ में यह बात आकर नहीं दे रही थी कि वह किस किस्म की औरत थी?

पल में तोला, पल में माशा।

''छोड़ो उसे।'' राजेश कुमार ने कहा–''खुशी की बात ये है कि पंकज एक राइटर है और . . .

''मैं सुन चुकी हूँ।''

''तुम देखना सोनू, हम फिर साबित कर देंगे सुपरस्टार हमारे अलावा कोई हो ही नहीं सकता।''

''तुम शेखचिल्ली वाली बातें करने से बाज नहीं आओगे!''

''तुम्हें हमारी बातें शेखचिल्ली वाली लगती हैं?''

''हैं ही।'' कहने के बाद वह गिलास हाथ में लिए घूमी।

अब उन दोनों की तरफ उसकी पीठ थी बल्कि अगर यह कहा जाए तो जरा भी गलत नहीं होगा कि पंकज की आंखें उसके नितंबों पर चिपकी रह गई थीं और इसमें कुसूर उसकी निगाहों का नहीं बल्कि सोनम के नितंबों का था।

बिल्कुल गोल थे वे–कमर और टांगों से इतने बाहर निकले हुए कि नजर बस उन्हीं पर पड़ती थी।

उसके चलने के कारण उनमें कंपन हो रहा था। ऐसा कंपन जो किसी भी मर्द के दिलोदिमाग में खलबली मचा सकता था।

उसी मुद्रा में वह कुछ दूर गई और फिर उनकी तरफ पलटती हुई बोली–''तुम जानते हो काकू हम फिल्म नहीं बना सकते।''

''स्टोरी जंची तो जरूर बनाएंगे।''

''कहां से बनाओगे?''

''सारे जमाने के साथ तुम भी देखना।'' कहने के साथ वह उसके बोलने का इंतजार किए बगैर पंकज से मुखातिब हुआ–''पर उसके लिए तुम्हारा यहां रहना जरूरी है पंकज।''

''य . . . यहां?''

''इस बैंग्लो में।''

''यह क्या बक रहे हो काकू?'' सोनम के अंदाज ने पंकज को बताया कि उस पर बिजली-सी गिर पड़ी थी–''यह भला यहां कैसे रह सकता है?''

''क्या दिक्कत है?''

''अरे!'' सोनम का अंदाज ऐसा था जैसे राजेश कुमार ने कोई अनहोना प्रस्ताव रख दिया हो–''तुम दिक्कत की बात करते हो! बैंग्लो में एक भी नौकर नहीं है। हम खुद अपना खाना होटल . . .

''जहां से दो का आता है, वहां से तीसरे का भी आ जाएगा।''

सोनम ने निर्णायक अंदाज में कहा था–''हरगिज नहीं। यह यहां नहीं रह सकता।''

''पर क्यों?''

''इस तरह किसी को . . . क्या जानते हैं हम इसके बारे में?''

''हम सब जान चुके हैं।''

''वही न, जो इसने बताया?''

''बिल्कुल।''

''होश में आओ काकू। किसी के बताने से . . .

''किसी में और पंकज में फर्क है डार्लिंग, आज भले ही न होऊं लेकिन किसी जमाने में हम सुपरस्टार थे तो इसलिए थे क्योंकि हमें आदमी की परख है। हम दावे से कह सकते हैं इसने अपने बारे में जो बताया है, उसमें बाल बराबर भी झूठ नहीं हो सकता।''

''तब भी मैं इसे यहां नहीं रख सकती और फिर . . .

''हां-हां। बोलो। रुक क्यों गई?''

''तुम्हें अगर मुंगेरीलाल के सपने देखने हैं . . . देखो। इससे स्टोरी लिखवाना चाहते हो . . . लिखवाओ। इसमें इसके यहां रहने की क्या जरूरत है? दादर की चाल से लिखकर ले आएगा।''

''बात को समझने की कोशिश करो डार्लिंग।'' वह उसे कन्विंस करने वाले लहजे में बोला–''यह कोई आम स्टोरी नहीं होगी। स्टोरी ऐसी तैयार करनी है जो हमें फिर से सुपरस्टार बना सके। उसके लिए हमारा और इसका हर पल साथ रहना जरूरी है ताकि पूरी स्टोरी पर, उसके एक-एक सीन पर बल्कि एक-एक डायलॉग पर हाथ के हाथ डिस्कशन होता रहे और जो चेंजिज करने हों वे होते रहें। यह स्टोरी को अपने एंगिल से देखेगा और हम इस एंगिल से कि कौनसे सीन को हमें पर्दे पर किस तरह उतारना है . . . क्यों पंकज?''

पंकज बेचारे की सुन ही कौन रहा था!

दोनों में से किसी ने भी तो यह जानने की कोशिश नहीं की कि वह यहां रहना भी चाहता है या नहीं, बस आपस में ही भिड़े रहे।

राजेश कुमार के 'क्यों पंकज' कहने पर उसने कुछ कहने के लिए मुंह खोला था कि सोनम ने पुनः पुरजोर विरोध किया और . . . पंकज की समझ में यह बात नहीं आ रही थी सोनम को उसके यहां रहने पर इतनी घनघोर आपत्ति क्यों थी?

अंत में राजेश कुमार ने कहा–''ठीक है, ये हमारे साथ ऑफिस चला जाया करेगा। आज जैसी घटना का खतरा भी नहीं रहेगा। हम ज्यादा नशे में हुए तो ये कर लिया करेगा ड्राइविंग . . . क्यों पंकज?''

एक बार फिर पंकज ने कुछ कहने के लिए मुंह खोला ही था कि बुरी तरह भन्नाई हुई सोनम बड़ी तेजी से उसकी तरफ आई और बेहद करीब पहुंचकर, ठीक सामने रुक गई।

गुस्से से सुलग रही उसने अपनी हरी आंखें पंकज की आंखों में डाल रखी थीं। जबड़ों के मसल्स फूल और पिचक रहे थे जिनसे पता लगता था वह दांत पीस रही है।

पंकज को अपनी रीढ़ की हड्डी में सर्द लहर-सी दौड़ती महसूस हुई। उसे लग रहा था यह बदमिजाज औरत किसी भी क्षण उसके गाल पर चांटा मार सकती है। वे हरी आंखें जो कुछ देर पहले उसे पन्नों-सी लगी थीं इस वक्त हरे कांच की गोलियों जैसी लगीं।

बेहद कठोर और निस्तेज।

इसमें शक नहीं कि पंकज उन आंखों से आंखें मिलाए नहीं रख सका था। इधर उसने आंखें झुकाईं उधर वह अपने स्थान से हटी और पैर पटकने जैसे अंदाज में सीढ़ियों की तरफ बढ़ी।

फिर वह तेजी से सीढ़ियां चढ़ती चली गई।

कुछ देर बाद फस्ट-फ्लोर से दरवाजा खुलने और फिर जोर से बंद होने की आवाज आई। पंकज खैर मना रहा था उसके गाल पर चांटा नहीं पड़ा था। सोनम के जाने के बाद माहौल बेहद तनावपूर्ण हो गया था लेकिन ज्यादा देर तक नहीं रहा, क्योंकि राजेश कुमार ने कहा था–''उसकी चिंता मत करो, उसकी तो आदत ही ऐसी है। अक्सर इसी तरह रियेक्ट करती है वह।''

''माफी चाहूँगा सर, मैं यहां नहीं रह सकता।''

''तो फिर हमारे बीच हुआ कान्टेक्ट कैंसिल।''

''ज . . . जी?''

''हम तुम्हारी कहानी नहीं लेंगे।''

इस एक ही वाक्य ने कुछ देर पहले पंकज के दिमाग में बने सपनों के ताजमहल को ताश के पत्तों की मानिंद बिखेर दिया। जो भविष्य कुछ देर पहले रोशनी से नहाया हुआ था, उसमें हर तरफ अंधेरा ही अंधेरा फैल गया। उसके मुंह से ऐसी आवाज निकली जैसे रो पड़ने को तैयार हो–''स . . . समझने की कोशिश तो कीजिए सर, सोनम जी को मेरा यहां रहना . . .

पंकज की बात काटकर उसने कहा–''कहा न, उसकी चिंता मत करो। हो सकता है कल वह तुमसे कोई और व्यवहार करे।''

''पर ऐसा क्यों नहीं हो सकता सर कि मैं . . .

''नहीं हो सकता।'' राजेश कुमार ने उसकी सुनी ही जो नहीं, कहता चला गया–''इस प्रोजेक्ट को परवान चढ़ाना है तो हमें साथ रहना होगा और . . .।'' क्षणिक गैप के बाद उसने कहा–''अब तुम जा सकते हो। काम करना हो तो कल बारह बजे तक पहुंच जाना। बारह बजकर पांच मिनट पर हम यह समझेंगे तुम्हें इस प्रोजेक्ट में कोई दिलचस्पी नहीं है।''

पंकज ने कुछ कहने के लिए मुंह खोला ही था कि राजेश कुमार ने बेहद सर्द लहजे में कहा–''जाओ . . . अब हमें नींद आ रही है और बाहर वाला लोहे का गेट बंद करते जाना।''

पंकज के पास कुछ भी कहने का मौका नहीं था।

खोली के नाम पर बस एक छोटा-सा कमरा था।

पंकज और उसका स्पॉट ब्वाय आश्रयदाता झुमरू उसी कमरे के फर्श पर अगल-बगल दो दरियां डालकर सोया करते थे।

कमरा क्योंकि फस्ट-फ्लोर पर था और उसकी खिड़की पर कोई पर्दा भी नहीं था इसलिए स्ट्रीट लाइट की रोशनी सीधी कमरे में आती हुई नाइट बल्ब का काम करती थी।

पंकज को वहां पहुंचते-पहुंचते सुबह के चार बज गए।

झुमरू सोया हुआ था।

पंकज के आने की आहट पर उसने करवट ली और आंखें बंद किए ही बोला–''मैं तो समझा था आज तू कोई एक्सी-वेक्सीडेंट मारकर कहीं औंधे मुंह पड़ा होगा।''

''एक्सीडेंट मारा नहीं है बेटा, एक्सीडेंट में मरने जा रही एक ऐसी हस्ती को बचाया है जिसका नाम सुनेगा तो इस तरह उछल पड़ेगा जैसे बिच्छू ने डंक मारा हो।'' कहते हुए पंकज ने अपनी शर्ट के बटन खोलने शुरू कर दिए।

झुमरू ने उसकी बात के जवाब में कुछ नहीं कहा बल्कि कमरे में उसके खर्राटे गूंजने लगे थे। पंकज समझ गया वह पूरी तरह नींद में है। एक्सीडेंट वाली बात भी नींद में ही कही थी जो सुबह तक शायद उसे याद भी रहने वाली नहीं थी।

मगर, पंकज को यह गंवारा न हुआ।

वह झुमरू को वह सब बताने के लिए मरा जा रहा था, जो हुआ था। उसने पैंट उतारकर हाफ पैंट पहनी और 'खट्ट' से दीवार पर लगा लाइट का स्वीच ऑन कर दिया।

बल्ब की तेज रोशनी सोए हुए झुमरू की आंखों में घुसी तो वह झुंझलाकर बाजू आंखों पर रखता बोला–''अबे क्या करता है?''

''उठ। कुछ बताना है।''

''सुबह बताना। अभी लाइट बुझा और सो जा।''

''सुबह हो चुकी है, चार बज गए हैं।''

''दिमाग खराब हो गया है तेरा!'' झुमरू आंखों पर हाथ रखे, रखे झल्लाया–''सुबह नौ बजे होती है।''

''नौ बजते-बजते तो मैं तेरी इस खोली से हमेशा के लिए चला जाऊंगा दोस्त।'' पंकज का ऐसा कहना था कि झुमरू ने झटके से न केवल कलाई हटाई बल्कि पट्ट-से आंखें भी खोल दीं लेकिन ऐसा करते ही तेज चौंध के कारण पुनः बंद कर लीं और बोला–''क्या बोला तू! कहां चला जाएगा?''

''राजेश कुमार के बैंग्लो में रहने।'' पंकज ने जानबूझकर यह वाक्य कहा था ताकि झुमरू की नींद काफूर हो जाए और . . . ऐसा ही हुआ। एक झटके से उठकर बैठ गया वह तथा पंकज की तरफ ऐसी नजरों से देखने लगा जैसे उसके सिर पर अभी-अभी उग आए सींगों को देख रहा हो। बोला–''तूने कोई बुरा सपना देखा है क्या?''

''जब सोया ही नहीं तो सपना कैसे देखता?'' मस्ती के आलम में पंकज अपनी दरी पर बैठता हुआ बोला।

''जागने वालों के सपने ज्यादा भ्रमित करने वाले होते हैं क्योंकि सोने वालों का नींद टूटते ही सपनों से पीछा छूट जाता है। जागने वाले जो सपने देखते हैं वे देखने वाले को बहुत लंबे टाइम तक दुख देते हैं क्योंकि जब तक नींद टूटती है तब तक जिंदगी एक सिरे से दूसरे सिरे पर पहुंच चुकी होती है।''

''मैंने जो देखा है, वह सपना नहीं हकीकत है।''

''क्या देखा है तूने?''

पंकज एक्सीडेंट होने से लेकर राजेश कुमार के अंतिम हुक्म तक का किस्सा एक ही सांस में सुना गया। सुनते-सुनते झुमरू के चेहरे पर आश्चर्य के

साथ चिंता की लकीरें भी नजर आने लगी थीं मगर उनसे पूरी तरह बेपरवाह पंकज कहता चला गया–''बस एक यही बात समझ में नहीं आ रही है कि सोनम को मेरे वहां रहने पर इतनी घनघोर आपत्ति क्यों है?''

''तो तूने वहां रहने का फैसला किया है?''

''नहीं करना चाहिए क्या?''

''मेरे ख्याल से नहीं।''

''क्यों?'' पंकज ने चकित स्वर में पूछा।

''देख दोस्त।'' वह समझाने वाले भाव से बोला–''तू तो जानता है, फिल्म उद्योग का मैं सबसे छोटा आदमी हूँ। स्पॉट ब्वाय यानी शूटिंग के वक्त यूनिट के लोगों को पानी पिलाने वाला। राजेश कुमार जैसे बड़े लोगों के बारे में मैं ज्यादा तो क्या, कुछ भी नहीं जानता लेकिन अफवाहें उड़ती रहती हैं और वे चाहे-अनचाहे मुझ जैसे छोटे लोगों के कानों में भी पड़ जाती हैं।''

''साफ बोल न यार, क्या कहना चाहता है?''

''राजेश कुमार के बारे में इंडस्ट्री में अच्छी चर्चाएं नहीं हैं। लोग कहते हैं वह निपट चुका है। जलवा खत्म हो गया है उसका।''

''मैं और वो मिलकर उसी जलवे को तो स्थापित करेंगे।''

''मैं उसके सुपरस्टार वाले जलवे की बात नहीं कर रहा।''

''और किसकी बात कर रहा है?''

''सुना है अब उस पर कोई पैसा नहीं है। उल्टा कर्ज से बिंधा पड़ा है। सुबह से शाम तक पीता रहता है। अब किसी को उम्मीद नहीं है वह फिर से उबर सकता है।''

पंकज की आंखों के सामने कुछ दृश्य नाचे। जैसे–ऐक्सीडेंट के वक्त राजेश कुमार का धुत्त होना। सोनम का यह कहना–'कैसे बनाओगे फिल्म?' गाड़ी जल जाने की खबर सुनकर भड़क पड़ना। गार्ड सहित, बैंग्लों में एक भी नौकर का न होना। सोनम का राजेश कुमार के प्रति व्यवहार आदि।

उन दृश्यों की मौजूदगी में पंकज को लगा–झुमरू ठीक कह रहा है। लेकिन फिर तुरंत ही स्मृति पटल पर पोर्च में खड़ी चार गाड़ियां उभरीं। एक से एक कीमती। जो जल गई थी उसकी उसे फिक्र तक नहीं थी। बैंग्लो, उसमें मौजूद फर्नीचर और भी जाने क्या-क्या! उस सबकी याद आते ही वह बोला–''बड़े लोगों के बारे में अफवाहें उड़ती रहती हैं दोस्त, जरूरी नहीं उनमें कोई दम भी हो। तू चर्चाओं की बात कर रहा है और मैं राजेश कुमार

के ठाट-बाट अपनी आंखों से देखकर आया हूँ। भले ही उसकी माली हालत आज वैसी न हो जैसी सुपरस्टार वाले जमाने में थी मगर ऐसी मरी-गिरी भी नहीं है। आज भी, अगर वह शराब पीता है तो एक से एक महंगी। हां, ये लगता है मुझे कि आज उस पर फिल्म बनाने जितने पैसे नहीं हैं पर जानता हूँ अगर उसे मेरी स्टोरी जंच गई जो कि मुझे मालूम है जंचेगी ही जंचेगी, तो पैसे जुटा लेगा।''

''तू वहां जाने को बहुत ज्यादा उत्साहित है।''

''नहीं होना चाहिए क्या! और तू अपने चेहरे पर बारह क्यों बजा रहा है यार? मैं हमेशा के लिए थोड़ी जा रहा हूँ!''

''नैना के बारे में सोचा?''

पंकज की छाती पर घूंसा-सा लगा।

पंकज सोना चाहता था क्योंकि उसके ख्याल से बारह बजे के बाद राजेश कुमार के साथ कहानी पर काम शुरू हो जाएगा। उस वक्त उसका माइंड फ्रैश होना चाहिए ताकि फ्रैश आइडिए आएं। ऐसे आइडिए जो राजेश कुमार को इतना रोमांचित कर दें कि आज ही फिल्म बनाने का फाइनल फैसला करने पर मजबूर हो जाए।

मगर नींद थी कि आंखों से कोसों दूर जा चुकी थी।

जब उसे लगा, नींद आ ही नहीं रही है तो सोचा क्यों न जहन को कोई ऐसी कहानी सोचने पर लगाया जाए जो आज के राजेश कुमार पर फिट बैठती हो। फिर उसने ऐसी कोशिश शुरू कर दी। मगर दिमाग में कोई आइडिया नहीं आ रहा था और थोड़ी देर में उसकी समझ में यह बात आई कि कोई भी आइडिया नैना के कारण नहीं आ रहा है। वह जो भी सोचता–उस सबको चीरती हुई नैना उसके दिमाग में सबसे आगे आकर खड़ी हो जाती।

नींद न आने का कारण भी वही थी।

जब राजेश कुमार ने प्यार-मुहब्बत के बारे में पूछा था तो उसने झूठ बोल दिया था। खुद नहीं समझ पाया वह झूठ उसने क्यों बोला था। शायद इसलिए, क्योंकि उस वक्त वह बात को किसी और तरफ नहीं मोड़ना चाहता था।

लेकिन अब–जब से झुमरू ने वह वाक्य बोला था, वह अपने दिमाग से नैना को नहीं निकाल पा रहा था।

वह परी की मानिंद उसके दिमाग की हवाओं में उड़ती रही।

करवटें बदलता रहा वह।

बड़ी मुश्किल से रिस्टवॉच में सात बजे।

अब वह बेचैनी से नैना के फोन का इंतजार करने लगा।

सात-पांच पर मोबाइल की बैल बजी।

स्क्रीन पर जाना-पहचाना नंबर फ्लैश कर रहा था। यह नंबर नैना के घर के नजदीक एक पार्क के कौने पर स्थित बूथ का था।

पंकज ने कॉल रिसीव करते ही कहा–''कैसी विडंबना है नैना! तुम्हारे पास मोबाइल है लेकिन मैं फोन नहीं कर सकता क्योंकि आज तक तुमने उसका नंबर ही नहीं दिया।''

''कितनी बार बताऊं पंकज, मैं ऐसा नहीं कर सकती,'' एक सॉफ्ट-सा नारी स्वर उभरा–''भैया को तो जानते ही हो तुम! कितने सख्त हैं। चाहे जब मेरा मोबाइल चैक कर लेते हैं। हर कॉल पर कड़ी नजर रखते हैं। इसलिए हम मोबाइल पर बात नहीं कर सकते और फिर उस सबकी जरूरत भी क्या है। दिन में तीन बार तो फोन करती हूँ मैं तुम्हें। मॉर्निंग वॉक पर निकलने के बहाने सुबह के सात बजे। लंच टाइम में हॉस्पिटल के पीसीओ से और रात को आठ बजे, तब जब हॉस्पिटल से मेरी छुट्टी होती है।''

''वो तो ठीक है नैना लेकिन जब मैं चाहूँ तब तो बात नहीं कर सकता न! तुम मुझे अपना मोबाइल नंबर दे दो। वादा करता हूँ, उतने फोन नहीं करूंगा जो तुम्हारे भाई की नजरों में चुभें मगर कभी कभी एमेरजेंसी में तो कॉन्टेक्ट कर सकूं! जैसे मैं रात से तुमसे बात करने के लिए मरा जा रहा हूँ।''

''जानती हूँ एक बार नंबर दे दिया तो फिर बाज नहीं आओगे,'' नैना ने हमेशा की तरह हंसते हुए इस वक्त भी यह टॉपिक चेंज कर दिया–''ऐसी क्या बात है जो तुम रात से मुझसे करना चाहते हो?''

''मिलने पर बताऊंगा।''

''मिलने पर?'' बहुत ही प्यारी-सी हंसी उभरी थी–''पागल हुए हो क्या! मुझे हॉस्पिटल के लिए निकलना है।''

''मैं हॉस्पिटल आ जाता हूँ।''

''पंकज।'' धीरे से कहा गया–''आज हो क्या गया है तुम्हें! कितनी बार

बताया है हॉस्पिटल के रूल्स कितने सख्त हैं। ऐसी नर्स को फौरन निकाल दिया जाता है जिसके बारे में पता लग जाए उसका कोई ब्वॉय फ्रेंड है।''

''तो ठीक है, घर से हॉस्पिटल के लिए निकलो मगर हॉस्पिटल फोन कर दो आज छुट्टी पर रहोगी और मिलांज मॉल पहुंच जाओ। वहां मैं तुम्हें मैकडॉनाल्ड पर मिलूंगा।''

''पकड़ी गई तो . . .

''यह रिस्क तो आज तुम्हें लेना ही पड़ेगा नैना।''

''बात क्या है पंकज? इतनी जिद तो तुमने कभी नहीं की।''

''इसी से समझ जाओ कि बात कोई खास ही है। आज हमारा मिलना बेहद-बेहद जरूरी है नैना।''

दूसरी तरफ खामोशी छा गई। असामान्य गति से धड़कते दिल के साथ पंकज उसके बोलने का इंतजार करता रहा और फिर नैना की मधुर और सॉफ्ट आवाज उभरी–''ठीक है, मैं लंच के बाद की छुट्टी लेकर दो बजे पहुंच जाऊंगी।''

''नहीं। दो बजे नहीं। दस बजे। लंच से पहले की छुट्टी लो। उसके बाद तुम हॉस्पिटल जा सकती हो।''

''इससे क्या फर्क पड़ेगा?''

''तुम्हें जरा भी फर्क नहीं पड़ेगा लेकिन मुझे बहुत ज्यादा फर्क पड़ जाएगा। मुझे बारह बजे कहीं पहुंचना है।''

''कहां?''

''मिलने पर ही बताऊंगा।''

एक बार फिर कुछ देर के लिए खामोशी छा गई, फिर हथियार डालने के-से अंदाज में कहा गया–''पहुंचती हूँ।''

मोबाइल ऑफ करते वक्त पंकज ने देखा कि झुमरू उसे बहुत ही विचित्र नजरों से घूर रहा था।

नैना बाइस साल की थी। इतनी कमसिन कि देखने में बीस से ज्यादा की नहीं लगती थी। कद पांच फुट चार इंच। जिस्म छरहरा। रंग थोड़ा सांवला लेकिन कट्स ऐसे कि कोई भी, बरबस ही उसकी तरफ खिंच जाए। चौड़ा माथा।

नुकीली नाक। पतले होंठ और बड़ी बड़ी काली चमकीली आंखें। सबसे ज्यादा आकर्षक उसके चेहरे के जर्रे-जर्रे पर फैला भोलापन था।

जब वह खामोश भी बैठी होती थी तो ऐसा लगता था जैसे मंद-मंद मुस्करा रही हो। शायद इसी कारण उसे देखकर मन में सेक्स का भाव नहीं आता था बल्कि बस प्यार-सा उमड़ता था।

वह थी ही इतनी प्यारी।

हमेशा की तरह इस वक्त भी वह अपने लंबे और काले बालों को मस्तक के चारों तरफ से समेटकर सख्ती के साथ सिर के पिछले हिस्से में बांधे हुए थी। उस अवस्था में उसके गोल चेहरे की गोलाई पूरी तरह उभर आई थी। बालों की किसी लट की तो बात ही दूर, गुथे हुए बालों से बाहर निकलकर एक बाल भी उसके चेहरे के आसपास नहीं उड़ रहा था।

सूरत से ही ब्रिलिएंट नजर आने वाली नैना के जिस्म पर इस वक्त हल्के पीले रंग का सलवार सूट था। मैकडॉनाल्ड की छोटी-सी मेज के उस तरफ बैठी वह बहुत ध्यान से इस तरफ बैठे पंकज की बातें सुन रही थी। पंकज ने उसे वह सब बताया जो झुमरू को बताया था मगर जाने किस आशंका से ग्रस्त राजेश कुमार का नाम नहीं बताया। उसके स्थान पर 'बालीवुड का एक बड़ा अभिनेता' यूज किया था। सोनम के व्यवहार के बारे में भी कुछ नहीं बताया।

सब कुछ सुनने के बाद नैना बोली–''यह तो बहुत खुशी की बात है पंकज। वह दिन आया तो सही जब तुम्हारे सपने पूरे होने जा रहे हैं। तुम्हारी जिंदगी में यह दिन आए, इसी मन्नत के साथ तो मैं हर सोमवार को भगवान आशुतोष का निर्जल व्रत रखती हूँ। मेरी तरफ से–कांग्रेचुलेशनस्!'' कहने के साथ जोश में भरकर उसने अपना नन्हा-सा हाथ उसकी तरफ बढ़ा दिया था।

नैना का कोमल हाथ सहलाते हुए पंकज ने कहा–''मैं डर रहा था तुम मुझे उसके बैंग्लो में रहने की परमीशन दोगी या नहीं!''

''प्यार उसे नहीं कहते पंकज जो अपने साथी की प्रोग्रेस में रोड़ा अटकाए बल्कि उसे कहते हैं जो उसे प्रोग्रेस के लिए प्रेरित करे।'' वह कहती चली गई थी –''मैं तो कहती हूँ इस बीच तुम मुझे याद तक मत करना। दिमाग से पूरी तरह छिटक देना मुझे क्योंकि ऐसा नहीं कर सके तो अपने काम पर पूरा ध्यान नहीं लगा पाओगे और ध्यान नहीं लगा पाए तो काम अच्छा नहीं होगा और . . . काम ही अच्छा नहीं होगा तो उतनी कामयाबी नहीं मिलेगी

जितनी कामयाबी के लिए मैंने भगवान शंकर से तुम्हारे लिए मन्नत मांगी है। कामयाब . . . और बहुत कामयाब होकर लौटना पंकज जिससे मैं शॉन से अपने व्रत पूरे करके भगवान आशुतोष का उद्यापन कर सकूं। तुम्हारे नाम का सिंदूर अपनी मांग में भर सकूं।''

पंकज के दिल में भावनाओं का सैलाब-सा उमड़ पड़ा।

उसका दिल बहुत जोर से चाहा कि और नैना को बांहों में भर ले और कसकर भींच ले और कहे–'मुझे तुम ही जैसी जीवन संगिनी की जरूरत थी नैना!'

मगर, सार्वजनिक स्थान होने के कारण वैसा न कर सका।

''पर तुमने उस अभिनेता का नाम नहीं बताया। किसके बैंग्लो में रहकर काम करने वाले हो तुम?''

अब पंकज को कोई हिचक नहीं हुई–''राजेश कुमार।''

नैना के दिमाग को जैसे बहुत तेज करंट लगा और उस करंट का असर पलक झपकते ही उसके खिले हुए चेहरे पर नजर आया।

अचानक पंकज को महसूस हुआ कि खिले हुए पुष्प को पाला मार गया है। चमकदार आंखों की चमक आश्चर्यजनक तरीके से बुझ गई थी और उन बुझी हुई आंखों से वह पंकज की तरफ बस देखती रह गई। कुछ बोल नहीं सकी।

चौंकते हुए पंकज ने पूछा–''क्या हुआ नैना?''

''यह नाम तुमने पहले क्यों नहीं बताया?''

''ऐसे ही, तुम्हें चौंकाने के लिए।'' पंकज ने कहा–''यह सोचकर कि नाम सुनकर तुम खुश हो उठोगी।''

नैना ने अहिस्ता से अपना हाथ उसके हाथ से बाहर निकालते हुए कहा था–''लगता है पंकज तुम्हारी कामयाबी के लिए मुझे अभी और व्रत रखने होंगे।''

''क . . . क्या मतलब?''

''वहां तुम किसी बखेड़े में फंस सकते हो।''

''ब . . . बखेड़े में?''

''वह औरत, जिसका नाम सोनम है। बहुत मक्कार है।''

''त . . . तुम उसे क्या जानो?'' आश्चर्य की ज्यादती के कारण पंकज का बुरा हाल हो गया था।

''उसकी तारीफ रंगराज ने की थी।''

''कौन रंगराज?''

''हमारे हॉस्पिटल की मेट्रन का ड्राइवर।''

''उसका सोनम से क्या संबंध?''

''नौकरी देने से पहले मेट्रन ने जब उसका इंटरव्यू लिया था, तब मैं भी वहीं थी। उनके इस सवाल के जवाब में कि वह कहां नौकरी करता था, उसने बताया–फिल्म अभिनेता राजेश कुमार का ड्राइवर था। मेट्रन ने पूछा–वह नौकरी क्यों छोड़ी तो उसने बताया–सोनम नाम की उसकी बीवी के कारण, वह बहुत मक्कार और धूर्त औरत है। वह बैंग्लो में किसी और की मौजूदगी चाह ही नहीं सकती।''

''क्यों?'' सस्पेंस में फंसे पंकज के मुंह से निकला।

नैना टेबल पर झुकी और भिंचे-से स्वर में इतने धीरे से कहा कि आवाज टेबल को पार न कर पाए–''रंगराज को लगता है वह राजेश कुमार का मर्डर करना चाहती है।''

''म . . . मर्डर?'' पंकज के हलक से चीख-सी निकल गई।

नैना ने धीमे स्वर में कहा–''इतनी जोर से नहीं पंकज।''

पंकज के चेहरे पर हवाईयां उड़ रही थीं। आंखों के सामने सोनम की उस वक्त की मुद्रा नाच रही थी जब उसे पता लगा था कि उसने राजेश कुमार को मरने से बचा लिया था। उस वक्त सोनम की आंखों में उसके लिए घृणा का भाव उभरा था। तो क्या उस भाव का मतलब यही था? पंकज को लगा रंगराज का ख्याल दुरुस्त है लेकिन धीमे स्वर में कहा यह–''ऐसा ख्याल क्यों है उसका?''

''यह ख्याल एक नहीं, अनेक वजह से बना।''

''मैं सुनना चाहूँगा।''

''मेट्रन के सवालों के जवाब में रंगराज ने बताया–इसमें शक नहीं राजेश कुमार की माली हालत ठीक नहीं है लेकिन इतनी खराब भी नहीं है कि एक ड्राइवर, एक माली, एक रसोइए और एक नौकरानी की तनख्वाह भी न दे सके क्योंकि उतने बड़े बैंग्लो को मेंटेन रखने के लिए ये चार नौकर तो चाहिए ही। परंतु उसने सभी को निकाल दिया। यदि राजेश कुमार किसी को रख भी लेता है तो वह उसे हफ्ता-दस दिन से ज्यादा नहीं टिकने देती। रंगराज का कहना था अपनी जरूरत के कारण मैंने पंद्रह दिन राजेश कुमार की ड्राइवरी

की लेकिन उसके बाद मेरी हिम्मत भी जवाब दे गई।''

''ऐसा क्या किया उसने?''

''रंगराज को चोरी के इल्जाम में फंसाने की कोशिश।''

''च . . . चोरी के इल्जाम में?'' पंकज के चेहरे पर पसीना आ गया।

''रंगराज का कहना था कि–जब उसने उस कमीनी औरत के किसी भी हथकंडे से नौकरी नहीं छोड़ी तो एक दिन सुबह-सुबह उसके कमरे में आई। हजार का नोट दिया। बाजार से कुछ सामान लाने के लिए कहा। वह चौंका, क्योंकि पहले कभी उसने उससे सामान नहीं मंगाया था। सामान लेने जाने के लिए कपड़े पहन ही रहा था कि पोर्च के नीचे पुलिस जीप को रुकते देखा। उसका दिमाग तेजी से घूमने लगा। ध्यान से नोट को देखा तो पाया–उसके एक कौने पर सोनम के छोटे से साइन थे। उसे गड़बड़ का अंदेशा हुआ इसलिए फौरन नोट को जलाकर फ्लश में बहा दिया। कुछ ही देर बाद वह पुलिस और राजेश कुमार को साथ लिए कमरे में आई। कहने लगी उसके पर्स से हजार का नोट गायब है और बाहरी व्यक्ति के नाम पर इस वक्त बैंग्लो में तुम ही हो। रंगराज की हालत खराब हो गई थी। पुलिस ने कमरे की तलाशी ली। परंतु नोट न मिलना था, न मिला। पुलिस को वापस जाना पड़ा। वह हैरान थी जबकि यह सोचकर रंगराज का पोर-पोर कांप रहा था यदि उसने नोट नष्ट न कर दिया होता तो उस वक्त कहां होता। उस पल के बाद वह वहां एक पल भी रुकने की हिम्मत नहीं जुटा सका। फौरन, बगैर किसी को बताए सामान समेटकर बैंग्लो छोड़ दिया।''

पंकज को अपने हाथ-पैर ठंडे पड़ गए-से लग रहे थे। फिर भी बोला–''इस घटना के बाद राजेश कुमार ने कुछ नहीं कहा?''

''रंगराज का कहना है उस धूर्त औरत के सामने राजेश कुमार ज्यादा नहीं बोल सकता।''

''क्यों?''

''किसी समय राजेश कुमार होगा सुपरस्टार मगर अब पूरी तरह तबाह और बरबाद है। चौबीस घंटे नशे में धुत्त रहता है। कुल्ला भी शराब से करता है। वह पूरी तरह शराब के दरिया में डूब चुका है।''

''सोनम रोकती नहीं है?''

''मेट्रन के इस सवाल के जवाब में रंगराज इस तरह हंसा था जैसे उन्होंने बचकानी बात कही हो और फिर कहने लगा–'आप रोकने की बात कर रही

हो मैडम! वह तो उक्साती है उसे बल्कि अगर यह कहूँ तब भी गलत नहीं होगा कि राजेश कुमार की आज जो हालत है, उसकी जिम्मेदार वही हरामन औरत है'।''

''मेट्रन ने पूछा–वह कैसे? जवाब देने से पहले रंगराज हिचका लेकिन मेट्रन ने कहा–हिचको मत, सच्चाई जो भी है–खुलकर बताओ। सच नहीं बोलोगे तो तुम्हें यह नौकरी नहीं मिलेगी।''

''तब रंगराज ने एक झटके से कह दिया–वह एक ठंडी औरत है मैडम। पति-पत्नी होने के बावजूद उनके बैडरूम अलग हैं। तीन साल पहले ही तो उस छिनाल से शादी की है उसने। जिस आदमी ने गोल्डन पीरियड देखा हो, राजाओं की तरह जिंदगी गुजारी हो, जब उसके करियर में ढलान आता है तो उसका फ्रस्ट्रेशन से घिर जाना स्वाभाविक है। वह चाहती तो राजेश कुमार को फ्रस्ट्रेशन से निकाल सकती थी। शायद यही सोचकर राजेश कुमार ने इस उम्र में शादी की थी मगर हो उल्टा गया। उसके व्यवहार ने राजेश कुमार को पूरी तरह तोड़ दिया। तबाही की खाई में जा गिरा वह और . . .

''और?''

''उसका बैंग्लो, कारें, फर्नीचर और ऑफिस आदि सबकुछ गिरवी पड़ा है। बाल-बाल कर्जे से बिंधा है उसका। मैंने तो यह भी सुना है जिस दिन वह ऑफिस जाना बंद कर देगा, उस दिन कर्जदार उसका सब कुछ छीन लेंगे। सड़क पर आ जाएगा वह।''

रंगराज के हवाले से नैना ने जो कुछ बताया उसे सुनकर पंकज के हौसले पस्त हो गए थे क्योंकि उनमें से कुछ बातें तो वह पिछली रात ही प्रत्यक्ष देख चुका था। इसीलिए दिमाग में यह विचार उठा कि उसे राजेश कुमार का आफर स्वीकार करना भी चाहिए या नहीं? लेकिन, अगर रंगराज की सभी बातें ठीक नहीं हुईं! केवल उसके वहम हुए तो . . . तो वह ऐसा अवसर गंवा देगा जो डेढ़ साल भटकने के बाद बड़ी मुश्किल से मिला था और . . . भविष्य में वैसा अवसर मिलने की संभावना भी नहीं थी। इस लालच ने पंकज को वह फैसला नहीं लेने दिया जो लेना चाहिए था बल्कि रंगराज की कहानी में छेद करने की मंशा से बोला–''बात कुछ समझ में नहीं आई नैना, रंगराज की बातों में बहुत विरोधाभास है। पहली बात–वह राजेश कुमार का मर्डर क्यों चाहेगी? दूसरी बात–यदि वह बरबाद हो गया, सड़क पर आ गया

तो सोनम भी सड़क पर आ जाएगी। ऐसा काम कोई क्यों और कैसे करेगा जिससे वह खुद भी तबाह हो जाए?''

बात क्योंकि तर्कसंगत थी इसलिए जवाब नैना को भी नहीं सूझा। अपना पक्ष मजबूत करने के लिए पंकज ने कहा–''ऐसा भी तो हो सकता है जो रंगराज ने देखा और महसूस किया उससे गलत नतीजे निकाले हों? असल में मामला कुछ और ही हो!''

''दो बातें तो पक्की हैं पंकज।'' नैना बोली–''यह कि सोनम बैंग्लो में किसी और को नहीं चाहती। दूसरी–राजेश कुमार अव्वल दर्जे का पियक्कड़ बन चुका है। शराब में इतना डूब चुका है कि अब उसका उबरना नामुमकिन है। वह कंगला ही नहीं, कर्जमंद भी है। यह कल्पना करना भी मूर्खता होगी कि वह फिल्म बना सकता है और जो फिल्म बना ही नहीं सकता उसके लिए कहानी लिखना . . .

पंकज क्योंकि उसकी अधूरी बात का पूरा मतलब समझ गया था इसलिए बीच में ही बोल पड़ा–''नैना, मैं पहली बात से पूरी तरह सहमत हूँ मगर मुझे सोनम के यह चाहने-न-चाहने से क्या लेना-देना कि वह मुझे बैंग्लो में चाहती है या नहीं। मेरा संबंध और काम राजेश कुमार से है और उसकी पहली शर्त है कि मैं वहां रहूँ।''

डरी हुई-सी नैना ने कहा–''अगर उसने वैसी कोई हरकत कर दी जैसी रंगराज के साथ की थी?''

''मैं सतर्क रहूँगा।''

नैना पंकज की तरफ देखती रह गई।

अपनी ही धुन में पंकज कहता चला गया–''हालांकि तो मैं नहीं मानता राजेश कुमार की माली हालत उतनी बुरी है जितनी रंगराज ने बताई। लेकिन अगर हुई भी तो . . . उसका नाम बहुत बड़ा है। एक बार उसने फिल्म बनाने का फैसला कर लिया तो सारे डिस्ट्रीब्यूटर्स उसके नाम पर जुआ खेलने के लिए तैयार हो जाएंगे। नहीं भी हुए तो . . . खुद को एक बार फिर सुपरस्टार साबित करने का जो जुनून मैंने उसमें देखा है, उसके आधार पर दावे से कहता हूँ वह कहीं से भी कर्जा उठाकर न सिर्फ फिल्म बनाएगा बल्कि रिलीज भी कर देगा और . . . इतना कान्फिडेंस मुझे अपनी कहानी पर होना चाहिए कि अगर फिल्म एक बार रिलीज हो गई तो उसके साथ-साथ मेरे भी सारे दिलद्दर दूर हो जाएंगे।''

''जिसे जुनून कह रहे हो वह असल में फ्रस्ट्रेशन है पंकज।'' नैना ने कहा था–''यह फ्रस्ट्रेशन कि कल जो सुपरस्टार था, हर आदमी जिसे इज्जत देता था। उसे आज कोई भी कुछ भी मानने को तैयार नहीं है, लोग उसे हेय नहीं बल्कि घृणा भरी नजरों से देखते हैं। इसमें उसका कुसूर नहीं है। जो अर्श से फर्श पर गिरता है, उसकी यही हालत हो जाती है। शराब में डूब जाता है वह। बरबाद हो जाता है। वह यह मानने को ही तैयार नहीं होता कि वह फिनिश हो चुका है। उसका टाइम गया और गुजरा टाइम वापस नहीं आया करता। वह इसी खुशफहमी में जी रहा होता है कि वह आज भी खुद को साबित कर सकता है। रंगराज की बातें सुनने के बाद मुझे लग रहा है राजेश कुमार आज की तारीख में जो कुछ सोच रहा है, वह शेखचिल्ली के ख्वाब से ज्यादा कुछ भी नहीं है।''

नैना की राय सुनकर पंकज का दिल कांप गया।

सोनम के शब्द भी स्मृतिपटल पर उभर आए थे।

उसने भी तो राजेश कुमार को शेखचिल्ली ही कहा था। खुद पंकज के दिल ने भी कहा–'मुझे इस पचड़े में नहीं पड़ना चाहिए।' मगर, स्वार्थ और लालच लोगों को दिल की सुनने कहां देता है!

उसने दृढ़तापूर्वक कहा था–''तुम ऐसा सोचती हो लेकिन मैं ऐसा नहीं सोचता। मेरे ख्याल से वह फिल्म जरूर बनाएगा।''

नैना इस बार कुछ बोली नहीं।

खामोशी के साथ पंकज के चेहरे को देखती रही।

ब्रिलिएंट तो वह थी ही–समझ गई पंकज किसी भी तरह मानने वाला नहीं है। बोली–''अगर तुम वहां गए तो मैं तो तुम्हारी फिक्र में ही मर जाऊंगी पंकज।''

''पागल हो तुम।'' वह कहता चला गया–''अच्छा चलो वादा रहा, अगर मुझे वहां कोई गड़बड़ नजर आई या ये लगा वाकई राजेश कुमार फिल्म नहीं बना सकेगा तो सब कुछ छोड़कर लौट आऊंगा। यह समझने में हफ्ता-दस दिन से ज्यादा नहीं लगेगा।''

नैना को लग रहा था उसका पंकज हिंसक सिंहनी की मांद में जा रहा है पर कुछ कह न सकी। दिल ही दिल में अपने पंकज के लिए दुआएं करनी जरूर शुरू कर दी थीं उसने।

बैंग्लो के पोर्च में खड़ी पुलिस जीप को देखते ही पंकज का माथा ठनका। दिमाग में शंका उभरी–'सोनम ने अपने इरादे को परवान तो नहीं चढ़ा दिया!' इस विचार ने तो होश ही उड़ा दिए कि राजेश कुमार जिंदा भी है या नहीं?

इच्छा हुई–जहां तक पहुंच गया है, वहीं से वापस लौट जाए।

वह क्यों किसी लफड़े में पड़े?

मगर, अब वह ऐसा नहीं कर सकता था क्योंकि दो पुलिसवाले जीप के बाहर खड़े, उसे ही देख रहे थे।

'धाड़-धाड़' कर रहे दिल को संभालने की असफल चेष्टा करता वह पुलिसवालों के नजदीक पहुंचा और बोला–''क . . . क्या हुआ है?''

''तुम्हारा नाम पंकज है?'' पुलिसवाले ने अक्खड़ लहजे में पूछा।

'अरे, इसे तो मेरा नाम भी मालूम है!' इस विचार ने पंकज के छक्के छुड़ा दिए, साथ ही जहन में सवाल कौंधे–'इसे मेरा नाम क्यों और कैसे मालूम है? यहां तो जैसे मेरा इंतजार हो रहा है। पर क्यों?'

''जवाब नहीं दिया तुमने।'' पुलिसिए का लहजा कड़क हुआ।

''ह . . . हां। मेरा ही नाम पंकज है।'' लफ्जों को जैसे किसी और ने उसके मुंह से बाहर धकेला–''ल . . . लेकिन क्यों?''

''अंदर जाओ, इंस्पेक्टर साहब तुम्हारा इंतजार कर रहे हैं।''

हवा शंट हो चुकी थी–''क्या किया है मैंने?''

''इंस्पेक्टर साहब बताएंगे।''

पंकज की इच्छा बार-बार यहां से भाग जाने की हो रही थी मगर अब ऐसा नहीं हो सकता था। सीढ़ियों की तरफ भी कदम नहीं बढ़ा सका वह। जहां का तहां जाम हुआ खड़ा था। फिर उसकी नजर पुलिसियों पर पड़ी। दोनों की आंखों में ऐसे भाव थे जैसे पूछ रहे हों, अब खड़ा क्यों है? अंदर क्यों नहीं जाता?

इससे पहले कि वे कोई और बदतमीजी दिखाएं, मजबूर पंकज को सीढ़ियों की तरफ बढ़ना पड़ा। अपने पैर उसे मन-मन भर के मालूम हो रहे थे। कंधे पर लटका वह बैग भी अचानक भारी लगने लगा था जिसमें उसके कुछ जोड़ी कपड़े और जरूरी सामान था।

गायत्री मंत्र का जाप करता पंकज सीढ़ियों चढ़कर मेनगेट पर पहुंचा जो

इस वक्त खुला हुआ था। उसे पार करते ही नजर लॉबी में मौजूद दृश्य पर पड़ी।

क्रिस्टल के शानदार सोफों पर एक इंस्पेक्टर, सोनम और राजेश कुमार बैठे थे। राजेश कुमार को ठीक देखकर पंकज की धड़कनें कुछ सामान्य हुई थीं मगर पूरी तरह ठीक कहां था वह! राजेश कुमार बैठा नहीं था बल्कि सोफे के एक हत्थे और पुश्त पर लुढ़का-सा पड़ा था।

दाएं हाथ में जॉनी वॉकर की बोतल थी जिसका निचला हिस्सा साइड टेबल पर टिका हुआ था।

आंखें अधमुंदी अवस्था में।

साबित हो गया वह चौबीस घंटे शराब में डूबा रहता है।

सोनम उसी सोफे के दूसरे सिरे पर बैठी थी।

इस वक्त वह चौड़े गले का स्लीवलैस काला ब्लाऊज और काली ही साड़ी पहने हुए थी। साड़ी उसने नाभि से बहुत नीचे, कूल्हों पर बांधी हुई थी। इसी कारण पेट, कमर और कूल्हों का भी कुछ भाग स्पष्ट नजर आ रहा था। वह गोरी थी इसलिए काली साड़ी में बहुत खूबसूरत लग रही थी।

पंकज पर नजर पड़ते ही वह बोली–''लो, आ गया।''

इंस्पेक्टर ने पलटकर दरवाजे की तरफ देखा। राजेश कुमार भी थोड़ा चैतन्य-सा हुआ था लेकिन सिर्फ एक पल के लिए, अगले पल वह फिर लुढ़की-सी अवस्था में पहुंच गया।

इंस्पेक्टर खड़ा हो गया था और तब, पंकज ने देखा–जरूरत से ज्यादा ही लंबा था वह। करीब छः फुट तीन इंच का। उसके हाथ, पैर, चेहरा आदि सभी लंबे थे। आंखें गड्ढों में धंसी हुईं, भिंची-भिंची सी। जैसे गिद्ध की आंखें उसके चेहरे पर लगा दी गई हों।

पंकज की समझ में क्योंकि अभी तक माजरा नहीं आया था इसलिए दिल को 'धाड़-धाड़' करने से नहीं रोक पा रहा था। सोनम के शब्दों से जाहिर था वहां उसी की प्रतीक्षा हो रही थी।

इंस्पेक्टर के करीब पहुंचते-पहुंचते पंकज को उसके चेहरे की तरफ देखने के लिए अपना चेहरा ऊपर उठाना पड़ा था।

नजदीक पहुंचते ही इंस्पेक्टर ने अपना लंबा हाथ उसकी तरफ बढ़ाते हुए कहा–''इंस्पेक्टर आर एम सलबटे।''

''मुझे पंकज कहते हैं।'' भरपूर कोशिश के बाद वह न सिर्फ लहजे को

नियंत्रित रखने में कामयाब हो गया बल्कि पूरे कान्फिडेंस में भरकर हाथ भी उसकी तरफ बढ़ाया। इंस्पेक्टर का हाथ और उंगलियाँ असामान्य रूप से लंबे थे और लंबे ही नहीं थे बल्कि पंकज ने महसूस किया, उनमें फौलाद जैसी ताकत भी थी। एक बार को तो उसे ऐसा लगा जैसे उसका हाथ लोहे के शिकंजे में फंस गया है। जबकि उसने उसके हाथ को हिलाते हुए कहा था–''हम लोग आप ही का इंतजार कर रहे थे मिस्टर पंकज।''

''क . . . क्यों?'' संभालते-संभालते भी आवाज लरज ही गई।

''राजेश कुमार की हालत तो आप देख ही रहे हैं।'' उसने पंकज का हाथ छोड़ते हुए कहा था–''वे रात के हादसे के बारे में ठीक से नहीं बता पा रहे हैं। आप बताइए–क्या हुआ था?''

''हां-हां, बताओ पंकज। हमें भी यह जानना है तुम ऐसा क्या बता सकते हो जो हमने नहीं बता दिया।'' एकाएक कहने के बाद राजेश कुमार ने बोतल मुंह से लगा ली।

पंकज ने यह सोचकर अंदर ही अंदर शांति की लंबी सांस ली कि वह बेवजह डर गया था। एक्सीडेंट की तहकीकात करना पुलिस की ड्यूटी थी और वह वही करने आई थी।

वह जाने क्या-क्या सोच गया था।

अब उसने पूरे आत्मविश्वास के साथ गाड़ी के नजर आने से लेकर राजेश कुमार को सीट से खींचने तक का हाल बता दिया।

''अब बोलो सलबटे, क्या नहीं बताया था हमने तुम्हें!'' पंकज के चुप होते ही राजेश कुमार एक बार फिर बोल पड़ा–''बल्कि हमने इससे कुछ ज्यादा ही बताया था। यह कि हम 'इंडियाना बार' से आ रहे थे। वहीं पी थी हमने अकेले। कोई नहीं था हमारे साथ। यह बात तुम्हें पंकज नहीं बता सकता क्योंकि इसे मालूम ही नहीं है।''

तीनों ने राजेश कुमार की तरफ देखा जरूर था मगर कहा किसी ने कुछ नहीं। सलबटे ने अपनी गिद्ध जैसी आंखें पंकज की आंखों में पिरोते हुए कहा–''तुम कहां से आ रहे थे?''

''स्मिथ नाइट क्लब से।'' पंकज ने सीधे-स्वभाव बताया।

''क्यों गए थे वहां?''

''डेविड को कहानी सुनाने।''

''कौन डेविड?''

"बहुत फेमस प्रोड्यूसर-डायरेक्टर है।"

"ओह, अच्छा वो! रात के एक बजे?"

"स्ट्रग्लर हूँ इंस्पेक्टर साहब, जो जहां, जिस वक्त बुलाता है, पहुंच जाता हूँ। मुझे नहीं पता उन्होंने मजाक में कहा था या सीरियस थे लेकिन कहा यही था मुझे कहानी सुनाना चाहते हो तो रात को बारह बजे स्मिथ नाइट क्लब में पहुंच जाना, वहीं मिलूंगा।"

"मिले?"

"नहीं।"

"नहीं?" गिद्ध जैसी आंखें सुकड़ीं।

"साढ़े बारह बजे तक उनके वहां पहुंचने का इंतजार करता रहा, तब भी नहीं पहुंचे तो चल दिया। रास्ते में . . .

"ऐसा ही होता है।" झूमते हुए राजेश कुमार ने कहा–"बेचारे स्ट्रग्लर्स के साथ ऐसा ही होता है। डेविड जैसे लोग मजा लेने के लिए उल्टी-सीधी जगह का उल्टा-सीधा टाइम दे देते हैं और फिर वहां मिलते भी नहीं, ऐसी ही है ये दुनिया।"

एक बार पुनः सबने उसकी तरफ देखा और सलबटे फिर पंकज से मुखातिब होता बोला–"अगर मैं डेविड से बात करूं तो क्या वह कहेगा उसने तुम्हें टाइम दिया था?"

"क्या कह सकता हूँ!"

"टाइम दिया था तो कहेगा क्यों नहीं?"

"सच वही है जो अभी-अभी सर ने कहा, क्या जरूरी है मुझ जैसे छोटे लोगों को टाइम देने के बाद डेविड साहब को . . .

सलबटे ने उसकी बात काटकर कहा–"उसने इंकार कर दिया तो तुम्हारे लिए मुसीबत खड़ी हो जाएगी मिस्टर पंकज।"

"म . . . मेरे लिए मुसीबत! क्यों?" पंकज सकपकाया।

"हमें सोचना पड़ेगा रात के एक बजे तुम उस सड़क पर क्या कर रहे थे? तुम्हारे ही सामने एक्सीडेंट क्यों हुआ?"

"अरे!" मारे आश्चर्य के पंकज का बुरा हाल हो गया–"संयोग से वैसा हो गया और मैंने सर को बचाया, कोई गलती की क्या?"

"क्या करें! करनी पड़ती है इन्वेस्टिगेशन। राजेश कुमार हस्ती ही इतनी बड़ी हैं कि इनके साथ कभी-भी, कोई भी कुछ कर सकता है। यह जांच

पड़ताल तो हमें करनी पड़ेगी कि उस वक्त तुम वहां इत्तफाक से थे या किसी प्लान के तहत?''

''प . . . प्लान के तहत?'' पंकज के रोंगटे खड़े हो गए थे–''अरे! इसमें भला मेरा क्या प्लान हो सकता है?''

''पता लगा है तुम राजेश कुमार के बहुत बड़े फैन हो, इनसे अपनी स्टोरी पर फिल्म बनवाने के लिए मरे जा रहे हो। ऐसा क्यों नहीं हो सकता यह सब तुमने इनकी सहानुभूति अर्जित करने और इनके नजदीक आने के लिए किया हो? इस एंगिल से देखा जाए तो तुम पूरी तरह कामयाब हुए हो। पीठ पर मौजूद बैग बता रहा है कि तुमने राजेश कुमार का ऑफर मंजूर कर लिया है। यहीं रहकर स्टोरी लिखने के लिए आ गए हो . . . हुए न हंडरेड परसेंट कामयाब!''

पंकज ने चौंककर सोनम को देखा क्योंकि जो कुछ सलबटे ने कहा था, उसके ख्याल से वह सब उसे उसी ने बताया होगा। बड़ी तेजी से पंकज के जहन में यह विचार कौंधा कि क्या उसके साथ भी रंगराज जैसी ही हरकत की जा रही थी? पुलिस के लफड़े में फंसाने की कोशिश की जा रही थी ताकि घबराकर वह भी भाग जाए। बोला–''क . . . कमाल की बात कर रहे हैं आप! मुझे क्या मालूम था वहां सर का एक्सीडेंट होगा? बल्कि, मुझे तो इन्हें बचाने के बाद पता लगा था कि ये, ये हैं।''

''यह तुम कह रहे हो न!''

''और कौन कहेगा?''

''पुलिस का काम सबकी सुनना और फिर उसके निचोड़ से सच्चाई तक पहुंचना है। वही मैं कर रहा हूँ।''

''अरे मगर . . .।'' पंकज बुरी तरह बौखला गया। बौखला कर उसने सोनम की तरफ देखा और . . . उसके सुलगते-से होठों पर उस वक्त पंकज ने जो मुस्कान देखी, वह बहुत ही जहरीली थी। उस मुस्कान को देखकर पंकज और ज्यादा बौखला गया।

''बस-बस। बहुत हो गया। तुम एक शरीफ लड़के पर इस तरह के इल्जाम नहीं लग सकते सलबटे।'' एकाएक बोतल को साइड टेबल पर छोड़कर राजेश कुमार खड़ा हो गया। उसका चेहरा गुस्से से भभक रहा था। वह सलबटे की तरफ बढ़ा। आश्चर्य की बात थी कि उस वक्त उसके कदमों में हल्की-सी भी लड़खड़ाहट नहीं थी। सलबटे के नजदीक पहुंचकर बोला–''इस लड़के ने

इनाम का काम किया है। बचाया है हमें और तुम हो कि इसी को . . . किससे बात कराएं तुम्हारी–पुलिस कमिश्नर से? या डेविड से?''

''कमिश्नर साहब की क्या जरूरत है?'' सलबटे सकपकाया था–''डेविड से ही बात करा दीजिए, वह कह देगा तो शक की कोई गुंजाइश ही नहीं रह जाएगी। साबित हो जाएगा ये बेगुनाह है। जो कुछ हुआ संयोग से हुआ, कोई प्लान नहीं था इसका।''

''अभी लो-अभी लो।'' राजेश कुमार ने कोट की जेब से ब्लैक बेरी निकाला और उसके नन्हें-नन्हें स्वीच्स से छेड़खानी करने की कोशिश करने लगा मगर नशे में होने के कारण वह जो चाहता था, ठीक से कर नहीं पा रहा था। आंखें मिचमिचाता हुआ वह यूं झूम रहा था जैसे, अब गिरा कि तब गिरा। जब कामयाब न हो सका तो इशारे से पंकज को अपने करीब आने के लिए कहा। पंकज को इस वक्त अपने बचाव में वही एकमात्र नजर आ रहा था इसलिए लपक कर उसके नजदीक पहुंचा। राजेश कुमार ने ब्लैकबेरी उसके हाथ में देते हुए कहा–''फोन बुक में डेविड का नंबर है, उसे मिला कर हमें दो। स्पीकर ऑन कर देना।''

पंकज ने वैसा ही किया।

दूसरी तरफ जैसे ही रिंग जानी शुरू हुई पंकज ने मोबाइल राजेश कुमार को पकड़ा दिया। कांपते हाथ से राजेश कुमार बड़ी मुश्किल से उसे कान से लगाने में कामयाब हुआ। कॉल रिसीव की जाते ही वह अपनी आवाज को संतुलित बनाए रखने की कोशिश करता बोला–''राजेश कुमार बोल रहे हैं डेविड।''

''हां बोलो।'' सपाट और रूखी आवाज सबके कानों में पड़ी।

''कल तुमने कहानी सुनने के लिए पंकज नाम के किसी राइटर को स्मिथ नाइट क्लब में रात के बारह बजे बुलाया था?''

''क्या बेकार की बात कर रहे हो यार!'' उपेक्षित स्वर।

''ये बहुत जरूरी है डेविड–बताओ।''

''मुझे याद नहीं।''

''याद करके बताओ डेविड, ये हमारी नहीं, खुद तुम्हारी सेहत के लिए बहुत जरूरी है।''

''मेरी सेहत के लिए?'' लहजे में चौंकाहट पैदा हुई–''क्या बक रहे हो? तुम नशे में हो न!''

"तुम जानते हो, राजेश कुमार नशे में भले ही चाहे जितना हो लेकिन होश नहीं गंवाता।" इस वक्त अपनी वाणी पर राजेश कुमार की आश्चर्यजनक पकड़ थी–"इस वक्त पुलिस कमिश्नर के पास बैठे हैं हम। वह लड़का पुलिस के कब्जे में है। बिहार का बहुत बड़ा क्रिमिनल है वो। कहता है–मुंबई आया ही डेविड की हत्या करने था। राइटर बनकर उससे रात बारह बजे का टाइम भी ले चुका था लेकिन वह वहां पहुंचा नहीं, इसलिए बच गया।"

"क . . . क्या बात कर रहे हैं आप?" डेविड की आवाज में राजेश कुमार के लिए आदर भी पैदा हो गया और वही आवाज यह भी बता रही थी कि उसके छक्के छूट गए हैं–"ह-हां। ये तो सच है। स्टोरी सुनाने के लिए वह कल मेरे ऑफिस में आया तो था। श . . . शायद अपना नाम पंकज ही बता रहा था। मैंने उसे टालने के लिए रात के बारह बजे स्मिथ नाइट क्लब में आने के लिए कह दिया था जबकि मुझे वहां पहुंचना ही नहीं था।"

"थैंक्यू।" कहते हुए राजेश कुमार ने संबंध काटा और बहुत ही जानदार मुस्कान के साथ इंस्पेक्टर सलबटे की तरफ देखता हुआ बोला–"हो गई तसल्ली!"

इसमें शक नहीं कि तीनों राजेश कुमार को ऐसी नजरों से देखते रह गए थे जैसे अजूबा हो जबकि कदमों में हल्की-सी लड़खड़ाहट लिए वह बोतल की तरफ बढ़ा। उसे उठाया और मुंह से लगाकर चेहरा फानूश की तरफ उठा दिया।

व्हिस्की बोतल से उसके हलक में जाने लगी।

"यकीनन् आपने बड़े ही अनोखे तरीके से मेरी तसल्ली की।" सलबटे कहे बगैर न रह सका।

बोतल हटाकर उसने चेहरा सीधा किया। बाजू से होंठ पौंछे और बोला–"सीधे मुंह बात ही नहीं कर रहा था साला, तभी तो उंगली टेढ़ी करनी पड़ी। एक ही झटके में बकरी की तरह मिमियाने लगा।"

"अब मैं चलूंगा मिस्टर राजेश कुमार।" सलबटे ने कहा।

"जरूर जाओ, लेकिन जाने से पहले यह सुन लो।" राजेश कुमार ने चेतावनी-सी दी थी–"इस लड़के को परेशान मत करना। जो भी ऐसा करेगा, हमारी उंगली टेढ़ी होकर उसकी खबर लेगी।"

पंकज को लगा–यह बात उसने सलबटे से नहीं, सोनम से कही थी।

इंस्पेक्टर सलबटे के जाने के बाद सोनम ने पंकज को बहुत ही गहरी नजरों से देखा था। उसकी हरी आंखें उस वक्त हरे कांच की कठोर गोलियों जैसी नजर आई थीं। बला का खूबसूरत चेहरा पूरी तरह सपाट रहा था। पंकज निर्णय नहीं कर पाया उस वक्त उसके दिमाग में क्या चल रहा था?

वह बगैर कुछ कहे सीढ़ियां चढ़ती चली गई।

जिस वक्त वह सीढ़ियां चढ़ रही थी उस वक्त उसके समूचे जिस्म में ऐसी लोच थी जो किसी भी मर्द के दिलोदिमाग में खलबली मचा सकती थी लेकिन पंकज के साथ वैसा कुछ नहीं हुआ।

कारण शायद वह सब था जो रंगराज के नाम से नैना ने बताया था। उस सबकी रोशनी में कम से कम उस वक्त तो पंकज को यही लगा कि बल खाती एक नागिन सीढ़ियां चढ़ रही है।

फिर भी, बाहर को निकले उसके नितंबों से पंकज की नजरें तभी हटीं जब वे नजर आने बंद हो गए।

''वो चीज ही ऐसी है।'' एकाएक लॉबी में राजेश कुमार की आवाज गूंजी–''जो एक बार देख लेता है, देखता रह जाता है। हमारे शब्दों को हमेशा याद रखना दोस्त . . . बस देखता ही रह जाता है।''

पंकज ने एक झटके-से राजेश कुमार की तरफ देखा और बुरी तरह झेंप गया बल्कि सकपका गया।

बोतल हाथ में लिए राजेश कुमार उस वक्त सोफे पर बैठा था।

बौखलाए-से पंकज ने कहा–''ए . . . ऐसी कोई बात नहीं सर, मैं तो उन्हें देखता हुआ यह सोच रहा था कि . . .

''हां-हां। बोलो। रुक क्यों गए?''

''आप बुरा तो नहीं मानेंगे?''

''यह तो तब पता लगेगा जब बोल चुकोगे।''

''रात तो लग ही रहा था, मुझे अब भी लगा वे मुझे बैंग्लो में नहीं चाहतीं। म . . . मुझे तो यह भी लगा–जो शक इंस्पेक्टर के दिमाग में था, उन्हीं की किसी बात की वजह से था। तो सोच मैं यह रहा था इन हालात में मुझे यहां रहना चाहिए या नहीं।''

''बैंग्लो किसका है?'' सपाट सवाल।

''अ . . . आपका।''

''रहने के लिए कौन कह रहा है?''

''आप।''

''किस्सा खत्म।''

पंकज पर कुछ कहते न बन पड़ा। वही बोला–''तुम्हारा कमरा वो है।'' उसने उंगली से बाईं तरफ मौजूद एक बंद दरवाजे की तरफ इशारा किया–''जाओ, अपना बैग वहां रख आओ।''

पंकज दरवाजे की तरफ बढ़ गया।

''हम तैयार होकर आते हैं।'' वह खड़ा हो गया–''तब तक क्या तुम बाहर खड़ी बीएम डब्ल्यू पर कपड़ा मार दोगे?''

''चाबी सर?''

उसने मेनगेट के पीछे वाली दीवार की तरफ इशारा किया।

पंकज को की-बोर्ड पर गाड़ियों की चाबियाँ लटकी नजर आईं।

''जी।'' कहने के बाद वह ढुके हुए दरवाजे को खोलकर कमरे के अंदर चला गया। कमरा काफी बड़ा था। बहुत ही कीमती बैड पड़ा हुआ था वहां। उतने ही कीमती सोफे। बाईं दीवार पर पिकासो की पेंटिंग और बैड के ठीक सामने वाली दीवार पर अड़तालिस इंची टीवी। मगर, सबकुछ धूल से अटा पड़ा था।

जैसे महीनों से किसी ने सफाई तो दूर, डस्टिंग भी न की हो।

इतनी गंदी तो झुमरू की खोली भी नहीं रहती थी।

पंकज के दिल में सोनम के लिए घृणा-सी उपजी क्योंकि उसके ख्याल से घर में साफ-सफाई रखना घर की औरत का ही काम था।

दिल चाहा अभी मुंह पर कपड़ा बांधकर सफाई कर दे लेकिन फिलहाल राजेश कुमार ने बीएम डब्ल्यू की सफाई करने के लिए कहा था, इसका मतलब कहीं जाना था। सो, बैग धूल अटी सेंटर टेबल पर रखा और पुनः एक नजर कमरे में घुमाई।

तीन दरवाजे थे उसमें। एक वह, जो लॉबी में खुलता था यानी जिससे अंदर आया था। दूसरा बाथरूम का और तीसरा साइड लॉन में खुलता था। वह दरवाजा इस वक्त बंद था लेकिन चाबी की-होल में फंसी हुई थी। वह समझ सकता था उससे साइड लॉन में और वहां से पोर्च में पहुंचा जा सकता था लेकिन ऐसा किया नहीं उसने।

वापस लॉबी में आ गया।

नजर सीढ़ियां चढ़ रहे राजेश कुमार पर पड़ी।

बाएं हाथ से रेलिंग पकड़े वह बड़ी मुश्किल से इस काम को कर पा रहा था। कदम लड़खड़ा रहे थे उसके।

एक बार को तो इतनी बुरी तरह लड़खड़ाया कि–''संभलकर सर।'' चिल्लाने के साथ पंकज बहुत तेजी से उसके नजदीक पहुंचा और बाजू पकड़ लिया।

हांफ रहे राजेश कुमार ने उसकी तरफ देखा और . . . उस वक्त पंकज को उसकी आंखों में अपने लिए ऐसे भाव नजर आए थे जैसे किसी समय श्रवणकुमार को अपनी सेवा करते देखकर उसके माता-पिता की आंखों में उभरे होंगे। बहुत ही प्यार से देखा था उसने और फिर कहा था–''थैंक्यू दोस्त . . . लेकिन बुरी आदत मत डालो हमें। हम हमेशा बगैर सहारे के चले हैं, अब भी बगैर सहारे के ही चलना चाहते हैं। तुम गाड़ी पर जाओ, इंतजार करो। हम आते हैं।''

पंकज ने फिर भी सहारा देकर चढ़ाने की कोशिश की मगर इस बार उसने लगभग झिड़कते से अंदाज में जाने के लिए कहा।

पंकज उसे वहीं छोड़कर सीढ़ियां उतरा। लॉबी पार की और वहां पहुंच गया जहां गाड़ियों की चाबियां लटकी हुई थीं। बीएम डब्ल्यू की चाबी उतारने के साथ उसने सीढ़ियों की तरफ देखा।

राजेश कुमार बाल्कनी में पहुंच चुका था।

उसके बाद पंकज पोर्च में आ गया। गाड़ी साफ की और उससे पीठ टिकाकर एक सिगरेट सुलगा ली। धुवां उड़ाता वह उस विशाल लॉन और सामने वाले सिरे पर बने बहुत ही आकर्षक फाऊन्टेन को देख रहा था जो बगैर देख-भाल के उजाड़ हो गया था।

सीढ़ियों से किसी के उतरने की आवाज आई। पंकज ने उधर देखा–राजेश कुमार ही था। कमाल की बात यह थी, इस वक्त वह पूरी तरह फ्रेश नजर आ रहा था।

बहुत ही कीमती सूट पहने हुए था वह। दाएं हाथ में डायमंड ब्रेसलेट।

बाएं में कोई विदेशी घड़ी। कई उंगलियों में कीमती नगों वाली अंगूठियाँ। गले में सोने की मोटी चेन।

पंकज को एक साथ दो बातें लगीं–पहली, यह है मेरी उस नई स्टोरी का हीरो जिसे अभी सोच नहीं पाया हूँ। दूसरी, कौन कहता है राजेश कुमार चुक चुका है! लाखों का माल तो इस वक्त उसके जिस्म पर ही नजर आ रहा था।

पंकज ने लपककर गाड़ी का पिछला दरवाजा खोल दिया। एक नजर उस पर डालता हुआ राजेश कुमार बहुत ही आकर्षक तरीके से मुस्कराया। यह वह मुस्कान थी जिसका पंकज दीवाना था। ऐसा बिल्कुल नहीं लग रहा था वह व्यक्ति यही था जो कुछ देर पहले सोफे पर निढाल पड़ा था या जिस पर सीढ़ियां नहीं चढ़ी जा रही थीं।

उसने खुले हुए दरवाजे में प्रवेश करने की कोई कोशिश नहीं की बल्कि बोला–''राइटर हो दोस्त, तुमसे गाड़ी चलवाना हमें जरा भी अच्छा नहीं लगेगा। चाबी हमें दो।''

''कैसी बात कर रहे हैं सर, मेरे होते आप गाड़ी कैसे चला सकते हैं!'' पंकज ने बहुत ही सम्मान के साथ कहा था।

कुछ देर राजेश कुमार उसकी तरफ देखता रहा। फिर सख्ती के साथ बोला–''गाड़ी हम चलाएंगे।''

उसकी आवाज और चेहरे पर ऐसा कड़कपन था कि पंकज की पुनः कहने की हिम्मत न पड़ी।

हाथ ने स्वतः चाबी उसकी तरफ बढ़ा दी थी।

राजेश कुमार ड्राइविंग सीट पर जा बैठा था। पंकज बगल वाली पर। कुछ देर बाद वे बैंग्लो का गेट पार करके सड़क पर पहुंच गए। सड़क पर पहुंचते ही राजेश कुमार ने गाड़ी की रफ्तार आश्चर्यजनक रूप से बढ़ा दी। इतनी ज्यादा कि पंकज को डर लगने लगा। उसके स्मृतिपटल पर रात का दृश्य चकराने लगा था। उस वक्त सड़क सुनसान थी लेकिन इस वक्त पूरा ट्रेफिक था पर गाड़ी बेकाबू होकर नहीं लहरा रही थी। बहुत ही शार्प ड्राइविंग थी उसकी लेकिन उतनी ही तेज भी। उतनी ही तेजी से चलाते हुए उसने एक सिगरेट भी सुलगा ली थी। गहरा कश लगाने के बाद बोला–''प्राची की बहुत याद आती है दोस्त।''

''प . . . प्राची की सर?''

''आदमी भले ही चाहे जितना समझदार हो लेकिन एक न एक ऐसी गलती जरूर कर देता है जिसके लिए सारी जिंदगी पछताना पड़ता है।

हालांकि उस वक्त आदमी को पता नहीं होता वह गलती कर रहा है। उस वक्त तो एक नशे के, एक जुनून के हवाले होता है वह! प्राची को तलाक देना हमारे जीवन की ऐसी ही गलती थी। भले ही वह सोनम से कम सुंदर थी लेकिन . . .

''लेकिन?'' पंकज के मुंह से निकला।

''ऐसी थी कि–ढेरों आफर्स के बावजूद अब तक दूसरी शादी नहीं की। लोग बताते हैं, वह अक्सर कहती है–जो प्यार उसने हमसे किया था, वह किसी और से नहीं कर सकती और एक सोनम है, आज अगर हम न रहें तो कल किसी और से शादी कर लेगी।''

''पर उसने तो इंटरव्यू में कहा था कि आप . . .

''कहा न, आदमी से कुछ गलतियां हो जाती हैं।''

पंकज के दिमाग में बनी राजेश कुमार की छवि को पहला बट्टा लगा मगर उसकी परवाह किए बगैर वह कहता चला गया–''उसी दिन अपनी गलती मान लेते तो शायद आज इस हालत में न होते।''

''सर, क्या तलाक के बाद आपके बीच बातें हुईं?''

''होती रहती हैं।''

''माफी मांगी आपने कभी?''

''कई बार।''

''प्राची जी ने क्या कहा?''

''हर बार यही कि–वक्त बहुत आगे निकल चुका है।''

पंकज पर कुछ कहते न बन पड़ा बल्कि यदि यह कहा जाए तो ज्यादा उचित होगा, कहने के लिए कुछ सूझा ही नहीं।

दार्शनिकों जैसे अंदाज में उसी ने कहा–'' पंकज, शादी करो तो सोच-समझकर करना।''

''ज . . . जी?'' पंकज का दिल यह सोचकर धक धक करने लगा था कि वह क्या कहने वाला है।

''बीवी आदमी को ले जाकर आकाश की बुलंदियों पर भी बैठा सकती है और पाताल की गर्त में भी डाल सकती है।''

''म . . . मैं समझा नहीं सर।''

''अगर तुम्हारे सामने दो लड़कियां खड़ी कर दी जाएं।'' होठों पर सिगरेट लटकाए वह एक साथ दो गाड़ियों को ओवरटेक करता बोला–''एक, जो

बिल्कुल सुंदर न हो या कम सुंदर हो मगर सलीके वाली, सुशील, मृदुभाषी, बुद्धिमान, तुम्हें प्यार करने वाली और सेक्स के क्षणों में भी पूरा सहयोग देने वाली हो और दूसरी, बेहद खूबसूरत हो . . . ऐसी कि हाथ लगाने से मैली हो जाए लेकिन बदमिजाज हो, अखलाक विहीन हो, मूर्ख और आलसी हो, जोर-जोर से बोलती हो, तुम्हारी कोई खास परवाह न करती हो और सेक्स के क्षणों में भी साथ न देती हो तो किससे शादी करोगे?''

''पहली से।'' पंकज के जहन में नैना नाची।

''गुड। शानदार जवाब दिया तुमने। सुखी रहोगे और यकीनन् उसके संपर्क में आने के बाद तरक्की भी करोगे।'' कहने के बाद उसने कोट की जेब से गोल्ड का बना हिप-फ्लास्क निकाला और उसका ढक्कन खोलकर मुंह से लगा लिया।

चेहरा स्वतः ऊपर उठ गया था।

व्हिस्की उसके गले में उतरने लगी।

उस वक्त पंकज बुरी तरह डर गया था क्योंकि गाड़ी कहीं भी लग सकती थी। बहरहाल, पल भर के लिए ही सही, शराब पीने के चक्कर में उसकी आंखें सड़क से हटी थीं मगर, लगी कहीं नहीं।

कुछ देर बाद चेहरा सीधा किया, हिप-फ्लास्क हटाया लेकिन उसे बंद नहीं किया उसने। यूँ ही, खुले-खुले हाथ में रखा।

''सर, बुरा न मानें तो एक बात कहूँ?''

''हमें मालूम है तुम क्या कहोगे?''

''जी?''

''यह कि हमें इतनी नहीं पीनी चाहिए। इस तरह तो हम खुद को तबाह कर रहे हैं। हर प्यार करने वाला, जिससे प्यार करता है, उससे ऐसा ही कहता है लेकिन प्राची के बाद हमें प्यार करने वाला कभी मिला ही कहां! काश ये शब्द कभी सोनम ने भी कहे होते!''

''सर . . .

''सोनम को तो देखा ही है तुमने।'' तेज ड्राइविंग कर रहा होने के बावजूद वह अपने चेहरे को सिगरेट के धुऐं के पीछे छुपाए कहता चला गया–''कितनी सुंदर है! जैसे परियों के देश से उतरकर धरती पर आ गई हो मगर उसकी बदमिजाजी की भी कुछ झलकियां देख चुके हो। सेक्स के क्षणों में तो वह इतनी ठंडी है जितनी बर्फ की सिल्ली होती है। आपको ऐसा

लगेगा जैसे जो कुछ कर रहे हैं किसी डैडबॉडी के साथ कर रहे हैं। सोचकर देखो, ऐसी औरत आदमी के दिमाग को डिप्रेशन के कितने गहरे गर्त में पहुंचा सकती है! फिर कुछ दिन बाद वह अपना बैडरूम अलग कर लेती है। पति को कमरे में फटकने तक नहीं देती। कुत्ते जैसा व्यवहार करती है। चाहती है पति उसके तलवे चाटता रहे। बताओ–ऐसा आदमी शराब में न डूबे तो क्या करे?''

''लेकिन सर, शराब में डूब जाना, धीरे-धीरे खुद को बरबाद कर लेना भी तो कोई हल नहीं!''

''आदमी की एक स्टेज ऐसी आ जाती है बच्चे, जिसमें वह हल नहीं चाहता। बस उस सबको भूलना चाहता है, उससे दूर रहना चाहता है, जो उसके चारों तरफ हो रहा होता है।''

''शराब पीकर क्या वह भूल पाता है?''

''कुछ देर के लिए गफलत का शिकार तो हो ही जाता है।''

पंकज को जवाब न सूझा।

एक बार फिर उसने हिप-फ्लास्क मुंह से लगाया और हलक तर करने के बाद बोला–''पर हमें इस पाताल वाली गर्त से निकलना है। साबित करना है हमसे बड़ा सुपरस्टार न कभी हुआ है, न होगा। दूसरों के साथ-साथ यह बात हमें सोनम पर भी साबित करनी है।''

''मैं भी यही चाहता हूँ सर, लेकिन क्या आप गाड़ी धीरे नहीं चला सकते! कहां जा रहे हैं! क्या हमें वहां पहुंचने की जल्दी है?''

वह अजीब अंदाज में ठहाका लगाकर हंसा। बोला–''ऑफिस जा रहे हैं दोस्त और ये हमारी नार्मल रफ्तार है। डरो मत। रात जैसा कुछ नहीं होने वाला। वो बात अलग थी।''

पंकज सांस रोके बैठा रहा।

वह बोला–''सोची कोई कहानी?''

पंकज बुरी तरह सकपका गया।

सच्चाई यह थी कि कहानी के नाम पर वह एक प्वाइंट तक नहीं सोच पाया था और . . . राजेश कुमार ने अचानक ही ये सवाल कर दिया था। उसे लगा–इस स्टेज पर उसका यह कहना राजेश कुमार पर अच्छा इंप्रेशन नहीं छोड़ेगा कि वह कुछ भी नहीं सोच पाया है। अतः जो मुंह में आया कह दिया–''आया तो है एक आइडिया।''

''गुड। ऑफिस पहुंचकर सुनते हैं।'' ऐसा कहकर उसने एक बार फिर हिप-फ्लास्क मुंह से लगा लिया था।

उसके सेंटेंस ने पंकज को राहत पहुंचाई। वह राहत कम से कम ऑफिस पहुंचने तक के लिए तो थी ही लेकिन वह जानता था राजेश कुमार का ऑफिस नटराज स्टूडियो में है और जिस गति से गाड़ी चल रही थी, वहां पहुंचने में ज्यादा टाइम लगने वाला नहीं था।

राजेश कुमार खामोश हो गया था और . . . पंकज के दृष्टिकोण से यह अच्छा ही था। सोचने का मौका मिल रहा था उसे। अब उसने हर तरफ से ध्यान हटाकर सिर्फ और सिर्फ कहानी के बारे में सोचना शुरू किया। दिमाग गाड़ी की रफ्तार से कई गुना ज्यादा तेजी से दौड़ने लगा था मगर कोई 'विषय' ही दिमाग में नहीं आ रहा था।

विषय आए तो कहानी भी बने।

अपने ही दिमाग पर गुस्सा आने लगा उसे।

क्या हो गया है इसे? कुछ उगल क्यों नहीं रहा?

सोचते-ही-सोचते गाड़ी नटराज के बंद गेट पर पहुंच गई। जिस गेट के अंदर घुसने के लिए पंकज को तगड़ी मशक्कत करनी पड़ती थी, उसे खुलवाने के लिए राजेश कुमार ने हार्न बजाया।

गार्ड ने गेट खोला।

पंकज को उम्मीद थी वह राजेश कुमार और उसकी गाड़ी को देखकर जोर से सैल्यूट मारेगा मगर वैसा कुछ नहीं हुआ बल्कि हुआ ये कि गार्ड ने कसैला-सा मुंह बनाया।

पंकज चकित रह गया।

''गौर से देखो पंकज, ये वो फिल्मी दुनिया है जिसकी चकाचौंध से सारे हिंदुस्तान की आंखें चौंधियाई रहती हैं।'' आवाज बता रही थी राजेश कुमार पर सुरूर चढ़ने लगा था–''गार्ड को जब तक पांच सौ का पत्ता देते रहे, तब तक इस तरह सैल्यूट मारता रहा जैसे सारी हड्डियों को चटका डालेगा, जिस दिन से पत्ता मिलना बंद हुआ, हमें और हमारी गाड़ी को देखकर ऐसा मुंह बनाता है जैसे स्टूडियो में कोई अवांछनीय तत्व घुस आया हो।''

पंकज को कहने के लिए कुछ नहीं सूझा। राजेश कुमार ने तेजी से गाड़ी उधर बढ़ाई जिधर उसका ऑफिस था और फिर झटके के साथ ठीक ऑफिस के सामने रोकी।

उस वक्त वे बाहर निकल रहे थे जब सामने से अनिल की गाड़ी आई। शायद वह शूटिंग शड्यूल निपटाकर लौट रहा था।

राजेश कुमार को देखकर उसने अनदेखा कर दिया और गाड़ी ठीक उनकी बगल से गुजर गई। राजेश कुमार के होठों पर फिर एक फीकी मुस्कान उभरी। बोला–''कसूर न इसका है, न गार्ड का। ये दुनिया ही ऐसी है चढ़ते को सलाम, उतरते को मुस्कान भी नहीं। मगर . . . इन सबसे फिर सलाम बजवाने हैं। तुम देखना, ये हमें ही नहीं . . . तुम्हें भी झुक-झुककर प्रणाम किया करेंगे।''

बस यही . . . राजेश कुमार में पंकज को यही आग चाहिए थी। यदि ये आग इसी तरह सुलगती रही तो उन्हें उनकी मंजिल तक पहुंचने से कोई नहीं रोक सकता था।

मगर, उस वक्त पंकज नहीं जानता था, अपने ऑफिस में, अपनी कुर्सी पर बैठकर राजेश कुमार एक धमाका करने जा रहा था।

चपरासी टाइप का एक साठ वर्षीय व्यक्ति राजेश कुमार के ऑफिस का मेनगेट खोले, उसके बाहर स्टूल पर बैठा था।

वह राजेश कुमार को देखकर खड़ा हो गया।

''कैसे हो पांडे?'' उसकी बगल से गुजरते राजेश कुमार ने कहा।

वह तपाक-से बोला–''ठीक हूँ सर।''

राजेश कुमार का ऑफिस दो कमरों का था। बाहर वाले कमरे का फर्नीचर बता रहा था वह स्टाफ के लिए है लेकिन स्टाफ के नाम पर वहां पांडे के अलावा और कोई नहीं था।

अंदर वाले कमरे में एक विशाल और कीमती मेज पड़ी हुई थी। उसके पीछे, चमड़े से मंढी इतनी विशाल कुर्सी थी जिस पर आराम से सोया भी जा सकता था।

दीवारों पर बने स्टैंड्स पर चारों तरफ ट्राफियां ही ट्राफियां रखी थीं। उन फिल्मों की ट्राफियां जिनका पंकज दीवाना रहा था। किसी ने सिल्वर जुबली की थी, किसी ने डायमंड जुबली मगर, ट्राफियों पर जमी धूल को देखकर पंकज को दुख हुआ।

वैसी ही धूल उन रैक्स में भी थी जिनमें अनेक फाइलें रखी थीं।

मेज पर रखे सामान पर जरूर बेमन से कपड़ा मार दिया गया था। वहां चार-पांच फोन और कुछ फोल्डर्स रखे थे।

''बैठो।'' शानदार कुर्सी पर बैठते हुए उसने मेज के इस तरफ पड़ी कुर्सियों की तरफ इशारा किया।

पंकज बीच वाली कुर्सी पर बैठ गया।

मेज की दराज से उसने एक सील्ड ब्लू लेबल निकाली और उसे खोलता हुआ बोला–''लोगे?''

''नो सर, थैंक्यू।''

''दिन में लेनी भी नहीं चाहिए।'' कहने के साथ उसने बोतल का मुंह अपने मुंह से लगा लिया था। कुछ घूंट हलक से उतारने के बाद बोला–''जिस दिन, दिन में लेने की इच्छा हो उस दिन समझ लेना तुमने बरबादी की तरफ बढ़ना शुरू कर दिया है।''

यह कहने की पंकज की बड़ी तीव्र इच्छा हुई कि–अगर आप इस बात को जानते हैं तो खुद यह गलती क्यों कर रहे हैं लेकिन फिर लगा–कोई फायदा नहीं होगा इसलिए चुप रहा। उसे अपने 'हीरो' की हालत पर दुख जरूर हो रहा था। उसने ख्वाब तक में नहीं सोचा था उसका 'आदर्श' इस हाल में मिलेगा।

बोतल को वापस मेज पर टिकाता राजेश कुमार बोला–''इस प्रोजेक्ट पर काम करने से पहले हम कुछ बातें बताना चाहेंगे।''

''जी बताइए।''

''लोग तुमसे कहेंगे राजेश कुमार पिट चुका है। अव्वल दर्जे का पियक्कड़ है। चौबीस घंटे शराब में डूबा रहता है। इस कदर तबाह हो चुका है कि अब कोई काम नहीं कर सकता। यह भी कहेंगे पैसे के नाम पर उसके पास फूटी कौड़ी तक नहीं है। कर्जे से बिंधा पड़ा है। आज उसके पास नजर आने वाली कोई भी चीज उसकी नहीं है। सब गिरवी पड़ी है। सोनम तो हमें शेखचिल्ली कहकर एक तरह से कह भी चुकी है। यह शराब भी हम दूसरों के पैसों की पी रहे हैं। ये चेन, ये ब्रेसलेट यहां तक कि ये कपड़े भी हमारे नहीं हैं।''

''जी।''

''क्या जी?''

''आपने बताया–लोग ऐसा कहेंगे।''

''और यह गलत नहीं होगा।'' उसने साफ शब्दों में कहा–''सच और . . . केवल सच होगा। जिस ऑफिस में इस वक्त तुम बैठे हो, एक समय उसमें भीड़ लगी रहती थी। वे लोग हमारा इंतजार करते रहते थे लेकिन हमें इस कुर्सी पर बैठने की फुर्सत नहीं थी। आज यहां कोई नहीं आता। फिर भी हम ऑफिस आते हैं। केवल इसलिए क्योंकि यहां आना बंद कर दिया तो जो थोड़ा भ्रम बाकी बचा है, जिसकी वजह से लोग अपना पैसा नहीं मांग रहे हैं या दबी ज़ुबान में मांगते हैं, वह भ्रम भी खत्म हो जाएगा। दिवालिया घोषित करना पड़ेगा हमें खुद को। ये ऑफिस, वो बैंग्लो . . . सब कुछ पलक झपकते ही किसी और का हो जाएगा। हम यह अफवाह फैलाकर ऐसा होने से रोके हुए हैं कि हालीवुड की फेमस कंपनी 'मेजिक मूवीज' हमारी पुरानी फिल्मों के राइट्स लेने वाली है। हमने लोगों को यह आशा बंधा रखी है कि सौदा बस सिरे पर है, पटने ही वाला है और . . . कर्जदार इस भ्रम में फंसे हुए हैं यदि ये सौदा हो गया तो राजेश कुमार पर पैसा ही पैसा होगा। इतना ज्यादा कि सबका कर्ज चुकाने के बाद भी वह दो-चार फिल्में बना सकता है।''

पंकज खामोशी से सुनता रहा।

अगर उसकी पहले ही झुमरू और नैना से बात न हो जाती तो निश्चित रूप से वे शब्द उसके लिए बहुत बड़ा धमाका होते। फिर भी यह धमाका तो था ही कि उस सबको राजेश कुमार अपने मुंह से कबूल कर रहा था और अब उसकी माली हालत के बारे में शक की कोई गुंजाइश नहीं रह गई थी।

''बात तुम्हारी समझ में भी आ रही है या नहीं?''

''जी . . . आ रही है।''

''क्या आ रही है गधे! हम यह बता रहे हैं मेजिक मूवीज वाली बात कोरी गप्प है। उनसे या किसी और से कोई बात नहीं चल रही है। कहीं से कोई पैसा आने वाला नहीं है हम पर।''

''म . . . मैं समझ रहा हूँ।''

''तो फिर अभी तक यहां क्यों बैठे हो?''

''ज . . . जी?'' पंकज सकपकाया।

''उठकर भाग क्यों नहीं जाते? क्यों अपना टाइम वेस्ट कर रहे हो? हम खुले शब्दों में बता चुके हैं हमारे पास फिल्म बनाने के तो क्या, लाइफ पूरी करने तक के पैसे नहीं हैं।

''अब मैं भी कुछ कहूँ सर?''

''पता नहीं क्यों और क्या कहना चाहते हो!''

''दो चीजें होती हैं–प्यार और आस्था। ये दोनों आदमी तब किसी से कर सकता है जब सिर्फ दिल से करे, दिमाग को दखल न देने दे। क्योंकि दिमाग का दखल होने पर न आप किसी से प्यार कर सकते हैं, न किसी में आपकी आस्था हो सकती है। लोग कहते हैं प्यार भगवान का रूप है, उससे बड़ा कुछ भी नहीं लेकिन मेरा दृढ़ विश्वास है, आस्था के सामने प्यार की कोई हैसियत नहीं। प्यार समय के साथ कम हो जाता है और कभी-कभी पूरी तरह खत्म भी हो जाता है लेकिन आस्था के साथ ऐसा नहीं है। आपके मन में वह जिसके प्रति उमड़ती है, आपके अंतिम सांस तक साथ रहती है। फार एग्जांपिल–भगवान में लोगों की आस्था होती है और . . . कुछ भी हो जाए, भगवान लोगों का चाहे जितना बुरा कर दे मगर उसके प्रति आस्था खत्म नहीं होती। बल्कि जब भगवान बुरा कर रहा होता है तो आस्था और बढ़ जाती है। लोग यही कहते पाए जाते हैं–यह भी भगवान किसी अच्छे के लिए ही कर रहा होगा।''

राजेश कुमार ने पूछा–''ये भाषण क्यों दिया तुमने?''

''यह बताने के लिए कि मेरे मन में आपके प्रति आस्था है।'' पंकज कहता चला गया–''भले ही आपको पता हो कि आपके पास फिल्म बनाने के साधन नहीं हैं मगर . . . उसी आस्था के कारण मुझे विश्वास है–आप अपनी पर आए तो फिल्म जरूर बना लेंगे।''

''बस . . . बस।'' कहने के साथ जोश में भरे राजेश कुमार ने दांतों पर दांत जमाने के साथ इतनी जोर से मेज पर घूंसा मारा कि उस पर रखी हर वस्तु को भूकंप-सा झेलना पड़ा मगर किसी की भी परवाह किए बगैर वह कहता चला गया–''इस आस्था को बनाए रखना पंकज और हम तुम्हारी आस्था पर खरे उतरकर दिखाएंगे। जो भी कहानी तैयार करो, इस आस्था को बनाए रखकर करना बल्कि अब हम तुम्हें बताते हैं कि–हम पागल नहीं हैं। हमारे पास पहनने के लिए कपड़े रहें, न रहें मगर फिल्म बनाने के लिए पूरा इंतजाम है। हमें अच्छी तरह मालूम है उसके लिए धन का जुगाड़ कहां से करना है। बल्कि यूं समझो कि–कर चुके हैं।''

''मेरा काम कहानी लिखना है और वो मैं पूरे मन से लिखूंगा।'' कहता-कहता पंकज रोमांचित हो गया था।

''अब हुआ है सौदा पक्का।'' अचानक ही राजेश कुमार बहुत जोश में भरा नजर आने लगा था। एक बार फिर उसने बोतल मुंह से लगाई और

पांच-सात घूंट एकसाथ हलक से उतारने के बाद उसे वापस मेज पर रखता बोला–''वो सुनाओ जो गाड़ी में कह रहे थे।''

एक बार फिर फंस गया पंकज। दिमाग में कुछ नहीं था। कुछ कहना था, इसलिए शुरू हो गया–''अभी कुछ पका नहीं है, कच्चा-सा खाका है। मेरे दिमाग में यह बात आ रही थी कि–आप ही की लाइफ हिस्ट्री को स्टोरी बनाया जाए। अपने जमाने का सुपरस्टार जो आज पचपन साल का हो चुका है। लोगों के . . . खासतौर पर पत्नी के तानों और तिरस्कार के कारण शराब में डूब गया है। कर्जे से बिंध गया है मगर टूटा नहीं है। उसमें आज भी कुछ कर गुजरने का जुनून है। पुनः खुद को सुपरस्टार साबित करने की क्षमता है और हाथ में कुछ न होते हुए भी सबकुछ कर दिखाता है।''

कहने के बाद पंकज ने प्रतिक्रिया जानने के लिए गौर से राजेश कुमार के चेहरे की तरफ देखा, हालांकि कहते ही कहते पंकज को अपना आइडिया जंचने लगा था। उसे लग रहा था–जिस दिमाग में बोलना शुरू करने से पहले कुछ था ही नहीं, उसमें अचानक इतनी धांसू बात कहां से आ गई? पर आई कहां थी! वह सब तो आंखों से देख रहा था वह। दिमाग में बस इतनी-सी बात आई थी कि इसी की स्टोरी बना दी जाए और यह बात भी शायद इसलिए आई थी क्योंकि असल में उसके दिमाग में कोई स्टोरी थी ही नहीं लेकिन अब उसे लग रहा था–यह एक शानदार कहानी हो सकती है।

''बात तो अच्छी है।'' दो-तीन घूंट और हलक से नीचे उतारने के बाद राजेश कुमार ने कहा–''खासतौर पर इस एंगिल से कि इस फिल्म का प्रचार ही यह कहकर किया जाएगा कि यह फिल्म राजेश कुमार ने अपनी रीयल लाइफ पर बनाई है। लोग थ्येटर में खिंचे चले आएंगे। सुपरस्टार की चमक-दमक वाली लाइफ के पीछे छुपे सच को कौन नहीं देखना चाहता लेकिन . . .

''लेकिन?'' पंकज का दिल 'धाड़-धाड़' करने लगा।

''बात फ्लैट लग रही है। टर्न और ट्विस्ट . . .

''टर्न एंड ट्विस्ट अभी डाले ही कहां हैं सर!'' पंकज ने इस डर से बात बीच में ही लपक ली कि कहीं राजेश कुमार आइडिए को ही रिजेक्ट न कर दे क्योंकि सच्चाई यह थी, आइडिया उसे जंचने लगा था। कहता चला गया–''मैंने तो पहले ही कहा था, अभी तो कच्चा खाका है। फॉर एग्जांपिल–पहला ट्विस्ट यह होगा कि सुपरस्टार की पत्नी उसका मर्डर करने की कोशिश कर रही है।''

''क . . . क्या?'' राजेश कुमार चौंका–''क्या सचमुच?''

''कल्पना सर . . . कल्पना।'' पंकज सकपकाया–''कल्पना के बगैर भला कौनसी कहानी बन सकती है?''

राजेश कुमार की आंखें शून्य में स्थिर हो गईं।

मस्तक पर त्रिशूल-सा बन गया था। बहुत गौर से कुछ सोचता नजर आ रहा था वह जबकि पंकज असामान्य गति से धड़कते अपने दिल को संभालने की असफल कोशिश के साथ एकटक उसके चेहरे की तरफ देखे जा रहा था। उसे बड़ी बेसब्री से उसकी प्रतिक्रिया का इंतजार था। एकाएक राजेश कुमार बड़बड़ाया–''गुड।''

पंकज का दिल बल्लियों उछलने लगा।

''लोगों को थ्रिल का मजा आएगा। साथ ही पत्नी से घृणा होगी जो कि होनी भी चाहिए।'' वह बड़बड़ाए जा रहा था, फिर एकाएक पंकज से मुखातिब होता बोला–''पर क्यों पंकज? अपने पति का मर्डर वह क्यों करना चाहती है?''

''अभी ठीक से कुछ सोचा नहीं है सर।'' पंकज यूं ही फैंकता रहा–''हो सकता है कोई और मर्द . . . कोई विलेन! या उसकी पूर्व जिंदगी का कोई प्रेमी। कोई मजबूरी भी दिखा सकते हैं।''

''ऊंहू!'' उसने बुरा-सा मुंह बनाया।

पंकज तुरंत समझ गया बात उसके हलक से नीचे नहीं उतरी है इसलिए झट बोला–''कुछ और सोच लेंगे।''

राजेश ने फिर दो-तीन घूंट हलक से उतारे, बोला–''पैसा! पति का मर्डर वह पैसे के लिए करना चाहती है। असल में आडियंस को उससे असली घृणा तभी होगी।''

''पर सुपरस्टार के पास पैसा तो है ही नहीं सर।''

''सोचना पड़ेगा, निकालना पड़ेगा कोई रास्ता और हां, इसमें ये और जोड़ना कि यह मर्डर वह ऐसे तरीके से करना चाहती है जिससे लोगों को अचानक हो गई दुर्घटना लगे।''

पंकज सन्न रह गया।

क्या। राजेश को मालूम था सोनम किस फिराक में थी?

एकाएक वह बोला–''इसमें प्राची का करेक्टर भी डालना।''

''जी?''

"तभी लोगों को एहसास होगा राजेश कुमार ने वाकई अपनी रीयल लाइफ पर फिल्म बनाई है। वही दिखा सकते हो जो गाड़ी में कहा था। यह कि–उसे दिए गए तलाक को सुपरस्टार अपने जीवन की सबसे बड़ी भूल मानता है और आज भी चाहता है प्राची उसकी जिंदगी में लौट आए। वह सोचता है–ऐसा हो जाए तो उसे नया जीवन मिल जाएगा। फिर से बहार आ जाएगी जिंदगी में।"

"ठीक है सर, मैं देखूंगा क्या बन सकता है।"

"ओके" राजेश कुमार ने कहा–"काफी डिस्कशन हो गया और अच्छा हो गया। सब्जेक्ट तो फाइनल हो ही गया। चलता है पंकज, तुमने साबित कर दिया तुम्हारा दिमाग चलता है। अब तुम बाहर वाले रूम में जाकर उस सबको कागज पर उतारो जो सोचा है, हम कुछ दूसरे काम निपटा लेते हैं। बाहर कम्प्यूटर रखा है। ऑपरेट करना आता है न!"

"म . . . मैं हाथ से लिखता हूँ।"

"बहुत अच्छा। लिखो।" कहने के साथ उसने खुद को कुर्सी की पुश्त पर गिराकर आंखें बंद कर लीं।

पंकज उठा। दिमाग जोश से भरा था। जो कुछ जहन में आ रहा था, उंगलियां उसे कागज पर उतारने के लिए मचल रही थीं।

लिखते-लिखते पंकज की उंगलियां दुख गईं।

कागज पर कागज भरते चले गए मगर वह रुका नहीं। लेखन में रवानगी ही ऐसी आई थी कि उसने पंकज को रुकने नहीं दिया। पांडे से सिगरेट का पैकिट और तीन-चार बार चाय जरूर मंगाई।

जब वह लंच को पूछने आया तो पंकज ने उसकी तरफ बगैर देखे हांथ उठाकर इंकार कर दिया था।

चौंका उस वक्त जब पांडे ने कहा–"पांच बज गए हैं साब, सर पांच ही बजे ऑफिस से जाते हैं।"

पंकज ने चेहरा उठाकर पांडे की तरफ देखा, कुछ देर ऐसी नजरों से देखता रहा जैसे समझ ही न पा रहा हो क्या देख रहा था क्योंकि अभी-भी वह कहानी में खोया हुआ था। फिर उसे याद आया–वह कहां है और सामने

कौन खड़ा है। मेज पर चारों तरफ बेतरतीबी से फैले अपने लिखे कागजों को देखकर चौंकता-सा बोला–''सर ने भी लंच नहीं लिया क्या?''

''वे लंच लेते ही कहां हैं?''

''मतलब?''

''अब तो लंच, डिनर, ब्रेकफास्ट–सब शराब है।''

''ओह! क्या वे तब से अब तक पीते ही रहे होंगे?''

''आज कोई नई बात तो की नहीं है उन्होंने।''

''मैं उनसे चलने के लिए कहता हूँ। तब तक क्या तुम कागजों को एक फाइल में लगा दोगे?''

''भले ही सारी दुनिया साथ छोड़ दे लेकिन शशांक पांडे सर का साथ नहीं छोड़ सकता क्योंकि शशांक पांडे मुंबई के लोगों की तरह एहसान फरामोश नहीं है।''

पंकज ने चौंककर उसकी तरफ देखा था।

शून्य में आंखें टिकाए वह कहता चला गया–''सर के पैसों से पूरी जिंदगी ऐश से गुजरी। तीन लड़कियां थीं। उनकी शादी धूमधाम से कीं। आज घर में जो भी कुछ है, सब सर का ही दिया हुआ है।''

पंकज खामोश रहा।

उसने पूछा–''क्या आप राइटर हैं साब?''

''हां।'' उसने संक्षिप्त जवाब दिया।

''क्या लिख रहे हैं?''

''सर की नई फिल्म की कहानी।''

''सर की फिल्म!'' उसकी आंखें विस्फारित अंदाज में फैल गई थीं–''मैं तो समझता था, इस दुनिया में मैं अकेला ही पागल हूँ मगर आप तो मुझसे भी बड़े पागल निकले।''

''क्यों भई? ऐसा क्यों समझते हो तुम?''

''काश ऐसा हो सकता साब!'' उसकी आंखों में आंसू नजर आने लगे थे–''फिर बहार आ सकती मेरे सर की लाइफ में मगर मुझे मालूम है, ऐसा नहीं हो सकता।''

''ऐसा क्यों सोचते हो पांडे! सर ने मुझसे खुद कहा, उनके पास खाने के लिए पैसा हो न हो, फिल्म बनाने के लिए है।''

''ख्वाबों की कौनसी दुनिया में जी रहे हो साब, शराबी की बातों पर

विश्वास नहीं किया करते। गलती सर की नहीं है, ये साली चीज ही ऐसी है कि जो पी लेता है, ऊंची-ऊंची डींगें मारने लगता है। तर्कशक्ति भी काफी बढ़ा देती है शराब। अपने उल्टे-सीधे तर्कों से शराबी किसी नए आदमी के सामने अपने उन शुभचिंतकों को गलत साबित कर देता है जो उसे शराब के चंगुल से निकाल़ने की कोशिश करते हैं। सिद्ध कर देता है कि वह ठीक और वे गलत हैं। वे उसे सता रहे हैं। उन्हीं की वजह से वह शराब में डूबा है।''

''क्या कहना चाहते हो?''

''मेरी राय है साब अपनी दुकान समेटो और फूट लो यहां से। अब यहां कोई फिल्म-विल्म बनने वाली नहीं है। आपके चक्कर में आ गए तो वे रहे-सहे पैसे भी बरबाद कर देंगे।''

पंकज को लगा पांडे कुछ ज्यादा ही बोल रहा है इसलिए थोड़े रूखे स्वर में कहा–''किसी को सलाह देने की जगह तुम्हें अपना मन अपने काम में लगाना चाहिए।''

''ये दुनिया बड़ी अजब हो गई है'' कहने के साथ उसने कागज समेटने शुरू कर दिए थे–''ठीक ही है वो कहावत–गधे को दिया नून, गधा कहे मेरी आंख फोड़े है।''

पंकज को गुस्सा तो बहुत आया लेकिन यह सोचकर चुप रह गया कि वह अकेला ऐसा आदमी मिला था जिसे राजेश कुमार से हमदर्दी ही नहीं थी बल्कि उसका वफादार भी था।

मूड ठीक करने के लिए उसने एक सिगरेट सुलगाई क्योंकि जो कुछ लिखा था, उसे लिखने के बाद खुद को इतना रोमांचित महसूस कर रहा था कि . . . वह सब राजेश कुमार को सुनाना चाहता था।

ऐसा शायद इसलिए था क्योंकि उसे यकीन था, सुनने के बाद वह भी रोमांचित हो उठेगा।

जो डिस्कशन हुआ था, शब्दों में ढलने के बाद उसका असर सैंकड़ों गुना बढ़ गया था। प्राची की मौजूदगी ने कहानी को बहुत ही अनोखी प्रेम कहानी का रूप दे दिया था।

खुद को वह सब राजेश कुमार को सुनाने के लिए तैयार करके उसने अंदर वाले कमरे में कदम रखा लेकिन वहां का दृश्य देखते ही सारे इरादों पर तुषारापात हो गया।

राजेश कुमार बैठा तो कुर्सी पर ही था लेकिन छाती से ऊपर का पूरा हिस्सा मेज पर था। चेहरा मेज पर पड़ा था और बाजू उसे चारों तरफ से ढके हुए थे। खाली बोतल मेज पर लुढ़की पड़ी थी।

पंकज कई क्षणों तक ठगा-सा उस दृश्य को देखता रहा। दिमाग में ख्याल कौंधा–'क्या ये आदमी वाकई फिल्म बना पाएगा?'

मृगतृष्णा के पीछे तो नहीं भाग रहा मैं?

फिर जहन में राजेश कुमार के शब्द गूंजे और उन्हीं से प्रेरित हुआ वह उसके नजदीक पहुंचा। एकाध बार सर-सर कहकर इतनी धीमी आवाज में आवाज दीं कि आवाज शशांक पांडे तक न पहुंचे। पर राजेश कुमार की मुद्रा में बाल बराबर फर्क न आया।

फिर उसने कंधा पकड़कर झंझोड़ते हुए आवाजें दीं।

ढाक के तीन पात।

उस वक्त वह आवाजें देता राजेश कुमार के ऊपरी जिस्म को मेज से उठाने की कोशिश कर रहा था जब कमरे में पांडे की आवाज गूंजी–"कुछ नहीं होगा साब, आपका पहला दिन है। मैं रोज यही करता हूँ। इन्हें उठाकर गाड़ी की ड्राइविंग सीट पर डालना होगा, उसके बाद खुद ड्राइविंग करनी शुरू कर देंगे।"

"शटअप एंड गेटआउट। बाहर जाकर स्टूल पर बैठो।"

पांडे सहम गया।

शायद उसे पंकज से ऐसी उम्मीद नहीं थी। वह बगैर कुछ कहे दरवाजे पर नजर आना बंद हो गया।

पंकज कुछ देर और राजेश कुमार को चेतन्य करने की कोशिश करता रहा लेकिन जब तब भी कामयाबी नहीं मिली तो मेज के इस तरफ पड़ी कुर्सिंयों में से एक पर बैठ गया।

अब उसके पास राजेश कुमार के चेतन्य होने का इंतजार करने के अलावा कोई चारा नहीं था पर ऐसा भी कितनी देर कर सकता था! तीस मिनट गुजरने पर भी जब राजेश कुमार के जिस्म में कोई हलचल नहीं हुई तो कुर्सी से खड़ा होकर चहलकदमी करने लगा। बाहर इसलिए जाना नहीं चाहता था क्योंकि पुनः पांडे से सामना होता। हो सकता है वह फिर कोई टिप्पणी कर देता और पंकज खुद को काबू में न रख पाता।

समय गुजारने के लिए वह रैक्स की तरफ बढ़ा गया।

यूं ही फाइलें निकाल-निकालकर देखने लगा। उनमें राजेश कुमार की कुछ पुरानी फिल्मों के स्क्रीन-प्ले भी थे।

उनके रूप में अचानक ही पंकज को काम मिल गया।

उसने स्क्रीन-प्ले कभी नहीं लिखा था और वे पुराने स्क्रीन-प्ले अपनी कहानी का स्क्रीन-प्ले तैयार करने में मदद कर सकते थे।

अब वह एक-एक फाइल को गौर से देखने लगा।

स्क्रीन-प्ले की फाइलों को अलग रखने लगा ताकि टाइम मिलने पर गहराई से उनका अध्ययन कर सके। स्टूडेंट लाइफ में उसे राजेश कुमार की 'उड़ती पतंग' नामक फिल्म सबसे ज्यादा अच्छी लगी थी, वह उसी का स्क्रीन-प्ले तलाश करने लगा।

वह तो नहीं मिला, लेकिन एक फोल्डर की शक्ल में ऐसी चीज हाथ लग गई जिसने उसके जहन में धमाका नहीं बल्कि अणुबम का सा विस्फोट किया। सारे जिस्म में सनसनी दौड़ गई उसके। रीढ़ की हड्डी में मौत की सिहरन-सी लहराती नजर आ रही थी। विस्फारित-से अंदाज में आंखें फाड़े वह उस फोल्डर से बरामद पेपर्स को पढ़ता चला गया और . . . उन्हें पढ़ते ही पढ़ते पंकज के दिमाग के उस उस हिस्से में रोशनी भर गई जिसमें बहुत पहले से गहन अंधेरा फैला हुआ था। अब हर चीज उसे साफ नजर आ रही थी। यह भी कि–सोनम राजेश कुमार का मर्डर क्यों करना चाहती थी।

उस फोल्डर में दरअसल राजेश कुमार की एक इंश्योरेंस पॉलिसी थी–पचास करोड़ की बीमा पॉलिसी।

पचास करोड़!

पंकज का दिमाग सन्ना गया।

यह पालिसी करीब दस साल पहले ली गई थी यानी तब, जब जब राजेश कुमार का गोल्डन पीरियड था।

एनुवल प्रीमियम जा रहा था उसका, जो चौरासी लाख, पैंतालिस हजार चार सौ छप्पन रुपए था। इस साल का प्रीमियम अभी नहीं गया था। नवंबर में . . . यानी इसी महीने ड्यू डेट थी।

पॉलिसी में नोमिनी वाले कॉलम में पहले प्राची का नाम लिखा था लेकिन एक साल पहले उसके स्थान पर सोनम का नाम लिखवा दिया गया था। साफ लिखा था अगर इस दरम्यान राजेश कुमार की स्वाभाविक मौत

हो जाए, कोई एक्सीडेंट हो जाए या उसका मर्डर हो जाए तो पचास करोड़ सोनम को दिए जाएं।

अर्थात, राजेश कुमार की मौत का सीधा मतलब था–सोनम के पौ-बारह। पंकज को लगा–राजेश कुमार पर चढ़ा सारा कर्जा-वर्जा उतारने के बाद भी उसकी लाइफ ऐश से गुजरेगी।

तो क्यों न राजेश कुमार के मर्डर की कोशिश करे वह?

बहरहाल, पचास करोड़ . . . पचास करोड़ होते हैं।

वह, वह सुख भोगेगी जो राजेश कुमार के जिंदा रहने पर भी नहीं भोग रही थी लेकिन अगर नवंबर के अंत तक इस साल का प्रीमियम जमा नहीं हुआ तो सारा खेल बिगड़ जाएगा और . . . राजेश कुमार और सोनम में से किसी की माली हालत उसे ऐसी नहीं लग रही थी जो नवंबर में चौरासी लाख, पैंतालिस हजार चार सौ छप्पन रुपए जमा करा सके। आज पंद्रह नवंबर था। बस पंद्रह दिन बाकी रह गए थे। इसलिए सोनम जल्दी-से-जल्दी राजेश कुमार का खात्मा चाहती थी।

पंकज के दिमाग में सारी बातें साफ होती चली गईं। अब कोई भी रहस्य, रहस्य नहीं रह गया था।

'क्या करूं?' पंकज ने सोचा–''अब मैं क्या करूं?'

अभी जहन अंतरिक्ष में ही कलाबाजियाँ खा रहा था, कुछ सूझा नहीं था कि–राजेश कुमार के कुनमुनाने की आवाज कानों में पड़ी। उसने चौंककर उधर देखा–वह उठा तो नहीं था लेकिन जिस्म में हरकत शुरू हो गई थी। ज्यों का त्यों पड़ा वह अपने दाएं हाथ से कुछ टटोलने की कोशिश कर रहा था।

बोतल को ढूंढ रहा था शायद।

जाने किस भावना से प्रेरित पंकज ने फोल्डर बंद करके जहां का तहां रखा और उसे ही क्यों, वह जल्दी-जल्दी उन सभी फाइलों को यथास्थान रखने लगा जो अपने अध्ययन के लिए अलग की थीं।

वह नहीं चाहता था राजेश कुमार को इस बात का जरा भी इल्म हो कि उसने रैक्स में छेड़छाड़ की है।

अब राजेश कुमार उठने की कोशिश कर रहा था मगर सफल न हो पा रहा था। अपना काम निपटाकर पंकज नजदीक पहुंचा और बाजू पकड़कर उठाने की कोशिश करता बोला–''उठिए सर, मैं बहुत देर से कोशिश कर रहा हूँ।''

"प . . . पांच बज गए क्या?" उसने लड़खड़ाती जुबान में पूछा।

"कभी के सर, अब तो छः बजने में दस मिनट रह गए हैं।"

"ओह!" मुंह से यह आवाज निकालते हुए उसने एक झटके से सीधा होने की कोशिश की लेकिन इस प्रयास में कुर्सी पर लुढ़क गया। पंकज दस मिनट की कोशिश के बाद उसे इस हालत में ला पाया था कि सहारा देकर कुर्सी से उठा सकता।

फिर वह उसे सहारा दिए-दिए ऑफिस से बाहर निकाल लाया। राजेश कुमार चल भले ही अपने पैरों से रहा था पर बगैर पंकज के सहारे के नहीं चल सकता था।

इसी हालत में उसने उसे गाड़ी की पिछली सीट पर डाला।

पांडे के अलावा, उस दृश्य को देखने वाले हर शख्स के चेहरे पर व्यंगात्मक और हंसी उड़ाने वाले भाव देखे थे।

अपने लिए पंकज को उन सभी की आंखों में बेचारगी का भाव नजर आया था। उन निगाहों से पीछा छुड़ाने के लिए पंकज जल्दी से जल्दी गाड़ी लेकर वहां से भाग जाना चाहता था इसलिए तेजी से ड्राइविंग सीट की तरफ लपका।

दरवाजा खोला ही था कि पांडे लपककर उसके नजदीक आता बोला– "क्या आप इसे ले जाने की जरूरत समझते हैं?"

पंकज ने भन्नाकर उसकी तरफ देखा। उसने एक नीले कवर की फाइल उसकी तरफ बढ़ाई हुई थी। पंकज समझ गया उसमें उसके लिखे कागज हैं। झपटने के-से अंदाज में उसने फाइल छीनी और बगल वाली सीट पर डालकर गाड़ी स्टार्ट कर दी।

उसके बाद, नटराज स्टूडियो के गेट तक का सफर उसने बहुत तेज गति के साथ तय किया था। ऐसे अंदाज में जैसे जल्दी से जल्दी उस स्थान से दूर हो जाना चाहता हो।

लोगों की आंखों में राजेश कुमार के लिए जो भाव थे वे उसे अपने लिए लग रहे थे और उसकी अंतरात्मा उन्हें सह न पा रही थी। गेट खोलते वक्त गार्ड ने पिछली सीट पर लुढ़के पड़े राजेश कुमार को देख लिया था और . . . उसके भद्दे होठों पर हिकारत भरी मुस्कान उभरी थी। पंकज ने गाड़ी दौड़ा दी।

उसे नहीं मालूम था बैंग्लो में पहुंचकर उसका दिमाग पूरी तरह घूम जाने वाला था।

पंकज ने गाड़ी बैंग्लो के पोर्च में रोकी। बाकी तीनों गाड़ियां पोर्च में खड़ी थीं, इससे अंदाजा लगाया सोनम बैंग्लो में ही है।

राजेश कुमार तब भी पिछली सीट पर लुढ़का पड़ा था। अपनी जिंदगी के दो मिनट उसने उसे झंझोड़कर उठाने की कोशिश में गंवाए लेकिन जब सफल न हो सका तो खींचकर डैडबॉडी की तरह बाहर निकाला, कंधे पर लादा और सीढ़ियां चढ़ता चला गया।

मेनगेट तक पहुंचते-पहुंचते वह हांफने लगा था।

दो बार कॉलबेल बजाने पर गेट खुला।

शक्लो-सूरत से परियों की शहजादी-सी नजर आने वाली सोनम आंखों के सामने थी। अपनी पन्ने जैसी हरी आंखों से उसी की तरफ देख रही थी वह। फिर, एक नजर उसके कंधे पर लदे राजेश कुमार पर डालने के बाद रास्ता देने वाले अंदाज में पीछे हट गई।

काफी कोशिश के बावजूद पंकज को उसके चेहरे पर कोई ऐसा भाव नजर नहीं आया था जिससे अंदाजा लगा सकता प्रस्तुत सीन को देखकर उसके दिमाग में क्या चल रहा था।

''सर की तबियत थोड़ी खराब है।'' कहता हुआ पंकज उसकी बगल से गुजरा तो मदहोश कर देने वाले परफ्यूम की खुश्बू उसके नथुनों में घुसती चली गई, बोला–''इन्हें आराम की जरूरत है।''

वह खनखनाती आवाज में बोली–''ऊपर, कमरे में ले जाकर बैड पर लिटा दो। बाल्कनी में दाईं तरफ का अंतिम दरवाजा इनके पर्सनल सुईट का है।''

पंकज को भी यही ठीक लगा।

राजेश कुमार को कंधे पर लादे-लादे उसने लॉबी की सीढ़ियां चढ़ीं। बाल्कनी में पहुंचकर दाईं तरफ को बढ़ा। दरवाजा खोलकर जब सुईट में दाखिल हुआ तो ऐसा लगा जैसे किसी राजा-महाराजा के सुईट में आ गया हो लेकिन धूल का वहां भी वही हाल था। सुइट में सबसे पहले टीवी लाऊंज था, उसके दाईं तरफ ड्राइंगरूम, बाईं तरफ डायनिंग और ठीक सामने बैडरूम। बैडरूम में पड़ा किंग साइज का बैड उसे टीवी लाऊंज से ही नजर आ गया था क्योंकि पूरे सुईट में पारदर्शी कांच के पार्टीशंस थे।

पंकज बैडरूम में पहुंचा। बैड पर पड़ी चादर बेहद कीमती थी परंतु जाने कब से चेंज नहीं की गई थी।

राजेश कुमार को लिटाया। फर का बना मखमली लिहाफ कंधे तक डाला और एसी की नोब घुमाने के बाद बाल्कनी में आ गया।

उस वक्त वह सीढ़ियों की तरफ बढ़ रहा था कि ऊपर चढ़ती सोनम बाल्कनी में पहुंच गई।

नजरें मिलीं।

पता नहीं कैसी औरत थी वह!

कैसा चुंबकीय आकर्षण था उसमें कि जब भी सामने पड़ती थी पंकज उसके बारे में सबकुछ जानने के बावजूद महसूस करता था, वह उसकी तरफ खींचि रहा है।

इस वक्त भी, वह उसे देखता रह गया। मन में घृणा का भाव उभरना चाहिए था, मगर आश्चर्य!

पंकज को खुद आश्चर्य हुआ–वैसा नहीं हुआ था।

बल्कि एकटक देखता रह गया था उसे। उसे, जो उस वक्त शादीशुदा औरत नहीं बल्कि कॉलेज गर्ल लग रही थी।

अपने बालों को बड़े ही आकर्षक ढंग से पीछे की तरफ बांधकर उसने लाल रिबन लगाया था। जिस्म पर सफेद रंग की चुस्त टी-शर्ट और काली सलैक्स थी। टी-शर्ट के चुस्त होने के कारण जहां गोल और भारी वक्ष कपड़े से ढके होने के बावजूद साफ नुमायां हो रहे थे वहीं सलैक्स के कारण लंबी और हाथी की सूंड-सी सुडौल टांगों की पूरी शेप नजर आ रही थी।

कुछ देर वह उसकी ओर देखती रही। देखता पंकज भी उसकी आंखों में रहा था। फिर बोली–''मुझे तुमसे कुछ बातें करनी हैं।''

पंकज ने बोलने की कोशिश की लेकिन कामयाब न हो सका। हलक सूख गया महसूस हो रहा था।

''फॉलो मी।'' कहकर वह बाल्कनी में बाईं तरफ को बढ़ गई। उसने यह जानने की कोशिश नहीं की थी कि पंकज उसके पीछे आ भी रहा है या नहीं।

पंकज को यह भी लगा–'फॉलो मी' उसने इस तरह कहा था जैसे कोई बॉस अपने एम्प्लाई से कहता है।

पंकज ने बहुत चाहा . . . बहुत चाहा उसके आदेश की अवहेलना कर दे, पीछे न जाए मगर ऐसा कर न सका।

नींद में चलता-सा उसके पीछे हो लिया। नजरें मटकते हुए उन गोल नितंबों पर स्थिर थीं जो टाइट सिलेक्स के कारण अपना पूरा का पूरा आकार दिखा रहे थे। उसके पीछे चलते पंकज के दिमाग के किसी कोने ने कहा–'हिप्नोटिज्म तो नहीं जानती है यह जहरीली नागिन! मैं न चाहते हुए भी इसके पीछे क्यों चला जा रहा हूँ और आखिर मुझसे क्या बात करने वाली है यह?'

उसके सुईट में पहुंचने पर पंकज ने जाना पूरे बैंग्लो में यही एक साफ-सुथरी जगह है। सुईट राजेश कुमार के सुईट जितना ही बड़ा था। फर्नीचर भी लगभग वैसा ही था। फर्क था तो सिर्फ ये कि वहां धूल का कोई कण नजर नहीं आ रहा था।

कम से कम अपने सुईट की साफ-सफाई उसने मन से की थी।

पंकज खुद पर काफी हद तक नियंत्रण पा चुका था और मन ही मन उसकी हर बात का मुंहतोड़ जवाब देने का फैसला कर चुका था। अगर वह हिप्नोटिज्म भी जानती है तो साबित करके रहेगा, हर किसी को उसके जाल में नहीं फंसा सकती। उस पर हावी होने की मंशा से ही कहा था उसने–''यह आपका सुईट है?''

''देख ही रहे हो।'' वह उसकी तरफ घूमी।

मौका मिलते ही उसने तगड़ा व्यंग किया–''पहली बार किसी घर में पति-पत्नी का कमरा अलग देखा।''

''मतलब उसने तुम्हें भी बता दिया!''

''क्या?'' पंकज के मुंह से निकला।

''यह कि मैं ठंडी औरत हूँ। बर्फ की सिल्ली जैसी।''

पंकज को तेज झटका लगा।

उसे जरा-भी उम्मीद नहीं थी वह इतनी बड़ी बात इतने सीधे लफ्जों में, एक ही झटके में कह देगी। उसने थोड़ा सकपकाते हुए कहा था–''नहीं तो, सर ने तो मुझे कुछ नहीं बताया।''

''तुम झूठ बोल रहे हो।'' कहने के बाद सोनम यह जानने की कोशिश किए बगैर सेंटर टेबल की तरफ बढ़ी कि पंकज कुछ कहना चाहता है या

नहीं। उसने वहां पड़े लेडीज सिगरेट के पैकिट से एक सिगरेट और गोल्ड का बना लाइटर उठाया। सिगरेट अपने होठों पर सजाई और म्यूजिकल लाइटर से सुलगाने के बाद बोली–''वह हरेक से यही कहता है। एक शराबी जिसे अपने कुकर्म छुपाने हों, और कह भी क्या सकता है?''

''क . . . कुकर्म छुपाने हों! मतलब?''

''देखना चाहते हो उसके कुकर्म!'' कहते वक्त अचानक उसका चेहरा भभकने लगा था। दांतों पर दांत जम गए थे। झटके से उसने टी-शर्ट का निचला हिस्सा अपने वक्षस्थल से थोड़ा-सा नीचे तक हटाने के बाद कहा था–''देखो . . . देखो।''

पंकज ने कुछ निशान देखे।

उसने घूमने के साथ कहा–''यहां भी देखो।''

पंकज आंखें फाड़े उसके पेट और पीठ पर मौजूद नील पड़े ऐसे लंबे निशानों को देखता रह गया जो किसी हंटर या बैल्ट से पीटे जाने पर पड़ सकते थे। फिर भी, पंकज को लगा–वह त्रियाचरित्र दिखा रही है। पर ऐसा कहा नहीं उसने।

अंजान-सा बनता बोला–''कैसे निशान हैं ये?''

''सारे मर्द एक जैसे होते हैं।''

''मतलब?''

''तुम समझ चुके हो ये कैसे निशान हैं लेकिन घुटला रहे हो।''

''शायद यह कहना चाहती हो ये निशान सर ने तुम्हें बैल्ट या हंटर से पीटते वक्त दिए हैं!''

''तभी तो कहा, समझकर भी नासमझ बन रहे थे तुम।'' उसके चेहरे पर पंकज के लिए घृणा नजर आने लगी थी–''ये तो सिर्फ बैल्ट के निशान हैं। निशान तो ऐसे भी हैं जिन्हें देखकर दरिंदों की भी रूह फना हो जाए। वे जलती हुई सिगरेट से दागे जाने के निशान हैं, पैने दांतों से काटे जाने के निशान हैं लेकिन . . . वे ऐसी जगह हैं, जहां मैं किसी को दिखा भी नहीं सकती।''

पंकज ने व्यंग किया–''और वे सब सर ने दिए हैं!''

''राजेश कुमार साईको है!'' भभकते लहजे में वह कहती चली गई –''ऐसे लोगों के बारे में तुमने जरूर सुना होगा जो सामान्य समय में सामान्य नजर आते हैं मगर बैडरूम में बैड पार्टनर के साथ जानवर बन जाते हैं। उन्हें

हिंसक और घृणित हरकतें किए बगैर 'मजा' नहीं आता। ऐसे लोगों को साईको कहते हैं और राजेश कुमार वही है। वह अप्राकृतिक सहवास करने के लिए कहता है। संसर्ग के दरम्यान ऐसी-ऐसी हरकतें करता है जिन्हें करना और देखना तो दूर, बताने तक में घृणा आती है। वैसी ही हरकतें वह बैड पार्टनर से चाहता है और जब वह नहीं करती तो मारता-पीटता है। टार्चर करता है। दांतों से काटता है। सिगरेट से दागता है। लेकिन तुम विश्वास नहीं करोगे। फैन जो ठहरे उसके! पर्दे पर निभाए गए अपने किरदारों के कारण तुम जैसों के दिमाग में वह किसी देवता की तरह जो रचता बसता है! क्या तुम्हें पता है प्राची ने भी अपने टीवी इंटरव्यू में यही सब कहा था! पर सबने प्राची को झूठी माना। उसकी बात पर किसी ने यकीन नहीं किया। मैंने भी नहीं। किया होता तो शादी क्यों करती! क्यों फंसती इस नर्क में। एक जल्लाद जैसे शख्स के हवाले क्यों कर देती अपनी जिंदगी! उसके जुल्मों से, अत्याचारों से तंग आकर जब पत्नी अपना बैडरूम अलग कर लेती है। पति को उसमें नहीं घुसने देती तो वह पराए मर्दों से यह कहता फिरता है उसकी बीवी ठंडी है, बर्फ की सिल्ली जैसी है। बताओ पंकज . . . तुम्हीं बताओ–अगर किसी की बीवी ऐसी है भी तो इस बात को हरेक से शेयर करने वाले को तुम क्या कहोगे?''

पंकज का दिमाग सोनम के शब्दों के साथ सन्नाता चला गया। उस वक्त उसने क्रोध की ज्यादती के कारण सोनम के संपूर्ण जिस्म को बुरी तरह कांपते देखा था। पलक झपकते ही प्राची का इंटरव्यू उसके जहन से गुजर गया था। इसमें शक नहीं, उसने भी राजेश कुमार के बारे में यही सब कहा था।

क्या ये दोनों झूठी हैं?

सच्चा राजेश कुमार है?

यह बात तो एक तरह से वह स्वीकार भी कर चुका था कि प्राची ने इंटरव्यू में जो कहा था, वह सच था।

यह बात अपनी जगह बहुत-बहुत ठीक है कि अगर किसी की पत्नी ऐसी है भी तो यह बात उसे किसी गैरमर्द से शेयर नहीं करनी चाहिए और वह तो सचमुच हरेक से शेयर कर रहा था।

यह बात उसने रंगराज को भी बताई थी, उसे भी।

सच कहीं यही तो नहीं कि राजेश कुमार द्वारा पर्दे पर निभाए गए आदर्श किरदारों के कारण हजारों-लाखों लोगों के दिमागों में उसकी जो छवि बन

गई है, उसी से घिरा होने के कारण वह बिल्कुल विपरीत दिशा में सोच रहा हो!

एकाएक जहन ने कहा–'सावधान! . . . सावधान पंकज! यह सब क्या सोचने लगा है तू! वह जहरीली नागिन तुझे अपने मोहपाश में बांध रही है और तू बंधता जा रहा है! ऐसा न होता तो राजेश कुमार के बारे में, अपने आदर्श के बारे में तेरे दिमाग में ऐसे ख्याल नहीं आ सकते थे। सावधान . . . खुद को इस नागिन के मोहपाश से निकाल।

''झूठ नहीं बोलूंगी।'' वह फिर बोली–''अपने से दुगनी उम्र के आदमी से शादी करने के पीछे दो कारण थे। एक–राजेश कुमार का ग्लेमर। वही ग्लेमर जिसमें वे लोग अब भी फंसे हुए हैं जिन्होंने इसे करीब से नहीं देखा। दूसरा–पैसा। सोचा था–पूरी जिंदगी ऐश से गुजरेगी मगर . . . मिला क्या? यह नर्क! उसके असली किरदार के बारे में तो बता ही चुकी हूँ। पैसे के बारे में भी सुन लो–आज की डेट में फूटी कौड़ी नहीं है उस पर बल्कि बाल-बाल कर्ज में बिंधा पड़ा है। वो दिन दूर नहीं है जब हमें सड़क पर फेंक दिया जाएगा।''

पंकज खामोश रहा।

''कितनी बार कहा, प्यार से, डांट से, किस तरह नहीं कहा कि काकू, इस तरह पीकर खुद को तबाह मत करो।'' कहते-कहते इस बार उसकी आंखों में आंसू नजर आने लगे थे–''अब तो मैं भी तुम्हारे साथ जुड़ी हूँ। पीने को तो सारी दुनिया पीती है लेकिन इस तरह शराब का गुलाम कोई नहीं बन जाता। उठो। तुममें आज भी कूव्वत है। टेलेंट है। इतनी क्षमता है कि काम में मन लगाओ तो उम्र के कारण खुद को सुपरस्टार भले ही साबित न कर सको मगर इतना तो कमा ही सकते हो कि कर्जे निपटाकर भी हम जिंदगी आराम से गुजार सकते हैं लेकिन . . . मजाल है जो उसके कान पर जूं रेंगती हो! उल्टा मुझ पर आरोप लगा देगा कि मेरी वजह से शराब में डूबा है। दोष पीने वाले का नहीं, पीने से मना करने वाले का है।''

पंकज के जहन में पांडे के शब्द गूंजे–'ख्वाबों की कौनसी दुनिया में जी रहे हो साब, शराबी की बातों पर विश्वास नहीं किया करते। हर शराबी ऊंची-ऊंची डींगें मारता है। शराब का कमाल ही यह है। तर्कशक्ति भी काफी बढ़ा देती है शराब। अपने उल्टे-सीधे तर्कों से शराबी किसी नए आदमी के सामने अपने उन शुभचिंतकों को गलत साबित कर देता है जो उसे शराब के चंगुल से निकालने की कोशिश करते हैं। सिद्ध कर देता है कि–वह ठीक

और वे गलत हैं। वे उसे सता रहे हैं। उन्हीं की वजह से वह शराब में डूबा है।'

ठीक ही तो नहीं कह रहा था वह!

सोनम ही तो ठीक नहीं है!

पर कैसे? कैसे ठीक हो सकती है वह? रंगराज ने भी कहा था और मैंने खुद भी महसूस किया, वह राजेश कुमार के मर्डर पर काम कर रही है। अब तो वजह भी पता लग गई है। अगर वह वैसी ही दूध की धुली होती जैसी खुद को साबित करने की कोशिश कर रही है तो वैसी घटिया और खतरनाक हरकत क्यों कर रही होती? यही सब सोचते हुए उसने कहा–"तुम मुझे यह सब क्यों बता रही हो?"

"ताकि तुम यहां से चले जाओ।"

"ये है वो बात जिसने तुम्हारे दिमाग के धुर्रे उड़ा रखे हैं।" पंकज खुद को कहने से नहीं रोक सका। फिर, लहजे में व्यंग का मिश्रण करता बोला–"क्या मैं जान सकता हूँ, तुम ऐसा क्यों . . .

"ताकि काकू बिल्कुल ही खत्म होने से बच जाए।"

पंकज ने मन ही मन सोचा–'या बिल्कुल ही खत्म हो जाए!' मगर कहा यह–"मेरे यहां रहने से कैसे खत्म हो जाएंगे वे?"

"खुद को पुनः सुपरस्टार साबित करने का जो भूत उसके सिर पर सवार हो गया है, अब वह तब तक नहीं उतरेगा जब तक तुम यहां रहोगे और यह भूत अगर इसी तरह सवार रहा तो उसके पास जो अंतिम जमापूंजी है, उसमें भी आग लगा देगा।"

"अंतिम जमापूंजी?"

"उसकी पुरानी फिल्मों के कापीराइट।" वह बोली–"आज कोई उनका उतना पैसा नहीं दे रहा है जितना बनता है या मिलना चाहिए लेकिन उम्मीद है–आने वाले समय में मिल सकता है। आज सुबह जब मैंने कहा–रात क्या शेखचिल्ली वाली बातें कर रहे थे! कहां से लाओगे फिल्म बनाने के लिए पैसा? तो बोला–सारी फिल्मों के राइट बेच दूंगा। जो मिलेगा, वो इतना तो होगा कि फिल्म शुरू की जा सके। उसके बाद फाइनेंसर खुद सामने आ जाएंगे।'

'ओह!' पंकज ने सोचा–'तो यह जुगाड़ है सर के दिमाग में।'

सोनम कहे चली जा रही थी–"मेरे विचार से यह एक बहुत ही खतरनाक विचार है। हमारी अंतिम जमापूंजी भी लुट जाएगी।"

''ऐसा क्यों सोचती हो तुम, हो सकता है सर ठीक कह . . .

''उसके साथ-साथ तुम भी बेवकूफ मत बनो।'' सोनम ने दांत भींचकर कहा–''उसकी लाइफ खत्म है, तुम्हारी शुरू हो रही है। हकीकत को कबूलो, बुड्ढे की फिल्म पर कोई फाइनेंसर पैसा नहीं लगाएगा। काकू से पहले भी कोई सुपरस्टार था और उसके बाद भी हैं। दुनिया का चक्र इसी तरह चलता है लेकिन ऐसे लोग कम होते हैं जो अपना समय गुजर जाने पर डिप्रेशन में न जाएं। दुर्भाग्य से काकू वैसा नहीं है। वह इस बात को स्वीकार नहीं कर पा रहा है कि उसका समय गुजर चुका है। डिब्बे में चली जाएगी यह फिल्म और उसी डिब्बे में होगी हमारी अंतिम पूंजी।''

पंकज के अंदर से कोई बोला–'ठीक ही कह रही है ये, यह सपना परवान चढ़ने वाला नहीं है।'

लेकिन लालच ने वह आवाज एक बार फिर दबा दी। दिमाग तर्क उगलने लगा–'कितनी चालाक है यह औरत! मुझे बैंग्लो से निकालने के लिए कितना शानदार बहाना ढूंढा है। कितने नायाब तरीके से कन्विंस करने की कोशिश कर रही है मुझे!'

वह सोचों में गुम हुआ तो कमरे में खामोशी छा गई।

''चुप क्यों हो?'' सोनम ने कहा–''जवाब क्यों नहीं देते?''

पंकज को जब कुछ और नहीं सूझा तो उसकी आंखों में आंखें डालकर बोला–''मैं तुम्हारी चालाकी समझ रहा हूँ।''

''मेरी चालाकी?'' उसकी पलकें सुकड़ीं–''मतलब?''

अब, पंकज ने इस औरत की अक्ल ठिकाने लगाने का मन बना लिया था। अतः एक-एक शब्द को जमाता बोला–''तुम बस यह चाहती हो, मैं बैंग्लो से चला जाऊं।''

''इसमें चालाकी क्या है? मैंने तो साफ-साफ यही कहा है और उसका कारण भी बताया है।''

''क्या मैं जान सकता हूँ रंगराज पर चोरी का इल्जाम लगाने के पीछे क्या कारण था?''

''क . . . क्या?'' वह बुरी तरह चौंकी।

पंकज को मजा आया। उसे और ज्यादा बौखलाने की मंशा से कहा– ''बैंग्लो से चुन-चुनकर, एक-एक नौकर को निकाल देने के पीछे भी क्या अपनी अंतिम पूंजी को बचा लेने का कारण है?''

उसकी आंखों में सख्ती के भाव उभर आए–''बाकी नौकरों की बात बाद में करूंगी, पहले ये बताओ–रंगराज को कैसे जानते हो?''

''मेरे लिए तुम्हारे हर सवाल का जवाब देना जरूरी नहीं है।''

''यह तो बताओगे–उसने क्या कहा?''

पंकज ने बताया लेकिन नैना को अलग रखकर। बस इतना कहा, रंगराज ने मेट्रन को दिए इंटरव्यू में यह कहा था।

सुनते-सुनते उसकी हरी आंखें विस्फारित अंदाज में फैल गई थीं। उनमें गुस्से की ज्वाला धधकती नजर आ रही थी। पंकज के शांत होने पर बोली– ''ओह . . . ओह . . . अपने गुनाह को छुपाने के लिए आदमी इतना गिर सकता है–इतना ज्यादा कि जिसने उसे जेल जाने से बचाया उसी के बारे में ऐसी बातें . . . पर मैं समझ गई। ये झूठ उसने मेट्रन की नौकरी पाने के लिए बोला। सच तो बोल नहीं सकता था। सच बोलता तो नौकरी मिलती ही नहीं।''

''सच तुम बता दो।'' पंकज के मुंह से व्यंग निकला।

''हजार के नोट वाला किस्सा कभी हुआ ही नहीं। सबकुछ मन से गढ़कर सुनाया है उसने। सच्चाई ये है कि उसने मुझ पर गंदी नजर डाली थी, मेरे सुईट में घुस आया था। इसी सुईट में। और मैंने यह गलती की कि उसके बाद भी उसके गिड़गिड़ाने और माफी मांगने पर उसे माफ कर दिया–पुलिस के हवाले नहीं किया। बस नौकरी से निकल जाने की सजा दी।''

''वाह . . . वाह . . . वाह देवी जी!'' व्यंग में डूबे ये शब्द पंकज के मुंह से खुद-ब-खुद निकलते चले गए–''तुमसे तो भगवान आदमी को मीलों दूर रखे, पता नहीं कब किस पर क्या इल्जाम लगा दो।''

बहुत ही रोष भरे स्वर में, दांत भींचकर कहा उसने–''तुम्हें मैं इल्जाम लगाती नजर आ रही हूँ?''

''नहीं, हरिश्चंद्र की औलाद हो तुम तो।''

''बताती हूँ . . . अभी बताती हूँ।'' लपकने के-से अंदाज में वह बैड की साइड ड्रार की तरफ बढ़ी। वहां रखा मोबाइल उठाया और पुनः उसकी तरफ पलटती बोली–''आवाज पहचानते हो उसकी!''

पंकज के मुंह से बोल न फूटा। यह तक न कह सका कि वह रंगराज की आवाज नहीं पहचान सकता क्योंकि उससे कभी मिला ही नहीं। सोनम के मजबूत तेवरों के कारण इस वक्त उसे वह सच्ची लग रही थी और सोनम ने मोबाइल के टेप के साथ स्पीकर भी खोल दिया। सबसे पहले उससे सोनम की सख्त और चौंकी हुई आवाज निकली–''तुम यहां! मेरे सुईट में! क्यों आए हो?''

''मुझे आपसे कुछ कहना है मैडम।'' मर्दानी आवाज।

''बोलो।'' सोनम की आवाज।

''साब की हालत देखकर मुझे आपसे सहानुभूति होती है।''

''वो हमारा पर्सनल मामला है, तुम्हें क्या लेना-देना?''

''मैं ये कहना चाहता हूँ मैडम कि उनसे ज्यादा खुश तो आपको मैं ही रख सकता हूँ। मैं जानता हूँ वह औरत अंदर से किसी हालत में खुश नहीं हो सकती जिसका पति उसे बिस्तर में संतुष्ट न कर सके। मैं यह भी समझ चुका हूँ कि ये बैंग्लो, गाड़ी सब दिखावे के हैं। मुझ पर किसी का कर्ज भी नहीं है। शराब भी नहीं पीता मैं . . .

''ऐ . . . मेरी तरफ मत बढ़ो। दूर रहो।''

''आपको मेरे छूने पर भी एतराज . . .

किसी के दौड़ने की आवाज। एक दराज खुलने की आवाज। कुछ खटर-पटर और फिर सोनम की आवाज–''वहीं रुक जाओ, आगे बढ़े तो गोली मार दूंगी।''

''य . . . ये आप क्या कर रही हैं मैडम!'' मर्दानी आवाज की घिग्घी बंधी हुई पंकज को साफ सुनाई दी–''म . . . मैं आपके साथ जबरदस्ती थोड़ी कर रहा था। मैं तो ये कह रहा था कि . . .

''एक औरत को किसी मर्द के तेवर ही बता देते हैं उसके इरादे क्या हैं और तुम्हारे तेवर तो कई दिन से देख रही हूँ। मेरी तरफ देखने का अंदाज ही बदल गया है तुम्हारा। ऐसे घूरते हो जैसे आंखों ही आंखों में पी जाओगे इसलिए तुम्हारे इरादे तो मेरी समझ में तभी आ गए थे जब मेरे सुईट में घुसे थे। इसीलिए मोबाइल का टेप ऑन कर लिया था। इसमें सबकुछ टेप हो गया है। इसके बाद तुम्हें जेल में सड़ाने के लिए पुलिस को किसी और सबूत की जरूरत नहीं पड़ेगी। अभी पुलिस को फोन करती हूँ।''

''नहीं-नहीं मैडम। मैं आपके हाथ जोड़ता हूँ। पैर पड़ता हूँ। माफ कर दो मुझे। गलती हो गई।'' इस तरह–उसके गिड़गिड़ाने और बार-बार माफी मांगने की आवाजें आती रहीं, सोनम के धमकियां देने की आवाजें। अंत तक सुनते-सुनते पंकज की समझ में यह बात आ गई कि अगर आवाज रंगराज की ही थी तो सोनम ने कुछ भी गलत नहीं कहा था और . . . किसी और की आवाज को वह रंगराज की आवाज बताएगी क्यों? खासतौर पर उस अवस्था में जबकि वह यह सोच रही थी कि मैं रंगराज की आवाज पहचानता होऊंगा।

'रंगराज' को माफ करते हुए उसने फौरन बैंग्लो से चले जाने और फिर कभी इधर का रुख न करने का हुक्म दिया था।

टेप के खत्म होते-होते पंकज का दिमाग चकरघिन्नी की मानिंद घूम रहा था। एक तरह से साबित हो चुका था कि रंगराज ने मेट्रन से जो कहा, झूठ था। सच्चाई सामने आ चुकी थी। पंकज चाहकर भी मुंह से लफ्ज न निकाल पा रहा था जबकि सोनम ने जहरीले लहजे में कहा–''क्या तुम्हें अब भी किसी और सबूत की जरूरत है?''

पंकज चुप।

''और बाकी नौकरों की कहानी सिर्फ ये है कि हमारे पास सचमुच किसी नौकर को वेतन देने के लिए पैसा नहीं है।''

''फिर वो महंगी शराब जो सर पीते हैं, होटल से खाना . . .

''सब उधार आता है।''

पंकज एक बार फिर चुप। दिमाग फिरकनी की मानिंद घूम रहा था। कभी लगता–सच्चाई वही है, जो वह कह रही है। कभी यह लगता इस चालाक औरत ने आखिर मुझे चक्कर में ले ही लिया। कुछ बातें अब भी थीं जो उसके दिमाग में घूम रही थीं।

''तुम क्या सोचते थे?'' एकाएक सोनम ने पूछा–''क्यों निकाल दिया मैंने सारे नौकरों को? क्यों निकालना चाहती हूँ तुम्हें?''

पंकज ने कुछ देर सोचा–वह कहना चाहिए या नहीं, जो वह सोच रहा था या अब भी सोच रहा है। फिर, यह सोचकर कह ही देने का फैसला लिया

कि किसी तरह तो काबू में आए यह औरत। बोला–''तुम सर का मर्डर करने की कोशिश कर रही हो।''

''क . . . क्या?'' वह इस तरह उछली जैसे बम फटा हो।

पंकज उसके चेहरे को रीड करने की कोशिश करता रहा। यह देखने की कोशिश कर रहा था वह कि–उसके करिश्माई चेहरे पर रंगे हाथों पकड़े गए चोर जैसे भाव हैं या सचमुच चौंकने के!

ठीक से फैसला नहीं कर सका वह।

''त . . . तुम पागल हो?'' उसने कहा।

''इसमें पागल की क्या बात है? तुम एक ऐसे शराबी के लिए ड्राइवर नहीं रखतीं जिसे होश नहीं रहता। ऐसे आदमी का आज नहीं तो कल एक्सीडेंट का शिकार होना लाजमी है। जब वह सीढ़ियां चढ़ने की पोजीशन में नहीं है, तब तुम उसे सहारा तक नहीं देतीं। वह किसी दिन लुढ़ककर मरेगा या नहीं?''

''तुमने सहारा देने की कोशिश की थी न!''

''हां।''

''उसने लिया?''

''तुममें और मुझमें फर्क है–तुम उसकी पत्नी हो।''

''उसके लिए कोई फर्क नहीं है। वह हरेक को इसी तरह झिड़क देता है। आप कितनी बार बरदाश्त कर सकते हैं! खासतौर पर उस शख्स की, जिसके लिए मन में कोई आदर न हो। उसकी हरकतों के चलते आदर रहता भी कब तक? तुर्रा यह–'मैंने न पहले कभी किसी का सहारा लिया है, न अब लूंगा।' यह उसका पैट डायलॉग है। कभी-कभी तो नशे में धुत्त होने के बावजूद ड्राइवर को बगल वाली सीट पर बैठाकर ट्रेफिक के बीच अंधाधुंध गाड़ी चलाएगा। उसके अलावा सबको अपनी जिंदगी से प्यार है। कोई मरना नहीं चाहता इसलिए नौकरी छोड़ देना ही बेहतर समझता है।''

''उनकी मौत के बाद जब पुलिस इन्वेस्टिगेशन करेगी तो अपने बचाव के काफी प्रभावशाली तर्क इकट्ठे कर रखे हैं तुमने।''

''सोचो तो सही पागल आदमी . . . सोचो तो सही।'' वह जैसे अपने बाल नोंच लेना चाहती थी–''मैं उसकी मौत क्यों चाहूँगी? क्या फायदा होगा मुझे? क्या मिल जाएगा?''

कुछ देर पंकज उसकी तरफ देखता रहा। सोचता रहा ये औरत मुझे समझ

क्या रही है! निरा बुद्धू! नहीं, वह उसे ऐसा नहीं सोचता रहने दे सकता। उसे समझाना होगा उससे स्मार्ट भी कोई है अतः एक झटके से कह दिया– ''पचास करोड़।''

''क . . . क्या?'' उसने इस तरह कहा जैसे कानों पर विश्वास न हुआ हो, यकीन न आ रहा हो पंकज ने वही कहा था जो उसने सुना।

''जैसे जानती ही नहीं!''

''क्या जानती हूँ मैं?''

''कि सर के मरते ही तुम्हें पचास करोड़ मिल जाएंगे।''

''क्या बकवास कर रहे हो तुम!'' उसके चेहरे पर ऐसे भाव थे जैसे कुतुबमीनार को कमरे में ठुमके लगाते देख रही हो–''यह क्या कह रहे हो? काकू के मरते ही ऐसे कौन से खजाने का दरवाजा खुल जाएगा? मुझे तो तुम काकू से भी ज्यादा हिले हुए लगते हो।''

उसके चेहरे पर जो भाव थे, उन्हें देखकर एक बार को तो पंकज को लगा उसे सचमुच पॉलिसी के बारे में कुछ मालूम नहीं है और वह बेवजह ज्यादा होशियारी दिखाने के चक्कर में उसका जिक्र कर बैठा है लेकिन कहा यही–''जरूरत से ज्यादा होशियारी दिखाने वाले को असल में मूर्ख कहा जाता है मैडम।''

''म . . . मैं नहीं समझ पा रही तुम क्या कह रहे हो?'' हैरत के भाव उसके चेहरे पर स्थायी रूप से चिपक गए थे।

''और मैं यह नहीं समझ सकता तुम्हें सर की पचास करोड़ की बीमा पॉलिसी के बारे में न पता हो।''

''प . . . पचास करोड़ की बीमा पॉलिसी! काकू की! मॉयगॉड! ये क्या कह रहे हो तुम!'' पंकज को लगा–या तो वह औरत दुनिया की सबसे उम्दा अभिनेत्री थी या उसे सचमुच पॉलिसी के बारे में कुछ नहीं मालूम था। जो पता लग रहा था, इसी वक्त पता लग रहा था। वह कहे चली जा रही थी–''क . . . क्या यह सच है?''

''बनने की कोशिश मत करो। ऐसा हो ही नहीं सकता नोमिनी को पॉलिसी के बारे में न पता हो।''

''न . . . नोमिनी भी मैं हूँ?'' वह जैसे धमाके पर धमाके झेल रही थी–''प . . . पचास करोड़ की पॉलिसी की नोमिनी मैं हूँ?''

''पहले प्राची थी, अब तुम हो।''

''य . . . ये तो . . . ये तो तुमने मुझे खुशखबरी सुनाई है।'' वह कहती चली गई–''ऐसी खुशखबरी जैसी की मैं कल्पना नहीं कर सकती थी। क्या तुम सच कह रहे हो? मजाक तो नहीं कर रहे!''

''अगर सर कार एक्सीडेंट में, सीढ़ियों से लुढ़ककर या ऐसी ही किसी और दुर्घटना के कारण मारे जाते और पुलिस इन्वेस्टिगेशन करती तो उस पॉलिसी की रोशनी में, तुम्हारी उस एक्टिंग का शिकार कभी नहीं होती जो इस वक्त मुझे करके दिखा रही हो। वह पल भर में समझ जाती सबकुछ तुम्हारा ही किया धरा है और उस हालत में तुम्हें पचास करोड़ नहीं, पचास साल की सजा होती।''

''पर तुम्हें पॉलिसी के बारे में कैसे पता लगा?'' उसकी सुई वहीं अटक गई थी–''वहम तो नहीं हुआ है तुम्हें?''

''अपनी आंखों से देखी ही नहीं, पढ़ी भी है।''

''कहां है?''

''सर के नटराज स्टूडियो वाले ऑफिस में।''

''ल . . . लेकिन।'' उसका आश्चर्य कम होने का नाम नहीं ले रहा था–''पचास करोड़ की पॉलिसी का तो प्रीमियम भी बहुत ज्यादा होगा। नहीं। इतनी मोटी पॉलिसी का प्रीमियम देने की हैसियत ही कहां है काकू की!''

''शायद पिछले साल तक थी क्योंकि तब तक का प्रीमियम जमा है। रसीद भी हैं उस फोल्डर में। इस साल पता नहीं हो पाएगा या नहीं। नवंबर में जमा होना है। केवल पंद्रह दिन बचे हैं।''

सोनम यूं खड़ी रह गई थी जैसे किसी देवऋषि के श्राप से पत्थर की शिला में तब्दील हो गई हो। जबकि जाने किस भावना से प्रेरित पंकज उसके बेहद समीप पहुंचा और अपने मुंह से निकलने वाले एक-एक शब्द को जमाता बोला–''यह मत समझना मैं तुम्हारी एक्टिंग का शिकार हो गया हूँ। यह सब मैंने तुम्हें इसलिए बताया है ताकि आगाह हो जाओ। अब तक जो किया . . . सो किया लेकिन आगे अगर सर के मर्डर की कोई भी कोशिश की तो सबकुछ पुलिस को बता दूंगा। फांसी से कम सजा नहीं होने दूंगा तुम्हें।''

कहने के बाद वह झटके से मुड़ा और लंबे-लंबे कदमों के साथ तेजी से बाहर निकल गया। सोनम यूं शून्य में निहार रही थी जैसे, अब भी सामने खड़े पंकज को देख रही हो।

पंकज कन्फ्यूज हो गया था।

समझ नहीं पा रहा था राजेश कुमार ठीक था, या सोनम?

उनके बैडरूम इसलिए अलग थे कि सोनम ठंडी औरत थी या राजेश कुमार साईको था?

प्राची के इंटरव्यू पर गौर किया जाए तो सोनम सच बोल रही थी। सच तो उसने रंगराज के मामले में भी बोला।

रंगराज ही झूठा था।

वह रंगराज जिसकी बातों पर विश्वास करके वह यह समझ बैठा कि सोनम राजेश कुमार का मर्डर करना चाहती है।

उसमें कुछ ऐसे दृश्यों का योगदान भी था जो उसने अपनी आंखों से देखे थे। जैसे–सोनम का ड्राइवर न रखना, सारे नौकरों को निकाल देना, राजेश कुमार जैसे पियक्कड़ को गाड़ी चलाने देना, सीढ़ियां चढ़ने देना मगर, इन सब सवालों के उसने तर्कसंगत जवाब दिए थे।

वाकई, राजेश कुमार था तो ऐसा ही अड़ियल!

वह किसी की नहीं सुनता था।

हर मामले में अपनी जिद चलाता था। बैंग्लो से ऑफिस जाते वक्त उसके कहने पर भी उसे गाड़ी कहां चलाने दी!

असल में वह सुपरस्टार वाले नशे से बाहर नहीं आ पा रहा था।

लेकिन जब सोनम को पता लगा उसने राजेश कुमार को मरने से बचा लिया है तो उसकी आंखों में घृणा का भाव उभरा था।

क्या वह भी केवल इसलिए था कि उससे पहले वह मेरी और राजेश कुमार की बात सुनकर यह जान चुकी थी कि राजेश कुमार फिल्म बनाने का फैसला ले चुका है और वह ऐसा नहीं चाहती थी?

अपने कमरे में, बैड पर लेटा पंकज सोचे चला गया–इन सब बातों का मतलब तो यह निकला मैं बेवजह, रंगराज के झूठ के जाल में फंसकर यह समझता रहा सोनम राजेश कुमार के मर्डर पर काम कर रही है जबकि ऐसा कुछ भी नहीं था।

उसने तो बस . . . राजेश कुमार को उसके हाल पर छोड़ रखा है। वैसे भी, राजेश कुमार जब किसी की सुनता ही नहीं है तो उसके पास चारा ही क्या है? बेवजह की धुनक में फंसकर मैं उसे पॉलिसी के बारे में बता बैठा।

सोनम की प्रतिक्रिया से लग तो ऐसा ही रहा था कि उसे पॉलिसी के बारे में कुछ पता नहीं था।

लेकिन अब पता है।

क्या परिणाम निकलेंगे इसके?

पंकज किसी नतीजे पर न पहुंच सका।

फिर उसका दिमाग अपनी तरफ घूम गया, अपनी स्थिति की तरफ। सोचने लगा–मुझे क्या करना चाहिए? सोनम की इस बात पर यकीन करूं कि यह फिल्म कभी नहीं बनेगी और बैंग्लो से चला जाऊं या राजेश कुमार पर यकीन करूं और काम जारी रखूं?

अंतर्मन ने कहा–राजेश कुमार है तो नहीं यकीन के काबिल।

इसमें शक नहीं, जो शख्स उसे आसमान से उतरा फरिश्ता-सा लगता था, मिलने के बाद लग रहा था–वह तो एक आम, नॉर्मल आदमी भी नहीं है। वह फिल्म नहीं बना सकेगा।

लेकिन फिर तुरंत ही स्वार्थ ने अपना काम शुरू किया–भले ही राजेश कुमार आदमी चाहे जितना लीचड़ हो लेकिन फिल्म बनाने बल्कि उससे भी ज्यादा खुद को सुपरस्टार साबित करने का जितना जुनून उसमें है, उसके चलते कामयाब तो वह हो जाएगा। जो शख्स इस वक्त खाना भी अपनी जेब से नहीं खा रहा, फिल्म शुरू करने तक का जुगाड़ तो सोच ही रखा है।

आगे भी कुछ सोच लेगा।

फिल्म तो वह जरूर बनाएगा इसलिए उसे जमे रहना चाहिए।

यही सब सोचते-सोचते पंकज को जाने कब नींद आ गई। आंख खुली तो सुबह के दस बज चुके थे। बैड-टी पीने की आदत थी उसे। खुद बना लिया करता था। मगर यहां . . . पता नहीं किचन में दूध, पत्ती और चीनी आदि भी होगी या नहीं।

यही सोचता हुआ उठा और कमरे का दरवाजा खोलकर लॉबी में कदम रखा। सोफे पर बैठा राजेश कुमार न्यूज पेपर पढ़ रहा था। बाएं हाथ की उंगलियों के बीच एक सिगरेट थी। इस वक्त वह पूरी तरह स्वस्थ और तरोताजा नजर आ रहा था। फिर भी पंकज के दिल में उसके लिए श्रद्धा का वह भाव नहीं उमड़ा जो हमेशा उमड़ा करता था। औपचारिक अंदाज में उसने सोफा-सेट की तरफ बढ़ते हुए 'गुड मार्निंग सर' कहा तो राजेश ने उसकी तरफ देखा और उसी अंदाज में मुस्कराया जिसका पंकज दीवाना था।

बोला–"आओ पंकज, सबसे पहले कल के लिए माफी चाहेंगे भई, कुछ ज्यादा ही हो गई थी। सोनू ने बताया तुम उठाकर लाए थे हमें!"

पंकज की इच्छा यह कहने की हुई 'इतनी ज्यादा लेते ही क्यों हैं' लेकिन लगा–कोई लाभ नहीं है। इसलिए, बगैर कुछ कहे सामने वाले सोफे पर बैठ गया।

"चाय-कॉफी, कुछ लोगे?"

पंकज ने हिचकते हुए कहा–"चाय मिल जाए तो . . .

"अरे भई सोनू!" राजेश कुमार ने थोड़ी ऊंची आवाज में कहा था–"पंकज उठ गया है, एक चाय बना दोगी?"

"नौकर नहीं लगी हूँ मैं।" जाने किस कौने से सोनम की कर्कश आवाज आई–"जिसे पीनी है, खुद बना ले। मैं काम कर रही हूँ।"

"पता नहीं क्यों, हमेशा गुस्से में रहती है ये।" एक्टर तो पंकज की नजर में वह शानदार था ही, इस वक्त भी शानदार एक्टिंग की यानी खिसियाहट का कोई भाव चेहरे पर नहीं आने दिया और हंसता हुआ बोला–"चाय बनानी आती है तुम्हें?"

"जी।"

"बहुत बढ़िया। हमारे लिए भी बना लेना। किचन उधर है।"

पंकज को मालूम था किचन किधर है। वह उठा और उस तरफ बढ़ गया मगर दिमाग में गुस्सा भर गया था। उसे सोनम द्वारा, खासतौर पर इतने उपेक्षित तरीके और कर्कश आवाज में, चाय बनाने से इंकार करना पसंद न आया था।

राजेश कुमार पुनः अखबार में डूब चुका था। किचन में पहुंचने के बाद अभी पंकज दूध की तलाश में फ्रिज की तरफ बढ़ा ही था कि अपने पीछे बहुत हल्की-सी सरसराहट महसूस की।

पलटा तो सोनम को देखकर चौंक पड़ा।

खासतौर पर उसकी मुद्रा को देखकर चौंका था वह।

होठों पर उंगली रखे उसे चुप रहने का इशारा करती वह अभी-अभी किचन में दाखिल हुई थी।

पंकज जहां का तहां जड़-सा खड़ा रह गया।

मुंह से लफ्ज तो क्या सांस तक न निकली थी।

अजीब सस्पेंस में फंस गया था वह जबकि वह दबे पांव, जरा भी आहट पैदा किए बगैर उसकी तरफ बढ़ रही थी।

इस वक्त वह सुर्ख रंग की नाइटी पहने हुए थी। नाइटी इतने झीने कपड़े की थी कि उसके पार ब्रा और उसमें कसे हुए पुष्ट उरोज साफ नजर आ रहे थे क्योंकि ब्रा काले रंग की थी।

गोल, गोरे, सुडौल और पुष्ट बाजू बहुत ही आकर्षक नजर आ रहे थे। उसी मुद्रा में वह उसके नजदीक . . . बेहद नजदीक आ गई। इतनी ज्यादा कि पंकज को थोड़ा पीछे सरकना पड़ा। उसे डर हुआ था अगर वह और नजदीक आ गई तो माखन के पहाड़ों की चोटियां उसके जिस्म से स्पर्श हो जाएंगी।

''चाय तो मैं बना देती, लेकिन तुम्हें यहां बुलाना था।'' उसने बहुत ही धीमी आवाज में फुसफुसाते हुए कहा था।

पंकज भी फुसफुसाया–''क . . . क्यों?'' जबकि अगले ही पल उसे इस बात पर आश्चर्य हुआ कि वह फुसफुसाया क्यों?

''तुमसे एक रिक्वेस्ट करनी है।''

''क्या?'' वह अब भी फुसफुसाया।

''रात की बातें काकू को मत बताना।''

''क्यों?'' पंकज की आंखें सुकड़ीं।

''जब उसी ने पॉलिसी के बारे में नहीं बताया तो . . .।'' फिर वह बात बदलकर बोली–''बाद में बात करेंगे। इस वक्त यहां ज्यादा बातें करना ठीक न होगा।''

पंकज अब भी सस्पेंस में फंसा उसकी तरफ देखता रह गया। जबकि वह मुड़ी और उसी तरह दबे पांव, बगैर कोई आवाज पैदा किए दरवाजे की तरफ बढ़ती चली गई जिस तरह आई थी।

चाय के दरम्यान कोई खास बात नहीं हुई। बस इधर-उधर की औपचारिक बातें होती रहीं। पंकज ने कहानी की बात छेड़ने की कोशिश की तो . . . राजेश कुमार भी उसी मुद्रा में आ गया जिसमें किचन में सोनम आई थी अर्थात् अपने होठों पर उंगली रखकर पंकज को चुप रहने का इशारा करते हुए चोर नजरों से इधर-उधर देखते हुए सोनम की तलाश की। जब आसपास उसे कहीं न पाया तो धीरे से बोला–''घर में इस टॉपिक पर बात नहीं।''

''क्यों सर?'' पंकज ने सामान्य स्वर में पूछा था।

''कलह करेगी दोस्त।'' उसने इतनी धीमी आवाज में कहा कि आवाज

उन दोनों के बीच ही मर जाए–''उसे ये सिलसिला पसंद नहीं है। ऑफिस में बात करेंगे।''

पंकज के पास चुप रह जाने के अलावा कोई चारा न था।

चाय खत्म होते-होते साढ़े दस बज गए। अखबार मोड़कर मेज पर डालने के बाद राजेश कुमार खड़ा होता हुआ बोला–''पूरे बारह बजे निकलेंगे, तुम भी तैयार हो लो–हम भी हो लेते हैं।''

पंकज के जवाब की प्रतीक्षा किए बगैर वह सीढ़ियों की तरफ बढ़ गया था। पंकज भी कमरे में आ गया।

बाथरूम में कमोड पर बैठने के बाद उसने मोबाइल चैक किया। उसमें दो मिस कॉल थीं। पहली, पार्क के कौने में स्थित बूथ से की गई नैना की। टाइम सात-दो। साढ़े नौ बजे की झुमरू की कॉल थी।

जाहिर था–मोबाइल दोनों बार पूरा-पूरा बजने के बाद शांत हुआ था मगर उसकी नींद नहीं टूटी थी। टूटती भी कैसे! रात के जाने किस वक्त आंख लगी थी।

नैना से बात नहीं हो सकती थी। उसका फोन तो अब शड्यूल के मुताबिक डेढ़ से दो के बीच यानी लंच टाइम में ही आना था।

झुमरू को फोन लगाया।

उसने तुरंत उठाया। हालचाल पूछे। पंकज ने कोई डिटेल नहीं बताई। कह दिया–''सब ठीक रहा बल्कि बहुत बढ़िया। स्टोरी पर काम ही शुरू नहीं हो गया है बल्कि आइडिया राजेश कुमार को पसंद भी बहुत आया है। और हां, तुझे इस बात की बहुत फिक्र थी वह फिल्म बना भी पाएगा या नहीं। तेरा वहम दूर कर दूं। राजेश कुमार से खुलकर बात हो गई है। वह हंसकर कहने लगा–पैसा कहां से आएगा इस बात की फिक्र तुम क्यों करते हो। वह मेरा काम है, मैं कर लूंगा। यूं समझो, कर चुका हूँ। जितने पैसे लगेंगे वे मैंने अलग निकालकर रख लिए हैं।''

झुमरू ने बस इतना ही कहा–''तू कहता है तो मान लेता हूँ।''

पंकज ने फोन काट दिया।

उस वक्त वह नहाने के बाद बदन पौंछ रहा था जब बाथरूम के दरवाजे पर दस्तक हुई। चौंककर पूछा–''कौन?''

''मैं हूँ।'' सोनम की आवाज–''जल्दी आओ।''

यह बात जहन में आते ही पंकज का दिमाग सन्ना गया कि वह यहां क्यों आई है। बोला–''क्या बात है?''

''जरूरी बात है–जल्दी आओ।''

पंकज यह अनुमान तो नहीं लगा सका वह क्या बात करने आई होगी लेकिन यह औरत उसका दिमाग जरूर खराब किए दे रही थी। बाथरूम में वह केवल टॉवल लेकर घुस गया था। बाकी कपड़े बैग में थे। सोचा था–कपड़े कमरे में चेंज कर लेगा। यह कल्पना तो वह सपने तक में नहीं कर सकता था सोनम वहीं आ धमकेगी।

अपने कूल्हे पर टॉवल लपेटते हुए उसने कहा–''तुम जरा कमरे से बाहर जाओ, मुझे कपड़े चेंज करने हैं। कपड़े वहीं हैं।''

उसके हंसने की आवाज आई–''टॉवल भी नहीं है क्या?''

''बस टॉवल है। बाकी सारे कपड़े . . .

''तो फिर औरतों की तरह शरमा क्यों रहे हो! मर्द आदमी हो। टॉवल काफी है। लपेटकर जल्दी आ जाओ।''

''नहीं। मैं इस तरह नहीं आऊंगा। लॉबी में जाओ। पांच मिनट में कपड़े पहनकर वहीं आता हूँ।''

''लॉबी में वे बातें नहीं हो सकतीं।''

''तो ठीक है। जब मैं कपड़े पहन लूंगा तो तुम्हें कमरे में बुला लूंगा। अभी जाओ।''

''ओके!'' सोनम के हंसने की आवाज उसके कानों में पड़ी।

कुछ देर का, यानी इतनी देर का गैप देने के बाद उसने बाथरूम का दरवाजा खोला जितनी देर में उसे लगा सोनम लॉबी में चली गई होगी लेकिन दरवाजा खोलते ही बुरी तरह बौखला गया और अपने नंगे जिस्म को छुपाने की कोशिश करने लगा क्योंकि सोनम कमरे में ही थी और उसकी बौखलाहट पर मुंह पर हाथ रखे हंस रही थी।

''य . . . यह क्या बदतमीजी है!'' वह लगभग चीख पड़ा था।

''धीरे बोलो . . . प्लीज। धीरे बोलो। वह अपने कमरे में है। शायद बाथरूम में नहा रहा है।'' उसने कहा–''इतनी जोर से बोलोगे तो आवाज वहां भी पहुंच जाएगी।''

''तो पहुंच जाए, मुझे क्या फिक्र है!'' पंकज ने इस बार पहले से कम वॉल्यूम पर कहा था।

"मुझे है।" वह बोली–"क्योंकि मैं नहीं चाहती उसे पता लगे उसकी गैरमौजूदगी में हमारे बीच कोई बात हुई है।"

"रात के बाद से अचानक मेरे प्रति तुम्हारा व्यवहार बदल गया है। मैं इसका कारण नहीं समझ पा रहा।" पंकज कहता चला गया था–"उससे पहले मैं तुम्हें फूटी आंख नहीं सुहा रहा था जबकि अब बार-बार अकेले में बात करना चाहती हो–किस्सा क्या है?"

"किस्सा सिर्फ यह है पंकज कि मैं तुम्हारी एहसानमंद हूँ।"

"एहसानमंद?"

"रात भर तुमसे हुई बातों के बारे में सोचती रही और . . . इस नतीजे पर पहुंची कि–तुमने मुझे जेल जाने से बचा लिया।"

"जेल जाने से?"

"उस रात हुए एक्सीडेंट में अगर काकू को कुछ हो जाता तो इस वक्त निश्चित रूप से मैं जेल में होती क्योंकि जिस पॉलिसी के बारे में तुमने बताया है, उसकी रोशनी में पुलिस को यही लगता मैंने बीमे के पैसे हासिल करने के लिए जानबूझकर ऐसे हालात क्रिएट किए कि उसका एक्सीडेंट हो जाए। मैं किसी भी तरह पुलिस को यकीन नहीं दिला सकती थी कि पॉलिसी के बारे में मुझे पता ही नहीं था। पता होता तो कभी काकू को नशे की हालत में गाड़ी नहीं चलाने देती क्योंकि उस स्थिति में मुझे पता होता कि इस ढंग से हुई उसकी मौत मुझे जेल में पहुंचा देगी। यह सब सिर्फ इसलिए नहीं हुआ क्योंकि तुमने उसे बचा लिया।"

"यानी आ गई बात समझ में।" पंकज ने तगड़ा व्यंग किया और फिर बेहद सपाट लहजे में कहा–"पर मैंने वैसा तुम पर एहसान करने के लिए नहीं किया था मैडम।"

"मुझे मालूम है।"

"खैर, अब क्या चाहती हो?"

"सबसे पहली रिक्वेस्ट तो यह है कि तुम उसका ख्याल रखोगे। किसी भी हालत में उसे मरने नहीं दोगे। चाहे जो हो जाए, ड्राइविंग तुम करोगे। तुम समझ रहे हो न मैं ऐसा क्यों कह रही हूँ!"

"खुद को जेल से बचाने के लिए।"

"करेक्ट।"

"पर इसके लिए तो मुझे उनके साथ रहना पड़ेगा।" अचानक पंकज के

होठों पर मुस्कान नाची थी–''और जब तक मैं साथ रहूँगा, उनके सिर से फिल्म बनाने का भूत नहीं उतरेगा। वह चढ़ा रहा तो तुम्हारी अंतिम पूंजी गई।''

''मेरे दिमाग में एक बात आई है।''

''क्या?''

''फिल्म कोई ऐसी चीज तो है नहीं जो हफ्ता-दस दिन में शुरू हो जाएगी! कम से कम तब तक हमारा कोई इन्वेस्टमेंट नहीं हो रहा है जब तक कहानी तैयार नहीं हो जाती।''

''यानी अड़ंगा कहानी तैयार होने के बाद डालोगी? यह तो मेरे लिए और भी बुरा होगा क्योंकि मैं पूरी मेहनत कर चुका होऊंगा।''

इस सवाल का जवाब उसने तुरंत नहीं दिया। पंकज की तरफ सिर्फ देखती रही और उस वक्त पंकज ने समूचे जिस्म में बहुत ही तीव्र सनसनी महसूस की थी जिस वक्त उसे लगा वह उसके चौड़े चकले सीने और बलिष्ठ कंधों को देख रही है। उस वक्त उसे पन्ने जैसी आंखों में अजीब-सी गर्माई नजर आई थी। लगभग घबराकर कहा उसने–''म . . . मैंने कुछ पूछा है।''

''आं-हां।'' वह जैसे किसी और दुनिया से लौटी हो–''तुम्हारा सपना यही तो है न कि तुम्हारी स्टोरी पर फिल्म बने!''

''राइटर का ख्वाब इससे ज्यादा और हो भी क्या सकता है?''

''मैं तुम्हारे इस ख्वाब को पूरा करूंगी।''

''त . . . तुम?'' पंकज का जहन सन्ना गया।

''दीपिका मेरी फ्रेंड है। आज रात महाबलेश्वर में उसने पार्टी रखी है। मैं भी इन्वाइट हूँ। तुम मेरे साथ चलना . . .

''द . . . दीपिका कौन?''

''कैसे राइटर हो! दीपिका को नहीं जानते?''

''वह तुम्हारी फ्रेंड है?''

''ऑफकोर्स!'' वह मुस्कराई।

पंकज बुरी तरह रोमांचित हो गया–''प . . . पर मैं तुम्हारे साथ उसकी पार्टी में क्यों जाऊंगा?''

''क्योंकि वहां बहुत सारे फिल्मी लोग होंगे। लगभग आधी इंडस्ट्री तो होगी ही। उनमें हीरो-हिरोइन और प्रोड्यूसर-डायरेक्टर्स भी होंगे। ऐसे-ऐसे लोग जिनसे तुम डेढ़ साल की मेहनत के बावजूद दुआ-सलाम तक नहीं कर

पाए होगे। मैं उनसे तुम्हारा परिचय यह कहकर कराऊंगी तुम मेरे दोस्त और बहुत अच्छे राइटर हो। एक बार संबंध बन जाएंगे, ऊपर से मेरी सिफारिश होगी तो उनमें से कोई-न-कोई, बल्कि मैं तो कहती हूँ–कई तुम्हारी कहानी सुनने के लिए तैयार हो जाएंगे। उसके बाद संबंध या मेरी सिफारिश काम नहीं आएगी। तब तो तुम्हारी कहानियाँ बोलेंगी। उनमें दम होगा तो एक क्या कई फिल्में बन सकती हैं।''

''क्या उस पार्टी में सर नहीं जाएंगे?''

''पिछले छः महीने से तुम्हारे सर ने फिल्मी पार्टियों में जाना छोड़ दिया है।'' 'तुम्हारे सर' उसने व्यंग में कहा था–''इससे लोगों को भी राहत मिली है, उसे भी। लोगों को इसलिए क्योंकि पीने के बाद अक्सर हंगामा कर दिया करता था। उससे पार्टी खराब हो जाती थी और . . . खुद उसे इसलिए क्योंकि लोगों के तानों, व्यंगों और चुभती बातों से तंग आ चुका था मगर मैं तो फ्रेंड सर्किल से नहीं कट सकती न! इसलिए मुझे तो जाना ही पड़ता है।''

''अपनी कहानियों पर तो मुझे पूरा कान्फिडेंस है लेकिन . . .

''कहां अटक गए?''

उस क्षण पंकज के अंतर्मन ने बहुत जोर-जोर से, बल्कि चीख चीखकर कहा था–नहीं पंकज, मत फंस। वैसा कुछ भी होने वाला नहीं है जैसा यह औरत कह रही है बल्कि मामला कुछ और है। जो कुछ इसने कहा वह सिर्फ और सिर्फ चुग्गा है। वैसा ही चुग्गा जैसा उड़ते पंछी को जाल में फंसाने के लिए डाला जाता है। इंकार कर दे। कह दे मैं राजेश कुमार के अलावा किसी के लिए स्टोरी नहीं लिखूंगा। लेकिन . . . वाह रे, लालच और स्वार्थ! उन दोनों ने मिलकर पंकज से कहा–बेवकूफ है तू! गधा है! भला यह क्या बात हुई कि मैं सिर्फ राजेश कुमार के लिए स्टोरी लिखूंगा? उस राजेश कुमार के लिए जिसका अभी तक यही नहीं पता है वह फिल्म बना भी पाएगा या नहीं। यह औरत स्वार्थ से घिरी है। इसका लालच सिर्फ इतना है कि इसके पति के दिमाग से फिल्म बनाने का भूत उतर जाए जिससे इसकी 'अंतिम पूंजी' सुरक्षित रहे। यह सोच रही है जब मैं नामचीन डायरेक्टर्स-प्रोड्यूसर्स के संपर्क में आ जाऊंगा तो राजेश कुमार का पीछा अपने आप छोड़ दूंगा और जब मैं ही इंट्रेस्ट नहीं लूंगा तो फिल्म कैसे बनेगी? ठीक ही तो सोच रही है ये! उस अवस्था में मुझे राजेश कुमार जैसे पिटे हुए शख्स की जरूरत ही क्या रह जाएगी? इसका स्वार्थ पूरा होने में मेरा लाभ है फिर मैं स्वर्णिम मौके को

क्यों गंवाऊं? डेढ़ साल मुंबई में रहकर यही तो सीखा है। यहां यारी दोस्ती करने वाला, भावनाओं में बहकर फैसले करने वाला मूर्ख है। यहां केवल वह सफल होता है जो चूके नहीं। हाथ आए मौके को झपटकर अपने हित में कैश कर ले।

''क्या सोचने लगे तुम?'' कानों में उसकी आवाज़ पड़ी।

''आं-हां।'' पंकज की हालत ऐसी हो गई थी जैसे अभी-अभी किसी और दुनिया से इस कमरे में लौटा हो।

वह बोली–''तुमने कहा, अपनी स्टोरियों पर तुम्हें कान्फिडेंस है लेकिन . . . इस लेकिन से आगे क्या कहना चाहते थे?''

''तुम मेरी मदद क्यों करोगी?'' उसने पूछा।

''मेरा स्वार्थ तुम्हें मालूम है।'' उसने वही कहा जो पंकज सोच रहा था–''और तुम्हारा फायदा भी इसी में है। मेरी बात मानो, काकू भले ही चाहे जितनी कोशिश कर ले, फिल्म नहीं बना पाएगा जबकि वे सब पेशेवर फिल्म मेकर हैं जिनसे मैं तुम्हें मिलाऊंगी। मैं यह नहीं कह रही अभी जाकर काकू से कह दो तुम उसके लिए स्टोरी नहीं लिख रहे। उसे उलझाए रखो लेकिन और संभावनाएं तलाश करने में क्या तुम्हें कोई बुराई नजर आती है?''

पंकज चुप रह गया।

''जवाब दो।'' उसने सपाट लहजे में पूछा था।

''ठीक है।'' उलझन-सी में फंसे पंकज ने कहा–''मैं शाम को तुम्हारे साथ चलूंगा लेकिन . . .

''मैं भी इस लेकिन से आगे ही तुमसे बात करना चाहती हूँ।''

''मतलब?''

''शाम को मैं तुम्हें उसी अंदाज में अपने साथ चलने का ऑर्डर दूंगी जिस अंदाज में कल रात से पहले हमारे बीच बातें होती रही हैं यानी मेरा अंदाज ऐसा होगा जैसे मालकिन अपने नौकर को हुक्म दे रही हो। उस वक्त बुरा मत मानना। यह इसलिए जरूरी है ताकि काकू न ताड़ पाए, हमारे बीच संबंध बदल चुके हैं।''

उसकी इस बात ने पंकज की रीढ़ की हड्डी में सर्द लहर दौड़ा दी थी कि–'हमारे बीच संबंध बदल चुके हैं।' मगर, इस पर कोई टिप्पणी नहीं की उसने बल्कि बोला–''लेकिन अगर शाम को उन्होंने अपने साथ कहीं चलने के लिए कह दिया तो?''

''उस अवस्था में मुझे अकेले जाना पड़ेगा।''

ये शब्द गड़गड़ाती बिजली-सी बनकर पंकज के जहन पर गिरे।

इसका तो सीधा मतलब था कि–अच्छा-खासा मौका हाथ से निकल जाएगा। रोज-रोज तो ऐसी पार्टियां होती नहीं हैं। होती भी हों तो क्या जरूरी है उनके इन्विटेशन सोनम के पास आएं!

नहीं, वह यह मौका नहीं गंवा सकता।

एक बार फिर वह अपनी सोचों में ही गुम होकर रह गया था।

''शाम को केवल तीन किस्म के हालात बनेंगे। पहला यह कि काकू कल की तरह बेसुध अवस्था में लौटे। दूसरा, ठीकठाक हो, समय से घर लौट आए और रात का कोई प्रोग्राम न बनाए, तीसरा ये कि वह रात का अपना कोई प्रोग्राम बना ले। पहले दो हालात में कोई प्रॉब्लम नहीं आएगी। हां, हालात तीसरे किस्म के बनते हैं तो हममें से कोई भी कुछ नहीं कर सकता।''

''ठ . . . ठीक है।'' पंकज के मुंह से निकला–''मैं कुछ सोचूंगा।''

''अब मैं चलती हूँ। वह कमरे से बाहर आ गया तो मुसीबत हो जाएगी।'' कहने के बाद वह पंकज के जवाब की प्रतीक्षा किए बगैर इस तरह बाहर चली गई जैसे कभी आई ही नहीं थी। ऐसा चुग्गा डाल गई थी वह जिसे चुगने के लिए पंकज खुद व्याकुल हो गया। इतना व्याकुल कि सारा चुग्गा अगले ही सीन में चुग डाला।

गाड़ी पर कपड़ा मारने के बाद पंकज पुनः लॉबी में आ गया था। तब कहीं जाकर राजेश कुमार सीढ़ियां उतरता नजर आया।

क्रीम कलर के बेहद कीमती सूट में वह बहुत जंच रहा था। आंखों पर बेशकीमती गॉगल्स लगाए हुए था।

उसके नीचे आते-आते पंकज ने ऐसे लहजे में कहा जैसे बहुत गुस्से में हो–''मैं यहां से जा रहा हूँ सर, यह रही गाड़ी की चाबी।'' कहने के साथ उसने गाड़ी की चाबी सेंटर टेबल पर फैंक दी थी।

''अरे!'' राजेश कुमार चौंका–''क्या हुआ पंकज?''

''मैं राइटर हूँ या ड्राइवर! क्या समझ रखा है मुझे?''

''ऐसा क्यों कहते हो भई, हमने तो कल तुम्हें खुद ही गाड़ी नहीं चलाने दी। शाम की बात थोड़ी अलग हो गई थी। वादा करते हैं अब इतनी नहीं पिएंगे कि तुम्हें गाड़ी चलानी पड़े।''

''मैं आपकी बात नहीं कर रहा सर।''

''तो फिर किसकी . . .

''मैडम की बात कर रहा हूँ। आखिर वे समझती क्या हैं मुझे! ऐसे अंदाज में ऑर्डर दे डाला जैसे मालिक ड्राइवर को देता है। कहती हैं शाम को पार्टी में जाना है। तुम्हें मेरा ड्राइवर बनकर चलना होगा। यह कोई तरीका है बात करने का?''

''अरे नहीं भई, बुरा मत मानो।'' राजेश कुमार ने समझाने वाले लहजे में कहा–''उसकी तो आदत है इस तरह बात करने की।''

''मैं क्यों सहूँ सर! आपको स्टोरी चाहिए तो अपनी खोली से लिखकर भेज दूंगा। लेकिन . . .

''सोनू . . . सोनू।'' उसकी बात पूरी होने से पहले ही राजेश कुमार ने बाल्कनी की तरफ देखते हुए ऊंची आवाज में पुकारा।

अगले पल सोनम बाल्कनी में नजर आई। दोनों हाथ रेलिंग पर टिकाते हुए उसने सपाट लहजे में कहा–''क्या है?''

''अरे भई पंकज को क्यों नाराज कर दिया तुमने?'' राजेश कुमार ने अपेक्षाकृत नर्म स्वर में कहा।

''क्यों? मैंने क्या किया है?'' उसने चौंककर पंकज की तरफ देखा। चेहरा पीला पड़ गया था, शायद इस आशंका से ग्रस्त होने के कारण कि पंकज ने रात की बातें और आज सुबह की उसकी हरकतों के बारे में राजेश कुमार को बता दिया है।

''ये राइटर है डार्लिंग, ड्राइवर नहीं है। अगर शाम को तुम्हें पार्टी में जाना है तो अपना कोई इंतजाम कर लो।''

सोनम के दिलोदिमाग पर छाया सारा खौफ एक ही क्षण में काफूर हो गया। जिस तेजी से चेहरे पर पीलापन छाया था, उसी तेजी से न सिर्फ चमक लौट आई बल्कि होठों पर बहुत ही जानदार मुस्कान उभरी थी। राजेश कुमार के एक ही वाक्य से समझ जो गई थी कि पंकज ऐसे प्लान पर काम कर रहा है जिससे शाम को कोई अड़चन न आए। अतः बोली–''अरे, इसमें इतना बखेड़ा करने की क्या जरूरत थी! इसे नहीं जाना था तो मुझ ही से इंकार कर

देता। तुमसे शिकायत करने वाली क्या बात हो गई?''

''बात यह नहीं है मैडम आपने मुझसे क्या कह दिया, क्या नहीं कह दिया। असली बात यह है कहा किस अंदाज में। सर की वाइफ होने के नाते मैं आपकी भी उतनी ही इज्जत करता हूँ जितनी सर की लेकिन किसी बात को कहने का तरीका होता है। यही बात रिगार्ड देते हुए, अपनेपन से कही होती तो सिर कटाने को तैयार हो जाता लेकिन वो कोई तरीका था! आपने तो इस तरह हुक्म दे दिया जैसे मैं आपका नौकर होऊं!''

''बात तो पंकज की ठीक है डार्लिंग।'' राजेश कुमार दखलअंदाज हुआ–''हम इसे हुक्म नहीं दे सकते। साथ रहते हैं इसलिए अपनी मदद के लिए कोई भी किसी से कुछ भी कह सकता है।''

''मेरी ऐसी कोई भावना नहीं थी।'' सोनम ने लट्ठ मारने वाले अंदाज में कहा–''लेकिन अगर फिर भी, तुम्हें ऐसा लगा मेरा लहजा नौकर को हुक्म देने जैसा था तो–सॉरी। मैं ट्रांस्पोर्ट कंपनी को फोन करके ड्राइवर बुला लूंगी।''

''अरे नहीं-नहीं डार्लिंग! क्या गजब करती हो! ये मतलब थोड़ी था पंकज का।'' राजेश कुमार तपाक से बोला–''इसने तो सिर्फ यह कहा, कहने का भी कोई तरीका होता है . . . क्यों पंकज?''

''जी।''

''सोनू ने माफी मांग ली है अब तो कोई शिकायत नहीं है तुम्हें!''

''नो सर।''

''ओके।'' उसने सोनम की तरफ देखा–''तुम्हें भी किसी ट्रांस्पोर्ट कंपनी को फोन करने की जरूरत नहीं है। पंकज चला जाएगा।''

दोनों चुप रह गए।

उन्हें तो चुप रह ही जाना था। शाम को होने वाली संभावित गड़बड़ को टाल जो दिया था उन्होंने।

पैर पटकती-सी सोनम कमरे में चली गई।

राजेश कुमार और पंकज पोर्च में पहुंचे। राजेश कुमार ने चाबी मांगी तो पंकज बोला–''ड्राइविंग मैं करूंगा सर।''

वह हंसा–''तुम वाकई राइटर हो दोस्त, ड्राइवर नहीं।''

''ब . . . बात वो नहीं है सर, बात बस उनके अंदाज की थी।''

''लेकिन हम तुमसे गाड़ी नहीं चलवाएंगे।''

''और मैं आपकी गाड़ी में नहीं बैठूंगा।''

''क्यों?''

''आप ड्राइविंग ही ऐसी करते हैं कि बगल में बैठे शख्स की जान सूख जाती है। हर पल यही लगता रहता है कि अब किसी से भिड़ी कि तब भिड़ी। कल ऑफिस जाते वक्त मेरी तो . . .

राजेश कुमार जोर-जोर से हंसने लगा था।

बोला–''क्यों भई! कहीं ठोकी क्या?''

''ठोकी तो आपने ऐसी थी कि पूरी गाड़ी ही जलकर . . .

''उस वक्त हम कुछ ज्यादा ही नशे में थे दोस्त, इस वक्त ऐसा कुछ नहीं है। कल तो तुमने हमारी ड्राइविंग देखी ही थी। तेज भले ही चलाएं लेकिन मजाल है जो किसी से टच हो जाए!''

''वो सब ठीक है सर लेकिन आज से . . . बल्कि अभी से गाड़ी मैं ही चलाया करूंगा।'' पंकज अड़ गया।

उसके बाद भी राजेश कुमार ने कई बार जिद की पर पंकज न मानने की कसम खा चुका था। अंततः राजेश कुमार को ही झुकना पड़ा। हंसता हुआ बोला–''तुम तो जरूरत से ज्यादा ही डर गए यार, चलो–तुम्हीं चला लो।''

इस तरह, पंकज ड्राइविंग सीट पर बैठा। राजेश कुमार ने एक सिगरेट सुलगाने के बाद हिप-फ्लास्क निकाल लिया था। उस वक्त पंकज गाड़ी को ढलवां सड़क पर सावधानी के साथ चलाता लोहे वाले गेट की तरफ बढ़ रहा था जब बैक-व्यू-मिरर में सोनम नजर आई। वह बाल्कनी में खड़ी उसकी तरफ हाथ हिला रही थी। उसकी इस हरकत से पंकज के रोंएं खड़े हो गए। बड़ी तेजी से जहन में यह बात कौंधी–'खुद मुझे ही पता नहीं लगा कि मैंने किस क्षण से सोनम के साथ मिलकर काम करना शुरू कर दिया।

'कुछ देर पहले लॉबी में जो किया, वह सोनम की इच्छा पर ही तो किया था और . . . यह हुक्म भी तो उसी का था कि अब से काकू की गाड़ी तुम चलाओगे और मैं उसे बजा रहा था'।

पंकज को लगा कि अंजाने में ही मैं उस औरत के हुक्म का पालन करने लगा हूँ जो कल रात से पहले मेरी नजर में घृणित थी क्योंकि वह राजेश कुमार का मर्डर करना चाहती थी।

खुद उसी की समझ में नहीं आ रहा था–यह क्या हो रहा है!

पंकज उन्हीं सोचों में डूबा ड्राइविंग कर रहा था कि अचानक राजेश कुमार ने कहा–''अगले नाके से बाईं तरफ लेना।''

''नटराज के लिए तो दाईं तरफ मुड़ते हैं न सर?''

''अभी कहीं और जाना है–वहां से नटराज।''

पंकज ने बगैर कुछ कहे गाड़ी बाईं तरफ घुमा दी। उसके बाद वह उसी के निर्देशों पर गाड़ी चलाता रहा और अंततः जिस बिल्डिंग में दाखिल होने के बाद उसने रोकने के लिए कहा उसके मस्तक पर लगे साइन बोर्ड को देखते ही पंकज के दिमाग में सनसनी-सी दौड़ गई थी। साइन बोर्ड पर लिखा था–''हिंदुस्तान इंश्योरेंस कंपनी।''

पंकज की आंखों के सामने पचास करोड़ की पॉलिसी घूमी।

इसी कंपनी की पॉलिसी तो है वह।

राजेश कुमार यहां क्यों आया है?

हिप-फ्लास्क को बंद करके जेब में डालते हुए राजेश कुमार ने कहा–''तुम यहीं ठहरो, हम आते हैं।''

''यहां कोई काम है क्या सर?''

''बगैर काम के मुंबई में कोई कहीं नहीं जाता।''

''आप कहें तो मैं साथ चलूं?''

''नो।'' उसने अपनी साइड का गेट खोला–''हम आते हैं।''

उसके बाद पंकज कुछ न कह सका और . . . राजेश कुमार ने तो उसकी तरफ देखा तक नहीं। तेज कदमों के साथ वह इमारत के गेट की तरफ बढ़ता चला गया। पंकज की नजरें उसी पर थीं और उसे यकीन नहीं आ रहा था कि यह वही आदमी है जिस पर कल घर की सीढ़ियां नहीं चढ़ी जा रही थीं।

गाड़ी पार्क करने के बाद पंकज भी बाहर आ गया। सिगरेट सुलगाई और गाड़ी की बॉडी से टेक लगाकर हौले-हौले कश लेने लगा। दिमाग ने खुद-ब-खुद सोचना शुरू कर दिया था–क्या वह इस साल का प्रीमियम जमा कराने आया है? इतनी मोटी रकम कहां से जमा करा देगा? उसके पास खाने तक के पैसे नहीं हैं।

फिर क्यों आया है?

काम तो कुछ पॉलिसी से कनेक्टिड ही होगा लेकिन क्या?

काफी दिमाग घुमाने के बावजूद जब पंकज कुछ समझ न सका तो खुद

ही पर झुंझला-सा उठा। सोचने लगा–मैं क्यों इनके पर्सनल लफड़े में घुसता जा रहा हूँ? इन बातों से लेना-देना ही क्या है मेरा?

मेरा काम कहानी लिखना है, मुझे उसी पर दिमाग केंद्रित करना चाहिए। पर दिमाग स्थिर होने को तैयार न था। सरसराकर उसमें सोनम घुस आई। जिस औरत से नफरत करता था, दूर रहना चाहता था–उसी के नजदीक खिसकता जा रहा था।

एकाएक उसे सोनम की वे नजरें याद आ गईं जिनसे उसने उसके चौड़े सीने और बलिष्ठ कंधों को देखा था। सारे जिस्म में सनसनी-सी दौड़ गई उसके जैसे इस वक्त भी सोनम सामने खड़ी उसे उन्हीं नजरों से देख रही हो। फिर, बाल्कनी में खड़े होकर उसकी तरफ हाथ हिलाना। उस वक्त वह जानती थी कि बैक-व्यू-मिरर के कारण सिर्फ मैं उसे देख सकता था, राजेश कुमार नहीं।

क्या मतलब है इस सबका? क्या वह मुझे चाहने लगी है?

ऐसा है तो क्या . . . तो क्या मुझे यह कबूल है? खुद अपने ही दिमाग में कितना भयानक ख्याल उभरा था उसके! और . . . उस वक्त तो उसे घोर आश्चर्य हुआ जब मन ने दिमाग के इस प्रश्न का उत्तर इंकार में नहीं दिया बल्कि–आंखों के सामने उसकी हरी आंखें तैरने लगी थीं। दुनिया की सबसे खूबसूरत औरत का चेहरा। उसके गोल नितंब। पहाड़ की चोटियों जैसे उरोज। सांचे में ढला, माखन से बना लोचदार जिस्म। मदहोश कर देने वाली परफ्यूम की खुश्बू।

सबकुछ कितना लाजवाब था!

वह उन्हीं सब में खोया था कि मोबाइल बजा। विचारतंद्रा भंग हुई। मोबाइल निकाला। फ्लैश कर रहा नंबर 'आरोग्य हॉस्पिटल' के नजदीक वाले पीसीओ का था। उसने रिस्टवॉच पर नजर मारी। एक बजकर पांच मिनट। ओह! वह तो भूल ही गया था। आंखों के सामने नैना का चेहरा उभर आया। जाने किस प्रेरणा से प्रेरित उस वक्त वह नैना और सोनम की तुलना कर बैठा।

सोनम के सामने नैना कुछ नहीं थी–कुछ भी तो नहीं।

कहां सोनम का सौंदर्य! कहां नैना का सीधा-सिंपिल चेहरा!

कहां उसका फ्लैट जिस्म, कहां सोनम की बल खाई काया।

हकीकत ये है कि सोनम के ख्यालों को चीरकर इस वक्त आया नैना

का फोन उसे अच्छा नहीं लगा था। ऐसा कसैला-सा मुंह बनाया उसने जैसे उसमें कोई जायका बिगाड़ने वाली चीज चली गई हो। ग्रीन बटन दबाता हुआ बोला–''हैलो।''

नैना का शिकायती लहजा उभरा–''सुबह क्यों नहीं उठाया?''

आमतौर पर नैना की ऐसी शिकायत पर मन में प्यार उमड़ता था परंतु इस वक्त जाने क्यों खीझ-सी हुई।

बोला–''सो रहा था, रात चार बजे सोया था।''

''क्यों?'' उसने पूछा–''चार बजे क्यों सोए?''

''काम कर रहा था यार, राजेश कुमार के साथ स्टोरी डिस्कशन चल रहा था। तुम क्या समझती हो मैं यहां मौज मारने आया हूँ!''

''अरे, कैसी बात कर रहे हो पंकज!'' उसके लहजे की खीझ ने नैना को चौंका दिया था–''मैंने ऐसा कब कहा, तुम वहां मौज मारने गए हो! तुम्हारी फिक्र है, इसलिए पूछा।''

''मेरी फिक्र करने की जरूरत नहीं है।'' एक बार फिर उसका लहजा सपाट था मगर तभी उसके दिमाग में आया, मैं बेवजह नैना से ऐसे अंदाज में बात क्यों कर रहा हूँ अतः अगले पल संभलकर बोला–''मैं बिल्कुल ठीक हूँ नैना।''

''ठीक तो नहीं लग रहे।''

''क्यों? फोन पर तुम्हें दीखने भी लगा है क्या?''

''तुम्हारा मूड भांपने के लिए मुझे तुम्हें देखने की जरूरत नहीं है।'' वह कहती चली गई थी–''आवाज से ही बता सकती हूँ इस वक्त तुम्हें मेरा फोन आना अच्छा नहीं लगा।''

''न . . . नहीं।'' पंकज की हालत रंगे हाथों पकड़े गए चोर जैसी हो गई थी–''ऐसी कोई बात नहीं है नैना, बस यूं ही–दिमाग जरा कहानी में था, तुम्हारे फोन ने चौंका दिया।''

''सॉरी, मैंने तुम्हें डिस्टर्ब किया।''

''नहीं . . . नहीं।'' उसने संभलकर कहा–''तुमसे बात किए बगैर भी तो मुझे टॉनिक नहीं मिल सकता।''

''हां। अब आए हो अपने रंग में। और बताओ–कैसी चल रही है स्टोरी? राजेश कुमार को पसंद आई?''

''तुम पसंद की बात कर रही हो! वह तो आइडिया सुनकर ही दीवाना

हो गया। रात ही कह दिया उसने, वह मेरी स्टोरी पर फिल्म जरूर बनाएगा।''

''आशुतोष भगवान हमारे साथ हैं।'' नैना का भक्ति में डूबा स्वर उभरा– ''तुम्हारा काम होगा और . . . बहुत अच्छा होगा।''

''बस तुम व्रत रखे रखो।''

''वे तो रखे हुए ही हैं और . . . वह कैसी है?''

''कौन?'' पंकज का दिल धड़का।

''उसकी बीवी–सोनम।''

जी चाहा, कह दे–रंगराज का एक-एक शब्द झूठ था। सोनम किसी भी एंगिल से वैसी नहीं है बल्कि वही बदमाश है लेकिन कहा नहीं क्योंकि ऐसा कहने का मतलब था–नैना को सारी बातें बताना और ऐसा वह चाहता नहीं था। अतः केवल इतना ही कहा–मेरा उससे मतलब ही क्या है! मेरा मतलब बस राजेश कुमार से है।''

''बिल्कुल ठीक। कोई मतलब मत रखना ऐसी औरत से।'' वह कहती चली गई–''ऐसी औरतें बहुत चालबाज होती हैं। ऐसे लटके झटके दिखाती हैं कि मर्द लट्टू बनकर रह जाता है।''

''क्या तुम समझती हो मैं तुम्हारे अलावा किसी पर लट्टू हो सकता हूँ?'' उसने नैना के मन से शंका निकालने के लिए कहा था।

''नहीं, ऐसा तो नहीं है मेरा पंकज लेकिन . . .

''लेकिन?''

''सच कहूँ पंकज!''

''हां-हां। सच ही कहो।''

''ऐसी औरतों से डर लगता है।''

''खामखांह डर रही हो तुम।'' पंकज अंदर ही अंदर कांप गया।

''मुझे बस यह फिक्र है कहीं वह तुम्हारे साथ भी वैसी ही कोई हरकत न कर दे जैसी रंगराज के साथ की थी।''

''चिंता मत करो, मैं सतर्क हूँ।''

''क्या रंगराज का शक ठीक था?''

''कौन सा शक?''

''कि वह राजेश कुमार के मर्डर के चक्कर में है।''

एक बार फिर जी चाहा, कह दे–'नहीं, ऐसा कोई चक्कर नहीं है', लेकिन एकदम से कही गई यह बात नैना के दिमाग में शक पैदा कर सकती थी

इसलिए बोला–''अभी तक तो मुझे ऐसा कुछ नहीं लगा और जैसा कि मैंने कहा, मैं उससे मतलब ही नहीं रखता। मेरा दिमाग बस अपनी कहानी पर है।''

''वहीं रखना, भटकने मत देना उसे।'' नैना ने पता नहीं किस सेंस में कहा था और पंकज ने कुछ कहने के लिए मुंह खोला ही था कि राजेश कुमार बिल्डिंग से बाहर निकलता नजर आया। वह जल्दी से बोला–''राजेश कुमार आ रहा है नैना, रखता हूँ।'' कहने के साथ उसने नैना के जवाब की प्रतीक्षा किए बगैर फोन काट दिया।

राजेश कुमार ने गाड़ी में बैठते हुए कहा–''ऑफिस।''

पंकज ने गाड़ी आगे बढ़ा दी।

दिमाग अब भी सोनम और नैना की तुलना कर रहा था।

आश्चर्य की बात यह थी कि जो नैना एक साल से उसे पगलाए हुए थी, वह दो दिन पहले मिली सोनम के सामने ठहर नहीं पा रही थी। फिर भी, उसने निश्चय किया–

कहानी पर डिस्कशन के बहाने आज मैं यह जानने की कोशिश करूंगा कि सोनम ठंडी औरत है या राजेश कुमार साईको है–बैडरूम अलग होने का असली कारण क्या है?

''हां तो कल कहां थे हम!'' विशाल चेयर पर बैठे राजेश कुमार ने हाथ में मौजूद बोतल से गला तर करते हुए कहा था–''बीवी सुपरस्टार का मर्डर करने के चक्कर में है। मगर ये नहीं सूझ रहा था वह ऐसा क्यों करना चाहती है।''

''आगे बढ़ने से पहले मैं आपको वह सुनाना चाहता हूँ जो कल के डिस्कशन के बाद लिखा है।'' कहने के साथ पंकज ने मेज पर रखी फाइल उठा ली–''सुनाना तो कल ही चाहता था लेकिन . . .

''अभी रहने दो। पहले यह बताओ–नाम सोचा है कुछ?''

''जी।''

''क्या?''

''सुपरस्टार।''

''फैनटास्टिक!'' खुश होकर उसने मेज पर हाथ मारा–''इतना एक्यूरेट कि इस फिल्म का इसके आलवा दूसरा कोई नाम हो ही नहीं सकता था। तुम जीनियस हो पंकज–जीनियस हो तुम। हम आज ही इस नाम को रजिस्टर करा लेते हैं।''

''थैंक्यू सर।'' पंकज रोमांचित हो गया।

''आगे बढ़ो।''

''मैंने इसमें एक और किरदार डाला है, युवा किरदार। वह, जो एक सीन में सुपरस्टार की जान बचाता है।''

बड़ी ही मोहक मुस्कान उभरी राजेश कुमार के होठों पर, उसी मुस्कान के साथ बोला–''यानी अपना किरदार! गुड। नशे में डूबने से पहले कल हम भी कुछ ऐसा ही सोच रहे थे। उसी से नए किरदार को पता लगेगा सुपरस्टार की बीवी उसके मर्डर की फिराक में है। ऐसा ही कुछ रखा है न तुमने!''

''सुपरस्टार के घर में प्रविष्ट होने के बाद मेरे ख्याल से यह किरदार किसी मुसीबत में फंसेगा।''

''कैसी मुसीबत में?''

''अभी मालूम नहीं, सोचना पड़ेगा।''

''सुपरस्टार की हत्या के जुर्म में फंसा सकते हो।''

''ऐसा भी हो सकता है लेकिन इतनी जल्दी नहीं, इस बारे में अभी मुझे सोचना पड़ेगा बल्कि . . .

''बल्कि?''

''बुरा न मानें तो एक सजेशन दूं सर।''

''बिंदास दो।''

''हालांकि प्राची वाला करेक्टर डालने से लव-स्टोरी का एंगिल बना है और अच्छा बना है लेकिन . . .

''क्या कहने से हिचक रहे हो–खुलकर कहो।''

''यह तो आप मानेंगे कि बगैर यंगस्टर्स की लव-स्टोरी के कोई फिल्म हिट नहीं हो सकती!'' पंकज ने अब भी डरते-डरते कहा था।

''हंडरेट परसेंट मानेंगे।''

''और।'' कहते वक्त उसका कलेजा हिल रहा था–''इस उम्र में आप गाना गाते, पेड़ों के चक्कर काटते अच्छे नहीं लगेंगे!''

''हा . . . हा . . . हा।'' राजेश कुमार बहुत जोर से ठहाका लगाकर

हंसा–''अब हमारी समझ में आया तुम हिचक क्यों रहे थे। बात बिल्कुल ठीक तो नहीं है दोस्त लेकिन कुछ हद तक जरूर ठीक है।''

''खासतौर पर मैंने इसीलिए युवा किरदार डाला है।''

''हिरोइन के साथ पेड़ों के चक्कर काटने के लिए?''

''गानों के दरम्यान अब पेड़ों के चक्कर नहीं काटे जाते सर, अब तो इस बहाने विदेशी लोकेशंस दिखाई जाती हैं ताकि डिस्ट्रीब्यूटर्स को लगे कि प्रोड्यूसर ने पैसा खर्च किया है।''

''बात तो बिल्कुल ठीक है लेकिन तुमने तो कहा था तुम प्यार मुहब्बत के चक्कर में कभी पड़े ही नहीं।''

''आप भूल रहे हैं सर, यह कहानी है।'' पंकज ने सतर्क स्वर में कहा था–''पूरी तरह हमारी रीयल लाइफ नहीं।''

''ओह, हां–मतलब तुम एक और किरदार डालना चाहते हो! कोई नई हिरोइन। युवा लड़के की प्रेमिका के रूप में!''

''लव एंगिल के लिए जरूरी है।''

''हमारे ख्याल से बिल्कुल नहीं बल्कि इस तरह तो स्टोरी अपने असली ट्रेक से भटककर कहीं और पहुंच जाएगी। पर तुम्हारी यह बात बिल्कुल ठीक है लव-स्टोरी के बगैर न म्यूजिक के लिए स्कोप मिल सकता है, न ही फिल्म चल सकती है।''

''तो क्या करें?''

''हमारे ख्याल से तो इन तीन किरदारों के बीच लव-स्टोरी का बहुत बेहतरीन स्कोप है। 'बागबान' को याद करो, क्या वह लव स्टोरी नहीं थी! एक-दूसरे को किस कदर प्यार करते थे दोनों बूढ़े किरदार। जहां तक हमें याद है, बेटों ने जब दोनों को अलग किया और फोन पर उन्होंने बात की तो ऑडियंस आंसुओं से रोई थी और ऐसी औलाद को कोसा था। हमारा सुपरस्टार अपनी पत्नी से उतना ही प्यार करता है। बीच में आ जाता है यह लड़का, तुम्हारा युवा किरदार। सुपरस्टार की बीवी और यह लड़का एक-दूसरे से मुहब्बत करने लगते हैं। लव-स्टोरी का गजब का ट्राइंगिल बनता है यह। एक तरफ सुपरस्टार के आंसू हैं, उसकी तड़प है, कसक है। इस मूड में एकाध गाना उसे भी दिया जा सकता है और दूसरी तरफ है–प्रेमियों की मस्ती। गाने। बोलो, कैसा लगा तुम्हें!''

''मेरे ख्याल से तो नहीं जंचेगा सर।''

''पर्सनल मत लो पंकज। अब हमें याद दिलाना होगा कि हम रीयल लाइफ पर नहीं बल्कि स्टोरी पर बात कर रहे हैं।''

''मैं स्टोरी पर ही बात कर रहा हूँ सर, हिरोइन के करेक्टर को इतना गिराना ठीक नहीं होगा।''

''उसे तो गिराना ही पड़ेगा। बहरहाल, तुम्हारे पहले सजेशन के मुताबिक वह पति के मर्डर प्लान पर काम कर रही है। जो ऐसा कर रही है, पॉजिटिव तो वह हो ही नहीं सकती।''

''जब मैंने वह सजेशन दिया था, तब वह हिरोइन नहीं थी। मेरे दिमाग में हिरोइन लड़के की प्रेमिका थी जिसका सुपरस्टार के घर में चल रहे लफड़े से कोई संबंध नहीं था। लेकिन अगर हम सुपरस्टार की बीवी को हिरोइन का दर्जा देते हैं तो न उसका इतना प्यार करने वाले पति से बेवफाई करके युवा लड़के से प्यार करना जंचेगा, न ही पति के मर्डर पर काम करना। हिरोइन कहां हुई! ये तो वैम्प हुई।''

''तुम्हारी बात किसी हद तक ठीक है लेकिन स्टोरी इन्हीं तीनों के बीच घूमनी चाहिए वरना भटक जाएगी।''

पंकज ने ऐसी मुद्रा बनाई जैसे कुछ सोचने के लिए दिमाग पर जोर डाल रहा हो। एक सिगरेट सुलगाई और तीन-चार जोरदार कश लिए। जब उसका चेहरा धुवें से ढक गया तो इस तरह बोला जैसे कोई ख्याल अभी-अभी दिमाग में आया हो–''गुड।''

''कुछ सूझा?'' राजेश कुमार ने पूछा।

''दो समस्याओं के हल एकसाथ सूझे हैं, पहली वह जहां स्टोरी कल छोड़ी थी। यह कि सुपरस्टार की बीवी उसका मर्डर क्यों करना चाहती है। दूसरी वह, जहां इस वक्त अटके हुए हैं–यानी हिरोइन की युवा लड़के से मुहब्बत को कैसे जायज ठहराएं।''

''क्या हल सूझा?''

''सुपरस्टार साईको है।'' झटके से कहने के बाद उसने गौर से राजेश कुमार के चेहरे को देखा था।

''क . . . क्या?'' राजेश कुमार के जहन को जैसे बहुत तेज झटका लगा था। चेहरा पीला पड़ गया था उसका। मुंह से ये शब्द फिसलते चले गए–''क्या उसने कुछ कहा?''

''क . . . किसने सर?'' पंकज ने बौखलाने की एक्टिंग की।

''सोनू ने।''

''न . . . नहीं तो।''

''फिर तुम्हारे दिमाग में यह ख्याल कहां से आया?''

''प्राची के टीवी इंटरव्यू से।'' पंकज पर जवाब तैयार था।

राजेश कुमार ने राहत की सांस ली–''ओह!''

''ऐसा दिखाने से हिरोइन की हरकतों को जायज ठहराया जा सकेगा। न हिरोइन का करेक्टर निगेटिव होगा, न सुपरस्टार का।''

''सुपरस्टार का करेक्टर तो तुमने धूल में मिला दिया दोस्त।''

''कैसे धूल में मिल गया सर?'' पंकज ने बहस की–''अगर वह साईको है तो इसमें उसका क्या दोष है? यह तो एक बीमारी है। क्योंकि वास्तव में, दिल से वह बहुत अच्छा आदमी है–बीवी को दिल की गहराईयों से प्यार करता है। भरपूर कोशिशों के बावजूद बस बैडरूम में खुद पर नियंत्रण नहीं रख पाता। बीमारी बहरहाल बीमारी है और अपनी इस बीमारी से वह खुद बहुत ज्यादा परेशान है। इसीलिए बीवी की जानकारी में लाए बगैर शायद अपना इलाज भी करा रहा है। हम ऐसा सीन डालेंगे कि वह सबसे छुपकर किसी डाक्टर से मिलता है मगर यह नहीं बताएंगे क्यों मिलता है। इससे अजीब-सा सस्पेंस भी क्रिएट होगा।''

''फिर भी, सुपरस्टार का करेक्टर गिरता है पंकज।'' उसने कहा था–''और हम फिल्म उसी के लिए बना रहे हैं।''

पंकज का इरादा इस बात पर अड़ने का कतई नहीं था। उसे जो जानना था, जान चुका था और जाना यह था कि–सोनम ठीक कह रही थी। राजेश कुमार सचमुच साईको है। बोला–''हंडरेट परसेंट कन्विंस न होते हुए भी मैं आपकी इस बात को ठीक मान लेता हूँ तो फिर हिरोइन के कृत्य को कैसे जायज ठहराएं? पति का मर्डर क्यों करना चाहती है वो?''

''हमारे ख्याल से हिरोइन को जायज ठहराने के चक्कर में मत पड़ो, इससे सुपरस्टार का करेक्टर खत्म हो जाएगा।''

''तो फिर क्या करें?''

''वह सुपरस्टार का मर्डर इसलिए करना चाहती है क्योंकि सुपर स्टार की एक बीमा पॉलिसी है।'' राजेश कुमार पंकज के चेहरे पर नजरें गड़ाए कहता चला गया–''पचपन करोड़ की बीमा पॉलिसी। सुपरस्टार के मरते ही उसे ये पचपन करोड़ मिलेंगे।''

पंकज का दिल बहुत जोर से धक-धक करने लगा था।

क्या सोनम के बारे में यह भी वही सोच रहा है जो मैं सोच रहा था! इस बात से तो ऐसा ही लगता है। संभलकर बोला वह–''पर यह काम तो आसान नहीं होगा। सुपरस्टार के मरते ही पॉलिसी के कारण पुलिस और इंश्योरेंस वालों का शक सबसे पहले उसकी बीवी पर ही जाएगा। उसे पचपन करोड़ नहीं, जेल मिलेगी।''

''इसीलिए तो ऐसा प्लान बनाती है कि–वाह . . . वाह पंकज, आ गया आइडिया।'' वह इस तरह उछल पड़ा जैसे कारून का खजाना हाथ लग गया हो। बोतल मुंह से लगाई उसने और कम से कम पांच घूंट हलक से उतारने के बाद बोला–''तुम्हारे और अपने सजेशन को मिलाकर आइडिया आया है हमारे दिमाग में। ऐसा मार्वलस कि तुम भी उछल पड़ोगे।''

''कुछ बताइए तो सही सर।''

''वह इसीलिए युवा लड़के को फंसाती है। पॉलिसी के बारे में उसे कुछ नहीं बताती। यह कहकर उसकी सहानुभूति बटोरती है कि सुपरस्टार साईको है। लड़का बेचारा इन्नोसेंट है। फंस जाता है। उसे हिरोइन ठीक और सुपरस्टार विलेन नजर आने लगता है। जबकि अगले ही सीन में हम ऑडियंस को बता देते हैं बीवी ने सिरे से झूठ बोला है। सुपरस्टार साइको नहीं है। सोचकर देखो–जिस वक्त पर्दे पर यह सब चल रहा होगा, ऑडियंस की क्या हालत होगी! उसे मालूम है सुपरस्टार साईको नहीं है बल्कि वह टूट-टूटकर अपनी पत्नी से प्यार करता है और वही पत्नी पति के मर्डर प्लान पर काम कर रही है। दूसरी ओर, युवा लड़के को मूर्ख बनाकर इस्तेमाल कर रही है। वाह . . . वाह . . . ऑडियंस कुर्सी से चिपककर उस सबको देखेगी। अब बीवी ऐसे सुपरप्लान के साथ सुपरस्टार का मर्डर करती है कि लड़का फंस जाए और ऐसा ही होता है। लड़का जेल में, पचपन करोड़ हिरोइन के। सारा प्लान हिरोइन ने इस तरह रचा होता है कि लड़का बेचारा किसी भी तरह यह साबित नहीं कर पाता कि हिरोइन से उसके कभी कोई संबंध थे। जेल में लड़के को हकीकत पता लगती है। यह कि–सुपरस्टार साइको नहीं था। हिरोइन ने झूठ बोलकर उसे बहुत ही खूबसूरती से ट्रेप किया था। लड़के का जेल जाना हमारा प्रीक्लाइमेक्स होगा। क्लाइमेक्स लड़के द्वारा बीवी को सबक सिखाना होगा। उस ऑडियंस युवा लड़के की एक-एक हरकत का मजा ले रही होगी क्योंकि उसे खुद बीवी से नफरत हो गई है और चाहती है उसे

उसके किए की सजा मिले। अंत में वह पुलिस और कोर्ट के सामने साबित कर देता है सब कुछ बीवी का किया धरा था, वह पूरी तरह बेगुनाह था।''

''ऐसा कैसे होगा?''

''सोच लेंगे . . . यह भी सोच लेंगे।'' कहने के साथ उसने बोतल मुंह से लगाई और पुनः तीन-चार घूंट उतारने के बाद बोला–''आज कल से भी ज्यादा काम कर लिया है। बाकी कल। अब जो डिस्कस हुआ है उसे बाहर वाले कमरे में जाकर कागज पर उतार लो।''

पंकज को कहानी का ग्राफ कुछ जम नहीं रहा था क्योंकि इसमें तो हिरोइन पूरी ही विलेन थी लेकिन इस समय राजेश कुमार कुछ भी सुनने के मूड में नजर नहीं आया, अपने आइडिए पर मुग्ध-सा था वह, इसलिए उठा और फाइल संभाले बाहर निकल गया।

उस वक्त भी उसे नहीं मालूम था आज राजेश कुमार का एक और रूप सामने आने वाला है।

उस दिन लिखने में पंकज का जरा भी मन नहीं लगा। इसके दो कारण थे। पहला–आज के डिस्कशन से वह संतुष्ट नहीं था। बात जब दिमाग को न जंच रही हो तो उंगलियां अक्षर नहीं उगल सकतीं।

दूसरा–सोनम बार-बार पूरी कहानी को चीरकर जहन में सबसे आगे आकर खड़ी हो जाती थी।

राजेश कुमार उसे विलेन दिखाना चाहता था जबकि सारी धुंध छंट चुकी थी। पंकज को साफ नजर आ रहा था–विलेन राजेश कुमार है। उसकी प्रतिक्रिया ने साफ कर दिया था वह साईको है और इस बात पर पर्दा डालने के लिए सोनम को ठंडी औरत बताता है।

इतनी हसीन, इतनी खूबसूरत औरत भला ठंडी कैसे हो सकती है! और फिर, उसे सोनम का अपनी तरफ देखने का अंदाज याद आ गया। सारे शरीर में रोमांच की लहरें दौड़ गईं उसके।

ठंडी कहां, वह तो आग नजर आ रही थी।

''कहां है तेरा काकू महाराज।'' अचानक इस आवाज ने पंकज की तंद्रा भंग की–''मुझे उससे मिलना है।''

''सर काम कर रहे हैं सेठ जी।'' यह आवाज शशांक पांडे की थी–''इस वक्त नहीं मिल सकते।''

''अबे ऐसी की तैसी काम की! मेरा इसी वक्त मिलना जरूरी है वरना अगले हफ्ते वो कहेगा तुम तो एकदम ही छाती पर आकर खड़े हो गए सेठ जी।'' कहने के साथ गोल टोपी लगाए एक मोटी तोंद वाला ऐसा व्यक्ति अंदर घुस आया जिसने सोने और रुद्राक्ष आदि की जाने कितनी मालाएं गले में डाल रखी थीं। उसकी मोटी-मोटी उंगलियों में कई अंगूठियाँ थीं। पंकज को देखते ही वह ऐसा ठिठका खड़ा रह गया जैसे अपनी धुन में सड़क पर चले जा रहे किसी आदमी ने रास्ता रोके खड़े रोडरोलर को देख लिया हो।

पंकज उसे देखकर खड़ा हो गया।

शशांक पांडे अब भी उस शख्स को रोकने की कोशिश कर रहा था जिसने सिल्क का शानदार कुर्ता और धोती पहनी हुई थी।

अपने चौड़े माथे पर चंदन का तिलक लगाए हुए था वह।

''तुम कौन हो भैया, नए पंछी नजर आते हो।'' वह पंकज से बोला–''नया पंछी तो कई महीने से यहां नजर नहीं आया। वो तो पांडे की ही हिम्मत है जो काकू महाराज से चिपका पड़ा है।''

''ये राइटर हैं सेठ जी, बहुत बड़े राइटर। शोले की स्टोरी इन्होंने ही लिखी थी।'' पांडे लपककर बोला–''काकू जी की फिल्म की स्टोरी लिख रहे हैं। आप देखना, ये पिक्चर ऐसी हिट होगी कि . . .

''काकू महाराज की पिक्चर! हा-हा।'' मोटा ठीक ऐसे अंदाज में हंसा जैसे असरानी शोले में हंसता था–''मैं देखूंगा। जब रिलीज होगी तो सपरिवार देखूंगा तेरे काकू महाराज की पिक्चर ताकि कम से कम पांच टिकट तो बिक ही जाएं। मगर इस वक्त तो बस काकू जी महाराज के साक्षात् दर्शन करा दे।''

''मैंने बताया न सेठ जी, वे काम . . .

पर सेठ जी ने सुनी कहां! सुनने के मूड में ही कहां था वह! पांडे का सैंटेंस पूरा होने से पहले ही अंदर वाले कमरे में दाखिल हो चुका था। जाने किस भावना से प्रेरित पंकज भी उसके पीछे-पीछे अंदर चला गया जबकि पांडे 'सत्यानाश' कहकर वहीं रुक गया था।

''आइए . . . आइए घनश्याम दास जी।'' कुर्सी पर अधलेटी-सी अवस्था में पड़ा राजेश कुमार सीधा होता बोला–''बैठिए।''

''बैठना-वैठना तो आप ही के मुकद्दर में रह गया है काकू जी महाराज, हमारे मुकद्दर में तो धक्के खाने लिखे हैं, सो खा रहे हैं।'' खड़ा-खड़ा ही वह कहता चला गया–''अब देखो न, ब्लडप्रेशर की दवा गटकने के बाद सीधा यहां आया हूँ। आना इसलिए जरूरी था कि अगले हफ्ते आऊं और यह कहूँ ऑफिस खाली करने की डेट आ गई है तो आपको बुरा लगेगा। कम से कम एक हफ्ता पहले बताना तो मेरी ड्यूटी बनती है ताकि आदमी अपना इंतजाम कर ले, सामान-वामान समेटना शुरू कर दे। आपको याद है न, मेरे पास आपके हाथ का लिखा रुक्का है। उसमें लिखा है तेईस नंवबर दो हजार दस तक या तो आप मुझसे लिए गए एक करोड़ रुपए मय ब्याज के लौटा देंगे या यह ऑफिस खाली करके मेरे हवाले कर देंगे।''

पंकज की समझ में सारा माजरा आ गया था और . . . इस कारण एसी चल रहा होने के बावजूद उसका समूचा जिस्म पसीने से भीग गया था जबकि नशे की ज्यादती के कारण भभक रहे राजेश कुमार के चेहरे पर शिकन तक नहीं उभरी बल्कि उसके होठों पर हल्की-सी मुस्कान उभरी थी। बोला–''अच्छा किया सेठ जी आप आ गए। हम तो खुद ही फोन करके आपको बुलाने वाले थे।''

''मुझे मालूम था काकू जी महाराज आप शरीफ और जुबान के पक्के आदमी हैं। ऑफिस खाली करने की बात आएगी तो बखेड़ा नहीं करेंगे।'' वह 'हें-हें' करके हंसा था–''पर मैं आज नहीं, हफ्ते भर बाद की बात करने आया हूँ। अभी तो आराम से बैठिए।''

''बड़े दुख की बात है सेठ जी हम शरीफ आदमी हैं लेकिन आप बहुत बदमाश आदमी हैं। जब कोई बदमाश आदमी शरीफ आदमी से बदमाशी दिखाता है तो शरीफ आदमी को बदमाश आदमी की बदमाशी झाड़ने के लिए बदमाश आदमी से कुछ ज्यादा ही बदमाशी दिखानी पड़ती है।'' पूरी तरंग में वह अचानक पंकज की तरफ पलटता हुआ बोला–''इस डायलॉग को कहीं लिख लो पंकज, अच्छा है। 'सुपरस्टार' में काम आएगा।''

''पर मैंने क्या बदमाशी दिखाई काकू जी महाराज?''

राजेश कुमार ने दराज खोली। कोई कागज निकाला। जिस वक्त वह उसकी तहें खोल रहा था उस वक्त सेठ घनश्याम दास और पंकज की हालत एक जैसी थी। दोनों के दिल जोर-जोर से धड़क रहे थे। समझ नहीं पा रहे थे वह क्या दिखाने वाला है। तहें जब पूरी खुल गईं तो पंकज ने देखा–वह एक

चेक था। उसे खोलकर मेज पर रखता हुआ राजेश कुमार बोला–''गौर से इस चेक को देखिए सेठ जी, इस पर किए गए अपने हस्ताक्षर को भी देखिए और यह भी देखिए कि यह बैंक से आपके खाते में पूरा पैसा न होने के कारण डिसऑनर हुआ है। कुल पचास हजार का चेक है ये और यह रकम उन्हीं एक करोड़ का हिस्सा है जो मैंने आपसे ली थी। मतलब उसमें पचास हजार रुपए कम आए थे।''

''क्या बात कर रहे हो काकू जी! इस चैक के डिसऑनर होने के तो अगले ही दिन मैं आपके पास आया था। माफी मांगी थी आपसे और इसके बदले में पचास हजार नकद दे दिए थे।''

''फिर यह चेक हमारे पास क्या कर रहा है?''

''आपने कहा था चैक मिल नहीं रहा है, मिलते ही लौटा देंगे।''

''बैंक इस बात पर विश्वास नहीं करेगा।''

''म . . . मतबल?'' उसके चेहरे पर पसीना आ गया था।

''इसीलिए फोन करने वाले थे आपको ताकि बाद में यह न कहें ये क्या किया काकू जी, कम से कम बता तो देते। दरअसल कल हम अपने वकील से मिलने वाले थे। वह आपको नोटिस देगा। मुकदमा करेगा। चेक डिसऑनर होने की सजा से तो आप वाकिफ होंगे ही, उससे भी ज्यादा लफड़े की बात यह हो जाएगी, ये ऑफिस वाफिस खाली करने की जो बात अभी-अभी आप कर रहे थे, वह सब लफड़े में पड़ जाएगी क्योंकि जब एक करोड़ की रकम ही आपने पूरी नहीं दी तो उस रुक्के का क्या वजूद रह गया जो हमने आपको लिखकर दे रखा है?''

''क . . . क्या बात कर रहे हैं काकू जी महाराज आप!'' वह बुरी तरह घिघिया उठा था, जिस्म पसीने-पसीने। जो बैठने को तैयार नहीं था वह खुद ही मेज के इस तरफ पड़ी खाली कुर्सियों में से एक पर बैठता हुआ बोला–''सिर्फ पचास हजार के लिए आपने आज ये कैसी बात कह दी और वो भी मैं आपको दे . . .

''कानून की नजर में पांच पैसे की भी वही वैल्यू है जो पांच अरब रुपयों की है। डील पूरी नहीं हुई तो नहीं हुई।''

''वो तो मुझे मालूम है पर . . .

''पर?'' राजेश कुमार मुस्कराया था।

''अब ये समस्या कैसे हल हो?''

''आप ही बताइए, कैसे हल हो सकती है?''

''इसका तो बड़ा सीधा-सा हल है।'' सेठ घनश्यामदास एक ही सांस में कह गया–''पिछले पचास हजार पर धूल डालकर मैं अभी आपको पचास हजार दे देता हूँ। आप मुझे चैक वापस दे दीजिए।''

''आप तो मुझे शरीफ के साथ मूर्ख भी समझ रहे हैं सेठ जी।''

''क्या मतबल?''

''जिस चेक के बूते पर हम आपके रुक्के को ही बेकार साबित कर सकते हैं। उस रुक्के को जिसकी रोशनी के अभाव में आप ये ऑफिस खाली नहीं करा सकते। उस रुक्के को जिसके तहत हमने आपसे पचास हजार कम एक करोड़ रुपए लिए थे। ऐसे नायाब चेक की कीमत केवल पचास हजार?''

''एक लाख दे दूंगा काकू जी।''

नशे में झूमता राजेश कुमार ऐसे अंदाज में हंसा था जैसे उसने बचकानी बात कही हो। बोला–''पच्चीस लाख।''

''ये तो छोटी-सी भूल की कुछ ज्यादा ही बड़ी सजा हो गई काकू जी।'' उसके छक्के छूट गए थे–''यह ठीक है रुक्के के बूते पर मैं आपका ऑफिस खाली नहीं करा सकूंगा लेकिन निन्यानवें लाख पचास हजार रुपए तो आपको देने होंगे क्योंकि उन चैकों के पास होकर आपके खाते में जाने का बैंक रिकार्ड है।''

''मालूम है।'' राजेश कुमार आराम से बोला–''यह बात मालूम न होती तो पच्चीस लाख की जगह सीधा एक करोड़ ही न कहते!''

कुछ देर उनके बीच घिस-घिस होती रही, फिर सौदा इक्कीस लाख में पट गया। जब राजेश कुमार ने यह कहा–''कल इक्कीस देकर चेक ले जाना।'' तो घनश्यामदास बोला–''अजी कल किसने देखा है काकू जी! काल करे सो आज कर, आज करे सो अब। अब तो चेक भी सामने है, कल मिले न मिले–हो सकता है कहीं गुम ही हो जाए। मैं अभी अपने मुंशी को फोन करता हूँ। वो इक्कीस लाख की पोटली लेकर बस दस मिनट में हाजिर हो जाएगा।''

''जैसी आपकी मर्जी।'' कहने के बाद राजेश कुमार ने बोतल काफी देर बाद मुंह से लगाई थी।

घनश्यामदास ने अपने मुंशी को फोन किया और दस की जगह भी वह नौ मिनट में इक्कीस लाख से भरे ब्रीफकेस के साथ हाजिर हो गया। उसी से एक सादे कागज पर घनश्यामदास ने ऐसी तहरीर लिखवाई जिसका मतलब यह

था कि वह फलां डेट के फलां नंबर चेक के बदले पचास हजार रुपए कैश दे चुका है। इस तहरीर के नीचे उसने राजेश कुमार से साइन करने के लिए कहा। राजेश कुमार ने बगैर किसी हुज्जत के साइन कर दिए। घनश्यामदास ने कागज और चेक जेब में डाला और मुंशी सहित इस तरह गायब हो गया जैसे बहुत बड़ी मुसीबत से पीछा छूटा हो।

उनके जाते ही राजेश कुमार ने हाथ में मौजूद बोतल के निचले हिस्से से ब्रीफकेस पंकज की तरफ सरकाते हुए कहा–"यह तुम्हारा साइनिंग अमाऊंट है पंकज।"

"क . . . क्या?" हलक से चीख निकल गई, बुरी तरह हकला गया था वह–"स . . . साइनिंग अमाऊंट! इ . . . इक्कीस लाख रूपए!"

"इतिहास गवाह है। जिस फिल्म का साइनिंग अमाऊंट हमने इक्कीस लाख दिया वह फिल्म हमेशा सुपर-डुपर हिट हुई।"

"क . . . क्या बात कर रहे हैं सर?" पंकज के मुंह से लफ्ज नहीं निकल रहे थे, हलक सूख गया था–"म . . . मेरी तो यह पहली फिल्म है। म . . . मेरे लिए तो एक रुपया भी काफी है।"

"तुम्हारी भले ही पहली फिल्म हो लेकिन हमारी पचपनवीं फिल्म है और तुम राजेश कुमार के लिए फिल्म लिख रहे हो। पारिश्रमिक भी उसी हिसाब से दिया जाएगा।"

पंकज ने काफी मना किया। अंत में तो यह भी कहा, ठीक है सर, मैं इस अमाऊंट को कबूल कर लेता हूं मगर फिलहाल आप ही रखिए, और भी खर्चे शुरू हो जाएंगे, उनमें इस्तेमाल कीजिए। मैं फिल्म हिट होने पर सारा पैसा एक साथ . . .

"तुमने शायद गौर नहीं किया!" वह चेयर से खड़ा होता हुआ बोला था–"हमने कहा, जिन फिल्मों का साइनिंग अमाऊंट इक्कीस लाख दिया है वे सभी सुपर-डुपर हिट हुईं। इसका दूसरा मतलब ये है जिनका साइनिंग अमाऊंट इससे कम या ज्यादा दिया, वे या तो बनी ही नहीं या फ्लाप हो गईं। इसीलिए तो घनश्याम दास से बीस नहीं, पच्चीस नहीं–पूरे इक्कीस लिए हैं!"

पंकज राजेश कुमार के चेहरे को देखता रह गया था। अपनी चालबाजी से उसने, उसके सामने इक्कीस लाख कमाए थे और खुद बेहद अभाव में होने के बावजूद पूरे के पूरे उसे दे रहा था।

कैसा आदमी था वह?

पंकज कुछ समझ न सका। ऑफिस से निकलते वक्त उसने यह जरूर कहा था–"इसके बारे में सोनू को मत बताना, वह पैसों की बहुत भूखी है। यह सुनते ही उसका हार्ट फेल हो सकता है कि तुम्हें इक्कीस लाख मिले हैं।"

⅄

पंकज को लगा–आज का दिन उसके अब तक के जीवन का सबसे स्वर्णिम दिन था। आज वह एक ऐसी पार्टी में शरीक होने जा रहा था जैसी में शामिल होने के बारे में सोच तक नहीं सकता था और . . . यही कहां सोच सकता था कि उसे अपनी कहानी के साइनिंग अमाऊंट . . . सिर्फ साइनिंग अमाऊंट के इक्कीस लाख रुपए मिल सकते हैं। पूरी कहानी के तो जाने राजेश कुमार क्या देने वाला था!

फिर भी, जिस तरीके से उसने घनश्यामदास से वे रुपए झटके थे, जाने क्यों पंकज को अच्छा नहीं लगा था पर इस मामले में उसने राजेश कुमार से कोई बात नहीं की।

पर काश . . . काश उसे मालूम होता–असल में आज का दिन उसके जीवन का सबसे काला दिन बनने वाला था।

आज राजेश कुमार सिर्फ नशे में था, बेसुध नहीं। बैंग्लो की तरफ लौटते वक्त उसने एक भव्य शोरूम के बाहर गाड़ी रोकने के लिए कहा। पंकज ने हुक्म का पालन किया।

गाड़ी पार्क करके वे अंदर पहुंचे।

शोरूम के मालिक ने राजेश कुमार को बहुत इज्जत दी। वहां मौजूद कस्टमर्स और स्टॉफ में खलबली-सी मच गई।

कई लोग उसके ऑटोग्राफ लेने लगे।

पंकज ने सोचा–यह इज्जत इसलिए मिल रही है क्योंकि इन लोगों को आज के राजेश कुमार के बारे में नहीं पता। वे किसी जमाने के जुबली कुमार को इज्जत दे रहे थे। उस वक्त तो पंकज चौंक ही पड़ा जब एक काऊंटर पर पहुंचकर राजेश कुमार ने पंकज के नाप के कपड़े दिखाने के लिए कहा। बौखलाए-से अंदाज में उसके मुंह से निकला–"म . . . मुझे कपड़ों की क्या जरूरत है सर?"

"तुम्हें आज एक ऐसी पार्टी अटेंड करनी है गधे जहां सिर्फ कपड़े देखे

जाते हैं।'' उसने अपनत्व के साथ कहा था–''कपड़े देखकर ही आदमी को इज्जत दी जाती है और हमें विश्वास है तुम्हारे पास ऐसे कपड़े नहीं होंगे जिन्हें देखकर वहां मौजूद लोग इज्जत दें।''

पंकज चुप रह गया।

इसमें शक नहीं, यह चिंता उसे भी खाए जा रही थी पार्टी में कौन से कपड़े पहनकर जाएगा।

राजेश कुमार ने उसके लिए शानदार सफेद शर्ट, एक टाई, एक पिन और परपल कलर का सूट ही नहीं बल्कि जूते और जुराब भी खरीदे। पंकज खामोशी से राजेश कुमार के आदेशों का पालन करता रहा। वह सोच भी नहीं सकता था कि कभी उसके जिस्म पर इतने बेहतरीन कपड़े होंगे। पेमेंट ब्रीफकेस से किया गया।

जब वे बैंग्लो पर पहुंचे तो सोनम वहां नहीं थी। राजेश कुमार ने जेब से चाबी निकालकर मेनगेट का लॉक खोला। रेस्ट करने वह अपने रूम में चला गया था, पंकज अपने में।

आराम से लेट गया वह। बहुत खुश था। इस वक्त उसे यह कल्पना करने में बहुत मजा आ रहा था आज की पार्टी में कौन-कौन मिल सकता है और उसे किससे किस तरह पेश आना है।

अपनी इन सोचों में वह किसी का दखल नहीं चाहता था। बस यूं ही पड़ा सोचता रहा और उसकी मिठास का आनंद उठाता रहा।

करीब एक घंटे बाद डोरबैल बजी।

लॉबी पार करने के बाद गेट खोला।

सामने सोनम खड़ी थी।

आंखों पर काले गॉगल्स लगाए इस वक्त वह स्काई कलर की जींस और सुर्ख रंग के टॉप में अलग ही छटा बिखेर रही थी। हाथों में कुछ बैग थे। शायद शॉपिंग करके आई थी। उसने लॉबी में कदम रखते हुए पूछा–''किस हाल में है आज?''

''ठीक हैं।'' पंकज ने कहा।

''कहां है?''

''अपने रूम में।''

''ओके। आठ बजे तैयार मिलना।'' कहने के साथ वह सीढ़ियों की तरफ बढ़ गई थी।

पंकज ने कुछ भी कहने की जरूरत नहीं समझी। वापस अपने कमरे में पहुंचा और बाथरूम में घुस गया।

आठ बजने में दस मिनट पर जब तैयार होने के बाद ड्रेसिंग के सामने पहुंचकर खुद को निहारा तो पहचान नहीं सका। दर्पण में अलग ही पंकज खड़ा नजर आया और सात पचपन पर जब लॉबी में कदम रखा तो सेंटर टेबल पर 'दुकान' सजाए बैठा राजेश कुमार उसे देखते ही बोला–''वाओ, क्या जंच रहे हो दोस्त!''

''आप ही ने जंचाया है सर।'' उसने झेंपते हुए कहा।

''श . . . शी . . . .शी।'' आवाज निकालते हुए उसने होठों पर उंगली रखकर धीमे स्वर में कहा–''तुम तो मरवाओगे यार, भूल गए उसकी नॉलिज में साइनिंग अमाऊंट वाली बात नहीं लानी है!''

''सॉरी सर।''

''पर थोड़ी कमी है।'' कहने के साथ उसने अपनी उंगलियों से एक डायमंड की और एक नीलम की अंगूठी उतारी। कलाई से रिस्टवॉच और गले से सोने की चेन उतारकर उसकी तरफ बढ़ाता बोला–''इन्हें पहन लो।''

''न . . . नहीं सर . . .

''बकवास नहीं। जो कहते हैं, करो!'' उसने अधिकार पूर्ण स्वर में कहा था–''जहां जा रहे हो, हमें पता है–वहां आदमी की नहीं, इन्हीं चीजों की कद्र होती है।''

उसके बाद राजेश कुमार ने उसे अपना सिगरेट का पैकिट और लाइटर भी दिया, बोला–''वहां यही सिगरेट पीना और इसी लाइटर से सुलगाना, तुम्हारे प्रति लोगों का नजरिया बदल जाएगा।''

पंकज के पास खामोशी के साथ सब कुछ स्वीकार करते चले जाने के अलावा कोई चारा न था।

अंत में राजेश कुमार ने कहा–''एक बात और।''

''जी कहिए।'' वह बोला।

राजेश कुमार ने हाथ से अपनी बगल वाली सीट को थपथपाते हुए उसे वहां बैठने का इशारा किया और जब पंकज बैठ गया तो धीमे स्वर में बोला–''वहां जो औरतें होंगी, उनसे बचकर रहना।''

''ज . . . जी?'' पंकज बुरी तरह चिहुंका।

''सारी जिंदगी ऐसी ही पार्टियां अटेंड की हैं हमने।'' राजेश कुमार ने

राजदाराना जैसे लहजे में कहा–''वहां ज्यादातर औरतें मर्दखोर होती हैं। तुम जैसे शरीफ लड़के का उनसे दूर रहना जरूरी है। उनके ग्लेमर में न फंसना। जो ऊपर से दीख रहा होता है, असल में वैसा कुछ नहीं होता।''

''म . . . मैं ऐसा लड़का नहीं हूँ सर।''

''तभी तो समझाने की जरूरत पड़ी। अगर महसूस किया होता तुम खेले-खाए हो तो समझाने की जरूरत ही नहीं थी।''

पंकज ने कुछ कहने के लिए मुंह खोला ही था कि सीढ़ियों से सोनम के उतरने की आवाज आई।

दोनों की नजर ऊपर की तरफ उठ गई।

वह सफेद साड़ी में थी और पूनम के चांद जैसी लग रही थी। मुखड़े पर हल्का मेकअप। गुथे हुए बालों के बीच से निकलकर बार-बार कपोल को चूमती एक लट। साड़ी उसने कूल्हे पर, नाभि से बहुत नीचे बांधी हुई थी। कूल्हे से वक्षस्थल के निचले हिस्से तक का भाग साड़ी के झीने कपड़े के कारण साफ नजर आ रहा था। ब्रा नुमा ब्लाऊज, उस पर सच्चे मोतियों की कढ़ाई। उसे कंधों पर फंसी बस दो डोरियां रोके हुए थीं।

गोल और सुडौल कलाईयां आवरणहीन।

सीढ़ियों पर वह यूँ उतरती चली आ रही थी जैसे कदम अगर जरा भी जोर से पड़ गया तो कमर में चनका आ जाएगा।

पंकज का दिल बहुत जोर-जोर से धड़कने लगा।

पंकज ड्राइविंग कर रहा था। सोनम बगल वाली सीट पर बैठी थी। मदहोश कर देने वाले परफ्यूम की खुशबू बंद गाड़ी को महकाए हुए थी। दोनों में से कोई भी नहीं बोल रहा था इसलिए गाड़ी में खामोशी छाई हुई थी मगर यह केवल जुबान की बात थी। हकीकत यह थी कि हरे रंग की आंखें बहुत कुछ बोल रही थीं। वह एकटक ड्राइविंग करते पंकज को निहारे जा रही थी और जब वे नजरें पंकज को चुभने लगीं तो एकाएक ही वह खुद को अंदर से घबराया हुआ-सा महसूस करने लगा। एसी के कारण अच्छी खासी चिल्ड हो चुकी गाड़ी में पसीने आने लगे। अंततः कह ही दिया उसने–''ऐसे क्या देख रही हो, नजर लगाओगी क्या?''

और . . . वह खिलखिलाकर हंस पड़ी। पंकज को लगा–सारी गाड़ी में सच्चे मोती बिखरते चले गए हैं। पहली बार उसने सोनम के पंक्तिबद्ध सफेद दांतों को देखा था। कितने खूबसूरत थे वे! और . . . इतने स्वच्छंद रूप से, इस कदर खिलखिलाते भी तो उसने उसे पहली ही बार देखा था। कितनी प्यारी लगी थी वह! उसने अपनी खिलखिलाहट पर नियंत्रण पाते हुए कहा–''ये भी तुमने खूब कही पंकज, मर्दों को भी क्या नजर लगती होगी!''

''क्यों? नजर क्यों नहीं लग सकती! और खासतौर पर . . .

''हां-हां। बोलो। रुक क्यों गए?''

''नजर अगर उतनी तीखी हो जितनी तीखी नजरों से तुम मुझे देख रही थीं तो किसी को भी लग सकती है।''

एक बार फिर खिलखिलाई वह। उसके बाद पर्स खोलती हुई बोली–''ऐसा है तो अभी इंतजाम करती हूँ।'' कहने के बाद उसने पर्स से आइब्रो पेंसिल निकाली और उससे पंकज के माथे पर हल्का सा बिंदु लगाती बोली–''लो, अब तुम्हें नजर नहीं लगेगी। न मेरी, न किसी और की।''

पंकज ने कहा–''ऐसा ही बिंदु अपने मस्तक पर भी लगा लो।''

''क्यों?'' सोनम समझकर भी अंजान बनी।

''क्योंकि नजर लगने का खतरा मुझसे ज्यादा तुम्हें है। इस वक्त तो तुम्हें पूनम का चांद भी देखे तो डाह से डूब जाए।''

''झूठ बोल रहे हो तुम। बना रहे हो मुझे।''

''मैं ऐसा क्यों करूंगा?''

''अगर ये सच होता तो जो लफ्ज अब बोले हैं, उसी समय बोले होते जब पहली बार मुझ पर नजर पड़ी थी।''

''यह बात तो तुम पर भी लागू होती है।'' वह बोला–''लॉबी में तो तुमने मुझे ऐसी नजरों से नहीं देखा।''

''पागल हुए हो क्या!'' सोनम ने खुलकर कहा–''पति भले ही चाहे जैसा हो, पत्नी की आंखों में किसी और के लिए प्रशंसा के भाव कभी बरदाश्त नहीं कर सकता।''

पंकज ने भी तपाक से कह दिया था–''और किसी और के मुंह से पत्नी की तारीफ बरदाश्त कर सकता है!''

एक बार फिर वह जोर से खिलखिलाई। बोली–''ठीक कहते हो तुम। बिल्कुल बरदाश्त नहीं कर सकता।''

एक बार फिर, गाड़ी में खामोशी छा गई और उस खामोशी के बीच पंकज के अंदर से आवाज आई–'ये कहां बहता जा रहा है तू! कैसी बातें कर रहा है सोनम से! ये तो ऐसी बातें हैं जैसी पति की गैरमौजूदगी में प्रेमी-प्रेमिका करते हैं। इस औरत से तू ऐसी बातें कैसे कर सकता है!' कुछ ही देर पहले अपने और सोनम के बीच होने वाली बातों पर पंकज को घोर आश्चर्य हुआ।

वह सब कैसे बोल गया मैं?

एकाएक सोनम ने कहा–''ये रिस्टवॉच, ये अंगूठियां और चेन तुम्हें काकू ने दी हैं न!''

''हाँ।'' ड्राइविंग करता पंकज बोला–''सर कहने लगे, इन्हें पहनकर जाने से पार्टी में तुम्हारी इज्जत बनेगी।''

''कपड़े?''

''म . . . मैंने खरीदे हैं।'' पंकज ने संभलकर जवाब दिया–''खास आज की पार्टी के लिए।''

''तुम्हारे पास इतने पैसे कहां से आए?''

''बताया तो था, बालाजी में एक कहानी पास हो गई है। उसी के पचास हजार रुपए मिले थे।''

''हाँ।'' वह बड़बड़ाई–''उस फक्कड़ पर अपने कपड़ों के लिए पैसे नहीं हैं। तुम्हें कहां से खरीदवा देगा! फिर भी मैंने सोचा, हो सकता है किसी नए शोरूम से उधार कर आया हो। नए लोगों को तो उसकी हालत नहीं पता न! वे तो शक्ल देखते हैं उसकी।''

पंकज खामोश रह गया पर सोचा 'जरूर, तुम सोच भी नहीं सकतीं कि उसने पलक झपकते ही ऐसे शख्स के हलक से इक्कीस लाख निकाल लिए थे जिसके पहले ही एक करोड़ देने थे'।

पंकज को लगा, राजेश कुमार ने ठीक ही कहा था–अगर इसे पता लग जाए उसने एक ही झटके में इक्कीस लाख कमाए थे और साइनिंग अमाऊंट के रूप में सारे के सारे उसे दे दिए तो यकीनन इसका हार्ट फेल हो जाएगा।

उसके बाद–महाबलेश्वर तक के लंबे रास्ते में उनके बीच कोई न कोई बातें तो होनी ही थीं। उन बातों का नतीजा यह हुआ कि वे एक-दूसरे से काफी खुल गए और ये खुलना ही पंकज को घसीटकर पतन की गर्त में ले गया।

जहां पार्टी रखी गई थी, उस जगह का नाम 'जेपी रिसॉर्ट' था। गर्जते-दहाड़ते समुद्र के किनारे पर बनी, किसी दिग्विजयी महाराजा के महल जैसी इमारत थी वह। चारों तरफ हजारों फुट में फैला हुआ लॉन और उसके ठीक बीच में सीना ताने खड़ी ब्राउन कलर के पत्थरों से बनी पांच-मंजिला इमारत।

आयोजन फ्रंट लॉन में, स्वीमिंगपूल के चारों तरफ रखा गया था। बाईं तरफ इतना विशाल झरना था जिसने पंकज को मसूरी के कैंपटीफॉल की याद दिला दी थी। चारों तरफ रोमांटिक वातावरण फैला देने वाली नीले रंग की रोशनी थी। एक तरफ बार बना हुआ था। पर बार तक जाने की किसी को जरूरत नहीं थी। लाल रंग की टाई, चुस्त काली स्कर्ट और टॉप पहने खूबसूरत लड़कियां हाथों में ट्रे लिए मेहमानों के बीच घूम रही थीं और मेहमान!

मेहमान ऐसे जिन्हें देख-देखकर पंकज पागल-सा हुआ जा रहा था। जिन्हें उसने सिर्फ पर्दे पर देखा था, लाख कोशिशों के बाद भी जिनसे कभी मिल नहीं पाया था, वे सबके सब उसके आसपास घूम रहे थे। मगर अपने पागलपन को जाहिर नहीं किया उसने, खुद को समझाया कि–इस वक्त यहां, उसकी हैसियत भी वही है, जो उन सबकी है। बहरहाल, वह भी तो दीपिका का गेस्ट है और उसे वैसा ही व्यवहार करना चाहिए। अगर उसने अपना 'एक्साइटमेंट' जाहिर किया तो 'छोटा' हो जाएगा और यहां छोटा होना अपने लिए प्रगति के उस द्वार को हमेशा के लिए बंद कर देना होगा जिसे खुलते वह अपनी खुली आंखों से देख रहा था।

पर सोनम ने दीपिका से उसका परिचय नहीं कराया था। जब वे लॉन में दखिल हुए थे तो दीपिका ने लपककर बहुत गर्मजोशी से आगे बढ़कर सोनम का स्वागत किया था। उसे गले लगाया था किंतु उसकी तरफ देखा तक नहीं था।

वहां अजय था, अक्षय था, आमिर, सलमान और शाहरूख थे। वे, जिनके बारे में कहा जाता था कि वे एक जगह हो ही नहीं सकते। पंकज को लगा वह सब झूठ था, अफवाहें थीं क्योकि सलमान और शाहरूख न केवल मौजूद थे बल्कि एक-दूसरे से घुट-घुटकर बातें भी कर रहे थे। वहां काजोल थी, रानी थी, मल्लिका थी, आलम यह था कि पंकज को ऐसा सितारा याद नहीं आ रहा था जो वहां न हो।

बड़े-बड़े और नामचीन प्रोड्यूसर्स के साथ वहां मधुर, उमेश, मणि, रामगोपाल और अब्बास जैसे डायरेक्टर्स थे।

सोनम से सभी बहुत गर्मजोशी के साथ मिले थे।

पंकज सोच रहा था–इनमें से एक भी मेहरबान हो जाए तो वह कहां से कहां पहुंच सकता है मगर, अपने वादे के मुताबिक सोनम ने अभी तक उसका परिचय किसी को राइटर के तौर पर नहीं दिया था। इस बात से वह निराश था और सारी पार्टी में इस तरह सोनम से चिपका उसके साथ-साथ घूम रहा था, जैसे उसका बॉडीगार्ड हो। जब भी सोनम किसी नए सितारे से मिल रही होती, वह दिल में यह आशा लिए कुछ और आगे सरक आता कि शायद इस बार उसकी नजर उस पर पड़े और वह सामने वाले को उसका परिचय दे। मगर ऐसे हर मौके पर सोनम ने उसे देखकर भी अनदेखा किया और वह झेंपकर, खिसियाया-सा जहां का तहां खड़ा रह जाता। मौका मिलने पर गिड़गिड़ाते-से लहजे में कहा भी–''मेरा परिचय तो कराओ।''

''मुझे मालूम है कब क्या करना है।'' सोनम ने उसे झिड़क-सा दिया था–''और यूं मुझसे चिपके मत रहो। उससे तुम्हारी इमेज मेरे पालतू कुत्ते जैसी बन जाएगी। उसका तुम्हें नुकसान होगा। एक गिलास उठाओ। धीरे-धीरे पीते रहो और नॉर्मल रहो।''

उस क्षण पंकज ने खुद को बहुत बुरी तरह अपमानित महसूस किया था। सोनम रणवीर से मिलने में व्यस्त हो गई थी और उसने घूमकर एक वेटर की ट्रे से गिलास उठाया तथा एक ही सांस में पी गया। फिर दूसरे गिलास का हश्र भी यही किया। दो नीट पैग पीने के बाद जो तीसरा गिलास उठाया, उसमें बाकायदा सोडा और बर्फ मिलाने के बाद धीरे-धीरे सिप करता फाऊंटेन की तरफ चला गया।

अब उसका दिमाग नशे की गिरफ्त में आने लगा था।

कुछ देर बाद महफिल में अमिताभ, अभिषेक और ऐश्वर्या ने प्रवेश किया तो कोलाहल मच गया। पंकज भी सोनम की झिड़की से उपजे अपमान को भूलकर नजदीक से देखने के लिए उनकी तरफ बढ़ा। कई सितारों ने अमिताभ के पैर छुए।

पार्टी दो घंटे तक चलती रही, सच कहा जाए तो अब पंकज बोर होने लगा था। शुरू में जिन सितारों को वह होंस-होंसकर देख रहा था, उन्हें देखते-देखते अब उसकी आंखें थक गई थीं। वह बुरी तरह निराश था क्योंकि काम

बनता नजर नहीं आ रहा था। सोनम तो जैसे भूल ही गई थी कि वह भी साथ आया है। भरी महफिल में खालीपन और फ्रस्ट्रेशन के कारण वह चार पैग पी चुका था, पाचवां हाथ में था। दिमाग पर अच्छा-खासा नशा सवार हो चुका था। जैसे ही पार्टी के शबाब पर पहुंचने का टाइम आया यानी केक काटने के लिए दीपिका ने छुरी उठाई, आकाशीय बिजली की जबरदस्त गर्जना के साथ इतनी तेज बारिश शुरू हो गई जैसे बादल फट गए हों।

लॉन में भगदड़-सी मच गई।

रिसॉर्ट का स्टॉफ केक लेकर इमारत के अंदर की तरफ भागा। सभी लोग खुद को बारिश से बचाने के लिए उस तरफ भागे थे मगर बारिश इतनी तेज थी कि बहुत बड़े हॉल तक पहुंचते-पहुंचते पूरी तरह भीग चुके थे परंतु, किसी ने इस बात की परवाह नहीं की बल्कि उसे भी वे सब इंज्वॉय कर रहे थे।

मुश्किल से दस मिनट में पार्टी रोशनी से जगमगा रहे हॉल में शिफ्ट हो चुकी थी। हॉल इतना बड़ा था कि वहां किसी को कोई असुविधा महसूस नहीं हो रही थी। वहां गोल मेजें थीं और मेजों के चारों तरफ पड़ी कुर्सियां। छत में इतना बड़ा फानूश लटक रहा था कि बैंग्लो का फानूश पंकज को उसका बच्चा-सा लगा।

बाहर मूसलाधार बारिश पड़ती रही और हॉल में दीपिका ने केक काटा। लोगों ने तालियां बजाई। बधाईयों का सिलसिला शुरू हुआ। उसके बाद हुआ–फ्लोर पर डांस।

रात के दो बज गए। आधे मेहमान जा भी चुके थे लेकिन बारिश थमने का नाम न ले रही थी। बिजली इस कदर जोर-जोर से कड़क रही थी जैसे कह रही हो महीनों तक बारिश बंद नहीं होगी।

पंकज को लग रहा था–वह बेकार ही पार्टी में आया। इस हद तक उखड़ चुका था वह कि भाग जाने को दिल चाह रहा था। तभी, करन के साथ बैठी सोनम ने इस तरह चारों तरफ देखा जैसे किसी को तलाश रही हो और फिर उसकी नजर पंकज पर ठहर गई। वहीं से बोली वह–''अरे पंकज, वहां कहां बैठे हो! कम हीयर।''

जैसे एक ही क्षण में पंकज के सारे जिस्म में स्फूर्ति दौड़ गई। हाथ में मौजूद गिलास को लिए वह, नशे में होने के बावजूद दौड़ने की-सी अवस्था में उनकी मेज के नजदीक पहुंचा। सोनम ने उसकी तरफ इशारा करते हुए

करन से कहा–''करन, यह मेरा कजिन है–पंकज। कोलकोता से आया है। बंगला का बहुत फेमस राइटर है। वहां इसकी किताबें लाखों की संख्या में बिकती हैं।''

पंकज अपने परिचय पर हैरान रह गया जबकि अब, सोनम ने उससे कहा था–''और पंकज, ये हैं करन जौ . . .

''म . . . मैं इन्हें जानता हूँ।'' पंकज की आवाज लरज गई और उसने अपनी तरफ बढ़े करन के हाथ से हाथ मिलाया। उससे हाथ मिलाते वक्त करन के गुलाबी होठों पर मोहक मुस्कान थी।

''वहां अकेले क्यों बैठे हो तुम!'' सोनम ने कहा–''तुम राइटर लोग भी . . . बस क्या कहूँ! हमेशा अपनी ही दुनिया में मग्न रहते हो। यहां, हमारे साथ बैठो।''

पंकज अंदर ही अंदर बहुत ज्यादा एक्साइटमेंट महसूस कर रहा था क्योंकि जानता था–सारे प्रोड्यूसर-डायरेक्टर एक तरफ और करन एक तरफ। यदि उसकी नजरें इनायत हो जाएं तो वह इंडस्ट्री पर छा जाएगा परंतु यह भी समझ चुका था कि जरूरत से ज्यादा उत्साह दिखाने से बात बिगड़ सकती है इसलिए, खुद को सामान्य बनाए रखने की भरपूर चेष्टा के साथ चेयर पर बैठ गया और जुबान को नियंत्रित करने की कोशिश करता बाला–''क्या करता सोनू, मैं तुम्हारे अलावा यहां किसी को जानता भी तो नहीं और तुम अपने दोस्तों के साथ बिजी थीं।''

''करन।'' वह बोली–''मैंने पंकज के सभी उपन्यास पढ़े हैं। एक से बढ़कर एक हैं और एक उपन्यास तो ऐसा है जिस पर अगर फिल्म बन जाए तो दबंग के भी सारे रिकार्ड तोड़ देगी।''

''गुड।'' करन पंकज की तरफ देखकर मुस्कराया। पंकज भी इस तरह मुस्कराया जैसे सोनम ने जो कहा, वह सच हो।

''कहो तो कल तुम्हारे ऑफिस भेज दूं!'' सोनम कहती चली गई–''वो कहानी सुन लो, हो सकता है तुम्हें अच्छी लगे।''

''जरूर भेज दो, हमें तो हमेशा ही नई और अच्छी कहानियों की तलाश रहती है। बस भेजने से पहले एक फोन कर देना ताकि अपने शड्यूल के मुताबिक टाइम एडजेस्ट कर सकूं।''

''हंडरेड परसेंट . . . हंडरेड परसेंट फोन कर दूंगी मैं।''

करन ने पुनः कुछ कहने के लिए मुंह खोला ही था कि मंच से दीपिका ने

घोषणा की–''बाहर जोरदार बारिश है। मौसम बहुत रोमांटिक हो गया है। जो जाना चाहें उन्हें रोकूंगी नहीं लेकिन जो रुकना चाहें, इस मौसम का आनंद उठाना चाहें, उनके लिए रिसॉर्ट में रुकने की व्यवस्था है। एक तरफ समुद्र की लहरों का संगीत, दूसरी तरफ बारिश की रिमझिम। यह रात यादगार हो सकती है।''

चारों तरफ से एक शोर-सा उठा।

''ओके सोनम।'' करन खड़ा होता हुआ बोला–''अभी चलता हूँ। कल की शूटिंग की तैयारियां करनी हैं।''

''ओके करन, तो याद रखना–मैं फोन करूंगी।''

''मैं तुम्हारा इंतजार करूंगा दोस्त।'' कहने के साथ खड़े हो चुके पंकज को खींचकर अपने गले से लगा लिया।

पंकज गदगद। खुशी से पागल।

करन चला गया।

सोनम ने पंकज से पूछा–''कहो, कैसी रही?''

''ब . . . बहुत ही जबरदस्त।'' एक बार फिर रोकते-रोकते भी उसकी आवाज लरज ही गई–''जब तुमने साढ़े चार घंटे गुजर जाने के बाद भी किसी से परिचय नहीं कराया तो . . . मैं तो निराश हो गया था। गुस्सा भी आ रहा था। ऐसा लग रहा था जैसे भूल ही गई हो मैं साथ आया हूँ।''

''मुझे मालूम था कब, किससे, कहां, किस मूड में क्या बात कहनी है जबकि तुम बेचैन हुए जा रहे थे।'' सोनम कहती चली गई थी–''फिल्म इंडस्ट्री ऐसी ही है पंकज, हरेक से बात करने पर आदमी छोटा हो जाता है और जो छोटा हो गया, वह आऊट। तुम देखना, करन के साथ बात जम गई तो अगले ही दिन से वे सब तुम्हारे पीछे होंगे जो यहां मौजूद थे और जिनके बारे में तुम शिकायत कर रहे हो कि मैंने उनसे परिचय नहीं कराया। उल्टे मुझसे शिकायत करेंगे वे कि मैंने इतने बड़े राइटर का परिचय करन से ही क्यों कराया, उनसे क्यों नहीं कराया।''

''व . . . वो सब तो ठीक है लेकिन . . .

''लेकिन?''

''तुमने मुझे बंगला का ऐसा फेमस राइटर बता दिया जिसके बहुत से उपन्यास छप चुके हैं, यह तो गलत है।''

''कुछ गलत नहीं है पंकज, ऐसा न कहती तो वह तुम्हारी तरफ देखता

भी नहीं। समझ जाता तुम एक सड़कछाप राइटर हो।''

''लेकिन कल जब वह पूछेगा . . .

''कुछ नहीं पूछेगा। इतना टाइम ही नहीं होता इन लोगों के पास और पूछे भी तो बातें बना देना। घेर-घोटकर कहानी पर ले आना और जिसे अपनी सबसे बेस्ट कहानी समझते हो, सुना देना। उसके बाद तुम्हारी कहानी बोलेगी।''

पंकज चुप रह गया।

बात उसे ठीक ही लगी थी।

''अब बोलो, क्या कहते हो? चलें, या रुकें?''

पंकज के मुंह से बस यही निकला–''जैसी तुम्हारी मर्जी।''

''दो तो बज गए हैं।'' सोनम ने रिस्टवॉच पर नजर डालते हुए कहा–''वर्षा के कारण गाड़ी ज्यादा तेज भी नहीं चलाई जा सकती। ऐसे में अक्सर ट्रेफिक जाम भी हो जाते हैं। पहुंचते-पहुंचते सुबह हो जाएगी तो फिर क्यों न सुबह ही निकलें!''

''सर इंतजार कर रहे होंगे।''

''तुम पागल हो क्या?'' सोनम हंसी थी–''अभी तक इतना भी नहीं समझे उसे किसी का इंतजार करने का होश ही नहीं रहता। मुझे तो यह भी डर है वह अपने बैडरूम तक भी पहुंचा होगा या वहीं लॉबी में लुढ़का पड़ा होगा।''

पंकज चुप रह गया।

सोनम ने वहीं रुकने का फैसला किया था।

क्या कमरे थे रिसॉर्ट के! ऐसे, जैसे राजा-महाराजाओं के कमरे हों। फर्श पर बलारा के कालीन। पंद्रह फुट की ऊंचाई तक चली गईं नक्काशीदार दीवारें। छत के बीचों-बीच लटके फानूश। आबनूश की लकड़ी के बने बैड और बाकी फर्नीचर। बैड पर बिछे ऐसे गद्दे जिन पर एक बार लेटने के बाद कम से कम एक मिनट तक हिचकोले ही खाते रहो। पंकज को लग रहा था, वह स्वप्नलोक में पहुंच गया है। पूरी तरह नशे में होने के बावजूद उसकी आंखें बंद नहीं हो रही थीं। बस छत को घूरे जा रहा था वह और उस पर नजर आ

रहे थे, करन के साथ गुजारे क्षण–उनके बीच हुई चंद बातें।

सोनम बगल वाले कमरे में थी।

बाहर से बारिश की रिमझिम और समुद्र की लहरों का संगीत अंदर आ रहा था। जोरदार गर्जना के साथ जब बिजली चमकती तो बाहर की तरफ खुलने वाली खिड़कियों के बंद कांच चमक उठते। दीपिका ने गलत नहीं कहा था–यहां गुजारी गई रात को कोई भी आदमी आसानी से नहीं भूल सकता था।

एकाएक उसकी तंद्रा भंग हुई।

किसी ने बहुत आहिस्ता से किसी दरवाजे को खटखटाया था। पंकज की नजरें स्वतः आवाज की दिशा में घूम गईं और इस बात पर उसने पहली बार ध्यान दिया कि दोनों कमरों के बीच दरवाजा था।

उसी कमरे में तो थी सोनम।

तो क्या दस्तक इसी दरवाजे पर दी गई थी? सोनम ने दी थी? पंकज अभी फैसला न कर पाया था कि दस्तक पुनः दी गई और अब इस बात में कोई संदेह नहीं रह गया कि वैसा उसी दरवाजे पर किया गया था। जाहिर था–दस्तक देने वाली सोनम ही थी।

दिमाग को ऐसा करंट लगा जैसे किसी ने उससे बिजली का नंगा तार छुआ दिया हो। बैड से उछलकर खड़ा हो गया वह। पागलों की तरह दरवाजे की तरफ मुंह उठाकर बोला–''कौन है?''

''मैं हूँ पंकज।'' सोनम की आवाज–''दरवाजा खोलो।''

पंकज को जैसे लकवा मार गया। जहां का तहां खड़ा रह गया वह। दिमाग में सवाल कौंधे–क्या हुआ इसका मतलब? सोनम चोरी से इस दरवाजे को क्यों खटखटा रही है?

एक बार और दस्तक दी गई तो उसने दरवाजा खोल दिया। वह सामने खड़ी थी। बहुत प्यार से देख रही थी वह उसकी तरफ। नशे के कारण उसका चेहरा कुछ ज्यादा ही सुर्ख था बल्कि तप रहा था। हरे रंग की आंखों में गुलाबी डोरे तैर रहे थे।

पंकज ने अपने सारे जिस्म में सनसनी-सी दौड़ती महसूस की। नशे में तो वह भी था, उस पर सोनम का बेपनाह हुस्न, नशे के कारण तपिश उगलता उसका चेहरा। इस सबका मिलाजुला असर ये हुआ कि कोशिश के बावजूद वह मुंह से आवाज न निकाल सका और एकटक उसकी तरफ देखता रहा।

एकाएक ही, सोनम को जाने क्या हुआ कि उसने अपना दायां हाथ बढ़ाकर पंकज का गिरेबान पकड़ा और खींचती हुई अपने कमरे में ले गई। तब कहीं जाकर पंकज के मुंह से आवाज निकली–''अरे, अरे, ये क्या कर रही हो तुम!''

''कोई भी बात तुम्हारी समझ में इतनी देर से क्यों आती है?'' उसने दांत भींचकर कहा था।

''क . . . कौनसी बात?'' वह बौखला गया।

सोनम ने अपना हाथ उसके गिरेबान से हटाकर अपनी साड़ी का पल्लू नीचे गिराते हुए कहा–''मैं तुमसे कुछ मांग रही हूँ।''

वह पहाड़ की चोटियों को देखता रह गया। तेज चल रही सांसों के कारण ऐसा लग रहा था जैसे कोई उन्हें अंदर से पंप कर रहा हो।

उसके मुंह से निकला–''म . . . मगर सोनू . . .

''वैसे तो इतने बड़े राइटर बनते हो और इतना भी नहीं समझ सकते कि एक पचास साल के शराबी बूढ़े की पच्चीस वर्षीय बीवी इतनी रोमांटिक रात में क्या मांग सकती है!''

''व . . . वो तो ठीक है लेकिन . . .

''मैं पागल हो जाऊंगी पंकज, पागल हो जाऊंगी मैं।'' पागल की तरह ही बोली थी वह–''ऐसा कुछ मत करो कि कल मैं करन को फोन करने की मानसिक अवस्था में ही न रहूँ।''

पंकज के जहन में ऐसा विस्फोट हुआ जैसे अणुबम फूटा हो। सरासर धमकी दी थी उसने। यह कि–अगर उसने वैसा नहीं किया जैसा वह चाहती थी तो करन को फोन नहीं करेगी और अगर उसने फोन नहीं किया तो–पंकज के जहन में चिंगारियां-सी नाच गईं जैसे घनघोर अंधेरे के बीच हजारों जुगनू घूम रहे हों।

उसी अंधेरे में उसे अपना भविष्य डूबता नजर आया।

सोनम ने जंगली बिल्ली की तरह झपटकर न सिर्फ उसे दबोच लिया बल्कि अपने सुलगते होंठ उसके होठों पर रख दिए।

व्हिस्की का नशा तो था ही, सोनम के सुलगते जिस्म का सुरूर उससे भी ज्यादा था और उससे ज्यादा थी–अपना भविष्य बनाने की चाह। पंकज के मजबूत बाजू उसके नाजुक बदन के चारों तरफ लिपट गए और फिर उसे गोद में उठाए वह बैड की तरफ बढ़ गया।

टॉयलेट की हरारत के कारण पंकज की नींद उचटी।

वह उठ बैठा। कमरे में नाइट बल्ब की रोशनी बिखरी हुई थी। सोनम बैड पर नहीं थी। सोचा–वॉशरूम गई होगी।

जो हुआ था, उसे वह अच्छा भी लगा था और खुद से ग्लानि भी हुई थी। सोनम के वॉशरूम से आने का इंतजार करते-करते जाने कहां से दिमाग में नैना आ घुसी।

वह उसे बहुत तीखी नजरों से घूर रही थी।

वह उसकी नजरों का सामना न कर सका।

चेहरा पीला पड़ गया पंकज का। अपने आप से डरने लगा वह और फिर जोर से सिर को झटककर नैना को दिमाग से निकालने की कोशिश की। अचानक ख्याल आया सोनम का इंतजार करते काफी देर हो गई है। बैड से उतरा। जिस्म पर एक भी कपड़ा नहीं था। सब बैड और कमरे में बिछे कालीन पर छितराए पड़े थे। सोनम का एक भी कपड़ा नहीं था जबकि वहीं होने चाहिए थे। सोचा–वॉशरूम जाने से पहले पहन लिए होंगे। उसने भी अपने कपड़े उठाए और कोट के अलावा सभी पहन लिए। तब तक भी सोनम वॉशरूम से बाहर नहीं आई तो माथा ठनका।

उसे पुकारता वॉशरूम के दरवाजे के करीब पहुंचा लेकिन अंदर से कोई आवाज नहीं आई थी। किसी नल के चलने तक की आवाज नहीं। पंकज के दिमाग को अजीब किस्म की शंकाओं ने घेर लिया।

दरवाजे से मुंह अड़ाकर इस बार उसने जोर-जोर से आवाजें लगाईं लेकिन ढाक के तीन पात।

दिल जाने किन-किन आशंकाओं के कारण जोर-जोर से धड़कने लगा था। सस्पेंस में डूबे उसने दरवाजे के हैंडिल पर हाथ रखा और एक बार फिर आवाज देने के साथ दरवाजा खोल दिया।

पुनः जवाब नहीं।

वह वॉशरूम में नहीं थी।

दिमाग में बड़ी तेजी से सवाल कौंधा–कहां गई?

अब, वह लगभग दौड़ता हुआ दूसरे कमरे में पहुंचा यानी उस कमरे में जो उसके नाम से अलाट हुआ था लेकिन वह वहां भी नहीं थी। उसके वॉशरूम में भी नहीं।

कहां गई? कहां गई? कहां गई?

पंकज का दिमाग चकरघिन्नी बनकर रह गया। एकाएक उसी दिमाग में विचार उभरा–'बैंग्लो तो नहीं चली गई? पर ऐसा क्यों करेगी? मुझे छोड़कर क्यों जाएगी?'

और फिर!

उसके दिमाग में बहुत ही खतरनाक ख्याल आया–'कहीं आज की रात उसके दिमाग में राजेश कुमार का खात्मा करने का प्लान तो नहीं था? इसीलिए तो नहीं चली गई वह?'

बुरी तरह घबराकर पंकज ने रिस्टवॉच पर नजर डाली। सवा तीन बजे थे और फिर यह ख्याल दिमाग में घंटे की तरह बार-बार बजने लगा–ऐसा ही है . . . ऐसा ही है पंकज, वह उसका काम तमाम करने चली गई है ताकि एलीबाई रहे कि इस रात वे यहां थे।

इस ख्याल ने उसके होश उड़ा दिए। बैड पर पड़ा कोट उठाकर जिस्म पर डालता दरवाजा खोलकर गैलरी में कूदा और दौड़ता चला गया। दो मिनट में वह रिसेप्शन पर था। वहां उस वक्त सिक्योरिटी के दो आदमी थे। उसकी हालत देखकर वे चौंके। बल्कि अगर यह कहा जाए दोनों के मुंह से एकसाथ–''क्या बात है सर?'' निकला तो गलत नहीं होगा।

''रूम नंबर सोलह में ठहरी मैडम गई क्या?'' उसने पूछा।

सिक्योरिटी गार्ड ने अपने सामने रखे कंप्यूटर पर चैक करने के बाद कहा–''नो सर, अभी तो सोनम मैडम वहीं हैं।''

''व . . . वहीं हैं!'' पंकज की हालत खराब।

''क्या बात है सर? कोई गड़बड़ है क्या?''

यह बात मुंह से निकलने ही वाली थी कि वह वहां नहीं है कि दिमाग में विचार उभरा–पूरा किस्सा जाने बगैर उसे अभी ऐसा कुछ नहीं कहना चाहिए। मगर किस्सा कैसे पता लगाए? एकाएक कुछ याद आया। खुद को नियंत्रित किया और 'नहीं, कोई खास बात नहीं' कहता हुआ इमारत के मेनगेट की तरफ बढ़ गया।

''कहां जा रहे हैं सर? बारिश पड़ रही है।''

यह तो पंकज भी देख सकता था मगर धुवांधार पड़ रही बारिश की जरा भी परवाह किए बगैर वह बाहर निकल गया।

निकला तो सामान्य चाल से ही था परंतु गार्ड्स की नजरों से ओझल

होते ही दौड़ लगा दी। वह पार्किंग की तरफ दौड़ रहा था। दो मिनट बाद वह पार्किंग में जड़-सा हुआ खड़ा था क्योंकि गाड़ी जहां पार्क की गई थी, वहां से गायब थी।

अब साफ हो गया था सोनम वहां से जा चुकी है और जाने का अंदाज बता रहा था–कोई न कोई गड़बड़ जरूर है। यदि वही कारण हुआ जो उसके दिमाग में आ रहा था तो गजब होने जा रहा था।

ऐसा सोचकर तेजी से मुड़ा और वापस इमारत की तरफ दौड़ता चला गया मगर अंदर दाखिल होने से पहले थोड़ा रुका। सांसों पर काबू पाया और सामान्य चाल से चलता पुनः रिसेप्शन पर पहुंच गया। तब तक वह पूरी तरह भीग गया था।

एक गार्ड मुस्कराता हुआ बोला–''आप तो बारिश का मजा ले रहे हैं सर। वाकई, इस बार अच्छी बारिश हो रही है।''

''मैं अभी अपने कमरे से होकर आया, जाना चाहूँगा।'' कहने के बाद वह गार्ड्स की प्रतिक्रिया जानने की कोशिश किए बगैर गैलरी की तरफ बढ़ गया और एक बार फिर उनकी आंखों से ओझल होते ही पंद्रह-सोलह नंबर कमरों की तरफ दौड़ लगा दी।

सोलह नंबर में पहुंचकर सबसे पहले उसे अंदर की तरफ से बंद किया। उसके बाद ऐसी नजरों से कमरे को देखा जैसे किसी ऐसी वस्तु को तलाश रहा हो जो उसकी मौजूदगी को साबित कर सके। जब ऐसी कोई चीज नजर नहीं आई तो बीच का दरवाजा पार करके पंद्रह में पहुंचा। उस दरवाजे को उसने पंद्रह नंबर की तरफ से बंद कर दिया और फिर उस कमरे को भी चैक करने के बाद मुख्य द्वार से निकलता हुआ गैलरी में पहुंच गया।

इस बार वह तेजी से चलता रिसेप्शन पर पहुंचा और जब कहा रिसॉर्ट छोड़कर जा रहा है तो एक गार्ड ने रजिस्टर सामने रखते हुए कहा–''प्लीज सर, इस पर साइन कर दीजिए।''

पंकज ने साइन करते वक्त देखा–उस पर पंद्रह नंबर कमरे में ठहरे कस्टमर यानी उसका विवरण था और रिसॉर्ट छोड़ने का टाइम साढ़े तीन बजे लिखा था। सोलह नंबर का विवरण सोनम का था और रजिस्टर के मुताबिक अभी उसने चैकआऊट नहीं किया था।

औपचारिकता से निपटकर वह बाहर निकला और फिर दौड़ता हुआ

पार्किंग में जा पहुंचा। वहां कई टैक्सियां खड़ी थीं। सभी ड्राइवर सोए हुए थे। पंकज ने सबसे आगे खड़ी टैक्सी का कांच पीटा।

पिछली सीट पर पड़ा साया हिलता-डुलता नजर आया।

पंकज ने जोर से कांच पीटा। इस बार कांच नीचे सरका और ड्राइवर ने नींद में डूबे स्वर में पूछा–''क्या है साब?''

''जुहू जाना है।'' बारिश की आवाज को चीरने की खातिर पंकज ने जोर से कहा था।

''अरे क्या साब! इतनी बारिश में। आप भी आराम करो न! बारिश रुक जाए तो चलते हैं।''

''मुझे अभी जाना है, जरूरी काम है।'' पंकज ने उसी वॉल्यूम पर कहा– ''मैं तुम्हें पांच हजार रुपए दूंगा।''

''अरे तो बैठिए न साब।'' कहते हुए उसने एक झटके से गेट खोल दिया था–''मौसम का क्या है! तीन ही तो होते हैं। ठंडी, गर्मी और बरसात। ठंडी मुंबई में पड़ती नहीं। बारिश खूब पड़ रही है तो इस बार पानी की किल्लत नहीं होगी।''

पंकज बगैर कुछ कहे पिछली सीट पर बैठ चुका था।

ड्राइवर दूसरी तरफ का दरवाजा खोलकर बाहर निकला और फिर खुद को बारिश से बचाने का असफल प्रयास करता तुरंत ही ड्राइविंग गेट खोलकर सीट परं जमता बोला–''जुहू में कहां जाना है साब आपको? ईस्ट या वेस्ट?''

''चलो तो सही, अभी जुहू बहुत दूर है।''

उसने चाबी इग्निशीयन में लगाकर घुमाई तो गाड़ी स्टार्ट हो गई। आगे बढ़ाते हुए उसने पुनः कुछ कहा तो पंकज थोड़े भन्नाए हुए अंदाज में बोला– ''प्लीज, बात मत करो। अपना सारा ध्यान ड्राइविंग में लगाओ और तेज चलाओ। जल्दी न होती तो डेढ़ हजार के काम के पांच हजार नहीं देता। तुम्हें नींद आ रही हो तो एक तरफ बैठो, मैं चला लूंगा।''

''कैसी बात करते हैं सर! ड्राइवरों को क्या नींद आती है और फिर पांच हजार का नाम सुनकर भी अगर कोई सोता रहे तो समझो किस्मत ही सो गई है उसकी।''

पंकज चुप रह गया क्योंकि समझ चुका था कि–वह चार शब्द बोलेगा, ड्राइवर चालीस शब्द से कम पर चुप नहीं होगा जबकि उसे न केवल जल्दी

से जल्दी बैंग्लो पहुंचना था बल्कि इस बीच शांति से कुछ सोचना भी था।

ड्राइवर ने एकाध बार फिर कुछ बोलने की कोशिश की थी मगर पंकज ने बुरी तरह डांट दिया था।

बड़ी मुश्किल से गाड़ी में खामोशी छाई।

पंकज ने सिर पुश्त से टिकाकर आंखें बंद कर लीं। दिमाग में एक बार फिर विचारों का आवागमन चालू हो गया—क्या सोनम उसी इरादे से बैंग्लो गई होगी जिसका उसे शक था? और क्या कारण हो सकता है? उसने चैकआऊट नहीं किया, गाड्र्स को नहीं मालूम वह जा चुकी है। जाहिर है चोरी से निकली और चोरी से तभी निकलेगी जब दिमाग में कोई खतरनाक प्लान होगा।

जरूर उसने सबकुछ सोच-समझकर किया है।

फिर उसने जितना सोचा—बात जमती चली गई। अब तो उसे साफ-साफ नजर आने लगा उसके साथ इस पार्टी में आने का प्रोग्राम बनाने से लेकर उसे अपने बिस्तर में घसीटने, बल्कि शायद राजेश कुमार का मर्डर करने तक का उसका प्लान पूर्वनिर्धारित था।

कुछ भी इत्तफाक नहीं था उसमें।

बात ज्यों-ज्यों जमती गई, दिल घबराने लगा।

यह घबराहट यह सोचकर हावी हो रही थी अगर वह अपने इरादे में कामयाब हो गई तो क्या होगा? कैसे उसे उसके खतरनाक इरादे में कामयाब होने से रोके? उसके साथ वह भी फंस सकता था। फिर उसे मोबाइल का ख्याल आया। क्यों न मोबाइल पर संपर्क करे और खबरदार करे अगर उसने वह बेवकूफी की जो करने जा रही है तो उससे बुरा कोई न होगा।

खुद ही पर खीझ-सी आई उसे।

यह विचार पहले दिमाग में क्यों नहीं आया?

सवा दो बजे तो वे कमरों में ही आए थे। ढाई के आसपास वो सब हुआ। तीन बजे आंख लगी होगी। सवा तीन बजे वह उठ गया यानी सोनम तीन के आसपास निकली होगी। मतलब पहुंची नहीं होगी अभी। रास्ते में होगी। यह सब सोचकर राहत की हल्की सी सांस आई। बड़ी तेजी से कोट की जेब से मोबाइल निकाला और सोनम का नंबर डायल कर दिया।

रिंग जाने लगी।

''उठा बदजात औरत।'' वह बड़बड़ाया—''फोन उठा।''

रिंग जाती रही। कॉल रिसीव नहीं की गई।

ड्राइवर ने जरूर कहा–''आपने कुछ कहा सर?''

''तुम मेरी बात पर ध्यान मत दो।'' पंकज बहुत जोर से चीखा था–''गाड़ी चलाने पर ध्यान दो।''

वह सहमकर चुप हो गया।

पूरी बैल जाने के बाद लाइन पर 'कूं-कू' की आवाज गूंजने लगी थी। झल्लाकर पंकज ने रि-डायल का बटन दबाया।

रिंग पुनः जाने लगी।

अंजाम इस बार भी वही।

फिर बड़बड़ा उठा वह–''जानबूझकर नहीं उठा रही हरामजादी, स्क्रीन पर मेरा नाम जो आ रहा होगा।''

इस बार ड्राइवर कानों में रूई डाले ड्राइविंग करता रहा।

बार-बार की कोशिश के बाद भी जब कॉल रिसीव न की गई तो न केवल झल्लाहट के कारण पंकज का बुरा हाल हो गया बल्कि यह विश्वास भी हो गया जो वह सोच रहा है, वह सच है।

ड्राइवर से बार-बार तेज . . . और तेज चलने के लिए कहता रहा और इसमें कोई शक नहीं, ड्राइवर अपनी क्षमता से ज्यादा तेज चला रहा था। एकाध बार और फोन मिलाया–ढाक के वही तीन पात।

फिर एकाएक राजेश कुमार के मोबाइल का नंबर मिलाने का ख्याल दिमाग में आया। यह जानते-बूझते मिलाया कि इस वक्त वह कॉल रिसीव करने की पोजीशन में नहीं होगा और वही हुआ, रिंग जाती रही। कॉल उसने भी रिसीव नहीं की।

''यह आदमी तो खुद ही मरने को तैयार है।'' पंकज के मुंह से नफरत में डूबी बड़बड़ाहट निकली थी।

और फिर . . . सवा घंटे में, यानी चार बजकर पैंतालिस मिनट पर उसने टैक्सी डिंपल बैंग्लो के लोहे वाले गेट पर पहुंचा दी। जाने क्या सोचकर पंकज वहीं उतरा और जल्दी से पेमेंट किया।

करीब आधा किलो मीटर लंबी, चढ़ाई वाली सड़क उसने दौड़ते हुए चढ़ी थी। पोर्च में पहुंचने तक दौड़ता-दौड़ता बुरी तरह हांफने लगा था वह और .

. . जिस गाड़ी से वे रिसॉर्ट गए थे उसे पोर्च में खड़ी देखते ही रीढ़ की हड्डी में सर्द लहर दौड़ गई।

फिर हिम्मत की उसने और एक-एक बार में कई-कई सीढ़ियां लांघता लैंडिंग पर पहुंचा। कॉलबेल के स्वीच की तरफ हाथ बढ़ा ही था कि जाने क्या सोचकर ठिठक गया।

हाथ किवाड़ पर रखा। दरवाजा अंदर से बंद नहीं था, केवल ढुका हुआ था, इसी कारण थोड़ा खुल गया।

लॉबी में धुंधली रोशनी थी।

जाने किस भावना से प्रेरित पंकज ने किवाड़ और चौखट के बीच बनी दरार से झांककर अंदर देखा और देखा–राजेश कुमार को कंधे पर लादे सोनम सीढ़ियां चढ़ती चली जा रही थी।

क्या वह मर चुका है?

या नशे में धुत्त है! बेसुध है!

पंकज को यकीन नहीं आया वह ऐसा भी कर सकती है। कहां सत्तर-पिचहत्तर किलो का राजेश कुमार, कहां वह नाजुक कली-सी नजर आने वाली औरत! मगर जो देख रहा था उसे झुठला कैसे देता? बुरी तरह धड़क रहे दिल के साथ वह इस दृश्य को देखता रहा और सोनम के अगले कदम की प्रतीक्षा करता रहा।

बाल्कनी में पहुंचकर वह रुकी। राजेश कुमार के जिस्म को सबसे ऊपर वाली पौड़ी पर लिटाया और फिर, इससे पहले कि पंकज कुछ समझ पाए, पूरी नफरत के साथ उसने राजेश कुमार के जिस्म में ऐसी ठोकर मारी जैसे फुटबॉल में मारी हो।

''नहीं . . . हीं . . . हीं।'' जोर से चीखता हुआ पंकज न केवल लॉबी में दाखिल हुआ बल्कि आंधी-तूफान की तरह उड़ता-सा सीढ़ियों की तरफ लपका। उन सीढ़ियों की तरफ जिन पर से लुढ़कता राजेश कुमार का जिस्म नीचे आ रहा था।

ऊपर खड़ी हैरत से आंखें फाड़े सोनम पंकज को देख रही थी।

पंकज ने राजेश कुमार के जिस्म को अपनी टांग अड़ाकर बीच में ही रोक लिया। सारी सीढ़ियां तय नहीं करने दीं उसे और झुककर दोनों हाथों से उसके गालों को थपथपाता बार-बार 'सर-सर' कहकर आवाजें देने लगा मगर उसमें कोई हलचल नहीं थी।

पंकज ने घबराकर नब्ज चैक की।

वह चल रही थी।

राहत की सांस के साथ, गुस्से के कारण बुरी तरह भभकता चेहरा लिए उसने, राजेश कुमार के जिस्म को अपने पैर से ही रोके रखकर, ऊपर सोनम की तरफ देखा।

इससे पहले कि वह कुछ कहता, सोनम उस सर्पणी की मानिंद फुंफकारी जिसे किसी ने अपने नाग के साथ सहवास करते देख लिया हो–''तुम कहां से आ गए यहां?''

''नहीं आता तो मार तो डाला ही था तुमने इन्हें।''

जवाब देने की जगह सोनम तेजी से उतरती वहां तक आई जहां पंकज ने राजेश कुमार के जिस्म को रोक रखा था। झुकी और अच्छी तरह चैक किया उसकी चेतना लौटी है या नहीं। पूरी तरह संतुष्ट होने के बाद सीधी हुई वह और बेहद नजदीक खड़े पंकज की तरफ देखा। इस वक्त उसकी हरी आंखों में इतनी जबरदस्त हिंसक चमक थी कि पंकज के सारे जिस्म में मौत की लहर दौड़ गई। स्पॉत की तरह कठोर लहजे में कहा था उसने–''यह इसी लायक है।''

''और तुम किस लायक हो?'' पंकज ने दांत भींचे।

वह गुर्राई–''मतलब?''

''मैंने तुमसे ज्यादा तो क्या, तुमसे बहुत कम कमीनी औरत भी कभी नहीं देखी।''

''दोष तुम्हारा नहीं है।'' वह बोली–''इस वक्त तुम गुस्से में हो और आदमी जब गुस्से में होता है तो उसकी समझ में कोई भी बात ढंग से नहीं आती। तुमने खुद बताया–इस आदमी की पचास करोड़ की बीमा पॉलिसी है। मरने को तैयार है ये। अभी देख लो, मरे के बराबर है या नहीं! आज नहीं तो कल मर जाएगा मगर तीस नवंबर के बाद मरा तो एक धेले का नहीं होगा। उससे पहले मर जाता है तो मुझे पचास करोड़ मिलेंगे जिससे मेरी जिंदगी . . .

''एक इकन्नी नहीं मिलेगी तुम्हें। भूल गई! मैंने समझाया था अगर यह ऐसी किसी दुर्घटना में मर गए तो . . .

''वो जो तुमने समझाया था, उस पर भी खूब विचार कर लिया है मैंने। पॉलिसी के कारण पुलिस और इंश्योरेंस वाले मुझ पर शक तो कर सकते हैं लेकिन पक्के तौर पर नहीं समझ सकते कि यह सब मैंने ही किया है और

साबित तो उनके फरिश्ते भी नहीं कर सकते क्योंकि आज की रात हम रिसॉर्ट में हैं। हजारों गवाह हैं इस बात के। रिसोर्ट का रजिस्टर सबूत होगा और . . .

''और?''

''सबसे बड़ा सबूत होगा मेरा मोबाइल।''

''मोबाइल?''

''उसे मैं सोलह नंबर कमरे में ही छोड़ आई हूँ। इन्वेस्टिगेशन के दरम्यान जब पुलिस उसकी लोकेशन चैक करेगी तो पूरी रात उसे वहीं पाएगी। कमरे की खिड़की से निकलकर आई हूँ मैं। न गार्ड्स को पता है, न किसी और को। उनकी नजर में मैं अभी-भी वहीं हूँ और सूरज निकलते-निकलते उसी रास्ते से वापस भी पहुंच जाऊंगी।''

पंकज के दिमाग में विस्फोट पर विस्फोट होते चले गए।

अब उसकी समझ में आ गया था उसके मोबाइल पर कॉल रिसीव क्यों नहीं की जा रही थी।

अवाक् रह गया वह।

''बस एक ही भूल हो गई मुझसे। सोचा था तुम जबरदस्त नशे में हो, ऊपर से ऐसा 'टॉनिक' दे दिया है कि सुबह नौ बजे से पहले नहीं उठोगे। पर खुराक शायद कम रह गई। मुझे तुम्हारी व्हिस्की में नींद की गोली मिला देनी चाहिए थी। वैसा कर देती तो न तुम्हारी नींद टूटती, न इस वक्त यहां होते। जब नींद टूटती तो मुझे अपनी बगल में पाते। तुम तक को पता नहीं लगता मैं यहां आई और इसका काम-तमाम करके वापस तुम्हारे पहलू में जाकर सो गई हूँ।''

पंकज पर कुछ कहते न बन पड़ा। इसमें शक नहीं कि जालिम औरत ने हर एंगिल पर अच्छी तरह सोचने के बाद प्लान बनाया था और जब वह कुछ नहीं बोला तो वही बोली–''जजबातों के कदमों से चलने वाले लोग हमेशा गर्त में गिरते हैं पंकज, दिमाग से काम लो। यह आदमी किसी हालत में तुम्हारे सपने पूरे नहीं कर सकता। करने निकला भी तो उससे पहले ही दम तोड़ देगा। जबकि मैं तुम्हारे सारे सपने पूरे कर सकती हूँ। किसी और ने भी नहीं बनाई तो मैं फिल्म बनाऊंगी। पचास करोड़ बहुत होते हैं। सारे कर्जे-वर्जे निपटाने के बाद भी फिल्म बनाने के पैसे बच जाएंगे। मेरा साथ दो और साथ देने के लिए अब तुम्हें इससे ज्यादा कुछ भी नहीं करना है कि अपना पैर वहां से हटा लो, यह अपनी मौत की तरफ लुढ़क जाएगा।''

''क्या जरूरी है बेवकूफ औरत कि नीचे पहुंचते-पहुंचते ये मर ही जाएंगे! ऐसा भी तो हो सकता है सिर्फ जख्मी होकर रह जाएं!''

''ऐसा हुआ तो हम फिर ऊपर ले जाकर लुढ़का देंगे, तब तक ऐसा करते रहेंगे, जब तक इसकी नब्ज न रुक जाए।''

एक बार फिर पंकज पर कुछ कहते नहीं बन पड़ा और वह दांत भींचकर बोली–''सोच क्या रहे हो बेवकूफ! जल्दी करो। हमें ऐसे समय तक रिसॉर्ट वापस पहुंचना है कि किसी की नजर में न आएं।''

''अब ऐसा नहीं हो सकता।''

उसने रिस्टवॉच पर नजर डालते हुए कहा–''अभी हो जाएगा।''

''मैं बाकायदा रजिस्टर में साइन करने के बाद चैकआऊट करके आया हूँ। मेरा मोबाइल भी इस वक्त यहां की लोकेशन दे रहा होगा और रिसेप्शन पर गार्ड्स के सामने मेरे मुंह से कुछ ऐसी बातें भी निकली थीं जिनसे उन्हें शक हो गया था तुम अपने कमरे में नहीं हो। वे सोलह नंबर को चैक कर सकते हैं। इन हालात में अगर ये मरे तो दोनों के हाथों में हथकड़ियां होंगी।''

''शिट . . . शिट!'' वह दांत भींचकर चीखी–''तुमने मेरा सारा प्लान चौपट कर दिया बेवकूफ आदमी . . . सारे प्लान की ऐसी-तैसी फेर दी तुमने। तुम्हें तो गोली मार देनी चाहिए!''

बहुत देर बाद पंकज मुस्कराया।

यह मुस्कान अपनी विजय और सोनम के चेहरे पर नजर आ रही पराजय के कारण उभरी थी। बोला–''वाकई . . . वाकई बहुत कुत्ती औरत हो तुम! ऐसी, कि अगर तुमसे न मिला होता तो कल्पना तक नहीं कर सकता था औरत तुम जैसी भी हो सकती है। मुश्किल से ढाई घंटा पहले जिस आदमी के साथ तुम बिस्तर में उछल-कूद कर रही थीं, उसे गोली से उड़ाने की बात कर रही हो और मुझे यकीन है, जरूरत पड़े तो तुम ऐसा कर भी गुजरोगी।''

''काम ही ऐसा किया है तुमने।'' वह अब भी गुस्से में थी।

''पर अब तो कर दिया।'' पंकज जैसे उससे मजा लेने के मूड में आ गया–''बोलो, अब क्या चाहती हो तुम?''

''अब क्या चाहूँगी! इसे उठाकर बैड पर पटक आओ।''

''धन्यवाद।'' कहने के साथ पंकज ने राजेश कुमार के जिस्म को उठाया और कंधे पर लाद लिया। फिर वह हिकारत भरी मुस्कान सोनम की तरफ उछालता सीढ़ियों पर चढ़ता चला गया।

राजेश कुमार के बैडरूम में जाकर उसे बैड पर लिटाया, पिछली रात की तरह जिस्म पर लिहाफ डाला और एसी ऑन करके बाहर आ गया। गैलरी में सोनम उसका इंतजार कर रही थी। उसके करीब पहुंचते पंकज ने व्यंग किया–''तो अब तुम रिसॉर्ट जाओगी!''

''जरूरत नहीं रही।''

''मतलब?''

''छानबीन तब होती जब वह मर जाता, मरा ही नहीं है तो किसी किस्म की छानबीन होने का सवाल ही नहीं उठता। अब मेरा वहां से चले आना बहुत सामान्य घटना है।'' कहने के साथ उसने हाथ फैलाया–''लाओ, मोबाइल दो जरा। वहां के मैनेजर को फोन करके कहती हूँ किसी एमरजेंसी के कारण मुझे आनन-फानन में आना पड़ा। संयोग से उस वक्त रिसेप्शन पर कोई नहीं था इसलिए न तो मुझे कोई देख पाया, न ही रजिस्टर में साइन किए और जल्दीबाजी के कारण मेरा मोबाइल भी कमरे में ही रह गया है, उसे किसी स्टॉफ के हाथ डिंपल बैंग्लो भिजवा दे, वह भिजवा देगा।''

''और मेरा क्या करोगी?''

''तुम्हारा?'' उसकी आंखें सुकड़ीं–''मतलब?''

जवाब देने की जगह पंकज ने जेब से मोबाइल निकाला और केवल तीन बटन दबाए।

सोनम ने चौंककर पूछा–''किसे फोन कर रहे हो?''

''सौ नंबर।'' कहने के साथ मोबाइल कान से लगा लिया।

''पागल हुए हो क्या?'' कहने के साथ वह इस तरह झपटी जैसे बाज कबूतर पर झपटता है और एक ही झपट्टे में मोबाइल छीनने के साथ चीखी–''यह क्या कर रहे थे तुम?''

''कर रहा 'था' नहीं मैडम, कर चुका 'हूँ'। सौ नंबर पर फोन लगा चुका हूँ मैं।'' पंकज कहता चला गया–''यह मत समझो तुमने सर के कत्ल की कोशिश की, मैंने देखा और बात यहीं खत्म हो गई। मैं पुलिस को वह सब बताऊंगा जो यहां हुआ है।''

मोबाइल हाथ में आते ही सोनम उसका लाल बटन दबा चुकी थी और इस वक्त विस्फारित अंदाज में आंखें फाड़े पंकज की तरफ देख रही थी। बोली–''क्या तुम वाकई उतने बड़े पागल हो जितना बड़ा पागलपन करने जा रहे थे!''

''पागलपन तुम्हारी नजर में होगा, मेरी नजर में वह कर रहा था, जो मुझे करना चाहिए। मैंने तुम्हें कत्ल करने की कोशिश करते देखा है और यह बात पुलिस को बताना मेरा फर्ज है।''

''तुम्हारा फर्ज!'' उसने दांत पीसते हुए कहा था–''अभी बताती हूँ तुम्हारा फर्ज क्या है . . . मेरे साथ, मेरे सुईट में आओ जरा।''

''मतलब?''

''कम हीयर।'' कहने के साथ वह घूमी और अपने सुईट की तरफ बढ़ती बोली–''मैं तुम्हें कुछ दिखाना चाहती हूँ। पहले उसे देख लो, उसके बाद तुम्हारा जो जी चाहे करना।''

उलझकर रह गया पंकज। समझ नहीं पाया वह क्या दिखाना चाहती है। फिर भी, इतनी बात तो समझ में आ ही गई थी कि जो भी दिखाना चाहती है, सोचती है उसे देखने के बाद मैं अपना विचार बदल दूंगा अर्थात् पुलिस को इंफॉर्म नहीं करूंगा।

ऐसा क्या हो सकता है? क्या दिखाएगी वह मुझे?

पंकज के जहन में ऐसे सवालों का गुच्छा इकट्ठा हुआ और उन्हीं का जवाब पाने के लिए उसके पीछे चल दिया।

⅄

सुईट में पहुंचने के बाद सोनम ने पर्स से एक सीडी निकाली और दीवार पर फिक्स प्लाज्मा टीवी के सीडी रिकार्डर में डालकर उसे ऑन कर दिया। कुछ देर बाद टीवी स्क्रीन पर जेपी रिसॉर्ट के सोलह नंबर कमरे के दृश्य साकार होने लगे।

उनके बीच चल रहे सहवास के नंगे दृश्य।

अब तो पूरी तरह स्पष्ट था कि सोनम का एक-एक कदम पूर्व निर्धारित ही नहीं बल्कि व्यवस्थित भी था।

'बैड' दृश्यों को देखकर एक बार को तो पंकज का चेहरा पीला पड़ गया। यह सोचकर कि उसने उस सबकी फिल्म बना ली थी। यकीनन यह औरत उसकी सोचों से बहुत आगे की चीज थी। अब वह फिल्म के जरिए उसे ब्लैकमेल करना चाहती थी।

इस वक्त पंकज का दिमाग बहुत तेजी से काम कर रहा था। उसने सोचा–

यदि वह एक बार ब्लैकमेल हो गया तो हमेशा के लिए इसकी कठपुतली बन जाएगा अतः अपने मन को दृढ़ किया और होठों पर मुस्कान लाता बोला–''जमाना बदल नहीं गया, बल्कि पूरी तरह उल्टा हो गया है। पांच-सात साल पहले लड़के-लड़कियों को ऐसी फिल्में दिखाकर, यह कहते हुए ब्लैकमेल किया करते थे कि यदि वह नहीं किया जो वह चाहते हैं तो फिल्म को सार्वजनिक करके समाज में उनकी इज्जत की बखिया उधेड़ देंगे लेकिन अब . . . ये काम लड़कों को धमकाने के लिए लड़कियां करने लगी हैं।''

''बराबरी का दर्जा जो मिल गया है लड़कियों को–तुम जैसे तंगदिल मर्द तो इससे किलसेंगे ही।''

''मगर मैं उन लड़कों में से नहीं हूँ मोहतरमा, मुझे कोई डर नहीं है इस फिल्म का। इसे सार्वजनिक करना चाहती हो तो शौक से करो। सोचना तो तुम्हें पड़ेगा तुम्हारी इज्जत का क्या होगा। खासतौर पर तब क्या होगा जब इसे सर देखेंगे।''

''इसे सिर्फ और सिर्फ एक व्यक्ति देखेगा।'' जहरीले स्वर में सोनम ने अपने एक-एक शब्द को जमाते हुए कहा था–''और वह, वह होगा जिसे मैं दिखाऊंगी क्योंकि सीडी मेरे कब्जे में है।''

''किसे दिखाओगी तुम?'' पंकज की आंखें सुकड़ीं।

''नैना को।''

''धड़ाम्!'' जोरदार आवाज के साथ जैसे हिमालय पर्वत पंकज के सिर पर आ गिरा। सारा कमरा फिरकनी की मानिंद घूमता नजर आया उसे और फिर . . . चकराकर गिरने से उसने खुद को बड़ी मुश्किल से रोका।

उसकी ऐसी हालत इसलिए हो गई थी क्योंकि वह ख्वाब तक में नहीं सोच सकता था सोनम को नैना के बारे में कुछ पता हो सकता है लेकिन फिर, चेतना-सी वापस आते ही दिमाग में यह बात आ गई कि अब उसके हित में क्या हो सकता है और . . . अगले ही पल बहुत तेजी से टीवी की तरफ जम्प लगाई थी।

लेकिन, अभी टीवी के नजदीक पहुंचा ही था कि कमरे में सोनम की बहुत ही कर्कश आवाज गूंजी–''एक कदम भी आगे बढ़ाया तो मैं गोली मार दूंगी पंकज।''

पंकज तेजी से उसकी तरफ घूमा।

एक बार फिर चेहरा पीला पड़ गया। आंखों में दहशत के साए गर्दिश

करने लगे थे क्योंकि सोनम के हाथ में सचमुच रिवाल्वर था और वह उसे उसी पर ताने बिल्कुल स्थिर खड़ी थी।

जो चेहरा पंकज को दुनिया का सबसे खूबसूरत चेहरा लगा था इस वक्त सबसे खूंखार चेहरा नजर आया। हरी आंखों से दरिंदगी टपक रही थी। गुर्राई–"कुछ देर पहले खुद कह चुके हो, जरूरत पड़ी तो मैं गोली मारने से हिचकूंगी नहीं।"

पंकज के होश फाख्ता थे, हलक सूख चुका था।

"यह वही रिवाल्वर है जिससे रंगराज को अपनी तरफ बढ़ने से रोका था।" खुरदुरे लहजे में वह कहती चली गई–"मुझे मालूम था, सारे रास्ते बंद होने पर तुम सीडी को अपने कब्जे में लेने की कोशिश करोगे इसीलिए सारी तैयारी पहले से कर ली थी।"

"पर तुम मुझे इस तरह गोली नहीं मार सकतीं।" कहते वक्त पंकज ने खुद महसूस किया उसकी आवाज में दम नहीं था–"क्या जवाब दोगी पुलिस को?"

"वेरी सिंपिल।" खूबी यह थी वह खतरनाक औरत हर पहलू पर पहले ही होमवर्क कर लेती थी–"तुम कुत्सित इरादे से मेरे कमरे में आए। मेरी इज्जत लूटने की कोशिश करने लगे। अगर मैं गोली न मार देती तो तुम अपने इरादे में कामयाब हो जाते। जानते ही होगे औरत-मर्द को बराबर राइट देने का दावा करने वाले कानून ने इस मामले में मर्द के मुकाबले औरत को कुछ ज्यादा ही राइट दे रखे हैं!"

पंकज जहां का तहां सन्नाया-सा खड़ा रह गया। इसमें शक नहीं, कि कोशिश के बावजूद वह मुंह से आवाज न निकाल सका था।

"एक तरफ हटो।" उसने रिवाल्वर वाले हाथ से इशारा करने के साथ हुक्म-सा दिया–"टीवी से दूर।"

पंकज को हुक्म का पालन करना पड़ा।

वह सतर्क अंदाज में उसे कवर किए टीवी तक पहुंची। सीडी रिकार्डर से सीडी निकालकर अपने कब्जे में ली। इस बीच पंकज इसलिए कुछ न कर सका क्योंकि जानता था–वह सिर्फ धमकी नहीं दे रही बल्कि जरूरत पड़ी तो वह सब कर भी गुजरेगी।

बहरहाल, कानून उसके साथ था।

सीडी को अपने वक्षस्थल में डालने के बाद बोली वह–"अब अगर मैं

तुम्हें गोली नहीं मारती हूँ तो यह मानोगे या नहीं कि यह तुम पर मेरा एहसान होगा! क्योंकि तुम्हारी लाश बिछाने के बावजूद मुझ पर बाल बराबर आंच आने वाली नहीं है।''

''न . . . नैना के बारे में कैसे जानती हो?''

''डिटेल में जाने के न इस वक्त मैं मूड में हूँ और न कोई फायदा है।'' वह कहती चली गई–''मुद्दे की बात यह है तुम उससे और वह तुमसे बेइंतहा प्यार करती है और उसका हक तुम मुझे दे चुके हो। यह बात अगर उसे पता लग गई बल्कि अगर यह फिल्म देख ली तो उसका दिल टूट जाएगा। कल्पना भी नहीं की जा सकती उस अवस्था में वह क्या कर लेगी। हो सकता है सुसाइड ही कर ले। हां, इतनी ही भावुक है वह।''

''न . . . नहीं . . . हीं . . . हीं।'' पंकज हलक फाड़कर चीख पड़ा–''मैं उसे ऐसा नहीं करने दूंगा।''

''नहीं रोक सकोगे बच्चू . . . नहीं रोक सकोगे क्योंकि उस वक्त एक तुम्हीं तो होगे जिसकी वह एक नहीं सुनेगी और आत्महत्या अगर उसने नहीं भी की तो तुमसे तो नफरत करने ही लगेगी। उससे कहीं ज्यादा नफरत जितना आज की तारीख में प्यार करती है। मतलब यह कि तुम उसे हमेशा के लिए खो दोगे।''

''क . . . क्या चाहती हो?''

''एकदम माकूल सवाल . . . टू द प्वांइट। मुझे ऐसे ही लोग पसंद हैं जो इधर-उधर की बातों में टाइम वेस्ट न करें।'' इस वक्त वह पंकज पर पूरी तरह हावी थी–''हमारे बीच यह सौदा हो सकता है कि तुम वह बेवकूफी नहीं करोगे जो कुछ देर पहले करने वाले थे और मैं यह फिल्म नैना को नहीं दिखाऊंगी।''

पंकज कुछ न कह सका। वह कहता ही क्या जिसकी समझ में ही कुछ नहीं आ रहा था और . . . समझ में आता भी तो कैसे?

दिमाग उसकी खोपड़ी में था ही कहां!

वह तो अंतरिक्ष में परवाज कर रहा था।

''सौदे में अभी-भी तुम्हें ही कुछ ज्यादा मिल रहा है।'' एक बार फिर वह कहती चली गई–''भले ही आंकलन कर लो, अगर तुमने पुलिस को यह बताया भी कि मैंने काकू के मर्डर की कोशिश की थी तो ज्यादा से ज्यादा बीस साल की सजा होगी। वो भी तब, जब यह बात कोर्ट में साबित हो

जाएगी और कोर्ट में कब की बातें कब और कितनी पैंतरेबाजियों के बाद साबित हो पाती हैं, राइटर होने के नाते यह तो तुम जानते ही होंगे जबकि तुम्हें उसी क्षण 'सारी जिंदगी की तबाही' की सजा मिल जाएगी जिस क्षण नैना इसे देखेगी।''

पंकज के जहन में सोनम का एक-एक शब्द ठुकता चला गया। लगा–वह जो कह रही है, ठीक कह रही है।

''ये लो।'' कहने के साथ उसने मोबाइल पंकज की ओर उछाल दिया। पंकज ने हड़बड़ाकर उसे लपका। वह अब भी कहे चली जा रही थी–''सौ नंबर पर बात करने के लिए केवल रिडायल वाला बटन दबाना होगा। पूरी तरह आजाद हो तुम।''

पंकज ने अपने हाथ में दबे मोबाइल को उलट-पलटकर देखा और जेब में रख लिया। तब, वह बोली–''मतलब सौदा मंजूर है!''

पंकज चुप।

''पहली बार समझदारी दिखाई है तुमने, इतनी समझदारी पहले दिखा दी होती तो नौबत यहां तक आती ही नहीं।''

''क . . . क्या मतलब?''

''सबसे पहले आदमी को अपने आपसे पूछना चाहिए यह जो जिंदगी उसे मिली है, उससे वह चाहता क्या है? ईमानदारी से सही जवाब ढूंढ ले तो सोचे–मैं जो जिंदगी से चाहता हूँ, उसे कैसे पा सकता हूँ? खूब सोच-समझकर निर्धारित करे और तब कदम आगे बढ़ाए। उसके बाद–उसके प्रयास उसके सामने नए-नए अवसर लाएंगे। उन अवसरों में से उसे चुनना होगा क्या उसके हित में है, क्या अहित में। जो अपने हित का चुनाव न कर सके वह कामयाब नहीं हो सकता। तुम मुझे ऐसे ही मूर्ख लोगों में से लगते हो क्योंकि कुछ देर पहले, सीढ़ियों पर जो प्रस्ताव मैंने तुम्हारे सामने रखा था, वह तुम्हारे हित में था जबकि तुम वो करने जा रहे थे जो अहित में था। एक बार फिर कहती हूँ गधे, कम से कम अब तो तुम्हारी समझ में यह बात आ जानी चाहिए वह आदमी किसी कीमत पर तुम्हारे सपनों को साकार नहीं कर सकता जिसके ग्लैमर में बंधकर यहां आए थे। तुम्हारा सपना अपनी स्टोरी पर फिल्म बनवाना है–पहली बात,उसके पास इतना पैसा ही नहीं है। मार्केट में उसकी जो साख है, उसे देख ही चुके हो। फिर भी मान लेते हैं वह पुरानी फिल्मों के राइट्स बेचकर फिल्म शुरू कर देता है पर . . . काकू की

हालत तो देखो, उसके पास उतनी लाइफ ही कहां है जितनी फिल्म बनाने के लिए चाहिए! मैं न मार सकी तो वह खुद मार लेगा खुद को। शराब में इतना डूब चुका है अब कभी बाहर नहीं आ सकता। शराब ही एक दिन उसे मार डालेगी और ऐसा वह पहला आदमी नहीं होगा। यह चीज, यह काम पहले भी लाखों-करोड़ों बार कर चुकी है।''

सोनम का हर शब्द रिवाल्वर से निकली बुलेट की मानिंद पंकज के जहन से टकरा रहा था। इसमें कोई शक नहीं था वह हंडरेड परसेंट सच . . . और सिर्फ सच कह रही थी। राजेश कुमार में अब उसे अपना कोई भविष्य नजर नहीं आ रहा था लेकिन यह सब वह कह रही थी जो अब उसकी नजर में दुनिया की सबसे खतरनाक और चालबाज औरत थी। कैसे और कितना यकीन करे उस पर?

उसकी बात अभी पूरी नहीं हुई थी। सिर्फ सांस लेने के लिए रुकी थी वह। आगे बोली–''दूसरी तरफ मैं हूँ। मैं। मैं तुम्हारे हर सपने को साकार कर सकती हूँ। या तो तुम्हारी स्टोरी पर करन जैसा कोई मेरी सिफारिश पर फिल्म बनाएगा, नहीं बनाएगा तो खुद मैं बनाऊंगी। बहरहाल, काकू के बाद अपनी जिंदगी गुजारने के लिए मुझे भी कोई न कोई बिजनेस तो करना ही पड़ेगा। तुम देख ही चुके हो, फिल्म इंडस्ट्री में सभी से मेरे ताल्लुक हैं। उनका फायदा उठाकर मैं आसानी से इस व्यवसाय में आ सकती हूँ।''

''तुम्हीं पर पैसा कहां से आएगा?''

''सामने वाले सुईट में पड़ी तो है वो पचास करोड़ की हुंडी!''

''मतलब फिर वही!'' पंकज का दिल कांप गया–''कत्ल!''

''तुम उसे कत्ल क्यों समझ रहे हो, वह तो उसकी मुक्ति होगी। एक बार फिर कहती हूँ . . . बल्कि तुम खुद भी देख रहे हो, ज्यादा दिन नहीं जिएगा वह। दिन-प्रतिदिन खुद को मौत की तरफ ले जा रहा है। तीस नवंबर पार कर गया तो . . .

''सुन चुका हूँ।''

''पर समझ नहीं रहे।''

''क्या समझूं?'' पंकज हताश-सा बोला–''क्या तुम यह चाहती हो इस काम में मैं तुम्हारा साथ दूं?''

''देना चाहिए।''

''क . . . क्या?''

''क्योंकि इसी में तुम्हारा हित है।''

''ऐसी-तैसी में गया हित।'' वह चिल्लाया–''अपना सपना मुझे इस कॉस्ट पर पूरा नहीं करना।''

''और खुद को बरबाद कर लेना मंजूर है!''

''मतलब?''

''गौर से सोचो तो नजर आएगा–तुममें और काकू में ज्यादा फर्क नहीं है। वह भी खुद को तबाह करने पर आमादा है और तुम भी। क्योंकि उस हालत में मैं यह फिल्म नैना को दिखाने पर मजबूर हो जाऊंगी।'' उसने अपने वक्ष की तरफ इशारा किया था।

''इसके बारे में तो हमारे बीच सौदा हो चुका है।'' पंकज हैरान स्वर में बोला–''मैं आज की घटना के बारे में पुलिस को कुछ नहीं बताऊंगा और तुम इस फिल्म को नैना से दूर रखोगी।''

''बात सिर्फ आज की घटना की नहीं है।''

''तो?''

''जो आज करने वाली थी, मुझे तो वह करना ही करना है। मेरा काम वह किए बगैर नहीं चलेगा। जब भी, जिस ढंग से भी करूंगी, तुम्हें मालूम होगा कि मैंने किया है। नहीं . . . तुम्हारे रूप में मैं इतनी लंबी और धारदार तलवार अपनी गर्दन के ऊपर लटकी नहीं छोड़ सकती। यह किसी भी क्षण गिरकर मेरा काम-तमाम कर सकती है।''

''वादा करता हूँ–सुबह, सर से मुलाकात करने के बाद मैं हमेशा के लिए चला जाऊंगा। पूरी जिंदगी पलटकर बैंग्लो की तरफ देखूंगा तक नहीं। यहां कुछ भी होता रहे, किसी से कुछ नहीं कहूँगा।''

''कई बार इशारों में और कई बार साफ-साफ यह बात कितनी बार कही थी मैंने तुमसे कि यहां से दफा हो जाओ लेकिन तुम नहीं माने। उस वक्त इतने से पीछा छूट जाता पर अब हालात बदल चुके हैं मिस्टर पंकज, अब इतने भर से पीछा छूटने वाला नहीं है।'' वह सपाट अंदाज में बोली–''उस स्टेज से बाहर निकल आए हो तुम। अब या तो मेरा साथ दोगे या नैना इस फिल्म को देखेगी।''

''क्या जरूरी है तुम जो कह रही हो वही करोगी?''

''हां, ये कही है तुमने मार्के की बात।'' सोनम के हाहाकारी होठों पर हल्की-सी मुस्कान उभरी–''जितने रूप तुम मेरे देख चुके हो और जिस रूप

में इस वक्त तुम्हारे सामने खड़ी हूँ, उसे देखने के बाद इस बात पर विश्वास करना नामुमकिन की हद तक मुश्किल है कि मैं वही करूंगी जो कह रही हूँ। इसका कोई हल निकाल सकते हैं।''

''इसका क्या हल हो सकता है?''

''हल तुम्हें निकालना पड़ेगा, मैं हर शर्त पूरी करूंगी।''

''प्लीज! मुझे तो बख्श ही दो। हम कत्ल की बात कर रहे हैं। यह काम आसान नहीं है। ऐसे ज्यादातर मामलों में . . .

''यह काम बेहद आसान है।'' सोनम ने उसकी बात काटते हुए कहा–''खासतौर पर तुम जैसे राइटर के लिए। बस ऐसी कोई स्कीम बनानी है जिससे उसकी मौत दुर्घटना नजर आए और हम दोनों में से किसी तक पुलिस की तवज्जो न पहुंच सके।''

पंकज ने पुनः कुछ कहने के लिए मुंह खोला ही था कि सोनम फिर बोली–''मेरे ख्याल से तुम्हारा दिमाग थक गया है। अभी अपने कमरे में जाकर आराम करो। ठंडे दिमाग से सोचो तुम कहां खड़े हो और वहां से किधर बढ़ने पर तुम्हारा फायदा है। मैंने तुम्हें सारी बातें खोलकर बता दी हैं। तुम्हारा फैसला सुनने की मुझे कोई जल्दी नहीं है। आराम से विचार करके कल बता देना।''

पंकज को भी यही ठीक लगा। ठीक से सोचने का मौका तो मिले! भले ही यह सोचना पड़े कि इन हालत से उसे खुद को कैसे निकालना है। शायद कोई तरकीब दिमाग में आए। अतः बगैर कुछ कहे सुईट के दरवाजे की तरफ मुड़ गया लेकिन अभी बाहर नहीं निकल पाया था कि सोनम की चेतावनी देने जैसी आवाज कानों में पड़ी–''बस इतना याद रखना, बैंग्लो से फरार होने की कोई भी कोशिश तुम्हें तबाह कर देगी क्योंकि मैं नैना के हॉस्पिटल का ही नहीं, घर का एड्रेस भी जानती हूँ।''

पंकज के सारे शरीर में मौत की सिहरन दौड़ गई।

अब पंकज को अपने अंतर्मन की आवाज याद आ रही थी। वह आवाज जिसने बार-बार डिंपल बैंग्लो में प्रवेश न करने के लिए कहा था मगर स्वार्थ और लालच के लपेटे में आकर उसने एक न सुनी।

लेकिन अब . . . उसने जितना सोचा, यह बात उतनी ही जमती चली गई कि–वह इस फंदे से नहीं निकल सकता। निकलने की कोशिश की तो तबाह हो जाएगा क्योंकि उस फिल्म की रोशनी में नैना उसे किसी हालत में कबूल नहीं करेगी।

नैना!

जिसके बगैर वह जी नहीं सकता था।

वे क्षण भी याद आए जब खूबसूरत नागिन की खूबसूरती के जाल में फंसकर नैना उसके सामने 'तुच्छ' नजर आने लगी थी, मगर अब . . . सारे पर्दे हट चुके थे। साफ नजर आ रहा था नैना को खोना वैसा ही है जैसे कोई जिस्म अपनी रूह को खो दे। वह यह कबूल कर सकता था उसकी कहानी पर फिल्म न बने परंतु यह कबूल नहीं कर सकता था नैना उसकी जिंदगी से चली जाए।

पर नैना को पाने के लिए अब उसे सोनम का प्रस्ताव स्वीकार करना होगा। दूसरा कोई रास्ता नहीं था। हालांकि इसमें शक नहीं राजेश कुमार अपनी मौत की तरफ बढ़ रहा था लेकिन . . . ऐसे आदमी को मार डालना भी बहरहाल, थी तो हत्या ही।

हत्या की कल्पना मात्र से रूह फना हुई जा रही थी उसकी पर अब . . . नैना उस दरिया के पार खड़ी थी।

उसे पाने के लिए आग का यह दरिया पार करना ही होगा। पर कैसे? कैसे पार करना है यह दरिया। यही सब सोचते-सोचते पूरी रात गुजर गई। खिड़की के बाहर धूप फैल गई थी।

विचार शृंखला मोबाइल-बैल ने तोड़ी। चौंककर रिस्टवॉच पर नजर डाली। सात दस देखते ही समझ गया किसकी कॉल होगी।

कॉल रिसीव की। नैना की मधुर और सॉफ्ट आवाज कानों में पड़ी–''गुड मार्निंग।''

''मॉर्निंग।'' वह केवल इतना ही कह सका।

''यह तो मुझे मालूम है तुम बहुत बिजी हो और यह भी पता है तुम्हारा काम बहुत अच्छा चल रहा है। राजेश कुमार भी तुमसे बहुत खुश है। इसीलिए तो कल शाम फोन नहीं किया। सोचा तुम डिस्टर्ब हो जाओगे और मैं तुम्हें डिस्टर्ब नहीं करना चाहती पंकज पर इस वक्त रहा नहीं गया। तुमसे बात न हो तो सारा दिन खाली-खाली लगता है। ऐसा, जैसे कुछ हुआ ही न हो और . . .

''और?'' पंकज ने पूछा।

''एक खास बात भी बतानी थी तुम्हें।''

''खास बात?''

''मुझे सोनम मैडम मिली थीं।''

''स . . . सोनम?'' वह उछल पड़ा।

''क्यों! चौंक गए न!'' नैना ने शरारती अंदाज में कहा–''इसका मतलब मैडम ने तुम्हें कुछ नहीं बताया!''

''न . . . नहीं तो।''

''वे कह ही रही थीं कि शायद तुम्हें बताने का मौका ही न मिले क्योंकि तुम चौबीस घंटे राजेश कुमार के साथ स्टोरी डिस्कशन में बिजी रहते हो और वे भी तुम्हें डिस्टर्ब करना नहीं चाहतीं।''

पंकज का दिमाग चकरा उठा था क्योंकि नैना सोनम के बारे में पोजेटिव शब्द इस्तेमाल कर रही थी जबकि उसकी नजर में वह इतनी खतरनाक थी कि रंगराज पर चोरी का इल्जाम लगाया। बात पंकज की समझ में नहीं आई इसलिए बोला–''तुम्हें कहां मिल गई वह?''

''और तुमने यह भी नहीं बताया वह वैसी नहीं है जैसी रंगराज ने मेट्रन से कहा था बल्कि वे तो बहुत . . .

''मेरे सवाल का जवाब दो नैना।'' पंकज उसकी बात काटकर लगभग दहाड़ उठा था–''कहां मिली वह तुम्हें?''

''अरे, नाराज क्यों होते हो? हॉस्पिटल ही आई थीं न!''

''क्यों? क्यों आई थी वह वहां?''

''रंगराज से . . . बल्कि मेट्रन से मिलने।''

''मेट्रन से मिलने! क्यों? पूरी बात बताओ मुझे।''

''मैं किसी काम से मेट्रन के ऑफिस की तरफ जा रही थी। दरवाजे पर ही पहुंची थी कि अंदर से गुस्से में डूबी लेडीज आवाज आई–'रंगराज को बुलाइए, मुझे उससे बातें करनी हैं।' मेट्रन ने कहा–'बैठिए तो सही, सबसे पहले यह बताइए आप कौन हैं और रंगराज से क्यों मिलना चाहती हैं।' लेडीज आवाज ने अपने बारे में बताया, कहा–'मुझे पता लगा है, उसने मेरे बारे में आपसे बहुत उल्टा सीधा कहा है। मैं आपके सामने उससे बात करना चाहती हूँ, प्लीज उसे बुलाइए।' मैंने वे बातें दरवाजे के बाहर ही खड़े होकर सुनी थीं। मेट्रन ने तुरंत रंगराज को तलब कर लिया। मैं तुरंत दरवाजे

से हटी और उस केबिन में पहुंच गई जहां से मेट्रन के ऑफिस का दृश्य देख सकती थी लेकिन उनमें से कोई मुझे नहीं देख सकता था। कुछ देर बाद रंगराज ऑफिस में आया और सोनम को देखते ही उसके होश फाख्ता हो गए, चेहरा पीला पड़ गया। उनके कदमों में गिरकर माफी मांगने लगा। कहने लगा–'यह झूठ मैंने मेट्रन की नौकरी पाने के लिए बोला था' पर सोनम मैडम इतने पर ही नहीं मानीं। उन्होंने मोबाइल में रिकार्ड अपने और रंगराज के बीच हुईं बातें सुनवाईं। मेट्रन का तो मारे गुस्से के दिमाग आऊट हो गया। वे और सोनम मैडम उसे उसी वक्त पुलिस को सौंपने की बात करने लगीं। रंगराज बुरी तरह रोने-गिड़गिड़ाने लगा। कभी मेट्रन के पैर पकड़कर माफी मांगता, कभी सोनम के पैरों पर नाक रगड़ने लगा। अंततः उन दोनों को उस पर तरस आ गया और पुलिस के हवाले तो नहीं किया लेकिन उसी समय नौकरी से निकाल दिया।''

''क्या मेरा नाम बीच में नहीं आया?''

''न मेट्रन ने पूछा, न सोनम मैडम ने बताया।''

''सोनम को तुम्हारे बारे में कैसे पता लगा?''

''मैं खुद मिली न उनसे!''

''तुम!'' पंकज चौंका–''क्यों? कहां?''

''जब वे जा रही थीं, हॉस्पिटल की पार्किंग में।''

''पर तुम उससे क्यों मिलीं?''

''यह सोचकर कि अब वे यह पूछकर तुम्हें परेशान करेंगी कि तुम्हें यह सब कैसे पता लगा क्योंकि इतना तो मैं समझ ही चुकी थी कि वह सब उन्हें तुम्हीं ने बताया होगा।''

''उफ्फ!'' पंकज नैना की बेवकूफी पर झल्ला गया।

''क्यों? क्या हुआ? मैंने कुछ गलती की क्या?''

पंकज कसमसाकर रह गया।

क्या कहता नैना से!

कैसे समझाता उसने बेवकूफी न की होती तो आज वह सोनम के चंगुल में न फंसा होता। बड़ी मुश्किल से खुद को नियंत्रित करता बोला–''खैर . . . यह बताओ, तुम्हारे बीच क्या बातें हुईं?''

''मैंने उनसे कहा–मेरा नाम नैना है मैडम, पंकज मेरा फ्रेंड है। वह सब मैंने ही उसे बताया था जो रंगराज ने इंटरव्यू के टाइम पर मेट्रन से कहा था।

वे मेरी तरफ बहुत प्यार से देखने लगीं। कहने लगीं–'तुमने बिल्कुल ठीक किया, अगर तुम वैसा न करतीं तो मुझे कैसे पता लगता रंगराज ने मेरे बारे में कितनी गंदी अफवाह उड़ाई है।' उसके बाद तो वे मुझे लेकर कैंटीन में बैठ गईं। हमने साथ-साथ कॉफी पी। बहुत सारी बातें हुईं। उन्होंने हमारे प्यार के बारे में जाना और मैंने यह जाना पंकज कि वे बहुत अच्छी हैं। उसके ठीक विपरीत जैसी छवि रंगराज ने अपनी बातों से बना दी थी।''

पंकज समझ गया शातिर सोनम भोली-भाली नैना पर पूरी तरह अपना रंग चढ़ा आई है और . . . कैसी विडंबना थी, पंकज उस रंग को उतारने के लिए कुछ नहीं कर सकता था।

उसकी नैना से यह कहने की बड़ी तीव्र इच्छा हुई यदि सोनम फिर कभी मिलने की कोशिश करे तो वह न मिले मगर नहीं कह सका। वह पूछती–क्यों, तो इस क्यों का उसके पास कोई जवाब नहीं था। खासतौर पर तब, जबकि नैना की नजरों में सोनम एक सच्ची और अपनी इज्जत की रक्षा करने वाली औरत बन गई थी। अब नैना को साइनिंग अमाऊंट के बारे में भी नहीं बता सकता था क्योंकि यह नहीं कह सकता था इस बारे में सोनम को न बताए। अतः इधर-उधर की बातें करने के बाद संबंध विच्छेद कर दिया।

अब वह एक ही बात सोच रहा था। यह कि–'यह औरत, जिसका नाम सोनम था लगातार खतरनाक बनती जा रही थी।'

उसकी नाक में नकेल डालना पंकज को अति आवश्यक लगने लगा और यह काम कैसे करना है–अब उसने अपने दिमाग को इसी बात पर सेंट्रलाइज कर लिया था।

दिमाग इतना सेंट्रलाइज हुआ कि कुछ देर में नींद आ गई।

आंख खुलीं तो दोपहर के सवा बारह बज चुके थे।

वह हड़बड़ाकर उठा। थोड़ा चेतन्य-सा होकर कमरे से बाहर निकला। राजेश कुमार पिछले दिन की तरह सोफे पर बैठा अखबार पढ़ रहा था। उस पर नजर पड़ते ही पंकज के जहन में कौंधा–'अब अगर यह कहा जाए तो गलत नहीं होगा कि मैं इस आदमी का कत्ल करने का फैसला कर चुका हूँ।' इस विचार मात्र से उसके दिलो दिमाग पर घबराहट-सी सवार होने लगी थी।

सच्चाई ये है आज वह अपनी तरफ से 'गुड मार्निंग' नहीं कर पाया। आहट पर राजेश कुमार ने ही उसकी तरफ देखा और सदाबहार मुस्कान के साथ अखबार एक तरफ रखता बोला–"उठ गए तुम! सोनू भी कुछ ही देर पहले उठी है और दो चाय बनाने किचन में गई है।"

"रात काफी देर हो गई थी सर।" संतुलित लहजे में कहता वह सामने वाले सोफे पर बैठ गया।

"हां, सोनू ने बताया। कल रात नहीं, सुबह पांच बजे लौटे हो।"

"जी।"

एकाएक वह पंकज की तरफ थोड़ा-सा झुका और राजदाराना लहजे में फुसफुसाया–"सोनू को पटाया?"

"ज . . . जी?" वह चिहुंका।

"हमारा मतलब–अगर हम आज उसे तुम्हारी चाय बनाने के लिए कहें तो कल जैसा जवाब सुनना पड़ेगा या बना देगी?"

पंकज के होठों पर हल्की-सी मुस्कान उभरी–"कहकर देख लीजिए, बना देंगी तो पी लूंगा–नहीं बनाएंगी तो खुद बना लूंगा।"

"ओके।" उसी अंदाज में कहने के बाद वह सीधा हुआ और थोड़ी ऊंची आवाज में बोला–"अरे भई सोनू, पंकज भी उठ गया है। इसकी चाय भी बना लेना।"

बस इतना ही कहा गया–"लाती हूँ।"

"इसका मतलब पटा लिया दोस्त, इसीलिए तो साथ भेजा था।" कहने के साथ उसने आंख मारी–"हमें मालूम था, इतना तो कर ही लोगे। और सुनाओ–कैसी रही पार्टी?"

"अच्छी थी सर, बहुत अच्छी। मैंने पहली बार कोई फिल्मी पार्टी अटेंड की। उन सबको देखा जिन्हें पर्दे पर देखता था।"

"सिर्फ देखा या मिले भी?"

पंकज ने फिर सावधानी से जवाब दिया–"मैडम ने जिनसे मिलवाया उनसे मिला भी।"

"किस-किस से मिले?"

जवाब देने के लिए पंकज ने मुंह खोला ही था कि हाथों में एक ट्रे संभाले सोनम किचन से निकलकर लॉबी में आई। इस वक्त उसने सुर्ख रंग की नाइटी और उस पर साटन का गाऊन पहना हुआ था। जिस क्षण उसकी

तरफ राजेश कुमार की पीठ थी, उस क्षण वह पंकज की तरफ देखकर बड़े ही मोहक अंदाज में मुस्कराई थी मगर पंकज नहीं मुस्करा सका क्योंकि अगर वह ऐसा करता तो राजेश कुमार देख लेता और . . . न भी देख सकता होता तब भी वह नहीं मुस्करा सकता था। ऐसी औरत की तरफ देखकर वह मुस्करा भी कैसे सकता था जिससे दिल ही दिल में सख्त नफरत करता था लेकिन वह कमाल की औरत थी, वह कुछ भी कर सकती थी।

तीनों ने साथ बैठकर चाय पी।

पार्टी के बारे में बातें होती रहीं। पंकज की बातों का समर्थन सोनम करती रही और सोनम की बातों का समर्थन पंकज। ऐसा तो उन्हें करना ही था। चाय खत्म करके कप-प्लेट सेंटर टेबल पर रखते राजेश कुमार ने कहा–''पहले ही बहुत देर हो चुकी है। हम दोनों को एक घंटे में तैयार होकर ऑफिस के लिए निकलना है।''

सोनम उठी और सीढ़ियां चढ़ती चली गई।

पंकज भी खड़ा हुआ और अपने कमरे की तरफ चला गया मगर सिर्फ दिखावे के लिए। असल में वह दरवाजा बंद करके उसके नजदीक ही खड़ा हो गया था बल्कि किवाड़ और चौखट के बीच बारीक-सी झिर्री बनाकर उसके जरिए लॉबी में देखने लगा था।

राजेश कुमार की पीठ नजर आ रही थी। वह सीढ़ियां चढ़ रहा था। इस वक्त उसकी चाल बिल्कुल संतुलित थी।

बाल्कनी में पहुंचने के बाद वह अपने कमरे की तरफ चला गया और नजर आना बंद हो गया मगर पंकज पांच मिनट और उसी मुद्रा में खड़ा खाली पड़ी लॉबी को देखता रहा। पांच मिनट बाद धीरे से दरवाजा खोलकर चोरों की तरह लॉबी में आया और फिर दबे पांव, जरा भी आहट पैदा किए बगैर सीढ़ियां चढ़ने लगा।

उस वक्त उसने अपने दिल को 'धाड़-धाड़' की आवाज पैदा करने के साथ पसलियों पर सिर पटकते महसूस किया था मगर वह संभल-संभलकर एक-एक पौड़ी चढ़ता गया।

अंततः बाल्कनी में पहुंचा।

फिर, तेजी से, लंबे-लंबे कदमों के साथ मगर कोई भी आवाज पैदा किए बगैर सोनम के कमरे की तरफ बढ़ा। इस वक्त वह तेजी से इसलिए चल रहा था क्योंकि जानता था–अगर किसी कारणवश राजेश कुमार ने अपने कमरे

का दरवाजा खोल लिया तो वह उसे सामने ही नजर आ जाएगा किंतु ऐसा हुआ नहीं।

नजदीक पहुंचकर उसने बगैर कोई दस्तक दिए सोनम के रूम का दरवाजा खोल दिया और . . . ऐसा करते ही बुरी तरह बौखला गया क्योंकि सोनम केवल ब्रा और पेंटी पहने ड्रेसिंग के सामने खड़ी अपने चेहरे पर कुछ कर रही थी। उधर, उसने भी ड्रेसिंग के दर्पण में पंकज को देखा तो बुरी तरह चिंहुकी। दरवाजे की तरफ पलटने के साथ उसके हलक से चीख-सी निकली थी–''त . . . तुम!''

''श . . . शी।'' दरवाजा वापस बंद करते पंकज ने होठों पर उंगली रखकर मुंह से यह आवाज निकाली जबकि सोनम ने कहा था–''यह कहां की तहजीब है! तुम्हें नॉक करके आना चाहिए।''

''नॉक करता तो आवाज सर के कमरे तक पहुंचती।'' उसने चोरों की मानिंद फुसफुसाकर कहा था।

''ल . . . लेकिन मैं . . . ।'' वह ऐसा नाटक जरूर कर रही थी जैसे पंकज द्वारा खुद को इस भेष में देखने पर बौखला गई हो लेकिन वास्तव में वैसा कुछ भी नहीं था। होता–तो अब तक बैड पर पड़े टॉवल को अपने जिस्म पर डाल चुकी होती लेकिन वैसा कुछ भी नहीं किया बल्कि उसके सामने सीना ताने खड़ी रही और फिर निमंत्रण देने वाले अंदाज में मुस्कराई भी। बोली–''इस वक्त यहां आकर बहुत हिम्मत की तुमने।''

उसके जिस्म से नजरें चुराता पंकज बोला–''करन से बात कर लो, उसने आज के लिए कहा था।''

''मतलब तुम तैयार हो!'' उसकी आंखें चमकीं।

''इस वक्त मैं केवल करन के लिए आया हूँ।''

''और मुझे सारी बातें एक साथ करनी हैं।''

''मतलब ये कि तुम करन से भी तब बात करोगी जब मैं तुम्हारे प्रस्ताव को स्वीकार कर लूंगा?''

वह आगे बढ़ी। पंकज की तरफ। पंकज पत्थर की मूर्ति बना खड़ा रहा। सोनम ने अपनी एड़ियां ऊपर उठा लीं। पंजों पर खड़ी हुई और उसके होठों को चूम लिया।

घबराकर पंकज पीछे हटा।

''डरो मत डीयर, इस वक्त यहां कैमरा नहीं है क्योंकि मुझे नहीं पता था तुम यहां आने वाले हो।''

वह सख्ती से बोला–''मुझे अपने सवाल का जवाब चाहिए।''

''मैंने उसे फोन किया था।'' कहने के साथ वह यूं हंसी जैसे झूठ बोल रही हो–''बेचारा बहुत सॉरी फील कर रहा था। कहने लगा, आज मैं कुछ ज्यादा ही बिजी हूँ सोनू, कल खुद फोन करता हूँ।''

पंकज ने कुछ नहीं कहा। कड़ी नजरों से केवल घूरता रहा उसे। वह समझ चुका था उसकी 'हां' से पहले वह एक कदम भी आगे नहीं बढ़ेगी। सो, घूमा। बाहर निकलने से पहले उसने थोड़ा-सा दरवाजा खोलकर चैक कर लिया था कि बाल्कनी खाली है या नहीं।

ऑफिस पहुंचकर राजेश कुमार ने सिंहासननुमा कुर्सी पर बैठते ही कहा था– ''कल रात दिमाग में प्वांइट आया, सुपरस्टार की बीवी और युवा लड़के का इश्क दिखाना कुछ जमेगा नहीं।''

''मैंने तो पहले ही कहा था सर, इससे बीवी का करेक्टर . . .

''नो पंकज . . . नो।'' राजेश कुमार उसकी बात काटकर कहता चला गया–''हम फिर कहते हैं, बीवी का करेक्टर बचाने की दिशा में सोचकर अपनी एनर्जी नष्ट मत करो। उसे हम नहीं बचा सकते क्योंकि उसका टार्गेट सुपरस्टार का मर्डर है। चाहे जितना बचाओ, वैम्प तो वह बननी ही बननी है लेकिन . . . कल हम गलती यह कर रहे थे कि उसकी धुनक में अपने युवा किरदार का करेक्टर भी गिरा रहे थे। अगर वह एक शादीशुदा औरत से बल्कि उससे भी बढ़कर, उस औरत से प्यार करने लगेगा जो उसके आदर्श यानी सुपरस्टार की बीवी है तो उसका करेक्टर भी खत्म हो जाएगा और इस बात को ओडियंस किसी कीमत पर बर्दाश्त नहीं करेगी इसलिए हम यह नहीं दिखा सकते बल्कि नहीं दिखाना चाहिए।''

''बात इस एंगिल से भी ठीक है।''

''तो अब क्या करें?'' राजेश कुमार का दिमाग जैसे अटक गया था, कई घूंट हलक से उतारने के बाद बोला–''इस तरह तो स्टोरी से लव एंगिल ही गायब हो जाएगा।''

''मैं फिर लौटकर अपने पुराने सजेशन पर आता हूँ सर।'' पंकज ने कहा–''युवा लड़के की लवर कोई और है, कोई युवा लड़की . . .

''उससे कहानी भटक जाएगी यार, क्योंकि असल कहानी से तो उसका ताल्लुक ही नहीं होगा।''

''ताल्लुक मैं जोड़ूंगा।''

''कैसे?''

''नए परिवेश में कहानी कुछ यूं बनती है सर कि सुपरस्टार की बीवी का दिल युवा लड़के पर आ गया है। वह किसी भी कीमत पर उसे हासिल करना चाहती है। इसके लिए वह अंगप्रदर्शन सहित सभी लटके-झटके इस्तेमाल करती है लेकिन लड़के पर सब बेअसर है। इससे बीवी की आकांक्षा और ज्यादा भड़क जाती है। वह पता लगाती है लड़का उसके जाल में क्यों नहीं फंस रहा। पता लगता है–वह पहले ही किसी और लड़की से प्यार करता है जो कि हमारी हिरोइन है। अब उसके दो मकसद हो जाते हैं–सुपरस्टार का मर्डर और लड़के को हासिल करना। वह एक ही चाल से दोनों मकसद पूरे करने का प्लान बनाती है। प्लान होता है सुपरस्टार के मर्डर में लड़के की जगह लड़की को फंसाने . . .

''गुड . . . वैरीगुड।'' राजेश कुमार ने अपनी आदत के मुताबिक जोर से मेज पर हाथ मारा–''अब बनी बात . . . बल्कि मजा आया। आखिर नई लड़की को तुम मेन कहानी का हिस्सा बनाकर ही माने!''

उत्साह से भरा पंकज कहता चला गया–''यह पता लगने पर लड़के का दिमाग घूम जाएगा सर कि सुपरस्टार का मर्डर उसकी लवर ने किया है। स्टोरी के इस पोर्शन में लड़का लड़की से नफरत करने लगेगा। उधर सुपरस्टार की बीवी भी ऐसा नाटक कर रही होगी जैसे सुपरस्टार की मौत उस पर दुखों का पहाड़ बनकर टूटी हो। हालात का फायदा उठाकर वह लड़के के नजदीक आएगी। लड़का भी टूट चुका है इसलिए उसके करीब आ जाएगा। यानी बीवी की साजिश सफल होती नजर आएगी। अब . . . जिस क्षण वह लड़के को हासिल करने वाली होगी उसी क्षण लड़के को हकीकत पता लग जाएगी।''

''बहुत अच्छे . . . बहुत अच्छे पंकज।'' राजेश कुमार खुश नजर आ रहा था–''बीवी का जो किरदार निकलकर आ रहा है उसमें रेखा जान डाल देगी। अब यह और बता दो, लड़के पर यह राज खुलता कैसे है? कौन हकीकत बताता है उसे?''

पंकज सोचने की कोशिश करने लगा।

दो घूंट हलक से उतारने के बाद राजेश कुमार बोला–''यह हकीकत उसे सुपरस्टार से पता लगे तो मजा आ जाए।''

''सुपरस्टार तो मर चुका है सर!''

''मरा हुआ आदमी भी बहुत कुछ बता सकता है।''

''वह कैसे?''

''वही तो . . . वही तो सोचना है। कैसे हो ये चमत्कार! सुपरस्टार असल में सुपरस्टार साबित ही तब होगा जब मरने के बाद भी युवा लड़के की यानी हमारे हीरो की सबसे बड़ी समस्या दूर करेगा।''

बात पंकज को जमी, इसलिए बोला–''बात में दम तो है सर, एंगिल भी बिल्कुल नया होगा। जो शख्स मर चुका है, हीरो को उसी की वजह से हकीकत पता लगे . . . मगर यह हो कैसे?''

''दौड़ाओ अपने दिमाग के घोड़े, हम भी सोचते हैं। किसी न किसी के जहन में कोई न कोई प्वांइट जरूर आएगा।''

''आप सुपरस्टार को जिंदा तो नहीं दिखाना चाहते?''

''नो-नो यार, इससे तो कहानी का दम ही निकल जाएगा। नई बात तो यही होगी कि वह वाकई मर चुका है। इसके बावजूद हीरो की नैया वही पार लगाता है। उसी की वजह से प्रेमियों की गलतफहमी दूर होती है। अंत में जब वे माला चढ़ी सुपरस्टार की फोटो को धन्यवाद देते दिखाए जाएंगे तो लोग तालियां बजा उठेंगे। वैसे भी, हमारी वे फिल्में सुपर-डुपर हिट हुई हैं जिनमें हम मरे हैं।''

''ओके सर।'' सोचने में पंकज को भी मजा आया–''सोचते हैं कोई ऐसी तरकीब जिससे मरा हुआ आदमी भी किसी की समस्या दूर करता नजर आए।''

''ओके।'' राजेश कुमार ने कुर्सी की पुश्त से पीठ टिका ली।

पंकज खड़ा हो गया और . . . बाहरी कमरे तक आते-आते उसके दिमाग में विचार कौंधा–'इस कहानी में इतना दिमाग खपाने से अब फायदा क्या? तीस नंवबर के बाद तो राजेश कुमार ही दुनिया में नहीं होगा। फिर कैसे बनेगी यह फिल्म?'

रात का एक बजा था।

पंकज को पूरा यकीन था राजेश कुमार नशे में धुत्त होने के बाद सो चुका होगा। अब वह चाहता तो बातें करने सोनम के रूम में जा सकता था लेकिन नहीं गया बल्कि अपने कमरे में सोनम के आने का इंतजार करता रहा।

यह फैसला वह दिन में ही ले चुका था कि–बात करने अब वह सोनम के कमरे में नहीं जाएगा बल्कि सोनम को उसके कमरे में आना पड़ेगा क्योंकि उनके बीच सौदा हो, इस बात की गर्ज जहां उसे थी, वहीं सोनम को भी थी। उसके कमरे में जाने का मतलब अपने अंदर की कमजोरी को उजागर कर देना होगा। उस अवस्था में उससे अपनी वे शर्तें मनवाने में दिक्कत आ सकती है जिन्हें तैयार करने के बाद उसने अपने दिमाग में सजा लिया था। यदि वह उसके कमरे में आती है तो यह उसकी पहली जीत होगी और इसका फायदा उठाकर आसानी से अपनी शर्तें मनवा लेगा।

यही सब सोचकर वह लेटा रहा। नींद आखों से कोसो दूर थी। जैसे-जैसे समय गुजरता जा रहा था, बेचैनी बढ़ती जा रही थी।

और फिर, एक-पांच पर, बंद दरवाजे पर हल्के से दस्तक दी गई। अपनी पहली कामयाबी पर खुशी से झूमता-सा पंकज फौरन उछलकर खड़ा हो गया। दरवाजे की तरफ लपकने ही वाला था कि खुद को रोक लिया उसने। दिमाग में विचार उभरा था–'बेवकूफ है क्या! ऐसा नहीं करना है। इससे तो बेचैनी छलक जाएगी। अभी तू सो रहा है। निश्चिंत। कोई बेचैनी नहीं है तेरे दिमाग में। एक बार और दस्तक देने दे, तब कहीं जाकर तेरी नींद खुलेगी।'

वही हुआ।

पुनः धीरे से दस्तक दी गई।

अब वह इस तरह दरवाजे के नजदीक पहुंचा जैसे गहरी नींद से जगा हो और अलसाए भाव से दरवाजा खोल दिया।

वही थी।

सफेद रंग का इतना झीना गाऊन पहने जिसके पार सब कुछ दीख रहा था। उसने काले रंग की ब्रा और उसी से मैच करती पेंटी पहनी हुई थी। ऊरोजों का ऊपरी हिस्सा ब्रा की कटोरियों से बाहर निकला हुआ था। वहीं खड़ी वह उसकी तरफ शिकायती अंदाज में देख रही थी। पंकज ने सोचा– 'अब भी अपने रूप-यौवन का जादू चलाना चाहती है कमीनी।'

वह तेजी से अंदर आती बोली–''दरवाजा बंद कर लो।''

वैसा करने के बाद पंकज घूमा। वह ऐसी एक्टिंग कर रहा था जैसे अभी-अभी सोकर उठा हो। जेब में हाथ डालकर सिगरेट का पैकिट और लाइटर निकाला। सिगरेट सुलगाई। पहले कश के बाद धुवां छोड़ा ही था कि वह सपाट लहजे में बोली–''आए क्यों नहीं?''

''कहां?'' उसने चौंककर दिखाया।

''मेरे कमरे में, और कहां?'' वह झल्लाई।

पंकज उसकी झल्लाहट का मजा लूटता अंजान और भोला बनता बोला– ''क्या हमारे बीच कोई ऐसी बात हुई थी कि मुझे तुम्हारे कमरे में आना है?''

''हमारे बीच बातें नहीं होनी थीं!''

''हो जाएंगी।'' वह लापरवाही से बोला–''क्या जल्दी है?''

''तुम्हें जल्दी नहीं होगी, मुझे है।'' वह बोली–''आज उन्नीस तारीख हो गई है। केवल ग्यारह दिन बचे हैं।''

''किस बात में?''

इस बार उसने जंगली बिल्ली की तरह झपटकर अपने दोनों हाथों से पंकज के दोनों गाल पकड़े और होठों पर होंठ रख दिए।

पंकज ने उसके कंधे पकड़कर इतनी जोर से पीछे धकेला कि वह बैड से जा टकराई। बड़ी मुश्किल से खुद को गिरने से बचाया था उसने। गुर्राई–''इस बदतमीजी का मतलब?''

''आइंदा मेरे साथ ऐसी कोई हरकत मत करना।'' उसने बहुत सख्त लहजे में कहा था।

''तुम तो जरूरत से ज्यादा ही डर गए लगते हो डीयर।'' वह 'रौ' में लौट आई–''कमरा तुम्हारा है। यहां कोई कैमरा नहीं हो . . .

''बात कैमरे की नहीं है।''

''तो फिर क्या बात है?''

''मुझे तुमसे ऐसा कोई रिलेशन नहीं रखना।''

''अब क्या फर्क पड़ता है! जैसे एक बार, वैसे सौ . . .

''उस वक्त भी तुमने जो कुछ किया, मुझे ब्लैकमेल करके किया था। यह जताया था कि करन को तभी फोन करोगी जब . . .

''तुम मर्द लोगों में बड़ी खराब आदत होती है ये। सबकुछ करते हुए पूरा लुत्फ लोगे और सारा दोष बेचारी औरत को दे दोगे।''

कुछ देर पंकज उसे खामोशी के साथ घूरता रहा, फिर संतुलित लहजे में बोला–''हो सकता है उस वक्त मेरी भी गलती रही हो मगर मैं उस गलती को दोहराना नहीं चाहता।''

''शायद नैना के प्रति तुम्हारी वफाएं जाग गई हैं!''

''बको मत।'' पंकज दांत भींचकर गुर्राया था–''अपनी गंदी जुबान से नाम मत लो उसका।''

इस बार वह कुछ बोली नहीं, बस देखती रही उसकी तरफ। ऐसी नजरों से जैसे सोच रही हो यह कैसा मर्द है जबकि पंकज ने उतनी ही सख्ती के साथ कहा था–''एक और बात।''

''बोलो।''

''आइंदा ऐसे घटिया कपड़े पहनकर मेरे सामने मत आना। मुझे तुम्हारे सड़े हुए जिस्म की नुमाइश देखने का कोई शौक नहीं है।''

''ओह!'' सोनम ने उसे बहुत ही गहरी नजरों से देखते हुए कहा था–''एक ही रात में तुम्हें मेरा जिस्म सड़ा हुआ लगने लगा!''

''काम की बात करें?''

उसके चेहरे पर चमत्कारिक अंदाज में परिवर्तन हुआ। सफेद संगेमरमरी पत्थर की तरह सख्त नजर आने लगा था वह। हरे कांच की गोलियों से उसे घूरती हुई बोली–''मैं भी काम की बातें ही करने आई हूँ। बोलो–क्या सोचा?''

''मेरी कुछ शर्तें हैं।''

''यानी तैयार हो!'' उसके चेहरे पर रौनक लौट आई।

''पहले शर्तें सुन लो।''

''सुनाओ।''

''बीमे की रकम का आधा पैसा मेरा होगा।''

''यह बात कहां से पैदा हो गई! मैंने कहा था कर्जे-वर्जे निपटाने के बाद जो रकम बचेगी उससे तुम्हारी स्टोरी पर फिल्म बनाएंगे।''

''मुझे फिल्म नहीं बनवानी।''

''शायद विश्वास नहीं है मुझ पर?''

''डिटेल में मत जाओ। जो कह रहा हूँ उसे ध्यान से सुनो और जवाब दो कि मंजूर है या नहीं।''

''ओके। फिल्म-विल्म की बात भूल जाती हूँ। कर्जे निपटाने के बाद जो रकम बचेगी, आधी तुम्हारी, आधी मेरी।''

''मेरा किसी कर्जे से कोई मतलब नहीं, मरने वाले की बीवी होने के नाते वह उत्तरदायित्व तुम्हारा है। ये बैंग्लो अगर गिरवी पड़ा है और पैसा देने के बाद मुक्त होता है तो तुम्हारा होगा। इसी तरह, गिरवी पड़ी हर चीज की स्थिति यही होगी। मुझे बीमे की आधी रकम यानी पूरे पच्चीस करोड़ कैश चाहिए।''

''तुम शायद सीडी को भूल गए हो।'' उसे बहुत ही सख्त नजरों से घूरते हुए कहा उसने–''और उसे मैं नैना . . .

''खबरदार!'' पंकज गुर्राया–''मैं तुम्हें पहले ही चेतावनी दे चुका हूँ। अपनी गंदी जुबान से उसका नाम मत लेना।''

इस बार वह भी गुर्राई–''जिसका नाम तुम्हें मेरी जुबान पर कबूल नहीं, शायद तुम भूल गए हो अगर मैंने उसे सीडी दिखा दी तो खुद तुम्हारा नाम कभी उसकी जुबान पर नहीं आएगा।''

''ऐसा करना चाहती हो तो ऐसा ही करो। फिर ये सौदा रद्द। तुम मुझसे नैना छीनो, मैं तुम्हें जेल में सड़ा दूंगा।'' यह सब कहते वक्त उसका दिल कांपा था लेकिन न आवाज कांपने दी, न चेहरे पर ऐसा भाव आने दिया जिससे सोनम को कमजोरी नजर आती।

वह उसे बहुत ध्यान से देखती हुई बोली–''लगता है, काफी होमवर्क किया है तुमने!''

''मैं सिर्फ यह सुनना चाहता हूँ शर्त मंजूर है या नहीं?'' पंकज की पूरी कोशिश उस पर हावी होने की थी।

वह एक झटके से बोली–''मंजूर है।''

''काम पूरा होने के बाद हम कभी एक-दूसरे की शक्ल नहीं देखेंगे बल्कि फोन तक पर बात नहीं करेंगे। पूरी जिंदगी के लिए अजनबी बन जाएंगे हम।''

''ये क्या सजा दे रहे हो जालिम!'' इस बार उसने शरारती अंदाज में कहा था–''ऐसे कैसे भूल जाऊंगी मैं तुम्हें! तुमने तो मुझे वो सुख दिया है जो पहले कभी कोई मर्द न दे सका।''

''शटअप।''

''ओके-ओके। मंजूर।''

''पच्चीस करोड़ के साथ मुझे वह सीडी भी देनी होगी।''

''उसके बाद क्या मैं उसका अचार डालूंगी!''

''अब अंतिम शर्त।''

''उसे भी बोलो।''

''तुम्हारे मेरे बीच एक लिखित कॉन्ट्रेक्ट होगा।''

सोनम बुरी तरह चौंकी–''लिखित कॉन्ट्रेक्ट?''

''उसमें साफ-साफ लिख होगा कि–हम दोनों मिलकर राजेश कुमार का मर्डर करेंगे। अगर कोई गड़बड़ होती है और हममें से कोई एक पकड़ा जाता है तो दोनों को बराबर सजा होगी।''

''तुमने तो कुछ ज्यादा ही होमवर्क कर लिया लगता है!''

''मतलब?''

''हत्याएं तो होती ही रहती हैं बल्कि रोज होती हैं लेकिन ऐसा कभी नहीं सुना हत्यारों के बीच, हत्या से पहले लिखित कॉन्ट्रेक्ट हुआ हो। ये तो शायद इस कायनात में पहली ही बार होगा। हत्यारों के बीच लिखित कॉन्ट्रेक्ट। वाह! कोई सुने तो झूम उठे।''

''हर काम दुनिया में कभी न कभी पहली बार हुआ होगा।''

''इस कॉन्ट्रेक्ट की जरूरत क्यों पड़ी?''

''ताकि कोई भी एक पक्ष दूसरे को फंसाकर खुद साफ निकल जाने का मंसूबा न बना सके।''

''तो तुम्हें मुझसे यह खतरा है?''

''तुम्हारी फितरत के कारण मुझे तुमसे बहुत सारे खतरे हैं, यह कॉन्ट्रेक्ट मुझे उन सभी से बचाएगा।''

''और क्या लिखा होगा कॉन्ट्रेक्ट में?''

''वो सारी शर्तें डिटेल में लिखी जाएंगी जिनका मैं तुमसे जिक्र कर चुका हूँ। सफल होने पर हिस्सा भी बराबर, असफल होने पर सजा भी बराबर। और हां, एक बात और।''

''बोलो?''

''जब दो लोगों के बीच कॉन्ट्रेक्ट होता है तो कॉपी दोनों को दी जाती है लेकिन इस कॉन्ट्रेक्ट की तुम्हें कोई कॉपी नहीं दी जाएगी। सिर्फ एक कॉपी बनेगी जो मेरे बैंक लॉकर में रहेगी ताकि अगर मैं किसी तरीके से मर जाऊं तो गर्वमेंट मेरे लाकर को खोलकर वह सच्चाई जान ले जो मेरे मरने पर दफन हो जाएगी।''

''काफी तगड़ी नाकेबंदी कर रहे हो अपनी लेकिन मेरे साथ यह नाइंसाफी क्यों? कॉपी क्यों नहीं मिलेगी मुझे?''

''तुम्हारे पास सीडी है, मेरे पास कॉन्ट्रेक्ट। हिसाब बराबर।'' पंकज कहता चला गया–''अगर मैं कुछ गड़बड़ करूं तो तुम सीडी नैना को दे सकती हो। अगर तुम कुछ गड़बड़ करोगी तो मैं कॉन्ट्रेक्ट पुलिस को दे दूंगा जिसमें यह भी लिखा होगा कि तुम पहले भी एक बार राजेश कुमार के कत्ल की कोशिश कर चुकी हो जो मेरे दखल के कारण नाकाम हो गई थी।''

''यानी तुम मेरी कमजोरी अपने हाथ में रखना चाहते हो?''

''क्योंकि मेरी कमजोरी तुम्हारे हाथ में है।''

सोनम उसे घूरती रह गई।

''हम साथ-साथ काम तभी कर सकते हैं सोनम बी।'' अचानक पंकज ने उसे नया नाम दिया–''जब दोनों बराबर के प्लेटफार्म पर खड़े हों। एक-दूसरे के प्रति हम ईमानदार भी तभी रह सकते हैं जब दोनों जानते हों कि यदि उसने दूसरे का अहित करने की कोशिश की तो दूसरा भी उसका उतना ही अहित कर देगा।''

''कॉन्ट्रेक्ट हमेशा तुम्हारे पास रहेगा?''

''जैसे ही तुम मुझे पच्चीस करोड़ और सीडी सौंपोगी, वैसे ही मैं कॉन्ट्रेक्ट की एकमात्र कापी तुम्हें सौंप दूंगा।''

''मुझे कैसे पता लगेगा तुमने उसकी जीरॉक्स नहीं करा ली हैं?''

पंकज के होठों पर कुटिल मुस्कान उभरी। बोला–''मुझे कैसे पता लगेगा तुमने सीडी से और सीडी नहीं बना ली है!''

सन्नाई हुई-सी सोनम उसकी तरफ देखती रह गई।

''यही समझाने की कोशिश कर रहा हूँ सोनम बी कि हमें एक दूसरे से चालाकी नहीं दिखानी है। अगर एक-दूसरे पर विश्वास नहीं हुआ तो जो काम हम करने जा रहे हैं वह सफल नहीं हो सकेगा और यदि वह असफल हो गया तो दोनों की बाकी जिंदगी जेल में कटेगी। खालिस बातों से हमारे बीच किसी हालत में विश्वास कायम नहीं हो सकता। कॉन्ट्रेक्ट और सीडी की मजबूरी ही हमें विश्वास की डोर में बांध सकती है। बोलो–सौदा मंजूर है या नहीं?''

''तुमने तो यार उलझन में डाल दिया मुझे। यह तो अपने हाथ काटकर तुम्हारे सुपुर्द करने जैसी बात हो जाएगी।''

''मुझे कोई जल्दी नहीं है।'' पंकज अपनी पालिसी के तहत उस पर हावी होने की खातिर बोला–''मैं नहीं कह रहा कि तुम्हारा जवाब अभी चाहिए। सोचने के लिए जितना चाहो टाइम ले सकती हो। एक दिन, दो दिन

. . . दस दिन मगर यह बात पक्के तौर पर समझ लो जब तक कॉन्ट्रेक्ट नहीं होगा, मैं मर्डर के इस आयोजन में शामिल नहीं होऊंगा। भले ही सीडी नैना को दिखा दो।''

एकाएक उसने कहा–''एक सिगरेट दोगे?''

अचानक की गई डिमांड पर एक बार को तो पंकज सकपका-सा गया लेकिन फिर तुरंत ही संभलकर यह कहते हुए जेब से पैकिट लाइटर निकालकर उसकी तरफ बढ़ाया–''क्यों नहीं!''

सोनम ने सिगरेट सुलगाई। गहरे-गहरे कश लिए और कमरे में चहलकदमी करने लगी। पंकज आराम से सोफा चेयर पर बैठ गया और उसे दिलचस्प नजरों से देखने लगा। अंदर ही अंदर वह अपनी कामयाबी पर बेहद खुश था।

कुछ देर चहलकदमी करने के बाद वह बोली–''मंजूर।''

''ओके।'' पंकज एक झटके से खड़ा हो गया।

''अब यह तो बता दो–मर्डर होगा कैसे?''

जवाब देने के लिए पंकज ने मुंह खोला ही था कि दरवाजे पर दस्तक दी गई और वह दस्तक दरवाजे पर नहीं दी गई थी बल्कि किसी ने जोर-जोर से उनके दिमागों पर हथोड़े मारे थे।

बुरी तरह बौखला गए वे।

चेहरे पलक झपकते ही सफेद पड़ गए।

आंखों में एक ही जैसे दहशत के भाव लिए एक-दूसरे की तरफ देखा। दिमागों में यह सवाल उठने का तो प्रश्न ही नहीं था कि कौन हो सकता है क्योंकि उनके अलावा बैंग्लो में एक ही आदमी था।

वह–जिसकी हत्या का वे प्लान बना रहे थे।

रात के इस वक्त वह पंकज से मिलने क्यों आया है?

दस्तक पुनः दी गई।

हे भगवान! क्या होने वाला है?

पंकज ने झपटकर बाथरूम का दरवाजा खोला और फुसफुसाती आवाज में बोला–''जल्दी करो, इसमें छुप जाओ।''

कुछ भी समझ में न आने की अवस्था में सोनम लपककर वहां पहुंच तो गई लेकिन बोली–''उसे पता हुआ मैं यहां हूँ तो . . .

पंकज ने बात पूरी होने से पहले ही उसके हाथ से सिगरेट छीनी और बाहर की तरफ से दरवाजा बंद कर दिया।

फिर, तेजी से कमरे में नजर घुमाई–जैसे जानना चाहता हो वहां कोई ऐसी वस्तु तो नहीं है जो सोनम की मौजूदगी के बारे में बता सके। यह सोच-सोचकर उसके होश उड़े जा रहे थे कि अगर वह सोनम के कमरे में होने के बाद यहां आया होगा तो क्या होगा?

दस्तक तीसरी बार दी गई।

दरवाजा खोलना पड़ा।

छक्के छूट गए पंकज के। टांगें बुरी तरह कांप रही थीं। सच्चाई यह है उस वक्त वह बड़ी मुश्किल से खुद को गिरने से रोके हुए था। अपनी दहशतजदा आंखों से सामने खड़े झूम रहे राजेश कुमार को देख रहा था। उसके हाथ में आधी भरी हुई बोतल थी।

लाल रंग का नाइट गाऊन पहने हुआ था वह।

''अ . . . आप सर!'' उसके हलक से चीख-सी निकली थी–''आप रात के इस वक्त . . . यहां?''

''क्यों? कोई गलती की क्या?'' जुबान लड़खड़ा रही थी।

''न . . . नहीं . . . नहीं, गलती तो नहीं की लेकिन इस वक्त मैं आपके आने की कल्पना नहीं कर सकता था।'' कहते वक्त यह सोचकर उसकी रूह फना हुई जा रही थी कि यदि उसे यह पता हुआ तो क्या होगा कि सोनम इस वक्त इसी कमरे के बाथरूम में है।

''सॉरी यार, हमने इतनी रात गए तुम्हारी नींद में खलल डाला मगर दिमाग में एक आइडिया आया था, सोचा–सुबह तक फुर्र न हो जाए, उस पर अभी डिस्कस कर लें। इसीलिए तो चाहते थे तुम बैंग्लो में रहो। आइडिया ऐसी चीज है जाने कब दिमाग . . .

''अंदर आइए सर।'' उसने बहुत देर बाद राहत की पहली सांस ली क्योंकि राजेश कुमार के शब्दों से स्पष्ट हो गया था कि न वह यहां सोनम के कमरे से होकर आया है, न ही यह पता है सोनम यहां है। उसके दिमाग में विचार कौंधा–'मैं क्यों आ बैल मुझे मार वाली बात कर रहा हूँ? क्यों अंदर बुला रहा हूँ राजेश कुमार को?' वह इसी विचार से प्रभावित होकर बोला– ''यहां नहीं सर, लॉबी में चलते हैं। वहीं डिस्कशन करते हैं कहानी पर।''

''तुम सिगरेट पी रहे हो?'' एकाएक उसने चौंककर पूछा।

''ह . . . हां सर।''

''सो नहीं रहे थे?''

''र . . . राइटर लोग रात में कहां सोते हैं सर!'' पंकज खिसियानी हंसी हंसता बोला–''कहानी ही दिमाग में घूम रही थी।''

''तो फिर हमें तीन बार दस्तक क्यों देनी पड़ी?''

''ज . . . जी?'' उसकी घिग्घी बंध गई।

''उस हालत में तो एक बार में दरवाजा खोल देना . . .

''स . . . सोचना भी क्या नींद से कम होता है सर!'' उसने बात संभालने की कोशिश की–''स्टोरी में इस कदर खोया हुआ था कि दस्तक की आवाजें कानों तक पहुंची ही नहीं।''

''हां भई, बात तो ठीक है।'' वह बोला–''विचारों में डूबा शख्स भी होता तो सोए हुए के ही समान है।''

''चलें सर!'' कहने के साथ उसने राजेश कुमार का बाजू पकड़ लिया था ताकि वह उसके प्रस्ताव को ठुकरा न सके–''लॉबी में बैठ कर आराम से डिस्कस करते हैं।''

वह उसके साथ खिंचता चला गया।

सोफों के बीच पहुंचकर बोतल मुंह से लगाई और दो-तीन घूंट हलक से उतारी। काफी हद तक नियंत्रित हो चुका पंकज उसकी तरफ देखता बोला–''बताइए सर, क्या आइडिया आया है?''

इस बार उसने संतुलित लहजे में कहा–''सुपरस्टार को शक था उसकी बीवी उसका मर्डर कर सकती है।''

''क . . . क्या बात कर रहे हैं सर?'' पंकज के दिलोदिमाग पर जैसे आकाशीय बिजली गिरी थी, अपनी आवाज से आ मिली हकलाहट को वह रोक नहीं पाया था–''ए . . . ऐसा कैसे हो सकता है?''

''क्यों नहीं हो सकता?''

''उसे शक हुआ तो अपना मर्डर होने ही क्यों देगा? उससे पहले ही बीवी को बेनकाब करके पुलिस के सुपुर्द क्यों नहीं कर देगा?''

नशे में झूम रहे राजेश कुमार के होठों पर ऐसी मुस्कान उभरी जैसे पंकज ने बचकानी बात कही हो। बोला–''हमारे शब्दों पर गौर करो दोस्त, पता नहीं था उसे। केवल शक था।''

"कारण?"

"तुम्हें कुछ ऐसी छोटी-छोटी घटनाएं घड़नी पड़ेंगी जिनसे उसे शक होता है लेकिन अपने शक की पुष्टि नहीं कर पाता। न ही शक को साबित करने वाला सबूत जुटा पाता है। अगर वह बगैर सबूत के पुलिस से यह कहता है उसे अपनी पत्नी पर यह शक है तो पुलिस उसे ही पागल कहेगी, पत्नी से संबंध बिगड़ जाएंगे सो अलग। यह भी दिखाया जा सकता है कि वह अपने शक की पुष्टि करने की दिशा में काम कर रहा होता है लेकिन सफल होने से पहले ही बीवी उसका काम-तमाम कर देती है।"

"चलिए।" पंकज को मानना पड़ा–"मान लिया उसे शक था, तो ऐसे हालात में वह क्या करता है?"

"सबसे पहले यह सोचकर अपनी पॉलिसी में नोमिनी का नाम चेंज कराता है कि बीवी अगर ये शर्मनाक काम करती है तो उसके पल्ले एक धेला भी न पड़े।"

हक्का-बक्का पंकज राजेश कुमार की शक्ल देखता रह गया। भरपूर कोशिश के बावजूद वह मुंह से आवाज नहीं निकाल पाया था। आंखों के सामने उसका हिंदुस्तान इंश्यारेंस कंपनी के ऑफिस में जाना तैरा था। क्या इसलिए गया था वह वहां!

"कुछ बोलो तो सही यार। बात जमी या नहीं?"

"जमी सर, बहुत जमी लेकिन . . .

"लेकिन?"

"नोमिनी में किसका नाम लिखवाता है?"

"युवा लड़के का–अपने हीरो का।"

"क . . . कमाल की बात कर रहे हैं आप!" पंकज खुद नहीं समझ पा रहा था कि इस वक्त उसे कैसी फीलिंग हो रही थी। बोला–"वह भला लड़के का नाम क्यों लिखवाएगा?"

"क्यों नहीं लिखवा सकता?"

"वह सुपरस्टार का कोई सगा है?"

"न इंश्योरेंस कंपनी का ऐसा कोई नियम है कि नोमिनी में सगे का ही नाम लिखा जाएगा और न ही इस दुनिया में कोई सगा होता है। यह पॉलिसी धारक का राइट है वह किसका नाम लिखवाए और वह उसका नाम लिखवाता है जिससे प्यार करता हो।"

''युवा लड़के से कब से प्यार करने लगा वह?''

''जब से संपर्क में आया। सबसे पहले तो उसने सुपरस्टार की जान ही बचाई थी। उसके बाद तुम ऐसी कुछ घटनाएं गढ़ सकते हो जिनसे प्रभावित होकर सुपरस्टार उसे चाहने लगता है।''

''घटनाएं तो मैं ऐसी बना लूंगा।''

''गुड।'' राजेश कुमार खुश हो गया–''सुपरस्टार अपने पर्सनल लॉकर का नोमिनी भी उसे ही बना देता है।''

पंकज ने धड़कते दिल से पूछा–''लॉकर में क्या है?''

''सुपरस्टार की डायरी।''

''डायरी?''

''इसमें उसने लिखा है कि–'हालांकि मैंने पॉलिसी में नोमिनी का नाम चेंज करा दिया है मगर यह बात मेरी बीवी को नहीं पता है इसलिए अगर मैं मर जाऊं तो पुलिस मेरी मौत की इन्वेस्टिगेशन जरूर करे क्योंकि मुझे डर है कि पचपन करोड़ के लालच में वह मेरा मर्डर कर सकती है।''

''वैरीगुड सर . . . वैरीगुड।'' पंकज कह उठा–''युवा लड़का ठीक उस दिन इस लॉकर को खोलता है जिस दिन सुपरस्टार की बीवी उसे हासिल करने वाली होती है और . . .

''उसे सारी हकीकत पता लग जाती है।'' राजेश कुमार बोला।

''बहुत बढ़िया सर।''

''देखा! हमने कर दिखाया न!'' राजेश कुमार ने खुशी मनाने वाले अंदाज में बोतल वाला हाथ हवा में उठाया–''मरे हुए सुपरस्टार ने हीरो को हकीकत बताई। उसी की वजह से वह पचपन करोड़ का मालिक बना। उसी की वजह से दो प्यार करने वालों की न केवल गलतफहमी दूर हो जाती है बल्कि हमेशा के लिए एक हो जाते हैं। लड़का दुनिया, समाज, पुलिस और कानून के सामने सुपरस्टार की बीवी का असली चेहरा लाएगा। प्रेमिका पर लगा दाग धोकर जेल से निकालेगा, यह सब करता भले ही युवा लड़का नजर आए लेकिन पीछे सुपरस्टार होगा। हमारी सुपरस्टार नामक फिल्म का असली हीरो–सुपरस्टार। सिर्फ और सिर्फ राजेश कुमार।''

''बात बन गई सर।''

''अभी पूरी कहानी नहीं बनी है, अभी तो सिर्फ खाका बना है।'' राजेश कुमार ने कहा–''अभी तो स्क्रीन-प्ले पर काम करना है। खैर, कल से शुरू

करेंगे। अभी तुम सो जाओ।'' कहने के बाद वह उसके जवाब की प्रतीक्षा किए बगैर सीढ़ियों की तरफ बढ़ गया।

पंकज खड़ा रह गया था। वह सीढ़ियों की तरफ जा रहे राजेश कुमार की पीठ देखता सोच रहा था–'वह सिर्फ स्टोरी में सुपरस्टार को सुपरस्टार साबित करने के लिए 'गोट' बैठा रहा है या वाकई नोमिनी में सोनम की जगह उसका नाम लिखवा दिया है?'

सारे शरीर में अजीब-से रोमांच की गर्दिश महसूस कर रहा था वह। फिल्म की कहानी के रूप में यह बात चल सकती थी कि एक आदमी ने पचपन करोड़ की पॉलिसी का नोमिनी उसे बना दिया जिससे वास्तव में उसका कोई रिश्ता नहीं है लेकिन वास्तविक जीवन में कोई ऐसा कर सकता है, उसे यकीन नहीं आ रहा था लेकिन उस दिन, इंश्योरेंस कंपनी के ऑफिस में क्यों गया था वह?

पंकज बुरी तरह उलझ गया। राजेश कुमार सीढ़ियां चढ़ने के बाद बाल्कनी में पहुंचा और आंखों से ओझल हो गया।

पंकज सोचने लगा–'अब मुझे क्या करना चाहिए?'

एक तरफ आंखों के सामने पचास करोड़ की रकम नाच रही थी दूसरी तरफ मन में ये विचार उठ रहे थे कि क्या मुझे इतने महान आदमी के मर्डर की स्कीम में शामिल होना चाहिए?

पंकज की नीयत खराब होने लगी।

फिर, दिल के अंदर से किसी ने कहा–'तू इतना स्वार्थी कैसे हो सकता है पंकज! ऐसा तो नहीं था तू! तू कैसे इतने आराम से एक आदमी के मर्डर की बात सोच सकता है? आदमी भी वो, जो तेरे प्यार में पागल-सा हो गया है। जिसने इक्कीस लाख दिए। उन इक्कीस लाख की तो कोई औकात ही नहीं। वह तो तुझे पचास करोड़ का मालिक बनाने की तैयारी कर चुका है। शर्म कर . . . शर्म कर।'

पर यह आवाज उसने सुनी नहीं।

कुछ इन तर्कों के साथ दबाया उसे–'अगर तीस नवंबर के बाद मरा तो क्या फायदा उसकी मेहरबानी का! ये आदर्श . . . ये सिद्धांत, जिंदगी की ठोकरों ने यही तो सिखाया है कि इनसे जिंदगी नहीं कटा करती। खोखले जज़बात किसी का पेट नहीं भर सकते। उस सबके लिए बस एक ही चीज की जरूरत होती है–पैसा। और पैसे के समुद्र में तू तब नहा सकता है जब वह तीस नवंबर से पहले मरे।'

अब उसकी स्थिति वह थी जो इस रहस्योद्‌घाटन से पहले सोनम की थी यानी . . . वह जल्दी से जल्दी राजेश कुमार की मौत चाहता था। पर यह रहस्योद्‌घाटन सिर्फ उसी पर तो हुआ है। सोनम की स्थिति तो अब भी वही है जो पहले थी। इस ख्याल मात्र से पंकज के होठों पर मुस्कान फैल गई कि राजेश कुमार के मर्डर के बाद जब सोनम को पता लगेगा नोमिनी वह है ही नहीं तो क्या हाल हो जाएगा उसका! उसकी उस वक्त की हालत की कल्पना करके पंकज का मन ठहाके लगाने को हुआ। मुंह से निकला–''बेचारी!''

इस बहाने उसे यह याद आ गया कि सोनम बाथरूम में बंद है। साथ ही दिमाग में विचार कौंधे–कितना अच्छा हुआ मैं राजेश कुमार को लॉबी में ले गया! न ले जाता तो उसने वे सारी बातें कमरे में ही की होतीं। बाथरूम में होने के कारण सोनम ने भी सुनी होतीं तो हालात उस कदर मेरे पक्ष में नहीं होते जिस कदर इस वक्त हैं। इन बातों को सोचने पर पंकज को लगा–किस्मत मेरे भाग्य के दरवाजे पर दस्तक दे रही है। उसने सुन रखा था कि ऐसा हरेक आदमी की जिंदगी में एक बार जरूर होता है। जो दरवाजा खोल देता है, वह मालामाल हो जाता है और जो नहीं खोलता वह दरिद्र ही पैदा होता है, दरिद्री में ही मर जाता है।

मैं लक्ष्मी के लिए अपने भाग्य के दरवाज़े खोलूंगा।

वह यह सोचता हुआ कमरे की तरफ बढ़ा कि मैं किसी खोखले जजबात के दरिया में नहीं बहूँगा। बाथरूम के दरवाजे के नजदीक पहुंचा और उसे खोल दिया।

बुरी तरह भयभीत सोनम ने पूछा–''गया?''

''नहीं, बाहर खड़ा है।'' वह हंसा–''मिलना चाहता है तुमसे। उससे मिलाने के लिए मैं तुम्हें लेने आया हूँ।''

सोनम उसे घूरती रह गई। पसीने-पसीने थी वह। चेहरा पीला। आवाज कांप रही थी–''मेरी हालत खराब हुई जा रही है और तुम्हें मजाक सूझ रहा है!''

पंकज ने कुछ कहने के स्थान पर सिगरेट सुलगाई।

''क्यों आया था?'' सोनम ने पूछा।

जी तो चाहा पंकज का, यह कहकर उसके होश उड़ा दे कि पहले वह तुम्हारे कमरे में गया था, वहां तुम्हें न पाकर यह देखने आया था कि तुम

कहीं यहां तो नहीं हो लेकिन फिर, इस विचार से मुक्त होता बोला–''कहानी डिस्कशन करने।''

''कहानी डिस्कशन! इस वक्त?''

''शराबी आदमी के लिए क्या दिन, क्या रात! कह रहे थे, पीते-पीते कोई प्वाइंट आया है। इसलिए डिस्कशन करने आए थे सुबह तक कहीं दिमाग से स्लिप न हो जाए। बोले–इसीलिए तो तुम्हें बैंग्लो में रखा है। पता नहीं कब क्या आइडिया आ जाए।''

''साले कमीने ने जान निकाल दी।'' वह दांत भींचकर बड़बड़ाई और फिर पंकज से बोली–''एक सिगरेट दो।''

इस वक्त पंकज को सोनम का राजेश कुमार को गाली देना बुरा नहीं लगा। यह सोचकर उसकी किस्मत पर तरस जरूर आया उसे कि यदि राजेश कुमार ने वाकई नोमिनी चेंज कर दिया होगा तो इतनी कवायद के बावजूद बेचारी के हाथ कुछ भी लगने वाला नहीं था।

सिगरेट में कश लगाने के बाद वह बोली–''लॉबी में क्यों ले गए थे उसे? कमरे में बात क्यों नहीं की?''

''दिमाग खराब हो गया है तुम्हारा!'' अब वह सोनम पर पूरी तरह हावी था–''मैं कमरे में बात करने का रिस्क कैसे ले सकता था! बाथरूम जाने के लिए कहने लगता तो?''

तीखी नजरों से देखती सोनम ने कहा–''सिर्फ यही कारण था या इसलिए यहां बात नहीं की कि मैं भी सुन सकती थी?''

''तुम्हारा दिमाग हिल गया है, अब तुम यहां से जाओ।''

वह हिली भी नहीं। उसे उसी तरह घूरती बोली–''उसके आने से पहले मैंने कुछ पूछा था।''

''क्या?''

''मर्डर कैसे होगा?''

''अभी नहीं सोचा और . . . ।'' थोड़ गैप देता हुआ बोला–''जब तक सौदा पक्का नहीं हुआ था, सोचता भी क्यों?''

''कल रात तक सोच लोगे?''

''हो सकता है सोच लूं लेकिन कॉन्ट्रेक्ट पर साइन होने से पहले बताऊंगा। नहीं।'' उसने सपाट लहजे में कहा।

सोनम उसकी तरफ देखती रह गई।

''अब अपने रूम में जाओ।'' पंकज का स्वर सर्द था–''मुझे नींद आ रही है। कॉन्ट्रेक्ट पर साइन के बाद बात करेंगे।''

सोनम को उसके शुष्क व्यवहार पर आश्चर्य हुआ था।

अगली रात कॉन्ट्रेक्ट भी हो गया था। उसे पढ़ने के बाद साइन करते ही सोनम ने पूछा था–''अब बताओ, मर्डर कैसे होगा?''

''अभी सूझा नहीं है।'' पंकज ने कागज जेब में रखते हुए कहा।

सोनम ने चौंककर उसे घूरा–''मतलब?''

''मतलब यह सोनम बी कि अभी वास्तव में कोई प्लान दिमाग में नहीं आया है जबकि मैं बराबर उसी पर दिमाग में लगाए हुए हूँ।'' वह कहता चला गया था–''अगर सिर्फ मुझे ध्यान में रखकर सोचा जाए तो ज्यादा चक्कर की बात नहीं है लेकिन तुम्हारे हालात कुछ ज्यादा ही विकट हैं। क्योंकि तुम उसकी नोमिनी हो इसलिए इंश्योरेंस वालों और पुलिस का ध्यान सबसे पहले तुम्हीं पर जाएगा। हत्या इस तरीके से होनी चाहिए कि तुम पर ध्यान जाने के बावजूद उनकी समझ में यह आए कि हत्या तुमने नहीं की।''

''यह तो होना ही चाहिए।''

''ऐसा प्लान बनाना खाला जी का घर नहीं है। दिमाग का भुर्ता बनाना पड़ेगा। थोड़े धैर्य से काम लो।''

''टाइम कम है–आज एक दिन और निकल गया।''

''मुझे मालूम है कब तक का टाइम है।'' उसने कहा था–''जो होगा, उससे पहले होगा लेकिन ऐसा भी तो नहीं कर सकते कि दोनों सलाखों के पीछे नजर आएं।''

सोनम चुप रह गई थी।

अगले दिन पंकज कॉन्ट्रेक्ट को अपने लॉकर में रख आया।

दो दिन और गुजर गए।

सच था भी यही–काफी दिमाग घुमाने के बावजूद पंकज के जहन में कोई ढंग का प्लान नहीं आ रहा था। दिन नटराज स्टूडियो वाले ऑफिस में निकल जाता था। उसके और राजेश कुमार के बीच अब स्क्रीन-प्ले पर डिस्कशन चल रहा था। हकीकत ये है कि पंकज को अब इस कहानी में कोई खास

दिलचस्पी नहीं रह गई थी। एक बार तो राजेश कुमार ने यह कहकर उसे टोक भी दिया था–''क्या बात है पंकज! इन दिनों तुम्हारा दिमाग उतनी तेजी से आइडिए नहीं उगल रहा?'' झेंपे हुए से अंदाज में पंकज बस यही कहकर रह गया कि–''नहीं सर, ऐसी तो कोई बात नहीं है।''

वह सुबह-शाम झुमरू और नैना से बात करनी नहीं भूलता था। दोनों से हर बार बस यही कहता था–सब कुछ बहुत बढ़िया चल रहा है। दोनों बहुत खुश होते थे।

सोनम के फोन करने के बाद करन से भी मिल आया था। जो कहानी उसने सुनाई थी, करन को पसंद आई थी।

उसने कहा था–''कल मैं दस दिन के लिए कनाडा जा रहा हूँ। लौटने के बाद बैठकर कास्टिंग के बारे में सोचते हैं।''

करन को कहानी पसंद आने के कारण पंकज को खुशी तो हुई थी लेकिन क्योंकि इस वक्त उसका पूरा दिमाग कहीं और लगा हुआ था इसलिए खुशी को इंज्वॉय नहीं कर पाया था।

सोनम से तो उसने जो कहा, वह कहा ही था लेकिन असल बात यह थी कि–प्लान उसे ऐसा बनाना था जिससे खासतौर पर वह सुरक्षित रहे क्योंकि इस बात की पूरी संभावना थी कि नोमिनी वही निकले। ऐसा होने का मतलब था–इंश्योरेंस वालों और पुलिस का पूरा ध्यान उस पर केंद्रित हो जाना।

प्लान की उखड़ी-उखड़ी-सी शुरूआत उस दिन हुई जिस दिन ऑफिस पहुंचते ही राजेश कुमार ने शशांक पांडे से कहा–''हमारा पर्सनल सामान निकालकर गाड़ी में डाल दो पांडे, आज यह ऑफिस खाली करना है। कल से यह सेठ घनश्यामदास का होगा।''

पांडे को भी झटका लगा था, पंकज को भी। दुखी होकर पांडे ने कहा था–''मैं तो सोच रहा था सर ऐसी नौबत नहीं आएगी। वक्त रहते आप सेठ के पैसे उसके मुंह पर मार देंगे।''

''नहीं पांडे, हमारे पास कुछ नहीं है।'' राजेश कुमार ने बगैर गमगीन हुए कहा था–''पर तू चिंता क्यों करता है! तेरे लिए हमने उमेश मेहरा से बात कर ली है। कल से उनका ऑफिस ज्वाइन कर लेना। वे तुम्हें हमसे दुगुनी तनख्वाह देंगे।''

पांडे राजेश कुमार के गले लगकर रोने लगा था। वह उसे छोड़ कर जाने को तैयार न था। कहने लगा था–''मुझे आपके साथ के अलावा कुछ भी नहीं

चाहिए सर, बैंग्लो में पड़ा आपकी सेवा करता रहूँगा।'' तब, राजेश कुमार ने फीके अंदाज़ में कहा था–''पता नहीं वो भी कब तक अपना है। पर दिल छोटा मत कर पांडे। यह जो लड़का हमारे साथ है, इसकी वजह से जल्दी ही हमारे दिन फिरेंगे। तब तू फिर हमारे साथ होगा।''

तात्पर्य यह कि राजेश कुमार बड़ी मुश्किल से उसे समझा पाया था जबकि पंकज के दिमाग में नैना की एक बात अटक गई थी। उसने बताया था कि रंगराज ने कहा था–'मैंने तो यह भी सुना है जिस दिन वह ऑफिस जाना बंद कर देगा, उस दिन कर्जदार उसका सबकुछ छीन लेंगे। सड़क पर आ जाएगा वह।'

और . . . आज ऑफिस खाली हो रहा था।

यानी रंगराज ने ठीक कहा था।

रंगराज . . . रंगराज . . . रंगराज।

पंकज के दिमाग की घड़ी की दोनों सुईयां इस नाम पर अटककर रह गई थीं। जहन की आंखें जहन की दीवार पर बड़ी तेजी से चल रहे भविष्य के दृश्यों को इस तरह देख रही थीं जैसे आमतौर पर लोग अतीत के दृश्यों को देखते हैं।

ज्यों-ज्यों वे दृश्य स्पष्ट होने लगे, त्यों-त्यों न सिर्फ उसे संतुष्टि मिलने लगी बल्कि मजा आने लगा।

राजेश कुमार ने सामान समेटने में पांडे की मदद करनी शुरू कर दी थी जबकि पंकज की आंखें बहुत स्पष्ट . . . बहुत ही स्पष्ट रूप से राजेश कुमार का मर्डर देख रही थीं।

पंकज के दिमाग में पूरा प्लान बनता जा रहा था।

जैसे-जैसे बात उसकी समझ में आ रही थी, वैसे-वैसे उसे अपने दिमाग पर गर्व हो रहा था। क्या प्लान उगला था उसने!

''वाह!'' मन ही मन कहते हुए उसने एक सिगरेट सुलगा ली और उसमें कश लगाता हुआ बाहर वाले कमरे में आ गया।

राजेश कुमार के मर्डर का दृश्य तो वह पहले ही देख चुका था। अब तो उसके बाद के दृश्य देख रहा था। यह कि–पुलिस किस वजह से क्या सोच रही है, क्या कर रही है।

यह सब उसके लिए वैसा ही था, जैसे अपनी कहानियाँ सोचा करता था। खाका बन चुका था। अब बारीकियों पर ध्यान लगाना था और फिर लिखना

यानी एक्शन शुरू कर देना था।

जहन ने कहा–'एक्शन का श्रीगणेश तुझे इसी समय कर देना चाहिए।' रिस्टवॉच पर नजर डाली। पौने दो बजे थे। नैना का लंच चल रहा होगा। वह बेचैनी से उसके फोन का इंतजार करने लगा।

एक पचास पर बैल बजी। उसने झट-से कॉल रिसीव की।

''नैना।'' इस वक्त उसकी आवाज में कोई रस पैदा नहीं हो सका था– ''क्या तुम्हें पता है रंगराज कहां रहता है?''

''नहीं तो। क्यों?''

''क्या तुम उसका एड्रेस पता लगा सकती हो?''

''उसका क्या है! हॉस्पिटल के रजिस्टर में हर एम्पलाई का पूरा अड्रेस लिखा रहता है।''

''गुड।'' पंकज ने कहा–''रजिस्टर में से देखकर कहीं से भी मुझे फोन करके बता देना।''

''तुम्हें उसके अड्रेस का क्या करना है?''

''अभी टाइम नहीं है। स्टोरी पर काम करना है। बाद में बता दूंगा। यह काम आज ही करना है।'' कहने के बाद उसने नैना के जवाब की प्रतीक्षा किए बगैर संबंध विच्छेद कर दिया।

पंकज वापस कमरे में पहुंचा। शशांक पांडे राजेश कुमार के निर्देश पर ट्राफियां और फाइलें समेट रहा था। राजेश कुमार के हाथ में अब भी एक खुली हुई बोतल थी। पंकज बोला–''सर मैं थोड़ी भूख-सी महसूस कर रहा था, क्या कैंटीन में जाकर कुछ . . .

''हां-हां। खा आओ भई।'' राजेश कुमार ने उसकी बात पूरी होने से पहले ही कह दिया था–''आज तो हम काम कर रहे हैं।''

''आप कुछ लेंगे?''

''नो।'' कहकर वह दूसरे हाथ में मौजूद फाइल में डूब गया था।

पंकज बाहर निकल आया। ऑफिस से ही नहीं, नटराज से भी बाहर। आते-जाते कई बार उसकी नजर एक ऐसी शॉप के साइन बोर्ड पर पड़ी, जिस पर लिखा था–''ड्रेस एंड मेकअप।''

वह वहीं पहुंचा। वहां नाटक आदि के लिए तरह-तरह की ड्रेसें, मूंछ-दाढ़ी और विग आदि किराए पर भी मिलती थीं और खरीदी भी जा सकती थीं। उसने शॉपकीपर से कहा–''मुझे मुस्लिम किरदार के लिए ड्रेस और गेटअप आदि चाहिए।''

''कैसा मुस्लिम?'' शॉप कीपर ने पूछा।

पंकज सकपकाया–''ज . . . जी?''

''अरे भई पाकिस्तान का मुस्लिम है, अफगानिस्तान का है . . .

''इंडियन।''

''हज किए हुए है या नहीं?''

उसने ऐसे-ऐसे अजब सवाल किए कि कई बार तो पंकज बुरी तरह गड़बड़ा गया। जवाब नहीं सूझा लेकिन फिर भी, अंततः वह अपने काम की चीजें लेने में कामयाब हो ही गया। वे सब चीजें उसने किराए पर न लेकर खरीद ली थीं। शॉप से थोड़ा दूर आकर प्लास्टिक का वह बैग सड़क पर फैंक दिया जिस पर शॉप का नाम और फोन नंबर आदि छपा था।

ऑफिस पहुंचा।

शशांक पांडे और राजेश कुमार अभी-भी अंदर वाले रूम में काम में बिजी थे। पंकज का वह ब्रीफकेस जिसमें फाइल रहती थी, बाहर वाले रूम में उसी मेज पर रखा था जिस पर लिखा करता था। सारा सामान ब्रीफकेस में डालकर उसने नंबर लॉक लगा दिया।

उसके बाद, वह अंदर वाले रूम में पहुंचा और सामान समेटने में उनकी मदद करने लगा। सामान इतना ज्यादा हो गया था कि वह एक गाड़ी में नहीं आ सकता था। यह बात जब पांडे ने कही तो राजेश कुमार बोला–''कोई बात नहीं, फाइलें डिक्की और पिछली सीट पर डाल दो। ट्राफियां कल चली जाएंगी . . . पंकज।'' वह उसकी तरफ घूमता हुआ बोला था–''क्या कल तुम गाड़ी से यहां का एक चक्कर लगा दोगे दोस्त?''

''क्यों नहीं सर!'' पंकज ने बस इतना ही कहा।

उस दिन वे साढ़े पांच बजे फाइलों से ठसाठस भरी गाड़ी लिए ऑफिस से बैंग्लो की तरफ निकले। ऐसे मौकों पर आदमी अक्सर गमगीन होता है लेकिन राजेश कुमार पर कोई असर नजर नहीं आ रहा था। बोतल हाथ में लिए वह अब भी पी रहा था। ड्राइविंग करते पंकज ने कहा–''एक बात कहूँ सर।''

''हां-हां। कहो।''

''जिस ऑफिस में आदमी वर्षों बैठा, उसे इस तरह हमेशा के लिए छोड़ते हुए दुख तो होता है।''

''नहीं . . . कोई दुख नहीं है हमें।'' ऐसा कहा जरूर उसने लेकिन पंकज को उसके चेहरे पर असीम दुख की परछाईं नजर आई थी। उसे छुपाने की कोशिश करता वह कहता चला गया–''इसलिए नहीं है क्योंकि बत्तीस साल पहले जब हम मुंबई आए थे, तब भी वह हमारा नहीं था। यहीं पैदा किया, यहीं खो दिया। अपने टेलेंट से पैदा किया, अपने कर्मों से खो दिया। फिर काहे का दुख! बस एक चिंता है जिसका हल नहीं सूझ रहा।''

''क्या मैं जान सकता हूँ?''

''क्यों नहीं!'' वह बोला–''जब तक हम नियमित ऑफिस जा रहे थे, तब तक बात दबी-ढकी थी। लोगों में भ्रम था कि हम उनका पैसा लौटा देंगे इसलिए तगादे सख्त नहीं थे मगर जैसे ही यह बात फैलेगी, उन लोगों में खलबली मच जाएगी और वे सख्त तगादों के साथ बैंग्लो पर आना शुरू कर देंगे।''

बैंग्लो पर लोगों की आवाजाही तो पंकज के प्लान में भी गड़बड़ कर सकती थी। उसका दिमाग बड़ी तेजी से इस समस्या से छुटकारा पाने के लिए दौड़ा और फिर, दिमाग ने एक बात उगली। ऐसी बात जिसने उसे अंदर ही अंदर बल्लियों उछाल दिया। अचानक ही उसके जहन में एक ऐसा प्वांइट आ गया था जिसके कारण राजेश कुमार की मौत के बाद पुलिस या इंश्योरेंस वाले ख्वाब तक में यह बात नहीं सोच सकते थे कि मर्डर पॉलिसी के नोमिनी ने किया हो सकता है। उसने जितना सोचा, उतना मजा आया। खासतौर पर यह सोचकर कुदरत ने उसे कितना आला दिमाग बख्शा है! कैसे-कैसे शानदार आइडिए आते हैं इसमें। काफी सोचने-समझने के बाद उसने इस प्लान पर अमल करने की ठानी और बोला–''आपने हॉलीवुड की मैजिक मूवीज का जिक्र किया था सर।''

''बताया तो था तुम्हें!'' उसने बुरा-सा मुंह बनाया–''सब गप्प थी। हमारे द्वारा उड़ाई गई अफवाह।''

''वही पूछ रहा हूँ . . . अफवाह आपने कैसे उड़ाई थी?''

''मैजिक मूवीज के बोर्ड ऑफ डायरेक्टर्स में हमारा एक पुराना दोस्त है। उसकी मदद से। हमारे कहने से उसने यहां के एक न्यूज चेनल को फोन कर

दिया कि हमारी पुरानी फिल्मों के कॉपीराइट की बात चल रही है और बस . . . बाकी सारे चेनल्स खुद-ब-खुद इस खबर को ले उड़े। आज की तारीख में पीछे कौन रहना चाहता है!''

पंकज ने पुनः काफी सोच-समझकर कहा–''क्या आपका दोस्त यह अफवाह नहीं फैला सकता कि सौदा हो गया है?''

राजेश कुमार ने बहुत तीखी नजरों से पंकज की तरफ देखा और बोला–''यह अफवाह उड़ाना अलग बात है बच्चे कि बात चल रही है और यह उड़ाना अलग कि सौदा हो गया है। मैजिक मूवीज के बाकी डायरेक्टर्स उसके प्राण पी जाएंगे। कहेंगे मीडिया से इतनी बड़ी बात तुमने किस बेसिस पर कह दी?''

''मुझे नहीं पता सर कैसे होगा लेकिन होना यही चाहिए। मैं तो कहता हूँ मैजिक मूवीज की तरफ से एक रकम घोषित हो जाए तो मजा ही आ जाए। यह कि–सौदा इतने में पक्का हो गया है। यह रकम इतनी ज्यादा होनी चाहिए कि बालीवुड के लोगों के छक्के छूट जाएं। आपसे अपना पैसा मांगने की किसी की हिम्मत ही न पड़े बल्कि और देने के लिए तैयार हो जाएं। आपका दोस्त मीडिया से कहे–हमने राजेश कुमार को इंफार्म कर दिया है, अब तो बस उन्हें हॉलीवुड आना है और एग्रीमेंट पर साइन करके चेक लेना है।''

राजेश कुमार के चेहरे पर तेज नजर आया। उसने आंखों में जबरदस्त प्रशंसा के भाव लिए पंकज की तरफ देखा था। फिर, जाने क्या सोचता हुआ बोला–''अगर इतनी बड़ी रकम हमारा इस कदर इंतजार कर रही है तो हम उसे लेने जा क्यों नहीं रहे?''

''आप बीमार हैं।''

''बीमार?''

''एक अफवाह यह उड़ाई जा सकती है किसी बीमारी के कारण फिलहाल कुछ दिन के लिए डाक्टरों की तरफ से आपको हवाई सफर न करने की हिदायत दी गई है।''

इस बार राजेश कुमार कुछ बोला नहीं, आंखों में प्रशंसा के भाव लिए ड्राइविंग करते पंकज को बस देखता रहा। फिर बोतल मुंह से लगाई। तीन-चार घूंट हलक से उतारने के बाद बोला–''तुम तो यार रीयल लाइफ की भी शानदार स्टोरियां गढ़ते हो।''

''क . . . क्या बात कर रहे हैं सर!'' कहते वक्त पंकज ने सोचा था कि–'अपने मर्डर के प्लान पर कितना खुश हो रहा है मूर्ख!'

पंकज के जिस्म पर 'काई' रंग का पठानी सूट था।

सिर पर असली नजर आने वाली छोटे-छोटे बालों की विग और उस पर खूबसूरत कढ़ाई वाली सफेद गोल टोपी।

एकदम काली मूंछें और उसी से मैच करती दाढ़ी।

इतनी ज्यादा घनी कि उसने अधिकांश चेहरे को ढक लिया था। बाएं गाल पर मस्सा भी था। चेहरे का जो हिस्सा नजर आ रहा था, उस पर भी वह कलर नहीं था जो पंकज का वास्तविक कलर था। उसके मुकाबले थोड़ा सांवला नजर आ रहा था वह।

यह कमाल था–उस छोटी-सी डिब्बी का जिसमें शॉपकीपर ने कोई क्रीम दी थी। वही क्रीम उसने हाथों पर भी लगा ली थी ताकि हाथों का रंग भी चेहरे के रंग से मेल खाए।

शॉपकीपर द्वारा दी गई छोटी-छोटी दो स्प्रिंग उसके नथुनों में लगी हुई थीं। उनके कारण नाक चौड़ी नजर आ रही थी। मुंह में तंबाकू का पान दबा रखा था ताकि आवाज में भी खुद-ब-खुद थोड़ा परिवर्तन आ जाए। इस भेष में वह सायन स्थित एक अवैध बस्ती में पहुंचा क्योंकि रंगराज का मकान वहीं था।

अवैध इसलिए क्योंकि वहां बने किसी भी मकान का नक्शा पास नहीं था और नक्शा इसलिए पास नहीं था क्योंकि जमीन ही उनकी नहीं थी जिन्होंने कच्चे-पक्के मकान बना लिए थे।

सरकारी जमीन थी वह।

पंकज रात के करीब दस बजे वहां पहुंचा।

बैंग्लो से डिनर के बहाने निकला था वह। गाड़ी बस्ती के बाहर ही पार्क कर दी थी। स्ट्रीट लाइट नहीं थी वहां। घरों में टिमटिमाते बल्ब नजर आ रहे थे। उन्हीं से ही छन-छनकर जो रौशनी बाहर आ रही थी, सड़क पर चलने वालों को उसी से काम चलाना पड़ता था और सड़क भी कहां थी! बस कच्चा रास्ता था, वह भी ऐसा जिसमें जगह-जगह बड़े-बड़े गड्ढे थे।

रंगराज ने करीब डेढ़ सौ मीटर का टुकड़ा घेर रखा था। प्लाट के चारों तरफ चार फुट ऊंची ईंटों की बनी चारदीवारी थी। बीच में करीब पचास मीटर में एक मंजिला मकान बना था और चारों तरफ खाली जगह छोड़ी गई थी। मकान पर कहीं भी प्लास्टर नहीं था।

चारदीवारी में लोहे के गेट की जगह भले ही छोड़ी गई थी लेकिन गेट नहीं था उसमें।

पंकज अंदर दाखिल हो गया।

मकान का जीर्णशीर्ण दरवाजा ढुका हुआ था। उसने दस्तक दी तो अंदर से भारी-भरकम आवाज आई–''आ जाओ।''

पंकज किवाड़ खोलकर अंदर दाखिल हो गया।

कमरे का सारा नजारा उसने एक ही नजर में देख लिया था।

फोल्डिंग पलंग पर बैठा, सांवले रंग का हट्टा-कट्टा आदमी दारू पी रहा था। पलंग के सामने रखे स्टूल पर देसी की एक बोतल, एक गिलास और एक प्लेट में भुने हुए चने रखे थे।

टीवी ऑन था। उस पर किसी लोकल चेनल से प्रसारित किए जा रहे सेक्सी गाने चल रहे थे।

पंकज को देखकर वह पलंग से खड़ा हो गया।

हट्टा-कट्टा आदमी इस वक्त सिर्फ बनियान और तहमद में था। कुछ कहने के लिए उसने मुंह खोला ही था कि पंकज ने उसकी तरफ हाथ बढ़ाते हुए मुंह थोड़ा ऊपर उठाया ताकि बोलते वक्त पीक न गिर जाए और बोला–''बंदे को असलम कहते हैं–असलम भाई लोनवाला। क्या मैं हुजूर का नाम जान सकता हूँ?''

''मैं रंगराज हूँ।'' उसने हाथ मिलाते हुए कहा।

''सुभानअल्लाह, खुदा आपकी सेहत बनाए रखे। मैं आप ही की खिदमत की खातिर हाजिर हुआ हूँ।''

अभी तक असमंजस में डूबे रंगराज ने पूछा–''आप मुझसे क्यों मिलना चाहते थे?''

''आप तशरीफ रखने के लिए कहेंगे तो मैं जरूर फरमाऊंगा।''

''बैठिए।'' उसने फोल्डिंग की तरफ इशारा किया।

पंकज उसके एक कौने पर बैठता बोला–''आप भी तशरीफ रखिए मगर उससे पहले टेलीवीजन बंद कर देंगे तो बेहतर होगा ताकि सुकून से बातें कर सकें।''

रंगराज टीवी ऑफ करके फोल्डिंग के दूसरे कौने पर बैठ गया।

''मैं शबीना फाइनेंस कंपनी से आया हूँ हुजूर।'' पंकज ने उसके बैठते ही कहा–''हम हर किस्म की गाड़ियां फाइनेंस करते हैं।''

हैरान रंगराज ने कहना चाहा–''पर मैंने तो किसी गाड़ी . . .

''मुझे मालूम है जनाब।'' पंकज ने उसे बोलने का मौका ही जो नहीं दिया–''मुझे यह भी मालूम है आप एक उम्दा किस्म के ड्राइवर हैं। चार दिन पहले तक 'आरोग्य हॉस्पिटल' की मेट्रन के ड्राइवर थे मगर किसी नामालूम वजह से नौकरी छोड़ दी।''

''आप कैसे जानते हैं?'' उसने आश्चर्य से पूछा।

''हमारा तो काम ही अपने कस्टमर्स की तलाश करते रहना है हुजूर।'' पंकज बोला–''असल में आप जैसे ड्राइवर ही हमारे कस्टमर होते हैं क्योंकि हम उन्हें यह मशविरा देते हैं कि जब शबीना फाइनेंस कंपनी आपको अपनी गाड़ी का मालिक बना सकती है तो आप किसी सेठ या सेठानी की चाकरी क्यों करते हैं?''

''मैं कुछ समझा नहीं आप क्या कहना चाहते हैं।''

मुंह ऊपर उठाए पंकज ने कहा–''दो लफ्जों में बात यूं है जनाब कि मैं आपको आपकी गाड़ी का मालिक बना सकता हूँ।''

''मेरे पास गाड़ी खरीदने के पैसे होते तो . . .

''आपसे पैसे कौन मांग रहा है रंगराज साहब?''

''आप मुझे बगैर पैसों के गाड़ी का मालिक बना देंगे?''

''सौ फीसदी।''

रंगराज हंसा–''वह कैसे?''

''हमारी कंपनी एक इंडिका खरीदकर आपको देगी और अगले महीने से केवल पांच हजार रुपए महीना आपसे लेगी।''

''शुरू में कुछ नहीं लोगे?''

''इकन्नी भी नहीं। बस आपके हां कहने की देर है। एक हफ्ते के अंदर इंडिका आपके इस घर में खड़ी होगी।''

रंगराज चक्कर में आ गया था–''आपकी कंपनी फ्री में यह मेहरबानी मुझ पर क्यों करेगी?''

''बिल्कुल नहीं, शबीना फाइनेंस कंपनी आप पर कोई मेहरबानी करने नहीं जा रही है बल्कि हमारा तो कारोबार है यह। आपसे पहले हम सैंकड़ों ड्राइवरों को उनकी गाड़ी का मालिक बना चुके हैं। वे हमें पांच हजार रुपए महीना देते हैं जबकि गाड़ी को टैक्सी के रूप में चलाकर पंद्रह से बीस हजार रुपए महीना कमा लेते हैं। आप जैसे गाड़ी मालिकों का भी फायदा, कंपनी का भी फायदा।''

''इसमें कंपनी का क्या फायदा है?''

''बात बड़ी सीधी-सी है रंगराज साहब। कंपनी गाड़ी बैंक से फाइनेंस कराती है। शुरूआती सत्तर-अस्सी हजार अपने खाते से देती है और पांच हजार रुपए महीना की किश्तें बंध जाती हैं। ये किश्तें आप जैसे गाड़ी ऑनर देते हैं। किश्तें पांच साल की होती हैं। यानी पांच साल तक आपके पांच हजार बैंक को जाते रहेंगे।''

''आपकी कंपनी को क्या मिला?'' रंगराज ने हैरत के साथ पूछा था– ''शुरूआती सत्तर-अस्सी हजार भी फ्री में गए!''

''कंपनी मार्केट में आप जैसे ड्राइवरों की मदद करने आई है हुजूर, लुटने के लिए नहीं। गौर फरमाइए–बैंक की किश्तें पांच साल की होंगी जबकि कंपनी आपसे दस साल तक पांच हजार लेती रहेगी।''

''ओह!'' बात रंगराज की समझ में आई–''मतलब यह हुआ बाद के पांच साल तक पांच हजार रुपए महीना कंपनी कमाएगी!''

''और गाड़ी आपकी हो जाएगी। फुल-फ्लैश आपकी। अब आपको किसी को कोई पैसा नहीं देना। पंद्रह से बीस हजार रुपए महीना की सॉलिड इंकम।'' पंकज मंझे हुए सेल्समेन की तरह कहता चला गया–''सोचिए, पांच साल बाद आप जो पांच हजार रुपए महीना कंपनी को देंगे उससे कंपनी आप ही जैसे किसी और गरीब ड्राइवर भाई को गाड़ी का मालिक बनाएगी। वैसे भी, किसी सेठ की चाकरी करके चार-पांच हजार कमाने से तो यह लाख दर्जे अच्छा है। अपने मालिक आप खुद हैं और किश्त देने के बाद दस से पंद्रह हजार रुपए महीना कमा रहे हैं, वह भी बगैर कुछ लगाए।''

''ऑफर तो अच्छा है।'' रंगराज के मुंह से निकला।

''अच्छा ही नहीं जनाब, बेहतरीन है। चाहें तो अपने किसी नीयर-डीयर से मशविरा कर लें। घर में कोई नजर नहीं आ रहा। आप यहां अकेले रहते हैं क्या?''

''पत्नी है मेरी।''

''कहां हैं भाभी जान?''

''वो कॉल सेंटर में काम करती है, रात की ड्यूटी पर जाती है।''

''ओह! अच्छा। बाल-बच्चे?''

''एक बेटी है, उसकी शादी कर दी।''

''बहुत बेहतर। कल आप मेरे आफर पर भाभी जी से मशविरा कर लीजिए। परसों फिर आता हूँ–एक गिलास पानी मिलेगा?''

''हां-हां। क्यों नहीं!'' वह तेजी से उठकर अंदर चला गया।

अंदर वाले कमरे से बर्तनों के खड़कने की आवाज आ रही थी। शायद किचन भी अंदरूनी कमरे के अंदर ही था। पंकज तेजी से दोनों कमरों के बीच वाले दरवाजे पर पहुंचा और रंगराज को आवाज देने के बहाने उस कमरे का निरीक्षण करने लगा। रंगराज किचन से एक गिलास पानी लेकर निकला तो पंकज ने कहा–''कुल्ला करना पड़ेगा रंगराज भाई, बाथरूम किधर है?''

''बाथरूम में क्यों, पीछे खुली जगह पड़ी है–उधर कर लीजिए न!'' कहने के साथ वह उसे छोटी-सी इमारत के पीछे ले गया। वहीं एक कौने में बगैर छत का बाथरूम बना हुआ था जिस पर दरवाजे की जगह पुरानी धोती का बना पर्दा झूल रहा था। वैसे ही पर्दे मकान की उन खिड़कियों पर झूल रहे थे जो पिछली ओपन जगह में खुली हुई थीं। कुल्ला करने के बहाने हर चीज का निरीक्षण करने के बाद पंकज ने जेब से कागज में लिपटा एक और पान निकालकर मुंह के हवाले करते हुए कहा था–''एक साल में आप इतना पैसा कमा लेंगे रंगराज भाई कि इस मकान की गत सुधर जाएगी।''

''मैं गोमती से सलाह करूंगा, वह पढ़ी-लिखी है।''

''गोमती कौन?''

''मेरी पत्नी का नाम है।''

''ओह! अच्छा! भाभी जी!'' कहकर वह मुंह में मौजूद पान की जुगाली-सी करने लगा था। कुछ देर और इधर-उधर की बातें करने के बाद उसने रंगराज से विदा ली क्योंकि काम हो चुका था।

क्या आप समझे–क्या काम हो गया था पंकज का?

अगले दिन दोपहर के साढ़े बारह बजे लॉबी में बैठे पी रहे राजेश कुमार की नजरें अपने ठीक सामने वाली दीवार पर लगे बहुत बड़े टीवी की स्क्रीन पर स्थिर थीं।

उसमें नीचे की तरफ बार-बार एक पट्टी फ्लैश कर रही थी।

एक बार उस पर लिखा आता–''ब्रेकिंग न्यूज।''

दूसरी बार आता–''राजेश कुमार की पुरानी फिल्मों के राइट्स दो करोड़ अमेरिकी डालर्स में बिके।''

तीसरी बार आता–''राइट्स हॉलीवुड की बहुत बड़ी कंपनी मैजिक मूवीज ने खरीदे।''

चौथी बार आता–''मैजिक मूवीज के एक डायरेक्टर मिस्टर स्मिथ वैग्ले ने सौदे की पुष्टि की।''

उस सबको देखते हुए राजेश कुमार के होठों पर मुस्कान उभर आई थी। चेहरा दमकने लगा था। उसने पंकज को जोर-जोर से आवाजें दीं। पंकज दौड़ता हुआ-सा अपने कमरे से लॉबी में आया। आते ही बोला–''क्या हुआ सर?''

राजेश कुमार ने टीवी की तरफ इशारा किया और . . . पंकज ने उधर देखा तो आंखें हैरत से फैल गईं।

''हमने कहा था न, स्मिथ से बात हो गई है और उसने हमारी मदद का आश्वासन दे दिया है।''

एकाएक स्क्रीन पर जो दृश्य नजर आ रहा था, वह गायब हो गया। पूरी स्क्रीन पर बड़ा-बड़ा लिखा आया–''ब्रेकिंग न्यूज।''

फिर न्यूज पढ़ने वाली लड़की स्क्रीन पर नजर आई। खुश नजर आ रही वह बोली–''अमेरिका से एक बहुत बड़ी खबर आ रही है। हॉलीवुड की बहुत बड़ी फिल्म कंपनी मैजिक मूवीज ने अपने जमाने के इंडियन सुपरस्टार राजेश कुमार की पुरानी फिल्मों के राइट्स दो करोड़ डालर्स में खरीदे हैं। मैजिक मूवीज के एक डायरेक्टर स्मिथ वैग्ले ने खुद सौदे की पुष्टि की है। उनका कहना है कि राजेश कुमार किसी भी समय उनके ऑफिस में आकर एग्रीमेंट साइन कर सकते हैं। उनका चेक तैयार है। सिने जगत का यह अब तक का सबसे बड़ा सौदा माना जा रहा है। राजेश कुमार को एक ज़माने में जुबली कुमार कहा जाता था क्योंकि उनकी हर फिल्म कम से कम सिल्वर जुबली जरूर करती थी। गोल्डन और डायमंड जुबली भी आम बात थी। अब हम आपको उनकी कुछ उन हिट फिल्मों की झलक दिखाते हैं जिनके राइट्स मैजिक मूवीज ने खरीदे हैं।''

और फिर, स्क्रीन पर राजेश कुमार की फिल्मों के दृश्य दिखाए जाने लगे। राजेश कुमार ने अपने हाथ में मौजूद रिमोट से चेनल चेंज किया। उस पर उसकी फिल्मों के गाने चल रहे थे। बीच में न्यूज पढ़ने वाला एक लड़का

उभरा। उसने कहा–''आज के किसी भी स्टार की फिल्म पंद्रह-बीस दिन से ज्यादा नहीं चलती जबकि उस जमाने में राजेश कुमार की फिल्म थियेटर में चढ़ जाती थी तो उतरने का नाम ही नहीं लेती थी। हमें कोई आश्चर्य नहीं है कि उनकी फिल्मों के राइट्स दो करोड़ डालर्स में बिके हैं।''

पुनः राजेश कुमार की फिल्मों के गाने शुरू हो गए।

एक और चेनल पर उसका फिल्मी सफर दिखाया जा रहा था।

न्यूज चेनल्स के पास उस न्यूज के अलावा जैसे दूसरी कोई न्यूज ही नहीं रह गई थी। हर चेनल उसी के पीछे पड़ा था।

राजेश कुमार ने रिमोट से आवाज म्यूट करते हुए कहा–''स्मिथ ने अपना काम कर दिया, अब तुम्हें अपना काम करना है।''

पंकज के चेहरे पर ऐसे भाव उभर आए जैसे उसने अपना कत्ल करने को कह दिया हो। सारा शरीर कांप रहा था उसका।

बोला–''स . . . सोच लीजिए सर।''

''इसमें सोचना क्या है?'' उसने कहा।

''ख . . . खतरा हो सकता है।''

''तुमने तो कहा था इतनी डोज ही नहीं दोगे जिसमें कोई खतरा हो, समय रहते डाक्टर को बुला लोगे। वह संभाल लेगा।''

''अगर उन्हें आने में देर हो गई?''

''तुम्हें हो क्या गया हैं पंकज! क्यों डर रहे हो! खुद ही तो कहा था तुमने, उस हालत में हमारे मुंह में केवल चीनी का घोल डालना होगा और वैसे भी, गुलाटी इस वक्त क्लिनिक पर होगा। वहां से यहां पहुंचने में उसे दस मिनट से ज्यादा नहीं लगेंगे। हमारे बारे में सुनते ही वह जिस हालत में होगा, दौड़ा चला आएगा।''

पंकज ने कुछ कहने के लिए मुंह खोला ही था कि राजेश कुमार का मोबाइल बजना शुरू हो गया। राजेश कुमार ने बगैर स्क्रीन पर नजर डाले उसे पंकज की तरफ उछालते हुए कहा–''तुम देखो।''

घबराए हुए पंकज ने मोबाइल लपका और कॉल रिसीव करता बोला–''काकू जी का सेक्रेट्री बोल रहा हूँ।''

''इंडियन चेनल से इंदु बोल रही हूँ। मुझे काकू जी से . . .

उसकी बात पूरी होने से पहले ही पंकज ने कहा–''सॉरी, अभी वे किसी से बात नहीं कर सकते।''

उसने इंदु की बात सुने बगैर फोन काट दिया। काटा ही था कि साइड दराज पर रखा लैंडलाइन फोन बजने लगा।

जब तक पंकज झपटकर उसे उठाता तब तक हाथ में मौजूद मोबाइल पुनः बजने लगा था।

लैंडलाइन पर किसी फिल्मी मैग्जीन का संपादक था।

पंकज ने रटे-रटाए शब्द बोलकर फोन काट दिया।

मोबाइल पर भी वही कहा।

इस तरह, फोन और मोबाइल की बैल जब बार-बार बजने लगी तो राजेश कुमार ने पंकज से कहा–''मोबाइल बंद कर दो गधे और लैंडलाइन का रिसीवर उठाकर अलग रख दो। अब ये चैन नहीं लेने देंगे। ऐसे टूट पड़ेंगे जैसे छत्ता टूटने पर मधुमक्खियां टूट पड़ती हैं।''

पंकज ने वैसा ही किया।

''देर मत करो पंकज।'' राजेश कुमार ने पुनः कहा–''कुछ देर बाद लाइव टेलीकास्ट के लिए पूरा मीडिया बैंग्लो पर उमड़ पड़ेगा। उन सबको यही खबर मिलनी चाहिए कि हम बीमार हैं।''

''स . . . सर।'' कहते हुए पंकज ने जेब से एक सीरिंज निकाली।

राजेश कुमार अपनी शर्ट उठाकर पेट नंगा करता हुआ तेज स्वर में बोला–''घबराओ नहीं, जल्दी करो।''

फिर, कांपते हाथों से पंकज ने उसके पेट में इंजेक्शन लगाया।

''इसे छुपा लो।'' राजेश कुमार ने सीरिंज की ओर इशारा किया।

पंकज ने झट-से सीरिंज वापस जेब में डाल ली। घबराते हुए कहा–''डाक्टर गुलाटी को फोन कर दूं सर?''

''अभी नहीं बेवकूफ, काम तो शुरू होने दे!'' कहने के साथ उसने रिमोट से पुनः टीवी की आवाज चालू कर दी थी।

हर चेनल राजेश कुमार ही राजेश कुमार भजे जा रहा था।

''ये है दुनिया।'' राजेश कुमार की आवाज में व्यंग था–''आधे घंटे पहले तक जो जिक्र के काबिल नहीं था, उस पर आज पूरे मीडिया को नाज है क्योंकि एक ही झटके में आज से पहले किसी इंडियन ने दो हजार अमेरिकी डालर नहीं कमाए।''

''ये क्या सुन रही हूँ काकू! ये क्या सुन रही हूँ मैं!'' असीम खुशी में डूबी आवाज के साथ मुख्यद्वार से दौड़ती हुई सोनम अभी-अभी लॉबी में दाखिल

हुई थी–''मैं तो मार्केट में थी। मोबाइल पर परिचितों के धड़ाधड़ फोन आ रहे हैं। सब बधाइयां दे रहे हैं। क्या ये सच है कि मैजिक मूवीज वाले 'हमारी' पुरानी फिल्मों के . . .

''तुम्हारी फिल्में!'' कहने के साथ राजेश कुमार ने पंकज की तरफ देखा और फिर जोर से ठहाका लगाकर हंस पड़ा।

सोनम बुरी तरह झेंप गई मगर नजरें टीवी स्क्रीन पर अटक गईं। कान उस पर प्रसारित होने वाली खबर को सुनने लगे।

चेहरे पर ऐसे भाव थे जैसे यकीन न आ रहा हो।

आश्चर्य और खुशी की ज्यादती के कारण पागल-सी हुई जा रही थी वह। जैसे सपना देख रही हो।

उधर, राजेश कुमार को चक्कर से आने लगे थे। मिचमिचाती आंखों से उसने पंकज की तरफ देखा।

पंकज की नजर तो पहले ही से उस पर थी।

झपटता हुआ राजेश कुमार के करीब पहुंचा। उसके दोनों कंधे पकड़कर झंझोड़ता हुआ बोला–''सर . . . सर।''

राजेश कुमार की आंखों के सामने अंधेरा छाने लगा।

सोनम भी घबरा गई। लपककर राजेश कुमार के करीब पहुंची और उसे झंझोड़ती बोली–''काकू . . . काकू . . . क्या हुआ तुम्हें!''

पंकज लैंडलाइन से डाक्टर गुलाटी को फोन कर रहा था।

डाक्टर गुलाटी के आने से पहले बैंग्लो पर मीडिया का हमला हो चुका था। सिक्योरिटी गार्ड न होने के कारण सारा मीडिया सीधा पोर्च तक आ गया था मगर पंकज ने किसी को भी उससे आगे नहीं बढ़ने दिया था। बैंग्लो का मेनगेट बंद कर लिया था उसने।

वह सिर्फ डॉक्टर गुलाटी के लिए खुला।

उस क्षण पंकज ने बाहर लगा मीडिया का मेला-सा देखा था। उधर, पंकज ने दरवाजा बंद किया, इधर ब्रीफकेस संभाले गुलाटी दौड़ता हुआ सोफे पर लुढ़के पड़े राजेश कुमार के करीब पहुंचा।

''जल्दी देखो गुलाटी क्या हुआ।'' सोनम डाक्टर से इस तरह इसलिए

बोली थी क्योंकि वह राजेश कुमार का दोस्त था–''टीवी पर अपने से संबंधित न्यूज देखते-देखते इनकी ये हालत हो गई।''

पंकज के मुंह से बोल न फूट रहा था। चेहरा पीला पड़ा हुआ था उसका। गुलाटी ने पहले स्टेथस्कोप से चैक किया, फिर ब्लड प्रेशर देखा। कहीं कोई गड़बड़ नजर न आई तो थोड़ा आश्चर्य हुआ।

ब्रीफकेस से ग्लूको मीटर निकाला।

शुगर चैक की और . . . उसे देखते ही चौंक पड़ा–''इसकी तो शुगर लो हो गई है। जल्दी से आधा कटोरी पानी में एक चम्मच चीनी घोलकर लाइए . . . जल्दी कीजिए।''

सोनम बौखलाई-सी खड़ी रह गई जबकि पंकज दौड़ता हुआ किचन की तरफ चला गया था। ऐसा शायद इसलिए हुआ क्योंकि वह पहले ही से जानता था राजेश कुमार को क्या हुआ है और उसका यही एक मात्र इलाज है। मुश्किल से दो मिनट बाद वह एक कटोरी और चम्मच लिए दौड़ता हुआ वापस आया। चम्मच से वह कटोरी में मौजूद चीनी को तेजी से पानी में घोल रहा था।

नजदीक पहुंचते ही कटोरी गुलाटी ने ली। अचेत-से पड़े राजेश कुमार का मुंह खोला और घोल धीरे-धीरे उसमें डालने लगा।

बाहर से मीडिया वालों के शोर-शराबे की आवाजें आ रही थीं।

पूरा घोल उसके मुंह में डालने के बाद गुलाटी ने कटोरी सेंटर टेबल पर रखी ही थी कि सोनम ने पूछा–''क्या हुआ गुलाटी?''

''ज्यादा घबराने की बात नहीं है।'' गुलाटी के चेहरे की रौनक देखकर पंकज के चेहरे की रौनक भी लौट आई थी–''अचानक शुगर लो हो गई थी। इस वक्त केवल सत्तावन थी जबकि किसी भी स्वस्थ आदमी की अट्रेंडम शुगर सौ, सवा सौ के बीच होनी चाहिए। शुगर लो होने पर ऐसा ही होता है। अच्छा था काकू बैठा था, खड़ा होता तो चक्कर खाकर गिर भी सकता था लेकिन . . .

''लेकिन?'' इस समय ऐसा लग रहा था जैसे सोनम से बड़ा राजेश कुमार का शुभचिंतक पूरी कायनात में कोई न हो।

''काकू की शुगर लो होने पर मुझे आश्चर्य है। इसे शुगर की टेंडेंसी कभी नहीं रही और फिर अचानक इतनी घट जाना . . .

एकाएक पंकज ने पूछा–''कहीं यह टीवी पर चल रही न्यूज के कारण तो नहीं हुआ है डाक्टर साहब?''

गुलाटी ने ध्यान से उसकी तरफ देखा और बोला–''क्या मैं आपका परिचय जान सकता हूँ?''

''इसका नाम पंकज है गुलाटी।'' पंकज से पहले सोनम बोल पड़ी थी–''राइटर है। काकू की नई फिल्म की कहानी लिख रहा है।''

''काकू की फिल्म?''

''हां, काकू के दिमाग पर आजकल ऐसी फिल्म बनाने की धुनक सवार है जिसमें उसकी उम्र का आदमी हीरो हो।''

''खैर।'' गुलाटी बोला–''टीवी पर चल रही न्यूज से इसका कोई संबंध नहीं है बल्कि ये तो उसके लिए खुशी की न्यूज है जबकि शुगर का ताल्लुक अक्सर टेंशन से होता है।''

''तुम जानते ही हो, टेंशन में तो ये पिछले काफी दिन से हैं।''

''शायद उसी से शुगर पाल बैठा है। फिलहाल तो खतरे जैसी कोई बात नहीं है। कुछ देर में चेतना वापस आ जाएगी लेकिन यह ऐसी बीमारी है जिसका कोई परमानेंट इलाज नहीं है। जिसे एक बार हो जाती है, चिता या कब्र तक उसके साथ जाती है और शुगर की लो की तरफ जाने वाली टेंडेंसी कुछ ज्यादा ही खतरनाक है। जाने कब लो हो जाए, आदमी गिर पड़े और उसी तरह अचेत हो जाए जैसे आज हुआ है। अब इसे अकेला नहीं छोड़ा जा सकता। चौबीस घंटे देखभाल की जरूरत है और . . .।'' उसने सोनम की तरफ खास नजरों से देखते हुए कहा था–''चौबीस घंटे तो आप भी इसके साथ नहीं रह सकतीं। दुनियादारी के और भी काम होते हैं। मेरी सलाह ये है इसकी देखभाल के लिए किसी नर्स को रख लीजिए।''

''डाक्टर साहब।'' पंकज बोला–''क्या शुगर का व्हिस्की से भी कोई संबंध है? सर चौबीस घंटे पीते रहते हैं।''

''इस कदर पीने से तो हर चीज का संबंध है मिस्टर पंकज, मुझे हैरत है अभी तक इसका लिवर बिल्कुल ठीक काम कर रहा है।''

बातें चल ही रही थीं कि राजेश कुमार की चेतना लौटनी शुरू हुई। हाथ-पैर हिलने लगे। मुंह से आवाज निकलनी शुरू हो गई। गुलाटी ने उसके गाल थपथपाते हुए 'काकू-काकू' कहकर आवाजें दीं। कुछ देर बाद उसने आंखें खोल दीं।

पंकज के चेहरे पर पूरी रौनक लौट आई।

उठकर बैठते ही राजेश कुमार ने सबसे पहले पंकज की तरफ देखा था।

आंखों में ऐसे भाव थे जैसे कह रहा हो–''देखा! कुछ भी नहीं हुआ। सबकुछ कितने आराम से निपट गया।''

पंकज यह सोचकर घबरा गया था कि उसकी आंखों में मौजूद भावों को कहीं गुलाटी न पढ़ ले। फिर वह गुलाटी की तरफ देखता बोला–''तो तुझे बुला लिया इन लोगों ने!''

''मुझे न बुलाते तो आज लंबा हो गया था बेटा।'' गुलाटी ने उसी तरह कहा जैसे एक लंगोटिया दोस्त कहता है–''शुगर पाल बैठा है। कम से कम अब तो पीनी छोड़ दे।''

''पिएंगे नहीं गुलाटी, तो जिएंगे कैसे?'' उसने अपने अंदाज में कहा–''एक यही तो बची है जो हमारे अंदर जाती है।''

इस तरह, कुछ देर उनके बीच बातें होती रहीं। वे बातें डाक्टर पेशेंट की कम, दोस्तों की ज्यादा थीं।

अंत में उसने मैजिक मूवीज से हुए एग्रीमेंट की बधाई दी और जब जाने लगा तो राजेश कुमार बोला–''हमारा एक काम कर जा यार, वो काम ऐसा है जिसे तेरे अलावा और कोई नहीं कर सकता।''

''बोल।''

''बाहर मीडिया वाले खड़े हैं। उनसे मत कहना हम केवल शुगर के कारण बेहोश हुए थे। कोई जरा खतरनाक-सी बीमारी का नाम बता दे उन्हें। कह दे काकू को . . .

कहता-कहता वह खुद ही रुक गया। कारण था–गुलाटी के तीखे तेवर। बोला–''तू जानता है, मैं अपने सिद्धांतों का पक्का हूँ। वैसा कुछ नहीं कहूँगा जैसा नहीं है।''

''अच्छा चल यार, किसी बीमारी का नाम मत बता, पर वो भी मत बता जो हुआ है।'' राजेश कुमार कहता चला गया–''बाहर निकलते ही वे तुझसे जरूर लिपटेंगे। पूछेंगे काकू को क्या हुआ है। तू बस इतना कह देना खास कुछ नहीं हुआ है। खतरे वाली कोई बात नहीं है और . . . सच भी तो यही है! बस इतना जोड़ देना, कुछ दिन के लिए तूने मुझे मीडिया से दूर रहने और हवाई सफर न करने की सलाह दी है। बात को समझ यार, मैं उनकी घेंपें-घेंपें को नहीं झेल पाऊंगा। उनसे बचने के लिए तुझसे इतनी-सी बात कहलवा रहा हूँ। इतनी भी मदद नहीं कर सकता अपने यार की!''

"ओके। मैं कह दूंगा।" वह मुस्कराया–"वैसे भी इसमें कोई शक नहीं तुझे आराम की जरूरत है।"

⅄

डाक्टर गुलाटी से बात करने के बाद निराश होकर मीडिया के लोग धीरे-धीरे छंटने लगे लेकिन अब . . . उनके लिए वह खबर थी जो गुलाटी ने कहा था। यानी हर चेनल यही चिल्ला रहा था कि डाक्टर ने राजेश कुमार को आराम करने और फिलहाल हवाई सफर न करने की सलाह दी है। राजेश कुमार को कोई गंभीर बीमारी है। कुछ चेनल्स ने तो बीमारी के कयास भी लगाने शुरू कर दिए थे।

यही तो पंकज और राजेश कुमार चाहते थे।

राजेश कुमार को उसके सुईट में पहुंचाया गया। सीढ़ियों पर पंकज ने उसे सहारा दिया था। हालांकि वह सहारा लेने को तैयार नहीं था लेकिन पंकज डांट खाकर भी न माना।

उनके साथ-साथ सोनम भी राजेश कुमार के सुईट में आई थी और पंकज को लगा–ऐसा शायद उसने महीनों बाद किया था। इस वक्त वह राजेश कुमार के लिए जरूरत से ज्यादा चिंतित नजर आ रही थी। राजेश कुमार को बैड पर लिटाने के बाद पंकज ने बहुत ही अधिकारपूर्ण तरीके से कहा था–"अब आप सारे दिन आराम करेंगे सर और खबरदार जो एक बूंद भी ली।"

राजेश कुमार मुस्कराकर रह गया था।

फिर वह सोनम की तरफ देखता हुआ बोला–"तुम परेशान क्यों हो रही हो सोनू डार्लिंग, अपने कमरे में जाओ। हमें पंकज के साथ कहानी पर डिस्कशन . . .

"नो सर।" वह बीच में बोला–"आज कोई डिस्कशन नहीं।"

"ऐसा कुछ भी नहीं है गधे।" उससे कहने के बाद राजेश कुमार ने पुनः सोनम से कहा–"तुम जाओ।"

सोनम ने खुद को अपमानित महसूस किया मगर कर ही क्या सकती थी वह! जाना पड़ा।

बैड पर लेटे राजेश कुमार ने पंकज को इशारे से अपने नजदीक बुलाया। पंकज उस पर झुका तो वह फुसफुसाते अंदाज में बहुत राजदाराना लहजे में

बोला–''जरा बाहर जाकर देखो, हमें लगता है वह हमारी बातें सुनने की कोशिश करेगी।''

पंकज को वैसा करना पड़ा और . . . राजेश कुमार का शक बिल्कुल दुरुस्त निकला था। सोनम ढुके हुए दरवाजे के दूसरी तरफ कान लगाए खड़ी थी। जहां अचानक वह उसके दरवाजा खोल देने पर सकपकाई, वहीं उसे वहां देखकर पंकज भी बौखला गया था। मुंह से कोई आवाज न निकालते हुए उसने झल्लाकर सोनम को वहां से चले जाने का इशारा किया।

सोनम ने फौरन पीठ दिखा दी।

पंकज ने दरवाजा अंदर से बंद किया और बैड के करीब आया। राजेश कुमार ने धीमे स्वर में कहा–''वहीं थी न!''

''न . . . नहीं सर। कैसी बात कर रहे हैं आप!'' पंकज ने बात संभालते हुए कहा–''वे अपने कमरे की तरफ जा रही थीं।''

''कैसी खुश हो रही है साली।'' राजेश कुमार हंसा–''गुलाटी के सामने यूं जता रही थी जैसे हमारी सबसे बड़ी हमदर्द वही हो और इस वक्त तो वाकई हमारी हमदर्द बन गई होगी। हमारी शक्ल में करीब-करीब नब्बे करोड़ की हुंडी जो नजर आ रही होगी उसे।''

''अ . . . आप उनके बारे में इस ढंग से क्यों सोचते हैं सर?''

''हमसे ज्यादा कोई नहीं जानता कि उसके बारे में किस ढंग से सोचना है। खैर, तुम बेवजह डर रहे थे न! कुछ नहीं हुआ। देखो, हम पूरी तरह स्वस्थ हैं। इस तरह नर्वस नहीं होना चाहिए बच्चे, प्लान खुद तुम्हारा ही बनाया हुआ था और जब उस पर अमल करने का वक्त आया तो सबसे ज्यादा घबरा भी तुम्हीं रहे थे।''

''मैं यह सोचकर डर गया था सर कि . . .

''खैर छोड़ो, अंत भला सो सब भला। हर कदम पर वही हुआ जो सोचकर तुमने यह सारा प्लान बनाया था। अब किसी कर्जदाता की हिम्मत हमसे पैसा मांगने की नहीं पड़ेगी। सब हमारे स्वस्थ होकर अमेरिका जाने का इंतजार करेंगे।''

''ल . . . लेकिन यह कब तक चलेगा सर?''

''उससे पहले ही हम 'सुपरस्टार' का मुहूर्त रख देंगे और ऐसा मुहूर्त करेंगे कि पूरी इंडस्ट्री की आंखें खुली की खुली रह जाएंगी। ये फिल्मी दुनिया ऐसी ही है पंकज। तुम देखना–जो लोग कल तक राजेश कुमार को भाव नहीं दे

रहे थे, वे किस कदर सुपरस्टार में पैसे लगाने के लिए हमारे पीछे-पीछे दौड़े फिरेंगे। यकीनन तुमने बहुत सुपर आइडिया दिया। स्मिथ के एक बयान ने तहलका मचा दिया है। हम तुम्हारे और उसके शुक्रगुजार हैं।''

पंकज ने कुछ कहने के लिए मुंह खोला ही था कि मोबाइल बज उठा। उसने जेब से निकालकर देखा।

स्क्रीन पर आरोग्य हॉस्पिटल के करीब वाले पीसीओ का नंबर फ्लैश हो रहा था। उसने फौरन लाल बटन दबा दिया।

''किसका था?'' राजेश कुमार ने पूछा।

''झ . . . झुमरू का।'' पंकज के जो मुंह में आया कह दिया।

''कौन झुमरू?''

''वही, जिसके साथ मैं खोली में रहता था। उसे पता है न कि मैं आपके लिए स्टोरी लिख रहा हूँ। उसने भी टीवी पर न्यूज देख ली होगी। शायद इसीलिए फोन कर रहा है।''

बात खत्म होते-होते मोबाइल की बैल पुनः बजने लगी। इस बार जो उसने झुंझलाकर स्क्रीन पर नजर डाली तो फोन वाकई झुमरू का था। वह पुनः लाल बटन दबाने वाला था कि राजेश कुमार ने कहा–''रिसीव कर लो, बात कर लो उससे।''

उसे ग्रीन बटन दबाकर मोबाइल कान से लगाना पड़ा। झुमरू की चहकती हुई आवाज कान में पड़ी–''अभी-अभी टीवी देखा पंकज, मजा आ गया। तेरे राजेश कुमार की तो लाटरी खुल गई यार। मुबारक हो–अब तो वह बड़ी आसानी से फिल्म बना लेगा।''

''बाद में बात करता हूँ झुमरू, अभी सर की हालत ठीक . . .

''हां-हां यार, वो भी टीवी पर आ रहा है। क्या हुआ उन्हें?''

''कहा न, बाद में बात करता हूँ।'' कहने के बाद इस बार उसने फोन ही नहीं काटा बल्कि स्वीच ही ऑफ कर दिया क्योंकि डर था, नैना फिर ट्राई कर सकती है।

''बहुत चाहता है तुम्हें?'' राजेश कुमार ने पूछा।

''हां सर, मुंबई में उसी ने आसरा दिया था।''

''चाहे जितनी तरक्की कर लो लेकिन उसे कभी मत भूलना।'' यह सीख देने के बाद उसने कहा–''दराज से बोतल निकाल दो।''

''नो सर, प्लीज . . .

मगर, राजेश कुमार सुनने वाला कहां था!

पंकज ने काफी कोशिश की मगर वह नहीं माना। वह पीता रहा और पंकज स्क्रीन-प्ले पर डिस्कशन करने के बहाने वहीं बैठा रहा। इस वक्त उसका मकसद सिर्फ यह देखते रहना था कि व्हिस्की कहीं रियेक्शन न कर दे मगर ऐसा कुछ नजर नहीं आया। राजेश कुमार आराम से पीता रहा। दो घंटे बाद बोला–''हमें मालूम है पंकज तुम क्यों बैठे हो। चिंता मत करो, हमें कुछ नहीं होगा। अब तुम जाओ। हमें नींद आ रही है। कुछ देर सोएंगे।''

उसने जाने के लिए कह दिया था तो जाना ही था, भला पंकज की क्या बिसात थी! कमरे से निकलते वक्त पंकज सोच भी नहीं सकता था उस पर कौनसी मुसीबत टूटने वाली है। ऐसी मुसीबत जिसके बारे में वह स्वप्न में भी कल्पना नहीं कर सकता था।

⅄

सोनम अपने सुईट से ही नहीं, बैंग्लो से गायब थी। पंकज ने पोर्च में जाकर देख लिया था–मर्सिडीज नहीं थी।

कहां गई?

इस सवाल ने पंकज को बुरी तरह परेशान कर दिया। खासतौर पर इसलिए क्योंकि वर्तमान माहौल में उसे उसके बाहर चले जाने की उम्मीद नहीं थी। उसके अनुमान से तो इस वक्त वह उससे बात करने के लिए मरी जा रही होनी चाहिए थी।

वह बैड पर लेटा प्लान के बारे में सोचने लगा। प्लान पर अमल भी शुरू कर दिया था उसने मगर अभी तक सोनम को उसके बारे में कुछ नहीं बताया था। उसके पूछने पर हर बार यही कह दिया था कि–''अभी कुछ नहीं सूझा है।''

उसके इस जवाब पर वह हर बार बुरी तरह झल्लाई थी। याद दिलाया था कितने दिन बाकी रह गए हैं। एक बार तो झल्लाकर यह भी कहा था–''मुझे लगता है तुम्हारे बसका कोई प्लान-व्लान बनाना नहीं है। मुझे ही कुछ सोचना पड़ेगा।''

तब, पंकज ने गुस्से में कहा था–''तुम अपनी सड़ी हुई खोपड़ी को प्लान

से दूर ही रखना, मुझे तुम्हारे दिमाग की रेंज मालूम है। तुम उसे सीढ़ियों से लुढ़काने जैसी बचकानी बातों से आगे कुछ भी नहीं सोच सकतीं। याद रखना–तुम्हारी ऐसी कोई भी बेवकूफी हम दोनों को जेल पहुंचा देगी। दुर्घटना में नहीं मरना है उसे।''

''तो फिर कैसे मरेगा?'' वह चिल्लाई थी–''सीधे-सीधे कत्ल करोगे क्या उसका? ऐसा करोगे तो बच नहीं सकोगे।''

''मुझे मालूम है उसे कैसे मरना है।''

''तो बताते क्यों नहीं?''

''जरूर बताऊंगा मगर तब, जब मेरे दिमाग में पक्का प्लान बन जाएगा।'' पंकज ने उसे यह कहकर टाल दिया था जबकि वास्तव में उसके दिमाग में मुकम्मल प्लान बन चुका था।

उसे अच्छी तरह मालूम था राजेश कुमार कैसे मरेगा।

सोचते-सोचते उसकी तवज्जो एक बार फिर सोनम की तरफ चली गई–कहां गई वह? कहां है इतनी देर से? फोन करने की इच्छा हुई लेकिन फिर रुक गया। उसे मालूम था–मर्डर के बाद शुरू होने वाली इन्वेस्टिगेशन के वक्त पुलिस के द्वारा सबके मोबाइल्स की कॉल डिटेल्स खंगाली जाएंगी। उस वक्त यदि उसके और सोनम के बीच इतनी ज्यादा कॉल्स मिलीं तो पुलिस जरूर सोचेगी कि कहीं यह रिश्ता प्रगाढ़ तो नहीं है?

पंकज ऐसा कोई बीज नहीं बोना चाहता था इसलिए सोनम के मोबाइल पर कॉल नहीं की लेकिन इस बहाने उसे यह जरूर याद आ गया कि उसने मोबाइल बंद कर रखा है।

जेब से निकालकर ऑन किया ही था कि . . .

बाहर से गाड़ी के इंजन की आवाज आई। पंकज ने आवाज से ही पहचान लिया वह मर्सिडीज के इंजन की आवाज थी।

मतलब सोनम आ गई थी।

पंकज उठा और लॉबी पार करके मेनगेट की तरफ बढ़ ही रहा था कि कॉलबेल की आवाज गूंजी।

नजदीक पहुंचकर उसने दरवाजा खोला और . . . दरवाजा खोलते ही ऐसा महसूस हुआ जैसे किसी राइफल से निकली बुलेट 'धाड़' से उसके माथे में लगी हो। पलक झपकते ही आंखों के सामने अंधेरा छा गया। लहराकर गिरने ही वाला था वह कि बड़ी मुश्किल से खुद को संभाला। इसके बावजूद,

लाख कोशिशें करने पर भी मुंह से कोई आवाज नहीं निकली थी। ऐसा लग रहा था जैसे उसकी जुबान खुद उसी के काबू में न रही हो।

वह आंखें फाड़े ऐसे अंदाज में सोनम के साथ खड़ी नैना को देखे जा रहा था जैसे ख्वाब देख रहा हो।

''क्या हुआ पंकज?'' सोनम ने तंद्रा भंग की।

''इसे क्यों लाई हो यहां?'' वह अपनी आवाज में चीखने का पुट आने से नहीं रोक सका था।

''गुलाटी ने कहा था न, एक नर्स चाहिए।''

आपे से बाहर होकर वह फिर चिल्लाया–''सारी दुनिया में एक यही नर्स बची थी?''

''अरे!'' सोनम बोली–''तुम्हें क्या हो गया है पंकज?''

पंकज ने कुछ कहने के लिए मुंह खोला ही था कि उसके रौद्र रूप को देखकर डरी-सहमी नैना ने सोनम से कहा–''पर मैडम, आपने तो कहा था पंकज भी यही चाहता है। तभी तो मैंने अस्पताल से दस दिन की छुट्टी ली। यह तो मुझे यहां देखकर नाराज हो रहा है।''

''बात समझ में नहीं आ रही।'' सोनम ने पंकज को घूरते हुए कड़क और मालिकाना लहजे में कहा था–''कि क्यों नाराज हो रहा है यह! और मिस्टर पंकज, तुम मुझसे ऐसे अंदाज में बात कैसे कर सकते हो! इस घर की मालकिन मैं हूँ या तुम!''

पंकज सकपका गया।

सोनम ने बिल्कुल सही समय पर सही बात कही थी। नैना के सामने सोनम से इस अंदाज में बात करके वह भारी गलती कर रहा था। इससे तो नैना को उसके और सोनम के अंतरंग संबंधों की गंध आ सकती थी। पर वह भी क्या करता! नैना को यहां, उसके साथ देखकर उसका दिमाग ठिकाने पर ही कहां रह गया था!

लेकिन अब . . . तुरंत ही बात को संभालने की खातिर अपनी आवाज में हकलाहट पैदा करता बोला–''स . . . सॉरी मैडम, मैं आपसे इस अंदाज में बात करने के लिए माफी चाहता हूँ लेकिन . . .

''लेकिन?'' सोनम का लहजा और पैना हो गया।

''म . . . मैं सोच भी नहीं सकता था आप नर्स के रूप में इसे यहां ले आएंगी। असल में बात यह है कि . . .

''अजीब आदमी हो तुम।'' वह उसकी बात काटकर कहती चली गई–''जिस बात पर खुश होना चाहिए था, उस पर नाराज हो रहे हो। मैं तो यही सोचकर लाई थी तुम इसे यहां देखकर खुश हो जाओगे। हमें नर्स की जरूरत थी, मेट्रन ने बताया यह उसकी सबसे अच्छी नर्स है। सोचा था–काम भी हो जाएगा और इस बहाने तुम दोनों साथ भी रहोगे। कौन प्यार करने वाले साथ नहीं रहना चाहते! पर तुम तो मुझे सबसे निराले लग रहे हो।''

यह 'तीर' ही ऐसा था जिसकी पंकज को काट नजर नहीं आई। नैना के सामने वह यह नहीं कह सकता था कि कम से कम इस बैंग्लो में वह उसके साथ नहीं रहना चाहता।

''लेकिन पंकज।'' अब भी सहमी-सी नैना बोली–''न मैं मैडम के कहने से आई हूँ, न ही अपनी मर्जी से। इन्होंने कहा था तुम ऐसा चाहते हो। तुम्हारा फोन मिलाया तो ऑफ जा रहा था। अब भी, अगर तुम चाहते हो तो मैं वापस चली जाऊंगी।''

जी तो चाहा पंकज का कि उससे जाने के लिए कह दे पर समझ न पाया, ऐसा कहे कैसे? बाद में जब नैना पूछेगी उसने उसे वहां क्यों नहीं रहने दिया तो क्या जवाब देगा? बुरी तरह फंस गया था वह अतः रास्ता देता बोला–''आओ।''

''मैं तुम्हें तुम्हारा काम समझा देती हूँ।'' कहने के साथ सोनम नैना को लिए सीढ़ियों की तरफ बढ़ गई–''करने के लिए कोई खास काम नहीं है लेकिन देखा जाए तो बहुत खास भी है, तुम्हें चौबीस घंटे मेरे पति पर नजर रखनी है क्योंकि डाक्टर का कहना है शुगर लो होने के कारण वे किसी भी वक्त बेहोश हो सकते हैं।''

पंकज उन्हें सीढ़ियों पर चढ़ते देखता रहा। दिमाग बुरी तरह सन्नाया हुआ था। वह समझने की कोशिश कर रहा था नैना की यहां मौजूदगी से उसके प्लान पर क्या असर पड़ेगा।

''यह क्या बेवकूफी की तुमने?'' अकेले में तो पंकज बरस ही सकता था–''किससे पूछकर उठाया यह मूर्खतापूर्ण कदम?''

''मेरी समझ में नहीं आ रहा तुम इतने भड़के हुए क्यों हो!'' वह बोली–

''अगर मैं नैना को ले ही आई तो कौनसा पहाड़ टूट पड़ा! सीधी-सी बात है–गुलाटी ने नर्स रखने की सलाह दी थी तो रखनी तो थी ही, न रखते तो गुलाटी सोचता–काकू की बेहतरी के लिए हमें जो कदम उठाना था, क्यों नहीं उठाया!''

''मैं फिर वही कहूँगा, सारी दुनिया में एक वही नर्स . . .

''उसी में क्या बुराई है?''

''सबसे बड़ी बुराई तो यही है कि इस वक्त हम यहां बात कर रहे हैं और मेरा अंतर्मन इस डर से कांपा जा रहा है अगर वह यहां आ गई, हमारी बातें सुन लीं तो क्या होगा!''

''बेवजह डर रहे हो। वह यहां नहीं आ सकती। मैंने उसे काकू के सुईट के टीवी लाऊंज में बैठा दिया है। कांच से वह काकू पर नजर रखेगी। सख्ती से कहकर आई हूँ उसे वहां से एक सेकिंड के लिए भी नहीं उठना है क्योंकि वही उसकी ड्यूटी है। उसके यहां, तुम्हारे कमरे में आने का तो सवाल ही नहीं उठता।''

''मैं सिर्फ अब की बात नहीं कर रहा हूँ।'' पंकज ने ऐसे अंदाज में कहा जैसे अपने बाल नोंच लेना चाहता हो–''बल्कि हमेशा की बात कर रहा हूँ। अपने प्लान के तहत हमें अनेक बार बातें करने की जरूरत पड़ेगी। उसके द्वारा हमेशा हमें देख लेने या हमारी बातें सुन लेने का खटका बना रहेगा। हम उतने स्वतंत्र तरीके से मिल या बात नहीं कर सकेंगे। उसके रूप में तुमने खुद ही अपनी और मेरी गर्दन पर नंगी तलवार लटका ली है।''

''पर जानेमन।'' एकाएक उसने बहुत जानदार मुस्कान के साथ रहस्य में डूबे स्वर में कहा था–''अब हमें किसी भी प्लान पर काम करने की जरूरत ही क्या है?''

''मतलब?'' पंकज चकराया।

''मतलब यह मेरे जानेजिगर कि मरने पर वह केवल पचास करोड़ का है। जिंदा रहने पर नब्बे करोड़ का।'' सोनम मस्त नजर आ रही थी–''तो अब वह तुम जैसा कोई मूर्ख ही होगा जो मर्डर की बात सोचे। मैं तो अब उसे कम से कम तब तक अपनी जान देकर भी मरने से बचाऊंगी जब तक वह मैजिक मूवीज का एग्रीमेंट साइन नहीं कर देता। इसीलिए तो गुलाटी के मुंह से निकलते ही नर्स की व्यवस्था कर दी। इस वक्त किसी भी हालत में मरना नहीं चाहिए वह और एग्रीमेंट के बाद भी . . . भला क्या जरूरत है

उसे मारने की! अब तो वह बड़े आराम से तीस नवंबर से पहले प्रीमियम भी जमा कर देगा, मतलब–पॉलिसी चलती रहेगी। उसकी मौत पर तो पचास करोड़ मिलने ही हैं। जब नेचुरल डैथ होनी होगी हो जाएगी, मैं इंतजार कर लूंगी। तो मामले को यूं समझो मेरे राजा कि–वह काम करने पर हमें केवल पचास करोड़ मिलते जिसका करना यदि पुलिस की नजर में खुल जाता तो जेल की सलाखें भी मिल सकती थीं जबकि वह काम करने पर सौ करोड़ मिलेंगे जिसके करने पर दुनिया का कोई कानून हमें एक सेकिंड की भी सजा नहीं दे सकता बल्कि कुछ इनाम ही मिल सकता है क्योंकि किसी की जान बचाने की कोशिश करना समाज और कानून की नजर में पुण्य का काम है और अब हमें उसी काम में जुटना है।''

पंकज की समझ में पलक झपकते ही यह बात आ गई कि इस वक्त वह कौनसी दुनिया में सैर कर रही है। बहुत ही जहरीले स्वर में बोला वह–''तब तो तुम्हें मेरी भी जरूरत नहीं रह गई!''

''फरमा तो ठीक रहे हो।'' इस वक्त उसके इतराने का कोई ठिकाना नहीं था–''तुम्हारी जरूरत मुझे सिर्फ उसका मर्डर करने में थी। जिंदा रखने में भला तुम्हारी क्या जरूरत है! बल्कि अगर यूं कहा जाए तो जरा भी गलत नहीं होगा अब तो तुमसे ज्यादा मुझे तुम्हारी महबूबा की जरूरत है क्योंकि एक नर्स किसी को जिंदगी देने में सहायक हो सकती है लेकिन . . .

''लेकिन?''

इस बार जवाब उसने मुंह से नहीं दिया बल्कि आगे बढ़ी।

पंकज के बेहद करीब पहुंची और अभी वह कुछ समझ भी न पाया था कि उचककर झट से उसके होंठ चूम लिए।

''क . . . क्या कर रही हो!'' वह घबराकर पीछे हटा–''खबरदार जो मुझे छूने की कोशिश की।''

''यही तो . . . यही तो समझाना चाहती हूँ मैं तुम्हें कि मुझे तुम्हारी कितनी जरूरत है मगर तुम हो कि समझने को ही तैयार नहीं हो।'' वह कहती चली गई–''इतनी ज्यादा जरूरत है मुझे तुम्हारी कि अब मैं चाहूँ भी तो तुम्हें नहीं छोड़ सकती। क्या फर्क पड़ता है इस बात से कि हम साथ काम कर रहे हैं या नहीं! जो वादे मैंने तुमसे किए हैं, उन्हें जरूर निभाऊंगी। अच्छा ही तो हुआ हमें काकू के खून से हाथ नहीं रंगने पड़ेंगे। ऊपर वाला कितना दयालु है, उसने कितनी खूबसूरती से हमारी सुन ली। कोई भी गैरकानूनी काम किए

बगैर हमारे हाथ नब्बे करोड़ लगने वाले हैं। मेरे भी सारे सपने पूरे होंगे, तुम्हारे भी। तुम्हारी स्टोरी पर फिल्म जरूर बनेगी।''

पंकज समझ न सका यह सब उसने किस सेंस में कहा था। उस वक्त तो उसकी समझ में केवल यही बात आई कि यह सब वह उसके बैंक लॉकर में रखे कॉन्ट्रेक्ट के कारण कहने पर विवश है। वह न होता तो अब तक धक्के देकर बैंग्लो से बाहर निकाल चुकी होती क्योंकि जिस 'हवा' में इस वक्त वह थी, उसमें सचमुच उसे उसकी कोई जरूरत नहीं रह गई थी।

उसे धरती पर लाना जरूरी हो गया था इसलिए बोला–''इस वक्त जो तुम सोच रही हो, उस पर मुझे हंसी आ रही है।''

''तो हंसो।'' वह अब भी मस्त थी।

''बल्कि जी चाह रहा है–जोर-जोर से ठहाके लगाऊं।''

''तो लगाओ न! रोका किसने है!''

''पर मेरे ठहाकों पर तुम जार-जार रोओगी।''

''मतलब?''

''मतलब यह सोनम बी कि तुम बहुत बड़ी खुशफहमी में फंस गई हो।'' उसे पूरी तरह धरती पर पटक देने का निश्चय करके पंकज कहता चला गया–''उसी खुशफहमी में फंस गई हो जिसमें मैंने सारी दुनिया को फंसा दिया है।''

उसकी पलकें सुकड़ीं–''क्या कहना चाहते हो?''

''मैजिक मूवीज से सर का कोई एग्रीमेंट नहीं होने वाला है।''

''क . . . क्या?'' जैसे उसे अपने कानों में नुक्स लगा।

''हकीकत यही है।''

वह बुरी तरह चिल्लाई–''यह क्या बक रहे हो तुम?''

''वही, जो सच्चाई है।''

इस बार सोनम के मुंह से बोल न फूट सका। पंकज की तरफ इस तरह देखती रह गई वह जैसे मिस्र की पिरामिडों को देख रही हो। साफ नजर आ रहा था उसके दिमाग को बिजली का बहुत तेज झटका लगा है। फिर, वह इस तरह बोली जैसे नींद में बड़बड़ा रही हो–''ऐसा कैसे हो सकता है! मेरी कसम . . . नहीं, नैना की कसम खाकर कहो पंकज कि यह सच है।''

''नैना की कसम, सच यही है।''

वह 'धम्म' से सोफे पर जा गिरी। ऐसे अंदाज में जैसे अज्ञात ताकत ने उठाकर पटक दी हो। बहुत देर तक यूं ही पड़ी रही वह।

यूं–जैसे किसी ने यह समझा हो वह अरबों-खरबोंपति बन गया है और फिर यह पता लगा हो ऐसा वास्तव में नहीं हुआ था बल्कि उसने तो सपना देखा था। ऐसी हालत हो गई उसकी जैसे ऐसा शानदार सपना देखने वाला जागने के बाद भी बहुत देर तक बगैर हिले-डुले बिस्तर पर पड़ा रह जाए। मुंह से बहुत देर बाद आवाज निकली–''ऐसा कैसे हो सकता है?''

''क्यों नहीं हो सकता?'' पंकज ने कहा।

''सारे चेनल्स पर इतनी बड़ी खबर!''

''वह मेरा करिश्मा है।''

''त . . . तुम्हारा करिश्मा?'' सोनम के सिर पर बम फट रहे थे।

''एक सिरे से दूसरे सिरे तक मेरा करिश्मा।'' पंकज ने गर्व से कहा–''मैंने ही उड़वाई है इतनी बड़ी अफवाह।

''य . . . यह क्या कह रहे हो तुम!'' वह जैसे पगला गई थी–''अब भी कह दो पंकज कि तुम झूठ बोल रहे हो।''

''झूठ वह है जो दुनिया समझ रही है और दुनिया के साथ तुम भी मेरी साजिश का शिकार हो गईं।''

''त . . . तुम्हारी साजिश?''

''मजे की बात यह है कि इस साजिश में खुद सर ने मेरा साथ दिया। बल्कि यह कहूँ तो ज्यादा मुनासिब होगा, यह मेरे दिमाग का चमत्कार है। अपने मतलब की अफवाह उड़ाने के लिए मैंने उन्हीं की मदद हासिल कर ली। वे यह सोचते रहे मैं उनकी समस्या हल कर रहा हूँ जबकि मैंने अपने प्लान पर काम शुरू कर दिया था।''

''प्लान पर काम?''

''यस।''

''पर प्लान तो अभी बना ही नहीं है।''

''कभी का बन चुका मैडम बल्कि जैसा कि मैंने कहा–उस पर अमल भी शुरू कर चुका हूँ।''

''मुझसे तो यह कहते रहे कि . . .

''वह तुमसे कहने की बात थी जानेमन।''

''ऐसा क्यों किया तुमने! मुझसे प्लान छुपाने का क्या मतलब हुआ! तय

ये हुआ था, प्लान बनाने के बाद उस पर अमल करने से पहले दोनों अच्छी तरह सोचेंगे ताकि कोई कमी न रह जाए क्योंकि कमी रहने पर दोनों का एक ही अंजाम होना है।''

''कम से कम यहां तक के प्लान में कोई कमी नहीं थी, यह बात इसी से साबित हो जाती है कि जिस भ्रम में मैंने सारी दुनिया को फंसाया है, उस भ्रम की शिकार तुम खुद भी हो गईं।''

''पूरी बात बताओ–क्या खेल है यह?''

''एक बार सर ने मुझे बताया था हॉलीवुड की प्रसिद्ध कंपनी मैजिक मूवीज में उनका दोस्त है। उसकी मदद से उन्होंने अंदरखाने यह अफवाह उड़वा रखी है कि उनके और मैजिक मूवीज के बीच किसी सौदे की बात चल रही है। इसी वजह से तकादेदार सख्त तकादे नहीं कर रहे हैं। कल जब हम ऑफिस खाली करके लौट रहे थे। सर यह सोचकर चिंतित थे अब तकादेदार उनका जीना हराम कर देंगे। उसी समय मेरे दिमाग में अपने प्लान का एक प्वांइट आया और उसी को ध्यान में रखकर मैंने उन्हें मैजिक मूवीज में मौजूद दोस्त से यह बात करने की सलाह दी कि अगर वह यह बयान दे दे कि उसकी कंपनी ने सर की पुरानी फिल्मों के राइट्स खरीद लिए हैं तो कोई, तकादेदार परेशान नहीं करेगा। उस वक्त वे यह कहकर रह गए स्मिथ शायद इस लेबल तक जाकर मदद न कर सके। मैं निराश हो गया क्योंकि मेरा उल्लू सीधा नहीं हुआ था लेकिन आज सुबह उन्होंने मुझे कमरे में बुलाया। वे बहुत खुश थे। बताया कि रात उनकी स्मिथ से बात हुई थी। वह मदद करने को तैयार है। आज किसी समय यह बयान दे देगा कि मैजिक मूवीज ने दो करोड़ डॉलर्स में हमारी पुरानी फिल्मों के राइट्स खरीदने का अंतिम निर्णय ले लिया है। टीवी पर यह न्यूज आने के बाद लोग सोचेंगे कि ऐसा है तो हम फौरन अमेरिका जाकर एग्रीमेंट साइन क्यों नहीं कर रहे। मैंने कहा–'इसका तो वही हल है सर जो मैंने कल सुझाया था। यह कि कोई डाक्टर आपको बीमार घोषित करे और साथ ही यह कहे कि फिलहाल आप हवाई सफर नहीं कर सकते।' यह बात सुनकर सर ने कहा–'यह काम केवल गुलाटी कर सकता है क्योंकि वह हमारा फैमिली डाक्टर है लेकिन फैमिली डाक्टर से बहुत पहले वह हमारा लंगोटिया यार है और सिद्धांतों का बहुत पक्का है। अगर हम वाकई बीमार न हुए तो वह किसी हालत में न हमें बीमार घोषित करेगा और न ही यह कहेगा हमें हवाई सफर नहीं करना है। तब मैंने कहा–''डाक्टर को

धोखा देना कौनसी बड़ी बात है सर! अच्छे भले आदमी को यदि इंसुलिन का इंजेक्शन लगा दिया जाए तो कुछ देर में उसकी शुगर लो हो जाएगी और उस पर बेहोशी छा जाएगी। जांच करने पर डाक्टर यह तो पता लगा लेगा शुगर लो हो गई है लेकिन उसे यह पता नहीं लग सकेगा ऐसा इंसुलिन के इंजेक्शन के कारण हुआ है। उसे लगेगा–पेशेंट को शुगर की बीमारी लग गई है और इलाज शुरू कर देगा। अगर किसी की शुगर लो हो जाए तो चीनी का घोल पिला देना सबसे बेहतरीन दवा है। डाक्टर वही करेगा। कुछ देर बाद बॉडी का शुगर लेबल नॉर्मल हो जाएगा और आप होश में आ जाएंगे।' सर को मेरी बात जम गई। उन्होंने कहा–'जाओ, बाजार से इंसुलिन ले आओ।' मैंने खुशी-खुशी उनके हुक्म का पालन किया मगर जब वक्त आया यानी उन्होंने इंसुलिन का इंजेक्शन लगाने के लिए कहा तो मेरे हाथ-पांव फूल गए। यह सोचकर बुरी तरह घबरा गया मैं कि इलाज में कहीं देर न हो जाए, सर कहीं सोते के सोते ही न रह जाएं। उस वक्त सर ने ही मेरी हिम्मत बढ़ाई बल्कि अगर यह कहूँ तब भी गलत नहीं होगा कि उन्होंने मुझसे जबरदस्ती इंजेक्शन लगवाया।''

पंकज ने जो कुछ बताया उसे सोनम ने इस तरह सुना जैसे कोई बच्चा दादी मां से कहानी सुन रहा हो। पंकज के चुप होने के बाद भी उसके मुंह से एक लफ्ज न निकल सका और जब निकला तो यह निकला–''मतलब यह हुआ कि इतनी बड़ी अफवाह उसने खुद को तकादेदारों से बचाने के लिए उड़वाई है?''

''अपनी नजर में तो ऐसा ही किया है उन्होंने।''

''मतलब?''

''यह अफवाह उनसे ज्यादा हमारे हक में है . . . बल्कि तुम्हारे।''

''कैसे?''

''जरा सोचो–भले ही उनकी मौत चाहे जैसे होती लेकिन पचास करोड़ की पॉलिसी की मौजूदगी के कारण हम इंश्योरेंस वालों और पुलिस को किसी भी हालत में यह सोचने से नहीं रोक सकते थे कि हो न हो . . . यह भी हो सकता है कि–पचास करोड़ की खातिर राजेश कुमार का मर्डर उसकी बीवी ने ही कर या करवा दिया हो लेकिन अब . . . अब वे ख्वाब में भी ऐसा नहीं सोच सकते क्योंकि यह बात खुली किताब की तरह उनके सामने होगी कि राजेश कुमार की मौत से उसकी बीवी को पचास करोड़ का फायदा

नहीं बल्कि नब्बे करोड़ का नुकसान हुआ है। कोई बीवी इतनी बड़ी मूर्ख नहीं हो सकती जो उस पति की हत्या करके उसकी पॉलिसी के पचास करोड़ हासिल करने के बारे में सोचे जिसके जीते जी नब्बे करोड़ आने वाले थे।''

''व . . . वैरीगुड . . . वैरीगुड पंकज। मार्वलस प्लान!'' पूरी बात समझ में आते ही सोनम उछल पड़ी–''मैं भी तो यही कह रही थी कि जब उसके जीने से नब्बे करोड़ मिलने वाले हैं तो उसे मारें क्यों? वैरीगुड। किसी हालत में पुलिस का शक मुझ पर नहीं जा सकता।''

पंकज ने सिगरेट सुलगाई।

सोनम ने भी सिगरेट सुलगाने के बाद कहा–''लेकिन अब भी, एक गलती की तुमने।''

''क्या?''

''खुद ही जिद करके लगवा रहा था कमबख्त। इंसुलिन की मात्र थोड़ी ज्यादा दे देते। सोता रह जाता। किस्सा ही खत्म था।''

''मुझे मालूम था–तुम्हारे सड़े हुए दिमाग में सड़े हुए आइडियों के अलावा कुछ नहीं आ सकता। इसीलिए कहा था–प्लान-व्लान सोचने की कोशिश से दूर ही रहना।''

''क्यों? इसमें क्या बुराई थी? गुलाटी को यही लगता शुगर लो होने के कारण उसका दोस्त सोता का सोता रह गया।''

''गुलाटी को ही तो लगता मूर्ख, पोस्टमार्टम करने वालों को तो नहीं लगता! उसका बिसरा देखते ही वे इस नतीजे पर पहुंच जाते कि उसे इंसुलिन दी गई थी और . . . तब गुलाटी कहता–'इंसुलिन क्यों दी गई थी काकू को? उसे तो शुगर थी ही नहीं।' ज्यादा माथापच्ची नहीं करनी पड़ती पुलिस को क्योंकि बैंग्लो में हम ही दोनों हैं।''

''ओह!'' सोनम का चेहरा पीला पड़ गया। ऐसी हालत हो गई उसकी जैसे जेल जाने से बाल-बाल बची हो। दो-तीन तगड़े कश लगाने के बाद बोली–''तो अब तुम्हारा प्लान क्या है?''

''पहले यह बताओ, तुम्हारी अक्ल में यह बात घुसी या नहीं कि तुमने नैना को यहां लाकर बहुत बड़ी भूल की है?''

जवाब देने से पहले वह कुछ देर सोचती रही, फिर बोली–''ये बात तो मैं अब भी नहीं समझ पाई। गुलाटी ने अगर नर्स रखने के लिए कहा है तो वह तो रखनी ही पड़ेगी। नहीं रखेंगे तो . . .

‘‘वो बात ठीक है। नर्स तो अपने प्लान के मुताबिक मुझे भी रखनी थी लेकिन वह नैना नहीं, कोई और होती।’’

‘‘नैना के होने से क्या फर्क पड़ गया बल्कि मैं तो कहती हूँ कुछ अच्छा ही हुआ है। नई लड़की जाने कैसी होती! मर्डर के बाद पता नहीं पुलिस को क्या बयान देती! नैना कम से कम अपनी तो है! वह हम दोनों में से किसी का बुरा नहीं चाह सकती।’’

‘‘अगर उसे हमारे संबंधों और इरादों की भनक लग गई तो हमारा उससे ज्यादा बुरा कोई नहीं चाह सकता।’’

सोनम खामोश रह गई।

‘‘मैं उसे इस झमेले से दूर रखना चाहता था।’’

‘‘मैं उसे वही सब सोचकर लाई थी जो बता चुकी हूँ और अब भी, मुझे उसके यहां रहने में कोई बुराई नजर नहीं आ रही। फिर भी अगर तुम कहते हो तो उससे जाने के लिए कह देती हूँ।’’

‘‘भले ही चाहे जिस ढंग से कहो मगर अब उसे यह समझने से कोई नहीं रोक सकता ऐसा तुम मेरे कहने से कह रही हो, इसलिए कह रही हो क्योंकि मैं नहीं चाहता वह यहां रहे। इससे दो मुसीबतें खड़ी हो जाएंगी। पहली–वह मेरी जान खा जाएगी। मेरे पास उसके इस सवाल का कोई जवाब नहीं होगा कि मैं उसे बैंग्लो में क्यों नहीं चाहता था। दूसरी–वह सोचेगी, सोनम चाहती थी मैं बैंग्लो में रहूँ। पंकज चाहता था, न रहूँ। मालकिन होने के बावजूद सोनम की न चली, पंकज की चली। ऐसा क्यों हुआ? इसका जो जवाब उसके जहन में उभरेगा वह बहुत खतरनाक होगा।’’

‘‘बात तो ठीक है।’’

‘‘इसलिए अब हम उसे जाने को नहीं कह सकते।’’

‘‘तो क्या करें?’’

‘‘अतिरिक्त सावधानी बरतने के अलावा अब कुछ नहीं किया जा सकता। अकेले में बहुत कम मिलेंगे हम। केवल तब, जब बेहद जरूरी हो जाएगा और उसके सामने एक-दूसरे से संभलकर बात करेंगे। मैं तुम्हें अभी बता देना चाहूँगा कि वह एक्स्ट्रा ब्रिलिएंट लड़की है। उड़ती चिड़िया के पंख तक गिन सकती है वह।’’

‘‘अब आगे के प्लान के बारे में भी तो कुछ बताओ।’’

पंकज ने कहा–‘‘तुम्हें किसी भी तरह राजेश कुमार को नशा मुक्ति केंद्र

चलने के लिए तैयार करना है।''

''नशा मुक्ति केंद्र?'' सोनम चौंकी।

''हां।''

''उससे क्या होगा?''

''मेरे प्लान का अगला स्टेप यही है।''

''नशा मुक्ति केंद्र जाकर क्या होगा?'' बात सोनम की समझ में नहीं आ रही थी–''पूरा प्लान बताओ न!''

''पहले उसे नशा मुक्ति केंद्र चलने के लिए तैयार करो।'' पंकज ने रहस्यमय मुस्कान के साथ कहा था–''उसके बाद सबकुछ बता दूंगा। सुनकर तुम्हारी तबियत ग्लैड हो जाएगी।''

सोनम अधूरी-सी रह गई।

⅄

राजेश कुमार सोया हुआ था।

कांच के इस तरफ, टीवी लाऊंज में एक मेज के पीछे कुर्सी पर बैठी नैना 'खेल गया खेल' पढ़ रही थी।

पंकज आहिस्ता-से दरवाजा खोलकर अंदर दाखिल हुआ।

उसे देखकर नैना की बड़ी-बड़ी आंखों में तुरंत शिकायत का भाव विद्यमान हो गया। नॉवल उल्टा करके मेज पर रखा और उसे चुभती नजरों से देखने लगी।

मेज के इस तरफ पड़ी कुर्सी पर बैठते हुए पंकज ने बहुत धीमे स्वर में कहा–''इस तरह क्यों देख रही हो?''

''पहचानने की कोशिश कर रही हूं तुम्हें।''

''प . . . पहचानने की?''

''यहां आकर बहुत बदल गए हो।''

''क . . . क्या बात कर रही हो?''

''फोन पर हमेशा मिलने के लिए कहते रहते थे। नहीं मिल पाती थी तो नाराज होते थे लेकिन अब . . . जब ऐसा मौका आया कि हम साथ रह सकते थे तो . . .

''तो?''

''सोनम मैडम से दूसरी नर्स का इंतजाम करने के लिए कह दिया है। मैं शाम को चली जाऊंगी।''

''क्यों?''

''क्योंकि तुम नहीं चाहते मैं यहां रहूँ।''

''ऐसा कुछ भी नहीं है।''

''झूठ मत बोलो।'' वह दांत भींचकर बोली।

''मतलब?''

''मुझे देखते ही तुम्हारा माथा ठनक गया था, बल्कि चिल्ला ही पड़े थे सोनम मैडम पर। साफ-साफ कहा था तुमने कि वे मुझे क्यों ले आईं! मेरी समझ में तो यह सारा किस्सा ही नहीं आया। पहली बात–तुम सोनम मैडम पर इस तरह चिल्ला कैसे सकते हो? दूसरी बात–अगर तुमने मुझे लाने के लिए नहीं कहा तो सोनम मैडम ने मुझसे झूठ क्यों बोला? चक्कर क्या चल रहा है यहां?''

पंकज के दिमाग में सनसनी दौड़ गई। वही खतरा उत्पन्न हो रहा था जिसकी उसे आशंका थी। संभलकर बोला–''कोई चक्कर नहीं चल रहा नैना। सोनम मैडम ने मेरा नाम सिर्फ इसलिए ले दिया होगा क्योंकि उसके बगैर तुम आने को तैयार नहीं हुई होंगी और जिस तरह से मैं उनसे बोल बैठा वह मेरी गलती थी। देखा तो होगा तुमने–मैंने फौरन माफी मांग ली थी।''

''पर इस तरह तुम बोले ही क्यों?''

''क्योंकि उस वक्त मैं सचमुच तुम्हें यहां नहीं चाहता था, शायद इसीलिए उनके साथ तुम्हें देखकर गुस्से में बोल बैठा।''

''वही तो पूछ रही हूँ–क्यों नहीं चाहते थे?''

पंकज के पास जवाब तैयार था। बोला–''मैं नहीं चाहता यहां किसी को हमारे संबंधों के बारे में पता लगे।''

''सोनम मैडम और राजेश सर के अलावा यहां है ही कौन? और सोनम मैडम को तो पहले ही से पता है।''

''सर को तो नहीं पता!''

''क्यों?''

''सर ने मुझसे पूछा था–तुम्हारी कोई गर्लफ्रेंड है?'' पंकज बहुत संभलकर जवाब दे रहा था–''मैंने मना कर दिया था।''

''क्यों मना किया था?''

''वह पहले दिन की बात है, सोचा था–पता नहीं क्या सोचेंगे और अब

यह नहीं चाहता उन्हें पता लगे मैंने झूठ बोला था।''

''चलो ठीक है, अब तो मैं शाम को चली ही जाऊंगी।''

''नहीं।'' वह अधिकारपूर्ण स्वर में बोला–''तुम नहीं जाओगी।''

जवाब में नैना कुछ बोली नहीं, तीखी नजरों से बस देखती रही उसकी तरफ। जैसे जानने की कोशिश कर रही हो, क्या वह वास्तव मे वही चाहता है जो कह रहा है! इधर, पंकज के जहन में जैसे राजेश कुमार के मर्डर के बाद के दृश्य चल रहे थे। उन्हीं को ध्यान में रखता बहुत संभलकर बोला–''बस यह चाहता हूँ सोनम मैडम के अलावा किसी को . . . किसी को भी हमारे संबंध के बारे में पता न लगे।''

''फिर वही बात, मैं यह कह रही हूँ उनके और राजेश सर के अलावा यहां है ही कौन? किसकी बात कर रहे हो तुम?''

''डाक्टर गुलाटी आ सकते हैं, कोई और भी आ सकता है। मेरे कहने का मतलब किसी भी और से . . .

''हां, मैं तो गले में ढोल डालकर उसे बजाती हुई, चीख-चीखकर लोगों को बताऊंगी कि मैं एक गधे से प्यार करती हूँ।''

उसकी अदा पंकज के होठों पर मुस्कान ले आई। बोला–''वो वक्त भी आएगा जब मैं तुमसे ऐसा करने के लिए कहूँगा।''

''उसी के लिए तो व्रत रख रही हूँ।'' अचानक वह भावुक हो गई–''वह दिन लाने के लिए जब तुम मेरे घर जाकर मेरा हाथ मांगो तो पापा या भैया को कोई आपत्ति न हो बल्कि उन्हें गर्व हो कि उनकी बेटी और बहन का हाथ एक बहुत बड़ा राइटर मांग रहा है।''

''आएगा नैना, वह दिन जरूर आएगा।''

''अब तो मुझे भी लग रहा है शंकर भगवान मेरी सुनने वाले हैं। मैंने टीवी पर खबर देखी। अब तो राजेश सर को इतने पैसे मिलने वाले हैं कि वे आराम से पिक्चर बना लेंगे।''

इस तरह, उनके बीच सामान्य बातें होने लगीं। नैना को नॉर्मल करने के कुछ देर बाद बोला–''अब मैं चलता हूँ नैना, अपने कमरे में जाकर लिखना है। जल्दी से जल्दी स्टोरी पूरी करनी है न!''

''हां। जाओ। और सुनो . . .।'' उसने कहा–''मन लगाकर काम करना। मेरी यहां मौजूदगी के कारण डिस्टर्ब मत होना। ऐसा करोगे तो मैं सचमुच चली जाऊंगी।''

उसकी बात और अंदाज के कारण पंकज के दिल में असीम प्यार उमड़ा। कितनी निश्छल थी वह! हर तरफ से उसकी बस एक ही भावना थी। यह कि–पंकज एक कामयाब राइटर बन जाए। वह उसकी राह में बाधा नहीं बनना चाहती थी। पंकज ने राजेश कुमार पर निगाह डाली। वह गहरी नींद में सोया हुआ था। लगा–मौका ठीक है। अपनी भावनाओं पर भी काबू नहीं पा . . . पा रहा था वह। उन्हीं से घिरा खड़ा होता हुआ तेजी से झुका और नैना के होंठ चूम लिए और . . . नैना पर ऐसी प्रतिक्रिया हुई थी जैसे अनर्थ हो गया हो।

बुरी तरह सकपका गई थी वह।

घबराकर कांच के पार सो रहे राजेश कुमार की तरफ देखा।

फिर, सांवले चेहरे पर लाज की ऐसी सुर्खी आकर ठहर गई–जैसी सूर्यास्त के वक्त गगन पर ठहर जाती है और उस सुर्खी ने नैना का चेहरा इस कदर दमका दिया था कि पंकज की इच्छा उसे अपने हाथों में भरकर एक बार फिर गुलाब की पंखुड़ियों को चूमने की हुई लेकिन ऐसा किया नहीं उसने।

दिल को मसोसे टीवी लाऊंज से बाहर निकलता चला गया।

कितनी मिठास थी नैना के स्पर्श में! कैसी शर्माई थी वह उसकी छोटी-सी शरारत पर! और एक सोनम थी। महाबेशर्म! हमेशा बिछने को तैयार। साली ब्लैकमेलर!

शाम के पांच बजे राजेश कुमार की नींद टूटी। आंखें खुलते ही उसकी नजर कांच के उस पार, टीवी लाऊंज में बैठी लड़की पर पड़ी।

अजनबी लड़की को देखकर वह चौंका।

उधर, उसे उठता देखते ही नैना ने नॉवल टेबल पर रखा और टीवी लाऊंज से निकलकर गैलरी में आ गई। वह तेजी से गैलरी के अंतिम छोर पर स्थित सोनम के कमरे की तरफ बढ़ रही थी। सोनम ने उसे पहले ही अपना सुईट बता दिया था, कहा था जैसे ही राजेश कुमार सोकर उठें, उन्हें बता दे।

वह वही करने जा रही थी।

बंद दरवाजे पर नॉक किया।

''कौन?'' सोनम की आवाज आई।

''राजेश सर उठ गए हैं मैडम।''

''ओके। तुम चलो, मैं आती हूँ।''

नैना बगैर कुछ कहे पलटी और पुनः तेजी से चलती हुई राजेश कुमार के सुईट की तरफ लपकी। दरवाजे के नजदीक पहुंची ही थी कि राजेश कुमार बाहर आ गया।

नैना ठिठक गई।

राजेश कुमार भी उसे देखता रह गया। कुछ देर दोनों के बीच खामोशी छाई रही। फिर राजेश कुमार ने पूछा–''कौन हो तुम?''

''न . . . नैना।'' उसने सकपकाकर कहा।

राजेश कुमार नर्स की ड्रेस देखकर काफी कुछ समझ गया था। बोला–''कौन लाया तुम्हें यहां?''

''ज . . . जी, सोनम मैडम।''

राजेश कुमार पुनः कुछ कहने ही वाला था कि तेजी से उनकी तरफ आती सोनम ने कहा–''आप इस तरह उठकर क्यों आ गए?''

''क्यों भई! क्या हुआ है हमें?'' वह हंसा था।

''अभी कमजोरी होगी। आपको इस तरह नहीं उठना चाहिए।'' भले ही सोनम को मैजिक मूवीज वाली न्यूज की असलियत पता लग गई थी मगर इस बात को जाहिर नहीं कर सकती थी अतः फिक्र दर्शाती बोली–''उन्हें सहारा दो नैना।''

नैना आगे बढ़ी ही थी कि राजेश कुमार ने रोक दिया। सोनम के एटीट्यूट को इंज्वॉय करता बोला–''बड़ी प्यारी बच्ची है मगर इसकी क्या जरूरत थी! हम बिल्कुल ठीक हैं।''

''गुलाटी ने कहा था . . .

''गुलाटी तो पागल है। तुम क्यों पागल बन गई!'' कहने के बाद उसने लॉबी में बैठने की इच्छा जाहिर की और उसकी इच्छा के आगे भला किसकी क्या चल संकती थी!

कुछ देर बाद वे लॉबी में थे, फिर पंकज भी कमरे से निकलकर वहां आ गया। उनके बीच बातें चल ही रही थीं कि गुलाटी आ पहुंचा। नैना को देखते ही उसने सोनम से कहा–''अरे वाह सोनू, तुम्हारी सर्विस तो जरूरत से ज्यादा क्विक है।''

''अबे तू गधा है।'' राजेश कुमार ने गुलाटी से कहा–''हमें कुछ नहीं हुआ है। बेवजह का अखाड़ा जोड़े दे रहा है।''

''मीडिया को जाकर बता दूं तुझे कुछ नहीं हुआ है!''

''क्या बात कर रहा है यार।'' राजेश कुमार सकपकाया।

''हुआ तो तुझे वास्तव में कुछ नहीं है।'' ग्लूको मीटर से उसका ब्लड चैक करने के बाद गुलाटी ने कहा–''इस वक्त शुगर एकदम नॉर्मल है। मुझे आश्चर्य है उस वक्त तेरी शुगर एकदम इतनी लो कैसे हो गई थी। फिर भी . . .'' उसने सोनम की तरफ देखते हुए कहा था–''ग्लूको मीटर ले आओ सोनू, इससे शुगर चैक करनी बहुत आसान है। दिन में तीन बार चैक करती रहो।''

सोनम ने स्वीकृति में गर्दन हिलाई।

''मीडिया को मत बता देना शुगर नॉर्मल है।'' राजेश कुमार ने हंसते हुए कहा–''वरना वे फिर वहीं पहुंचा देंगे।''

सोनम को पंकज द्वारा दिए गए निर्देश का पालन करने के लिए यह मौका और माहौल बिल्कुल ठीक लगा, इसलिए बेहद गंभीर स्वर में गुलाटी से बोली–''गुलाटी, जब तक काकू को कोई बीमारी नहीं लगी थी, तब तक बात अलग थी लेकिन अब . . . जबकि शुगर हो गई है तो इसकी शराब छुड़वानी पड़ेगी।''

गुलाटी ने इस तरह सोनम की तरफ देखा जैसे उसने असंभव बात कही हो। बोला–''तुम छुड़वा सकोगी?''

''काकू की बेहतरी के लिए करना तो होगा ही यह काम।''

''मैं तो कोशिश कर-करके थक गया हूँ। तुम भी करके देख लो। पर यह बात पक्की है अब इसे शराब छोड़ देनी चाहिए।''

राजेश कुमार ने कहना चाहा–''अबे गुलाटी तू . . .

''आप चुप रहिए।'' सोनम ने पति को असीम प्यार करने वाली पत्नी की मानिंद अधिकारपूर्ण लहजे में कहा–''इस मामले में कुछ नहीं बोलेंगे, मुझे गुलाटी से बात करने दीजिए।''

राजेश कुमार को सोनम का यह लहजा सुनकर मजा आया। तीन साल में उसने पहली बार उसके मुंह से ऐसा लहजा सुना था और वह इसका कारण भी समझ रहा था। उसे समझने के कारण ही होठों पर बेहद जानदार मुस्कान उभरी थी।

सोनम पुनः गुलाटी पर ध्यान केंद्रित करती बोली–''यह तो तुम भी

जानते हो, मैं भी कि ये किसी के कहने से शराब नहीं छोड़ेंगे। क्या इन्हें नशा मुक्ति केंद्र ले जाने से कोई लाभ हो सकता है?''

''बिल्कुल हो सकता है।'' गुलाटी ने कहा–''मगर यह जाने के लिए तैयार हो, तब न!''

''उसे छोड़ो गुलाटी, ये तैयार हो या न हो लेकिन अगर लाभ हो सकता है तो मैं इस काम को करूंगी। बहुत चल ली इसकी जिद। प्यार करने वालों को बीमार आदमी की नहीं सुननी चाहिए।''

गुलाटी सोनम की तरफ ऐसी नजरों से देखने लगा जैसे जानने की कोशिश कर रहा हो वह काकू से इतना प्यार कब से करने लगी है! सोनम ने कहा–''इस तरह क्या देख रहे हो?''

गुलाटी बोला–''कोई भी आदमी व्हिस्की इसलिए पीता है क्योंकि उसकी बॉडी एल्कोहल मांगने लगती है। नशा मुक्ति केंद्र की दिनचर्या और ट्रीटमेंट ऐसा होता है कि बॉडी एल्कोहल मांगना कम कर देती है। शुरू में पेशेंट को थोड़ी तकलीफ होती है लेकिन वे उसे एल्कोहल नहीं लेने देते। एक दिन ऐसा आता है कि खुद पेशेंट को ही एल्कोहल अच्छा नहीं लगता।''

''तो फिर ठीक है, अब तुम मुझ पर छोड़ दो।'' सोनम ने विश्वास भरे स्वर में कहा–''मैं इन्हें नशा मुक्ति केंद्र ले जाकर ही दम लूंगी।''

कोई कुछ नहीं बोला।

कुछ देर बाद गुलाटी चला गया।

राजेश कुमार ने पंकज से बोतल लाने के लिए कहा। पंकज ले आया लेकिन जैसे ही वह राजेश कुमार के हाथ में पहुंची। नैना ने झपटकर छीनते हुए कहा–''नो सर, आप नहीं लेंगे।''

राजेश कुमार ने आश्चर्य से उसकी तरफ देखा और फिर सोनम से बोला–''समझाओ इसे।''

''समझने की जरूरत आपको है।'' सोनम से पहले नैना बोल पड़ी–''जब यह आपको नुकसान देती है तो आप क्यों लेते हैं?''

नैना द्वारा किसी जिद्दी बच्चे की तरह किए गए व्यवहार के कारण राजेश कुमार को बहुत प्यार आया था। उसने सीधी-सादी भाषा में वह कहा था जो उसके हित में था मगर उसकी बॉडी क्योंकि एल्कोहल मांग रही थी इसलिए पंकज से बोला–''इस लड़की को समझाओ पंकज कि हम इसके बगैर . . .

''आपके साथ-साथ समझने की जरूरत इन्हें भी है।'' कहने के साथ

नैना पंकज की तरफ घूमी–''अजीब आदमी हैं आप भी! आपके सामने डाक्टर साहब कहकर गए हैं कि इन्हें शराब नहीं पीनी चाहिए और आप हैं कि . . . इन्होंने कहा और आपने बोतल लाकर इन्हें पकड़ा दी। आप इनके शुभचिंतक हैं या दुश्मन?''

लॉबी में खामोशी छा गई। किसी पर कुछ कहते न बन पड़ रहा था। फिर राजेश कुमार ने ही कहा–''समझने की कोशिश करो मेरी बच्ची, हम इसके बगैर नहीं रह सकते।''

''लोग खाने के बगैर रह जाते हैं और आप इसके बगैर नहीं रह सकते! ऐ . . . ये लीजिए।'' कहने के साथ नैना ने बोतल लॉबी में दूर, उस कौने में दे मारी जहां कार्पेट नहीं था। वह फूट गई और नैना कहती चली गई–''अब बताइए कहां से पिएंगे!''

''लड़की!'' राजेश कुमार इतनी जोर से चीखा कि सोनम और पंकज कांपकर रह गए। गुस्से की ज्यादती के कारण राजेश कुमार का चेहरा लाल-भभूका हो गया था–''अपनी हदों में रहो।''

''आप पिएंगे तो मैं यहां से चली जाऊंगी।''

''अरे!'' राजेश कुमार को आश्चर्य हुआ–''धमकी किसे दे रही हो! तुम चली जाओगी तो क्या फर्क पड़ेगा हम पर!''

''ओके। मैं ज़ा रही हूँ।'' कहने के साथ वह घूमी, पैर पटकती हुई कुछ कदम चली और फिर तुरंत ही वापस घूमकर गुस्से में पंकज और सोनम से बोली–''आप लोग मार रहे हैं इन्हें।'' कहने के साथ वह पुनः घूमी और मेनगेट की तरफ बढ़ गई।

सोनम और पंकज हक्के-बक्के थे।

राजेश कुमार ही बोला–''रुको।''

वह घूमी और बोली–''मेरे जाने से आपको क्या फर्क पड़ेगा!''

''कहां से पकड़ लाई हो इसे तुम!'' राजेश कुमार ने सोनम से कहने के बाद नैना से कहा–''तुम तो यार इस बैंग्लो को ही नशा मुक्ति केंद्र बनाए दे रही हो।''

''मैं रुकूं या जाऊं, फैसला आपको करना है।'' नैना ने साफ लफ्जों में धमकी दी–''मैं रुकूंगी तो पीने नहीं दूंगी।''

''तुम हमें पहले क्यों नहीं मिली यार!''

''मतलब?''

''शायद यह नौबत ही न आती।''

''बातें मत बनाइए।'' वह पुनः उसी लहजे में बोली–''साफ-साफ बताइए मुझे, आप पिएंगे या नहीं?''

''नहीं पिएंगे मेरी अम्मा, वापस तो आओ तुम।'' कहने के साथ राजेश कुमार जोर-जोर से हंसने लगा था।

नैना वापस आकर धम्म से सोफे पर बैठती बोली–''ओके।''

''सोनू।'' राजेश कुमार की हंसी नहीं रुक रही थी–''चाय बनाओ, आज हम सब साथ बैठकर चाय पिएंगे।''

''मैडम क्यों बनाएंगी! मैं बनाऊंगी चाय।'' वह किसी के भी कुछ समझने से पहले किचन की तरफ दौड़ती चली गई।

अब भी, हंसते हुए राजेश कुमार ने सोनम से कहा–''इस रंगरूट को कहां से पकड़ लाईं यार तुम! कमबख्त ने इस तरह यहां से जाने की धमकी दी जैसे . . . जैसे . . . ।'' राजेश कुमार की आवाज भर्रा गई, पंकज ने देखा–उसकी आंखें नम और सुर्ख हो गई थीं। फिर वह टॉपिक चेंज करता हुआ पंकज से ही बोला–''यह हमारी फिल्म की हिरोइन है पंकज, इसके हाव-भाव और एटीट्यूट को अपने दिमाग में रचा-बसा लो। तुम्हें इसे कागज पर उतारना है।''

न पंकज कुछ बोल सका, न सोनम।

कुछ देर बाद नैना चाय बना लाई। सबने चाय पी, चाय के बीच राजेश कुमार नैना की भोली-भाली बातों पर ठहाके लगाता रहा।

''तुम्हें मालूम ही होगा।'' अगले दिन शाम को सोनम ने पंकज से कहा–''रात काकू ने मुझे अपने सुईट में रोक लिया था!''

''यह भी जानता हूँ उसने ऐसा क्यों किया।''

''क्यों किया?''

''उसे पीनी थी। नैना टीवी लाऊंज में रहती तो नहीं पी सकता था। पति-पत्नी अपने बैडरूम में थे, इसलिए वह लाऊंज में नहीं रह सकती थी। तुमने नैना की मेज-कुर्सी सुईट के बाहर गैलरी में रखवा दी। वह वहां ड्यूटी देती रही और वह तुम्हारे साथ पीता रहा।''

''तुम्हारी ये नैना तो बहुत ऊंची चीज निकली!''

पंकज की भृकुटि तनी–''मतलब?''

''जो आदमी पूरी जिंदगी किसी से नहीं डरा, वह तुम्हारी नैना से डर गया। रात बहुत ही डरते-डरते पी थी उसने।''

''तुमने कुछ फायदा भी उठाया या नहीं?''

''उठाया न! इससे ज्यादा और क्या फायदा उठाती कि मैंने उसे नशा मुक्ति केंद्र जाने के लिए तैयार कर लिया है।'' सोनम बताती चली गई– ''शुरू में न जाने पर अड़ा रहा। दो-तीन पैग अंदर गए तो अड़ियलपन ना-नुकुर में बदल गया और पूरा नशा चढ़ने पर भावुक हो गया। कहने लगा–'चाहते तो हम भी हैं इससे पीछा छुड़ाना पर क्या करें, इच्छा होती है तो खुद को रोक नहीं पाते।' मैंने बात पकड़ ली। कहा–'वहां इसी बात का इलाज होता है काकू, ऐसी दवाएं दी जाती हैं कि बॉडी एल्कोहल मांगना बंद कर देती है।' इसी किस्म की बातें बनाते हुए मैंने उसे तैयार कर लिया।''

''इस वक्त क्या कर रहा है?''

''सो रहा है। नैना लाऊंज में है। तभी तो मौका देखकर यहां, तुम्हारे कमरे में आई हूँ। आगे का प्लान बताओ।''

''नशा मुक्ति केंद्र तो तुम्हें मालूम ही होगा कहां है?''

''मुंबई-पूना हाइवे पर, खंडाला से पांच किलोमीटर आगे।''

''अभी चार बजे हैं।'' पंकज ने रिस्टवॉच पर नजर डालते हुए कहा– ''तुम छः बजे नशा मुक्ति केंद्र फोन करोगी। सर का नाम लेकर कहोगी उनकी लत छुड़वाने के लिए लाना चाहती हो। उनका तो काम ही यह है। खुशी-खुशी आने के लिए कह देंगे। तुम कहना, काकू को लेकर आज रात पहुंच रही हो।''

''उसके बाद?''

अपने दिमाग में गोटियां बैठाते पंकज ने कहा–''किसी हालत में तुम्हें रात के दस बजे से पहले नहीं निकलना है।''

''ऐसा क्यों?''

''ऐसे सवाल मत करो जिनका कोई मतलब नहीं है।''

''ओके। तुम साथ नहीं चलोगे?''

''मेरा साथ जाना अस्वाभाविक होगा। हमें एक भी काम ऐसा नहीं करना

है जो बाद में पुलिस को अस्वाभाविक लगे। तुम अपने पति का इलाज कराने वहां ले जा रही हो। उसमें मेरा क्या काम है?''

''तुम क्या करोगे?''

''राइटर हूँ। 'सुपरस्टार' की कहानी लिख रहा हूँ।'' कहते वक्त उसके होठों पर बहुत ही कुटिल मुस्कान थी–''इसी कमरे में रहकर अपना काम करूंगा।''

''बात समझ में नहीं आई।''

''रिवाल्वर कहां है तुम्हारा?''

सोनम हकला गई–''र . . . रिवाल्वर?''

''वह, जिससे रंगराज को और मुझे धमकाया था।''

''त . . . तुम उसके बारे में क्यों पूछ रहे हो?'' सोनम का चेहरा पीला पड़ता चला गया। जैसे पहली बार एहसास हुआ हो वह एक कत्ल की वारदात में शामिल होने जा रही थी।

''बाद में बताऊंगा, पहले यह बताओ–वह कहां है?''

''मेरे कमरे में।''

''उसे देखना चाहता हूँ।''

''द . . . देखकर क्या करोगे?''

''मैंने उसे तुम्हारे हाथ में देखा था, उस वक्त लगा था वह देसी रिवाल्वर है। इंडिया में ही बना हुआ।''

''तुमने ठीक पहचाना।''

''पर क्यों? ऐसा क्यों था वह?''

''क्यों से मतलब?''

''राजेश कुमार के घर में मैं देसी रिवाल्वर की कल्पना नहीं कर सकता था। मैं तो सोचता था–यहां रिवाल्वर होगा तो विदेशी ही होगा। वैब्ले का . . . या कोई और लाइसेंसी रिवाल्वर। इसलिए लगा, उस वक्त शायद मेरी आंखों को भ्रम हुआ था।''

''लाइसेंसी भी है। स्मिथ एंड वेसन कंपनी का है। वह काकू के पास है। मुझे नहीं पता वह उसे सुईट में रखता है या कहीं और।''

''मतलब देसी का लाइसेंस भी नहीं है?''

''नहीं।''

''तो फिर वह तुम्हारे पास क्यों है और कहां से आया?''

''रिवाल्वर के बारे में इतनी पूछताछ क्यों कर रहे हो तुम?''

''जो मर्डर वैपेन कत्ल के बाद पुलिस के हाथ लगने वाला है, उसके बारे में मुझे पूरा पता होना चाहिए।''

''क्या उसका कत्ल रिवाल्वर से होने वाला है?''

''अभी तक इतनी-सी बात तुम्हारी समझ में नहीं आई?''

''क . . . कौन करेगा?''

''मैं।''

''त . . . तुम?'' उसकी आंखें फैल गईं।

''वह बताओ जो पूछा है।''

''उसके बारे में काकू को भी कुछ नहीं पता। उसे मैंने सत्तर हजार रुपए में, उन सिक्योरिटी गाडर्स में से एक से लिया था जो किसी समय इस बैंग्लो पर तैनात रहते थे।''

''क्यों?''

''अपनी सिक्योरिटी को ध्यान में रखते हुए एक दिन गार्ड से जिक्र छेड़ दिया कि तुम्हारा रिवाल्वर बहुत अच्छा है। वह हंसने लगा, बोला–'कैसी बात कर रही हैं मैडम, ये तो देसी है। साठ-साठ हजार में मिलते हैं।' मैंने पूछा–'अगर मैं तुम्हें सत्तर हजार दूं तो क्या तुम इसे मुझे दे दोगे?' वह कहने लगा–'पैसों की क्या बात है मैडम, आपको तो मैं इसे फ्री में भी दे सकता हूँ। रख लीजिए।' बाद में मैंने सत्तर हजार देते हुए कहा था–'किसी को बताना नहीं इसे मैंने लिया है।' वह बोला–'मैं तो खुद ही कहने वाला था मैडम किसी को बताना नहीं यह मैंने दिया है'।''

''गुड।'' पंकज कह उठा–''ऐसा ही रिवाल्वर चाहिए था मुझे। ऐसा, जिसका कोई रिकार्ड न हो। साइलेंसर भी होता तो मजा ही आ जाता। खैर, करूंगा कोई इंतजाम।''

''है न!''

''क्या है?''

''साइलेंसर।''

''क . . . क्या बात कर रही हो!'' प्रसन्नता की ज्यादती के कारण पंकज उछल पड़ा–''साइलेंसर भी है उसका!''

''साठ की जगह सत्तर हजार मिलने पर गार्ड खुश हो गया था और अगले दिन उसने मुझे साइलेंसर लाकर देते हुए कहा था, यह रिवाल्वर की

नाल पर फिट होता है मैडम। इसे लगाकर गोली चलाई जाए तो बहुत हल्की-सी आवाज होती है।''

''वैरीगुड . . . गोलियां कितनी हैं?''

''पूरी छः! कभी एक भी चलाने की जरूरत नहीं पड़ी।''

''नशा मुक्ति केंद्र रवाना होने से पहले तुम उसे मुझे दे दोगी।''

''त . . . तुम क्या करोगे उसका?''

''फिर बेवकूफाना सवाल!''

''मेरा मतलब, पूरी बात बताओ। प्लान क्या है तुम्हारा?''

''पूरे प्लान से तुम्हारा कोई मतलब नहीं।'' पंकज ने सपाट स्वर में कहा–''जितना बता रहा हूँ, करती जाओ।''

''नहीं, मैं अंधी होकर काम नहीं कर सकती।''

''पूरे प्लान से तुम्हारा . . .''

''तुम शायद सीडी को भूल रहे हो मिस्टर पंकज।'' उसकी बात काटकर सोनम ने बहुत ही कर्कश लहजे में कहा था–''मुझे दुख है कि याद दिलाना पड़ रहा है–उसमें जेपी रिसॉर्ट के सोलह नंबर कमरे का हर दृश्य कैद है। नैना ने अगर वे हरकतें देख लीं जो बैड पर तुमने मेरे साथ की थीं तो वह तुम्हें . . .

''शटअप।'' पंकज गुर्राया–''आई से . . . शटअप।''

''ऐसे ही नहीं लाई हूँ मैं उसे यहां। जिस क्षण चाहूँ सीडी दिखा सकती हूँ।'' वह धमकी देती चली गई–''अगर चाहते हो ऐसा न करूं तो पूरा प्लान बताओ मुझे।''

''वाकई।'' उसने दांत भींचकर कहा–''तुम इतनी घिनौनी औरत हो कि अगर उस रात तुमने मुझे अपने रूपजाल में फंसाकर वो सब न करा लिया होता और उसकी सीडी न बना ली होती तो मैं किसी कीमत पर सर की हत्या के इस आयोजन में तुम्हारे साथ न होता।''

सोनम का पूर्ववतः कर्कश स्वर–''प्लान बताओ।''

अब, मजबूर हुआ पंकज पूरा प्लान बताता चला गया।

सुनते-सुनते जहां सोनम की आंखों में उसके लिए प्रशंसा के भाव आकर ठहर गए वहीं, चेहरे पर अजीब-सा खौफ छा गया।

सहमी सी वह पंकज की तरफ देखती बोली–''प्लान तो तुमने यकीनन बेहद सुदृढ़ बनाया है। पुलिस के पास हमारे बारे में सोचने का मौका ही नहीं

होगा लेकिन नैना का क्या होगा? बाद में जब वह पुलिस को बताएगी तुम बैंग्लो से गए थे तो . . .

''वह यहां होगी ही क्यों?''

''मतलब?''

''जब यहां राजेश कुमार ही नहीं रहेगा, उसका नशा मुक्ति केंद्र जाने का फैसला हो जाएगा तो नैना का ही क्या काम रह जाएगा? हम उसकी छुट्टी कर देंगे।''

इस बार सोनम ने मुंह से जवाब न दिया। बड़ी तीखी नजरों से घूरती रह गई थी पंकज को। फिर बोली–''मैं पहले ही समझ रही थी तुम नैना को यहां नहीं रहने दोगे। किसी न किसी बहाने उसे बैंग्लो से निकालने का रास्ता ढूंढ लोगे।''

''इसमें रास्ता ढूंढने की क्या बात है! जब मरीज ही नहीं रहेगा तो नर्स का क्या काम?''

''ओके।'' सोनम ने ऐसे लहजे में कहा जैसे मजबूरी में पंकज के प्लान के इस हिस्से को स्वीकार किया हो और बोली–''अब मैं यह भी समझ गई तुम मुझे पूरा प्लान क्यों नहीं बता रहे थे।''

''क्या समझ गईं?''

''मेरी इतनी जबरदस्त पिटाई का प्लान जो बनाए हुए हो। तुमने सोचा–यह सब सुनकर मैं बिदक जाऊंगी इसलिए अचानक पिटाई करना चाहते थे ताकि मेरी समझ में भी कुछ न आए।''

''सोच लो।'' पंकज बोला–''यह जरूरी है।''

''उस हद तक जिस हद की बात तुम कह रहे हो?''

''मजबूरी है। यदि उसमें मैंने जरा भी कोताही बरती तो पुलिस के कान खड़े हो जाएंगे और यह सारा प्लान सुदृढ़ ही तब तक है जब तक पुलिस को कुछ भी बनावटी न लगे।''

सोनम सोच में डूब गई और फिर, धीरे-धीरे उसके चेहरे पर चट्टानी कठोरता विराजमान हो गई। बोली–''मैं तैयार हूँ।''

उधर पंकज अपने कमरे में मौजूद सोनम को राजेश कुमार के मर्डर का पूरा

प्लान समझा रहा था। ठीक उसी वक्त इधर राजेश कुमार के सुइट के टीवी लाउंज में मौजूद नैना अजीब असमंजस में फंसी हुई थी क्योंकि करीब पैंतालिस मिनट पहले राजेश कुमार सोकर उठा था। उसे कुर्सी पर मौजूद देखकर वह मुस्कराया भी था और फिर बाथरूम में प्रविष्ट हो गया था।

उस वक्त नैना ने सोचा था वह बाथरूम यूज करने गया है मगर जैसे-जैसे समय गुजरता रहा और राजेश कुमार वापस रूम में नहीं आया, वैसे-वैसे तरह-तरह के सवाल दिमाग को परेशान करने लगे।

कई बार बाथरूम को चैक करने की बात दिमाग में आई मगर लगा–यह उचित न होगा।

पर कब तक रोके रख सकती थी वह खुद को! जब पैंतालिस मिनट पूरे हो गए तो रहा नहीं गया। लाऊंज और बैडरूम के बीच का दरवाजा खोलकर अंदर पहुंची। बाथरूम के गेट को नॉक करने के साथ सॉफ्ट आवाज में कहा–''सर।''

अंदर से कोई जवाब नहीं।

उसने एक बार, दो बार, तीन बार, यहां तक कि बार-बार नॉक करने के साथ आवाज दी। हर बार दस्तक देने और 'सर' कहने की आवाज तेज होती चली गई। जब तब भी, अंदर से आवाज आनी तो दूर, हलचल तक नहीं उभरी तो वह घबरा गई। हैंडिल पकड़कर दरवाजा खोलने की कोशिश की मगर वह अंदर से लॉक था। अब तो उसने लगभग चीखते हुए दरवाजा भड़भड़ा दिया था। तब भी कोई प्रतिक्रिया नहीं हुई तो किसी अनिष्ट की आशंका से जैसे वह पागल-सी हो गई। बार-बार दरवाजा भड़भड़ाने पर भी जब कोई नतीजा न निकला तो बदहवास हालत में बैडरूम से लाऊंज में पहुंची और अगले पल गैलरी में 'सोनम मैडम-सोनम मैडम' चिल्लाती हुई उसके सुईट की तरफ दौड़ रही थी।

पलक झपकते ही सोनम के सुईट के बंद दरवाजे पर पहुंचकर उसे बुरी तरह भड़भड़ाती हुई चीखी–''सोनम मैडम-सोनम मैडम, जल्दी आइए। राजेश सर बाथरूम का दरवाजा नहीं खोल रहे।''

मगर, अंदर कोई प्रतिक्रिया नहीं।

होती भी कैसे!

उस वक्त तो सोनम पंकज के कमरे में थी।

बार-बार चीखने और दरवाजा पीटने पर भी जब कोई आवाज नहीं आई

और यह महसूस किया वह भी लॉक्ड है तो दहशत की ज्यादती के कारण उसका बुरा हाल हो गया।

अब केवल एक ही सहारा नजर आया उसे–पंकज।

दौड़ती हुई सीढ़ियों पर पहुंची। बहुत तेजी से 'पंकज-पंकज' चिल्लाती हुई सीढ़ियां उतर रही थी और . . . आधी सीढ़ियां उतर पाई थी कि जहां की तहां जाम हो गई।

आंखें फाड़े वह लॉबी के दृश्य को देखती रह गई थी।

उस वक्त उसकी सांसें धौंकनी की मानिंद चल रही थीं। चेहरा बुरी तरह भभक रहा था। उसे यकीन नहीं आ रहा था जो दृश्य वह देख रही है, वह सच हो सकता है।

''पंकज-पंकज।'' नैना की चीखें पंकज के कमरे तक पहुंचीं तो पंकज और सोनम यूं उछल पड़े जैसे दोनों को एक साथ असंख्य ततैए चिपट गए हों। पंकज के मुंह से निकला–''मर गए।''

''वह चीख क्यों रही है?'' सोनम की दहशत में डूबी आवाज।

''वह यहीं आ रही है।'' उत्तेजना के कारण पंकज का बुरा हाल हो गया था–''जल्दी से बाथरूम में छुप जाओ।''

''नहीं, मैं बाहर जा रही हूँ। उस रात भी हमने यही गलती की थी।'' कहने के साथ सोनम ने साइड लॉन की तरफ खुलने वाला दरवाजा खोला और बाहर जम्प लगा दी।

अब नैना की आवाजें नहीं आ रही थीं मगर इस डर से डरा पंकज कि नैना कहीं कमरे में ही न आ जाए, लॉबी की तरफ खुलने वाला दरवाजा खोलकर तुरंत लॉबी में आ गया।

लॉबी का दृश्य देखते ही वह भी हक्का-बक्का रह गया। एक तरफ उसने चेहरे पर सारी दुनिया की हैरत लिए सीढ़ियों के बीच में खड़ी बुरी तरह हांफ रही नैना को देखा तो दूसरी तरफ सोफे पर बैठे राजेश कुमार को। नैना की नजरें राजेश कुमार पर ही स्थिर थीं। यूं जैसे किसी भूत को देख रही हो।

''क्या हुआ नैना?'' पकज बोला–''तुम इस तरह . . .

''आप यहां कैसे आ गए?'' राजेश कुमार पर नजरें गड़ाए, अजीब

अंदाज में चिल्लाती हुई नैना ने बाकी सीढ़ियां तय कीं और लॉबी में आ गई। आंखें हर पल राजेश कुमार पर जमी हुई थीं।

राजेश कुमार हंसा। अजीब खिसियानी-सी हंसी थी वह और फिर बोला– ''कहो, कैसी रही! दे दिया न चकमा!''

''अरे! आप चकमा देने की बात कर रहे हैं! आप यहां आ कैसे गए! मैंने तो आपको बाथरूम में दाखिल होते देखा था।''

''सोचो!'' इस बार वह जोर से हंसा–''कैसे हुआ ये चमत्कार!''

''मुझे नहीं पता, पर आपने तो मेरे होश ही उड़ा दिए।'' नैना खुद को नियंत्रित करने की कोशिश करती कह रही थी–''मैं तो समझी बाथरूम में आपकी शुगर . . .

राजेश कुमार ने इतनी जोर-जोर से ठहाके लगाए कि नैना बात पूरी नहीं कर सकी। अभी तक कुछ भी न समझता हुआ पंकज बोला–''हुआ क्या नैना, मुझे भी तो कुछ बताओ।''

नैना ने एक ही सांस में सबकुछ बता दिया।

''ओह!'' पंकज की समझ में जैसे एक ही झटके में सारी बात आ गई– ''बाथरूम का एक गेट गैलरी में भी खुलता है। ये शायद उसी से निकलकर यहां आ गए।''

''मगर क्यों सर? क्यों किया आपने ऐसा?'' नैना के होश अभी तक फाख्ता थे–''मेरी तो जान ही निकल गई थी।''

''इसीलिए।'' राजेश कुमार शरारती अंदाज में बोला–''इसीलिए तो किया। तुमसे जरा खेलने का मूड था।''

आश्चर्य के मारे नैना का बुरा हाल हो गया।

''नहीं।'' एकाएक पंकज उस सोफे की तरफ बढ़ता बोला जिस पर राजेश कुमार बैठा था–''किसी से कुछ भी खेलने का मूड नहीं था आपका। आपका मूड ये था।'' कहने के साथ उसने सोफे के पीछे छुपाकर रखी गई व्हिस्की की आधी बोतल निकलाकर उसे दिखाते हुए कहा–''यह कर रहे थे आप। ताकि नैना वहां ड्यूटी देती रहे और आप यहां अपना काम करते रहें। मुझे पूरा विश्वास है ये बोतल आपने नैना की आवाज सुनकर सोफे के पीछे छुपाई है।''

''अमां-अमां।'' राजेश कुमार बौखलाया–''क्या बात कर रहे हो पंकज! हम कसम से कहते हैं, यह तो यहां पहले से . . .

''आप नहीं सुधर सकते सर।'' पूरी बात समझ में आते ही नैना बोली–''आप नहीं सुधर सकते। मॉयगाड, शराब के लिए . . .

सेंटेंस पूरा नहीं हो सका। उससे पहले ही मेनगेट की बैल बजी थी। पंकज ने आगे बढ़कर दरवाजा खोला। सोनम इस तरह लॉबी में दाखिल हुई जैसे कहीं बाहर से आ रही हो। उसे जब पूरी बात पता लगी तो राजेश कुमार से बोली–''हद कर दी तुमने, अपनी तलब के लिए इस छोटी-सी बच्ची को इतना हलकान कर दिया!''

''अब मैं यहां नहीं रहूँगी, जा रही हूँ।'' भन्नाए हुए अंदाज में कहकर नैना दरवाजे की तरफ घूमी ही थी कि राजेश कुमार ने दर्द भरे लहजे में कहा–''प्लीज नैना, ऐसा मत करो।''

नैना वापस घूमती बोली–''आपने शर्त तोड़ी है।''

''समझने की कोशिश करो मेरी बच्ची, तुम तो नर्स हो।'' स्वर में अजीब-सी वेदना उभर आई थी–''तुम्हें तो समझना चाहिए, इतने दिन की आदत यूं . . . एक ही झटके में नहीं छूट सकती। कोशिश भी करेंगे तो छूटते-छूटते छूटेगी। बहरहाल, बॉडी एल्कोहल मांगती है। हम खुद भी इसमें कुछ नहीं कर सकते। पर हमने नशा मुक्ति केंद्र जाने का फैसला कर लिया है।''

''क्या सच! सच कह रहे हैं आप!'' सारी बातें भूलकर नैना खुश हो गई–''आपने नशा मुक्ति केंद्र जाने का फैसला कर लिया है!''

''सोनू से पूछ लो।''

नैना ने सोनम की तरफ देखा। सोनम ने गर्दन हिलाकर 'हां' कहा तो नैना ने पूछा–''कब जा रहे हो?''

''बात करूंगी। वे आज बुला लेंगे तो आज ही।''

राजेश कुमार ने कहा–''पर हम एक शर्त पर जाएंगे।''

सबने उसकी तरफ सवालिया नजरों से देखा जबकि वह सिर्फ और सिर्फ नैना की तरफ देखता बोला था–''जब हम लौटकर आएं तो तुम हमें यहीं मिलनी चाहियो।''

''म . . . मैं!'' नैना सकपकाई–''मैं क्यों?''

''ताकि तुम्हें दिखा सकें कि हमने छोड़ दी है।''

''आप कैसी बात कर रहे हैं सर . . .

''कसम से, हमारी लत छुड़ाने की जितनी पुरजोर कोशिश तुमने की है,

उतनी पहले किसी ने नहीं की।'' कहने के साथ उसने एक उड़ती-सी नजर सोनम पर डाली थी–''इसलिए जब वह काम हो जाएगा तो हमें सबसे ज्यादा खुशी तुम्हारे सामने आने पर होगी।''

''ठीक है सर।'' पंकज बोला–''जिस दिन आप वापस आएंगे उस दिन नैना को फिर बुला . . .

पंकज को सेंटेंस अधूरा छोड़ देना पड़ा क्योंकि राजेश कुमार बीच ही में बहुत दृढ़ता के साथ इंकार में गर्दन हिलाने लगा था। फिर वह लॉबी में छाए सन्नाटे को तोड़ता बोला–''हमें मालूम था तुम और यह लड़की भी यही कहेगी जब हम नशा मुक्ति केंद्र जा ही रहे हैं तो यह यहां क्या करेगी लेकिन नहीं, इस बात को पक्के तौर पर समझ लो, यदि नैना यहां से गई तो हम नशा मुक्ति केंद्र नहीं जाएंगे। हमारे लौटने तक यह हमें यहीं चाहिए।''

पंकज और सोनम की चोर नजरें मिलीं। प्लान में बेवजह का पंगा खड़ा हुआ जा रहा था, सोनम बोली–''यह क्या बचकाना जिद है काकू! जब तुम ही नहीं होगे तो यह यहां क्या करेगी?''

''साफ-सफाई करेगी बैंग्लो की। बहुत गंदा हुआ पड़ा है और फिर, पंकज को भी तो यहीं रहना है। एक से भले दो।''

''मुझे किसी की जरूरत नहीं है सर, मुझे तो अपना काम करना है। आप समझ सकते हैं। मेरा काम ही ऐसा है, किसी भी अन्य की मौजूदगी मुझे डिस्टर्ब ही कर सकती है।''

सबने समझाने की कोशिश की। नैना ने भी कहा, जिस दिन वह लौटकर आएगा उस दिन वह वापस आ जाएगी लेकिन राजेश कुमार के सामने न किसी की चलनी थी, न चली।

''तू सिर्फ राइटर ही अच्छा है।'' एकांत में राजेश कुमार ने पंकज से कहा था–''असल जिंदगी में एकदम गधा है–गधा।''

''मैं समझा नहीं सर।''

''नैना अच्छी नहीं लगती तुझे!''

''ज . . . जी?'' पंकज बुरी तरह सकपका गया।

''वह लड़की ही ऐसी है जो सबको अच्छी लगेगी। जब हमें इस उम्र में

अच्छी लगने लगी है तो . . . तेरी तो उम्र है।'' वह कहता चला गया–''हमने उसे तेरे लिए पसंद कर लिया है।''

''क . . . क्या बात कर रहे हैं सर आप!''

''इसीलिए उसे यहां रखा है। दोनों अकेले रहोगे तो . . . सुन, जब तक हम लौटें, उसके साथ तेरा चक्कर शुरू हो जाना चाहिए।''

''अ . . . आप तो अजीब बात कर रहे हैं सर।'' मारे बौखलाहट के उसका बुरा हाल हो गया था–''मैं अपना काम करूंगा या . . .

''काम का मतलब यह नहीं होता गधे आदमी अपनी लाइफ के बारे में सोचे ही नहीं। लाइफ ही नहीं तो काम किस काम आएगा! काम के बीच लंच-डिनर भी करेगा या नहीं! बस। उसे अपने साथ होटलों में ले जाना। घुमाना-फिराना। हम दावे से कहते हैं, चिराग लेकर ढूंढने पर भी अपनी लाइफ पार्टनर बनाने के लिए तुझे इससे शानदार लड़की नहीं मिलेगी।''

''मैंने तो उसके बारे में इस नजरिए से सोचा ही नहीं सर।''

''सोच मत। बस चालू हो जा। जैसा कि हमने कहा–जब हम लौटें तो टांका फिट हुआ मिलना चाहिए।''

चुप रह जाने के अलावा पंकज और कर भी क्या सकता था!

⅄

राजेश कुमार और नैना की नजर बचाकर जब वह रिवाल्वर लेने सोनम के कमरे में पहुंचा तो सोनम ने कहा–''यह क्या मुसीबत पाल दी उस सनकी ने, नैना यहां रहेगी तो तुम अपना काम कैसे करोगे?''

''करना तो पड़ेगा ही।''

''पर कैसे?''

''मैं उसे संभाल लूंगा। अपनी कहो, नशा मुक्ति केंद्र बात हुई?''

''कर चुकी हूँ। उन्होंने आज रात लाने के लिए कह दिया है।''

''गुड। रिवाल्वर दो।''

सोनम ने दराज से रिवाल्वर निकालकर उसे दे दिया। पंकज ने चैक किया–चेंबर गोलियों से भरा था। इधर, उसने उसे जेब में रखा उधर सोनम ने पूछा–''झुमरू से बात हो गई?''

''हां।'' उसने संक्षिप्त जवाब दिया–''तुम्हें बस इतना टाइम देना है कि मैं 'वहां' पहुंच सकूं।''

सोनम का दिल जोर-जोर से धड़क रहा था।

⅄

सोनम दस बजे बीएमडब्ल्यू में राजेश कुमार को लेकर निकल गई। पीछे रह गए–पंकज और नैना।

पूरे बैंग्लो में अकेले। मगर, पंकज को जल्दी से जल्दी झुमरू की चाल के लिए निकलना था। तरकीब भी सोच ली थी। उसी तरकीब तक पहुंचने के लिए उसने अपने बेहद नजदीक खड़ी नैना की बड़ी बड़ी आंखों में झांका। नैना भी एकटक, उसी की तरफ देख रही थी।

दोनों जवान दिल असामान्य गति से धड़क रहे थे।

खामोशी ऐसी कि एक-दूसरे के धड़कते दिलों की आवाज तक सुन सकते थे और फिर, नैना ने पलकें झुकाईं तथा उसके सामने से हटने ही वाली थी कि पंकज ने उसकी कलाई पकड़ी ली।

नैना बुरी तरह कांप गई थी। मुंह से आवाज तक कांपती हुई निकली–''क . . . क्या कर रहे हो पंकज?''

''नैना।'' हालांकि उसने नाटक शुरू किया था लेकिन जुबां से सच्ची भावनाएं निकलने लगीं–''मैं तुमसे बहुत प्यार करता हूँ।''

''म . . . मुझे मालूम है।''

''फिर ये दूरी क्यों?''

''श . . . शारीरिक दूरी से प्यार का कोई मतलब नहीं।''

''तुम पागल हो।''

''पागल तुम बन रहे हो।''

''हां। सचमुच। पागल ही हुआ जा रहा हूँ मैं।'' कहकर उसने तेजी से नैना को अपनी तरफ खींच लिया था।

नैना उसके सीने से आ लगी।

पंकज ने उसे अपनी मजबूत बांहों के घेरे में ले लिया जबकि नैना बराबर निकलने की सच्ची कोशिश करती कह रही थी–''य . . . ये क्या कर रहे हो पंकज! नहीं, यह ठीक नहीं है। छोड़ो मुझे।''

“प्लीज नैना।” उसने अपने होंठ नैना के होठों की तरफ बढ़ाए।

बेशक उसने नाटक शुरू किया था मगर इस वक्त उन होठों को चूमने के लिए सचमुच उतावला हो गया।

“नो . . . नो पंकज।” उसने अपना हाथ पंकज के चेहरे के आगे अड़ा दिया–“क्या हो गया है तुम्हें!”

“एक।” वह सचमुच पगला गया था–“बस एक किस।”

एकाएक नैना ने विरोध बंद कर दिया। जिस्म ढीला छोड़ दिया अपना। बोली–“प्रॉमिस?”

“क . . . क्या प्रॉमिस?”

“बस एक!”

“ओके।”

“उससे आगे कुछ नहीं!”

“बिल्कुल नहीं।” कहने के बाद पंकज ने अपने होंठ उसके होंठों पर रख दिए और ऐसा किस किया जैसा नैना को पहले कभी नहीं किया था। वह उस किस में डूब गया।

डूब तो नैना भी गई थी।

दिल नहीं चाह रहा था पंकज उसके होठों को छोड़े और पंकज तो ऐसा मतवाला हो गया था कि मुकम्मल प्लान-व्लान को भूलकर उन्हीं में डूब गया लेकिन नैना . . . फिर नैना थी, बहुत जल्द उसने खुद पर काबू पाया। अपने होंठ आजाद करके कहा–‘बस-बस, बहुत हो गया।’ और, इन शब्दों के साथ ही उसने खुद को चिकनी मछली की मानिंद पंकज की बांहों से निकाल लिया था।

पंकज ने झपटकर उसे पकड़ना चाहा।

नैना बचती हुई बोली–“नो पंकज, नो, देखो तुमने प्रॉमिस किया था! अब अपने कमरे में जाओ।”

“प्लीज नैना।” वह गिड़गिड़या–“एक और।”

“हरगिज नहीं।” वह सख्ती से बोली।

“सुनो तो सही . . .

“तुम्हें मालूम है न!” इस बार उसका लहजा चेतावनी देने जैसा हो गया था–“मुझे यह सब पसंद नहीं।”

पंकज सहमे से अंदाज में खड़ा रह गया।

फिर वह थोड़े नर्म स्वर में बोली–''होटल के उस केबिन में मैंने उस दिन कहा था न, सबकुछ तुम्हारा है लेकिन शादी के बाद।''

''उफ्फ!'' पंकज झल्लाया।

नैना उसकी झल्लाहट पर मुस्कराई। बोली–''अपने कमरे में जाओ और काम करो अपना।''

''तुम क्या करोगी?''

''मैं कुछ भी करूं, तुम्हें कोई मतलब नहीं। अपना पूरा ध्यान काम में लगाओ। 'सुपरस्टार' सुपरहिट होनी चाहिए।''

''ओके देवी जी . . . ओके।''

''चलो उधर।'' नैना ने आर्डर-सा देते हुए कमरे की तरफ इशारा किया–''मेरी परमीशन के बगैर बाहर निकले तो ठीक नहीं होगा।''

''और तुम कमरे में आईं, तब भी ठीक नहीं होगा।''

''मतलब?''

''शादी से पहले सुहागरात मना लूंगा।''

''वो तो तुम्हारे तेवर बता ही रहे हैं।'' उसके गालों से कानों तक हया की सुर्खी दौड़ गई थी–''मगर मैं मनाने दूंगी तब न!''

जी तो चाहा पंकज का कि झपटकर नैना को दबोच ले। और भी कुछ नहीं तो कम से कम एक और किस तो ले ही डाले मगर इस वक्त उसका मकसद कुछ और था अतः यह कहता हुआ कमरे में चला गया–''तुम कमरे में आ गईं तो छोड़ूंगा नहीं।''

नैना के दिमाग में यह 'डर' बैठाना जरूरी था। वह जानता था, नैना किसी कीमत पर वह नहीं होने देगी जो उसने अपनी हरकतों से जता दिया था। जताया इसलिए था ताकि वह कमरे में न आए।

यही तो चाहता था वह।

कमरे में पहुंचते ही उसने दरवाजे की चटकनी चढ़ा ली।

एक नजर रिस्टवॉच पर डाली और बैड पर पड़े बैग पर झपटा।

उसमें से एक जोड़ी कपड़े ही नहीं बल्कि जूते भी निकाले। तेजी से तन पर मौजूद कपड़े उतारने शुरू किए।

अंडरवियर, बनियान और जूते तक उतार डाले उसने।

जन्मजात नंगा हो गया।

फिर, अंडरवियर, बनियान और जूतों सहित वे कपड़े पहने जो बैग से

निकाले थे। जूतों सहित कोई भी कपड़ा उसके नाप का नहीं था। सभी बेहद ढीले थे। जैसे किसी और के कपड़े पहन लिए हों लेकिन इस बात की परवाह किए बगैर एक जेब में रिवाल्वर ठूंसा, दूसरी में नकाब, दस्ताने, एक टार्च और प्लास्टिक की रस्सी।

फिर वे कपड़े जूतों, अंडरवियर और बनियान सहित बैग में ठूंसे जिन्हें तन से उतारा था और बगैर समय गंवाए साइड लॉन में खुलने वाला दरवाजा खोला। बाहर निकला और हैंडिल के नीचे मौजूद की-होल में चाबी डालकर उसे लॉक कर दिया।

बैग सहित फ्रंट लॉन में पहुंचा।

करीब आधा किलोमीटर लंबा ढलवां मार्ग इतनी तेज चाल से पार किया जैसे दौड़ रहा हो। बैंग्लो का विशाल लोहे वाला गेट खोल कर सड़क पर आया। टैक्सी पकड़कर सीधा झुमरू की चाल पर। चाल के नीचे झुमरू की बाइक खड़ी थी।

उसने चोर नजरों से चारों तरफ देखा–आसपास कोई न था।

तेजी से कपड़ों वाला बैग बाइक की साइड टोकरी में रखा और सीढ़ियां चढ़ता चला गया।

झुमरू उसे देखते ही बोला–''अमां, ये किसके कपड़े पहन लिए हैं तूने! पूरा जोकर लग रहा है।''

''राजेश कुमार के हैं। चाबी दे।''

''चाबी तो वो रही।'' झुमरू ने दरवाजे के करीब दीवार में गड़ी कील की तरफ इशारा किया–''मगर बात समझ में नहीं आई दोस्त, आजकल तो तू बीएमडब्लू, मर्सिडीज और ओडी में घूमता है, फिर बाइक की क्या जरूरत पड़ गई?''

''मैं उनमें तभी घूम सकता हूँ जब राजेश कुमार के साथ होऊं और यह तो मैं तुझे फोन पर ही बता चुका हूँ आज वह सोनम के साथ नशा मुक्ति केंद्र चला गया है। बगैर उनके जाना है तो . . .

''तो?''

''ओडी या मर्सिडीज से भी जा सकता था। बैंग्लो में ही खड़ी हैं। चाबियां भी वहीं हैं लेकिन वह अमानत में खयानत होती। दिल ने इस बात को गंवारा न किया।''

''जाना कहां है तुझे?''

''नैना के साथ, डिनर पर।''

''नैना के साथ!'' उसे आश्चर्य हुआ–''रात के इस वक्त? इस वक्त निकल सकती है वह? उसका वो जालिम भाई . . .

''उसे उसके मां-बाप ने पढ़ने के लिए पूना भेज दिया है।''

''ओह! लेकिन फिर भी, नैना के पेरेंट्स उसे रात के इस . . .

''नैना इन दिनों बैंग्लो में ही है।''

''क . . . क्या?'' झुमरू उछल पड़ा–''क्या बात कर रहा है! वह बैंग्लो में क्या कर रही है?''

पंकज ने नैना के बैंग्लो में पहुंचने का विवरण तो नहीं बताया, लेकिन संक्षेप में यह बता दिया कि राजेश कुमार को नर्स की जरूरत थी, इस वजह से उसने नैना को वहां बुला लिया। नैना के पेरेंट्स को भी यह पता है कि वह आजकल वहां है।

''ओह! बड़ा शातिर निकला यार तू तो!'' झुमरू को मजा आया–''नर्स के बहाने महबूबा को अपने पास ही बुला लिया!''

''जाहिर है।'' पंकज मुस्कराया।

''तू पहले भी गधा था और अब भी गधा है।''

''मतलब?''

''तेरी जगह मैं होता तो उसे मर्सिडीज या ओडी में डिनर के लिए ले जाता। अमानत में खयानत जैसी वाहियात बात न सोचता।''

''गधा मैं नहीं, तू है।''

''वो कैसे?''

''गाड़ी चाहे जो हो, महबूबा बगल वाली सीट पर बैठती है। आप उसे छू तक नहीं सकते जबकि बाइक पर खुद ही आपसे चिपक कर बैठती है। सोच, किसमें ज्यादा आनंद आता है!''

''बात तो ठीक है तेरी, मैं ही गधा साबित हुआ।'' झुमरू हंसता हुआ बोला–''जा, ले जा चाबी और चिपकाकर बिठा नैना को।''

''कमाल है सोनू डार्लिंग।'' दो घूंट हलक से उतारने के बाद राजेश कुमार ने कहा–''हाईवे खाली पड़ा है। ट्रेफिक न के बराबर है और तुम हो कि गाड़ी

को बैलगाड़ी की रफ्तार से चला रही हो। जी चाह रहा है, गाड़ी से उतरकर पैदल चलना शुरू कर दें। शायद तुमसे पहले नशा मुक्ति केंद्र पहुंच जाएंगे।''

बात ठीक थी राजेश कुमार की। प्लान के मुताबिक उसे गाड़ी स्लो ही चलानी थी। पंकज ने यह भी बता दिया था राजेश कुमार टोकेगा जरूर और यह भी कि जब वह टोके तो उसे क्या कहना है।

वही कहा–''तुम अपना काम करो काकू, मुझे अपना काम करने दो। हमें कोई जल्दी नहीं है और तुम तो जानते ही हो रात के वक्त मुझे ड्राइविंग करने में दिक्कत होती है।''

''तभी तो कई बार कह चुके हैं, तुम इधर आओ।'' राजेश कुमार बोला–''हम चलाते हैं गाड़ी।''

''इस हालत में!'' उसने व्यंग किया।

''क्यों? ऐसी क्या हालत है हमारी! क्या हम अक्सर ऐसी ही हालत में गाड़ी नहीं चलाते रहे हैं!''

''जरूर चलाते रहे हो लेकिन तब, जब गाड़ी में अकेले होते हों। तुम्हें तो फिक्र नहीं है अपनी जान की मगर मेरा अभी मरने का कोई इरादा नहीं है। उस रात पंकज न बचाता तो . . .

राजेश कुमार इस तरह हंसने लगा जैसा सोनम ने कोई जोरदार लतीफा सुनाया हो। आगे कुछ भी कहने का इरादा छोड़कर सोनम अपनी आंखें सड़क पर जमाए रही।

फिर, जैसे ही वह पत्थर नजर आया जिस पर पूना साठ किलो मीटर लिखा था, सोनम के मुंह से निकला–''ओ शिट्!''

''क्या हुआ?'' राजेश कुमार ने पूछा।

''गाड़ी लहरा रही है, मुझे लगता है पिछला दायां टायर पंक्चर हो गया है।'' परेशान और चिंतित-सी सोनम ने कहा।

''क्या कह रही हो डार्लिंग!'' बोतल अब भी राजेश कुमार के हाथ में थी–''रात के इस वक्त यहां स्टेपनी कौन बदलेगा?''

''वही तो सोच रही हूँ।'' कहने के बाद वह ऐसा नाटक करने लगी जैसे गाड़ी को मुश्किल से बैलेंस कर पा रही हो जबकि सच्चाई यह थी कि वह जान-बूझकर उसे थोड़ा लहरा रही थी।

राजेश कुमार ने एक बार फिर बोतल मुंह से लगा ली।

''ओफ्फो, तुम्हें पीने से ही फुरसत नहीं है!'' सोनम झल्लाई।

''क्या करूं यार, नशा मुक्ति केंद्र वाले तो पीने नहीं देंगे। वहां पहुंचते-पहुंचते जितनी पी सकता हूँ उतनी तो पी लूं।''

सोनम ऐसे अंदाज में गाड़ी चलाती रही जैसे जबरदस्त टेंशन में आ गई हो। नजरें उस रास्ते को तलाश रही थीं जिसके बारे में पंकज उसे पहले ही बता चुका था।

फिर, उसे वह रास्ता नजर आया।

हाईवे से कटकर नीचे की ओर चला गया रास्ता। उसके एक तरफ खेत थे, दूसरी तरफ काफी नीचे एक बड़ा-सा तालाब।

उसी रास्ते पर थोड़ा आगे जाकर एक झोंपड़ी नजर आ रही थी। ठीक वही लोकेशन थी जो पंकज ने बताई थी।

सोनम ने गाड़ी तारकोल की बनी उसी चकरोड पर उतार दी।

''अरे, यह क्या कर रही हो?'' गाड़ी के साथ हिचकोले से खाता राजेश कुमार बोला–''इधर, किधर ले जा रही हो गाड़ी?''

''वहां सामने एक झोंपड़ी है।'' गाड़ी को संभालकर चलाती हुई सोनम ने वही कहा जो प्लान के मुताबिक कहना था–''शायद उसमें इन खेतों का रखवाला रहता है। वह स्टेपनी चेंज करने में मदद . . .

''स . . . संभालकर।'' राजेश कुमार चीखा–''इस तरफ तालाब है यार, जरा-सी चूक हो गई तो गाड़ी नीचे, उसमें जा गिरेगी।''

''प्लीज, बोलो मत।'' सोनम पूरा ध्यान गाड़ी को संभालने में लगाए हुए थी क्योंकि राजेश कुमार ने गलत नहीं कहा था। चकरोड गाड़ी की चौड़ाई से बस थोड़ी-सी ही चौड़ी थी। जरा-सी चूक होने का मतलब था–गाड़ी का करीब पच्चीस फुट नीचे तालाब में जा गिरना और ऐसा होने का मतलब था–दोनों का खात्मा।

हिचकोले खाती हुई गाड़ी अंततः वहां पहुंच गई जहां प्लान के मुताबिक सोनम को उसे रोकना था।

यानी झोंपड़ी के नजदीक।

गाड़ी रुकने पर राजेश कुमार ने राहत की सांस ली। ठीक सामने मौजूद झोंपड़ी हैडलाइट से नहाई हुई थी। बगैर दरवाजे की झोंपड़ी में कोई हलचल नहीं थी। सोनम को मालूम था–ऐसी कोई हलचल होने वाली भी नहीं है क्योंकि पंकज पहले ही बता चुका था–'मैं खूब चैक कर चुका हूँ, न वहां दिन में कोई रहता है–न रात में।'

''यहीं बैठे रहना, मैं देखती हूँ।'' कहने के बाद सोनम ड्राइविंग डोर खोलकर बाहर निकली और 'कोई है-कोई है?' कहती झोंपड़ी की तरफ बढ़ी। चारो तरफ 'भांएं-भांएं' करते सन्नाटे के बीच कोई और आवाज न उभरी।

वह झोंपड़ी के अंदर घुसी ही थी कि ढेर सारे मच्छरों ने हमला बोल दिया। अनेक जुगनू नाच रहे थे वहां।

किसी चीज के सरसराने की आवाज भी उभरी।

पता नहीं चूहा था, सांप था या कुछ और।

नथुनों में सीलन की तेज दुर्गंध घुसी थी। हैडलाइट की रोशनी के कारण अंदर का दृश्य अच्छी तरह नजर आ रहा था। जमीन पर गन्ने की गीली खोई बिछी हुई थी। एक कौने में गोबर के उपलों का ढेर लगा था। दूसरे कौने में लगी थी–कुट्टी काटने की मशीन।

यह सोचकर सोनम की रूह फना हो गई कि यह रात उसे यहीं गुजारनी है। गन्ने की गीली खोई पर, सीलन और गोबर की दुर्गंध के ही नहीं, मच्छरों, जुगनुओं और जाने किस-किस जानवर के बीच।

वह बाहर आई। गाड़ी के समीप पहुंची ही थी कि झूमते हुए राजेश कुमार ने पूछा–''कोई है?''

''होता तो तुम्हें नजर न आता! तुम तो इस वक्त किसी लायक हो नहीं, मुझे ही करना पड़ेगा।'' झल्लाकर कहने के साथ उसने सबसे पहले हैडलाइट ऑफ की, क्योंकि–

पंकज ने कहा था–'लाइट ऑन होने की सूरत में गाड़ी हाईवे से नजर आ रही होगी जो कि नहीं होना चाहिए।'

''अरे!'' राजेश कुमार ने कहा–''लाइट क्यों ऑफ कर दी?''

''हां, बैटरी और खत्म कर दूं इसकी।'' कहने के साथ उसने वह पत्ती खींच दी जिससे डिक्की खुल गई।

फिर वह डिक्की की तरफ बढ़ी।

टूल बॉक्स निकाला।

प्लॉन के मुताबिक उस टायर के करीब पहुंची जिसमें उसने पंक्चर बताया था। जाहिर है–उसमें कोई पंक्चर नहीं था।

किसी टूल बॉक्स में कोई 'कील' नहीं होती लेकिन उसमें थी। वह घुटने मोड़कर टायर के पास अपने पंजों पर बैठ गई और पाने से कील को टायर

में गाड़ने लगी। कुछ देर में टायर से हवा निकलनी शुरू हो गई लेकिन सोनम उसमें पूरी कील ठोककर ही मानी।

''क्या कर रही हो?'' गाड़ी से राजेश कुमार की आवाज आई।

''चुपचाप बैठे रहो।'' सोनम ने ऐसे लहजे में कहा जैसे राजेश कुमार के नशे में होने के कारण सख्त नाराज हो–''स्टेपनी चेंज करने के लिए जैक लगाने की कोशिश कर रही हूँ . . . और क्या करूंगी!''

''अरे जब तुम गाड़ी को ऊपर उठाने वाली हो तो हम अंदर बैठे क्या कर रहे हैं!'' राजेश कुमार के इन शब्दों के साथ गाड़ी का गेट खुलने और बंद होने की आवाज आई।

ठीक वही हो रहा था जो पंकज ने कहा था। जैसे उस सबको वह पहले ही साक्षात् देख चुका था। उसने कहा था–'इस स्पॉट पर राजेश कुमार गाड़ी से बाहर आ सकता है।'

बोतल हाथ में लिए वह उसके नजदीक आ गया।

सोनम ने सचमुच जैक लगाकर रॉड घुमानी शुरू कर दी थी। यदि चाहती तो गाड़ी को तेजी से ऊपर उठा सकती थी लेकिन ऐसा किया नहीं उसने। करना भी नहीं था। उसका उद्देश्य स्टेपनी चेंज करना नहीं बल्कि पंकज के आगमन का इंतजार करना था। इसलिए ऐसी एक्टिंग करती रही जैसे मुश्किल से रॉड को घुमा पा रही हो।

''हम डिक्की से स्टेपनी निकालते हैं।'' कहने के साथ राजेश कुमार बोतल मुंह से लगाए डिक्की की तरफ बढ़ा।

अब सोनम के दिमाग में यह बेचैनी होने लगी थी पंकज पहुंचा क्यों नहीं? इस काम में कितना टाइम लगा सकती थी वह!

बहुत धीरे-धीरे करने के बावजूद अंततः टायर इतना ऊपर उठ गया कि आराम से स्टेपनी चेंज की जा सकती थी।

उधर, डिक्की से स्टेपनी निकालने के चक्कर में राजेश कुमार 'धाड़' से जमीन पर जा गिरा। स्टेपनी हाथ से छूटकर आधी बाहर, आधी डिक्की में लटकी रह गई थी।

उसके गिरने की आवाज से चौंककर खड़ी होती सोनम भन्नाए हुए लहजे में बोली थी–''ओफ्फो, यह सब करने के लिए किसने कहा था तुमसे? बोतल संभल नहीं रही, स्टेपनी निकालने चले हो।''

राजेश कुमार खुद भले ही गिर गया हो लेकिन हाथ में मौजूद बोतल

नहीं गिरने दी उसने। जमीन पर पड़े ही पड़े बोतल वाला हाथ हवा में उठाता बोला–''नो डार्लिंग, ऐसी बात नहीं है। ये देखो, यह रही बोतल। एक बूंद भी नहीं गिरने दी है।''

सोनम ने बुरा-सा मुंह बनाया।

बोतल को संभाले राजेश कुमार उठने की कोशिश कर रहा था, सोनम ने सहारा देने की कोशिश की तो बोला–''घबराओ मत डार्लिंग, हम ठीक हैं। बस थोड़ा पैर फिसल गया था।''

''मुझे मालूम है तुम कितने ठीक हो।''

अपने पैरों पर खड़े होते ही राजेश कुमार ने पुनः बोतल मुंह से लगा ली और चेहरा ऊपर उठा लिया। सोनम ने यह सोचते हुए फिर बुरा-सा मुंह बनाया–'अब तेरी इस जिंदगी का अंत होने वाला है।'

मगर, पंकज अभी तक आया क्यों नहीं?

डिक्की से स्टेपनी जमीन पर गिराने के बाद उसने उसे सीधी की और चलाती हुई उस तरफ बढ़ी जिधर जैक लगा हुआ था।

तब भी पंकज के पहुंचने की उम्मीद नजर न आई तो जैक के छेदों में फंसी रॉड को एक ऐसा झटका दिया कि वह अपने स्थान से हट गया। परिणामस्वरूम 'धप्प' की आवाज के साथ गाड़ी जैक से उतर कर जमीन पर टकराई।

''संभालकर डार्लिंग . . . संभालकर।'' बोतल हाथ में लिए राजेश कुमार लपकता-सा उसके करीब आया और जैक को एक तरफ पड़ा देखकर बोला–''सत्यानाश!''

तभी, सोनम के कानों में बाइक की गड़गड़ाहट घुसी।

जहन कानों में फुसफुसाया–'पंकज आ गया।'

''तुम्हारे बसका नहीं है।'' राजेश कुमार ने कहा–''लाओ, हम करते हैं। तुम देखना, पांच मिनट में चेंज कर देंगे।''

''दिमाग खराब मत करो काकू, काम करने दो मुझे।'' कहने के साथ वह पुनः जैक को फिट करने का प्रदर्शन करने लगी थी जबकि समझ चुकी थी, अब उसे ऐसा करने की जरूरत नहीं है क्योंकि पंकज बस पहुंचने ही वाला है।

बाइक की आवाज प्रतिपल नजदीक आती जा रही थी लेकिन, अ। अभी वह हाईवे से ही रही थी।

फिर बाइक की हैडलाइट हाईवे से चकरोड पर उतरती नजर आई। इस एहसास ने सोनम की धड़कनें तेज कर दीं कि पंकज पहुंचने वाला है और राजेश कुमार की जिंदगी के चंद लम्हे बचे हैं।

हाईवे से चकरोड पर उतरती बाइक को देखता राजेश कुमार बोला–''लो, ऊपर वाले ने शायद हमारी मदद के लिए किसी को भेज दिया है। वो देखो, एक बाइक इधर आ रही है।''

सोनम अपना काम छोड़कर खड़ी हो गई थी। वह भी उधर ही देखने लगी थी और मन ही मन कह उठी थी–'वह हमारी मदद के लिए नहीं, तेरी खोपड़ी तोड़ने के लिए आ रहा है जलील आदमी।'

अभी बाइक दूर ही थी कि रुक गई।

''अरे!'' राजेश कुमार बड़बड़ाया–''वह तो रुक गया।''

हैडलाइट की चौंध के कारण बाइक सवार का चेहरा नजर नहीं आ रहा था। सोनम समझ सकती थी प्लान के मुताबिक पंकज इस वक्त गिलब्स और नकाब पहन रहा होगा।

''हमें देखकर डर गया है शायद।'' बड़बड़ाने के बाद राजेश कुमार ने बोतल वाला हाथ हवा में उठाते हुए जोर से कहा–''डरो नहीं भाई, हम चोर-लुटेरे नहीं बल्कि शरीफ राहगीर हैं। गाड़ी पंक्चर हो गई है। कृपया हमारी मदद कर दो।''

यह सोचकर सोनम के चेहरे पर बड़े अजीब-से भाव उभरे कि राजेश कुमार खुद अपनी मौत को आवाज दे रहा था।

⅄

सोनम ने ठीक सोचा था।

बाइक को चकरोड पर उतारने के बाद गाड़ी के करीब पहुंचने से पहले पंकज ने रोका ही इसलिए था ताकि चेहरे को नकाब से और हाथों को दस्तानों से छुपा सके।

यह एहसास उस पर घबराहट हावी किए दे रहा था कि कुछ देर बाद वह एक मर्डर करने वाला है पर यह सोचकर खुद में हौसला पैदा करने की कोशिश कर रहा था कि इसके अलावा कोई चारा भी नहीं है और प्लान बेहद सुदृढ़ है।

वह कभी नहीं पकड़ा जा सकता।

हिम्मत करके बाइक आगे बढ़ानी शुरू की।

चेहरा छुपा होने के बावजूद पंकज ने हैडलाइट को ऐसे कोण पर रखा था कि राजेश कुमार चेहरा न देख सके क्योंकि नकाब देखकर वह चौंक सकता था। काफी नजदीक आकर उसने बाइक रोकी।

इंजन बंद होते ही हैडलाइट भी ऑफ हो गई।

चारों तरफ अंधेरा और गहन सन्नाटा छा गया।

पंकज ने बाइक स्टैंड पर लगाई।

तब तक राजेश कुमार की आंखें चांदनी में देखने योग्य हो चुकी थीं। आगंतुक के चेहरे पर नकाब देखते ही वह बोला–''अरे, तुमने अपना चेहरा क्यों ढक रखा है भाई?''

नकाब से झांकती आंखों से पंकज ने एक बार सोनम की तरफ देखा। उस सोनम की तरफ जो इस एहसास से जहां की तहां खड़ी थरथर कांप रही थी कि अगले मिनट राजेश कुमार मरने वाला है।

पंकज की घबराहट अपनी पराकाष्ठा पर थी। यह एहसास दिमाग की धज्जियां उड़ाए दे रहा था कि अगले ही पल वह राजेश कुमार की हत्या करने वाला है। जहन के किसी कौने से आवाज आ रही थी–'नहीं पंकज, मत कर ऐसा।' मगर, साथ ही–वह यह भी जानता था पीछे हटने का समय बहुत पीछे छूट चुका है।

अब तो वह सब करना ही था।

सो, जिस्म में कंपन के बावजूद जेब में हाथ डाला और रिवाल्वर निकाल लिया। रिवाल्वर को देखते ही राजेश कुमार चीखा–''बचो सोनू, यह तो लुटेरा है।''

साथ ही हाथ में मौजूद बोतल जोर से पंकज को फैंककर मारी।

पंकज को ऐसी उम्मीद नहीं थी इसलिए बच न सका। बोतल उसके पेट पर लगी थी और कदमों में गिरकर फूट गई।

पंकज ने राजेश कुमार पर रिवाल्वर तान जरूर दिया था लेकिन हजार कोशिशों के बावजूद ट्रिगिर नहीं दबा पा रहा था।

हाथ बुरी तरह कांप रहा था उसका।

उत्तेजना की ज्यादती के कारण सोनम चिल्लाई–''देर क्यों कर रहा है मूर्ख! गोली चला। खत्म कर दे इसे।''

''पिट्ट।'' साइलेंसर के कारण चारों तरफ छाए सन्नाटे के बीच बस ऐसी आवाज हुई जैसे कोई कंकर जमीन पर गिरा हो परंतु राजेश कुमार के मुंह से निकली चीख ने वातावरण को दहला दिया था।

उसका हाथ बिजली की-सी गति से अपनी छाती के बाएं हिस्से पर पहुंचा। यही समय था जब खून का फव्वारा उसके हाथ को चीरता हुआ हवा में उछला।

उस वक्त वह बुरी तरह लड़खड़ा रहा था जब भयाक्रांत सोनम ने चीखकर कहा-''एक और . . . एक और।''

दांतों पर दांत जमाए पंकज ने दूसरा फायर किया।

एक बार फिर 'पिट्ट' की आवाज हुई।

इस बार राजेश कुमार का हाथ अपने पेट पर पहुंचा।

वहां से भी खून का फव्वारा उछला।

साथ ही, राजेश कुमार का संपूर्ण जिस्म हवा में उछल गया। और . . . जब वह जमीन पर गिरा तो बस गिर गया।

उठना तो दूर, हलचल तक नहीं थी उसमें।

जैसे गिरा था, वैसे ही पड़ा रह गया।

मुंह से कराह तक की आवाज नहीं निकल रही थी।

वतावरण में पूरी तरह सन्नाटा छा गया था।

किसी के मुंह से चूं-चां तक की आवाज न निकल रही थी और यह सन्नाटा करीब दो मिनट तक छाया रहा।

फिर सोनम के मुंह से ऐसी आवाज निकली थी जैसे कब्र में पड़ी लाश बोली हो-''क्या यह मर गया?''

पंकज कोशिश के बावजूद हलक से आवाज न निकाल सका। पुनः सोनम ने ही कहा-''चैक तो कर लो, मर भी गया है या . . .

सेंटेंस वह भी पूरा न कर सकी।

हाथ में धुवां उगलती रिवाल्वर लिए पंकज बुरी तरह कांपती टांगों को नियंत्रित करने का प्रयास करता राजेश कुमार के जिस्म की तरफ बढ़ा। उसके करीब पहुंचा और जूते की टोह से उसे हिलाया।

जब उसमें जीवन का कोई चिन्ह नजर नहीं आया तो ठीक इस तरह ठोकर मारी जैसे फुटबॉल में मारी हो और उसके परिणामस्वरूप राजेश कुमार का जिस्म उस ढलान पर लुढ़कता चला गया जो वहां से शुरू होकर तालाब के किनारे पर खत्म होता था।

पच्चीस फुट नीचे जब वह रुका तो आधा जिस्म पानी में था, आधा बाहर। पंकज बहुत देर तक अपने स्थान पर खड़ा उसे देखता रहा। पीछे से दौड़ती हुई सोनम नजदीक आई। अब वह भी तालाब के किनारे पर पड़े राजेश कुमार के जिस्म को देख रही थी।

तब भी, उसके मुंह से निकला–''क . . . क्या वह मर गया?''

पंकज उसकी तरफ घूमा।

⅄

चांदनी की मदद से सोनम ने उस वक्त नकाब से झांकती पंकज की आंखों में इतने हिंसक भाव देखे थे जितने हिंसक भावों की वह कल्पना भी नहीं कर सकती थी।

बुरी तरह खौफजदा होकर पीछे हटी।

पंकज उसकी तरफ ऐसे अंदाज में बढ़ रहा था जैसे शिकार हेतु चीता हिरनी की तरफ बढ़ रहा हो।

''नहीं . . . नहीं पंकज।'' पीछे हटती वह कांपती आवाज में बोली।

लेकिन, पंकज का रिवाल्वर वाला हाथ बिजली-की-सी गति से हवा में घूमकर 'धाड़' से उसके चेहरे पर पड़ा।

सोनम के हलक से चीख निकल गई।

उसके चेहरे पर पंकज के हाथ का घूंसा नहीं बल्कि रिवाल्वर का दस्ता लगा था। पीछे की तरफ लड़खड़ाई थी वह।

चेहरे से खून का फव्वारा-सा उछला था।

एकाध दांत भी टूट गया था शायद।

''नहीं-नहीं। ऐसा मत करो पंकज।'' चिल्लाते हुए उसने भागने की कोशिश की मगर पंकज ने झपटकर उसकी शर्ट का कालर पकड़ लिया। एक ही झटके में शर्ट फट गई और उसका बड़ा हिस्सा पंकज के हाथ में झूल गया।

सोनम अब भी बचने के लिए भाग रही थी। पंकज ने इस तरह झपटकर दबोच लिया जैसे बाज कबूतरी को दबोच लेता है।

इस बार उसके हाथ में सोनम के बाल आ गए थे।

सोनम के मुंह से हृदयविदारक चीखें निकलने लगीं लेकिन पंकज पर तो जैसे दरिंदगी सवार हो चुकी थी।

इस बार उसने भरपूर ताकत से रिवाल्वर के दस्ते का वार सोनम के सिर पर किया। एक और चीख वातावरण को झकझोरती चली गई। साथ ही, वह जमीन पर जा गिरी थी मगर रहम नाम की चीज से पंकज का जैसे कोई वास्ता ही न था।

उसने सोनम के गिरेबान पर हाथ डाला और अगले पल पूरी शर्ट उसके हाथ में झूल रही थी पर कितनी देर! अगले पल उसने शर्ट एक तरफ उछाली। सोनम के ऊपरी जिस्म पर अब केवल ब्रा थी।

मगर।

पंकज को जैसे वह भी नागवार गुजरी।

उसने ब्रा भी सोनम के जिस्म से नोंचकर दूर फैंक दी।

नीचे दबी सोनम उसके पंजे से निकलने के लिए बुरी तरह चीख चिल्ला ही नहीं, छटपटा भी रही थी। बुरी तरह हाथ-पैर मार रही थी वह लेकिन पंकज के आगे एक न चल रही थी।

उसने रिवाल्वर के दस्ते का एक और भरपूर वार सोनम के चेहरे पर किया। इस बार हलक से चीख नहीं डकराहट निकली थी।

उसके पेट पर बैठा पंकज झुका और उसके होंठ नकाब पहने ही पहने अपने दांतों से दबा लिए।

बुरी तरह काटा था उसने उन्हें।

सोनम रेत पर पड़ी मछली की मानिंद तड़फड़ाती रही।

पंकज ने चेहरा ऊपर उठाया तो मुंह के स्थान से नकाब खून से सना था। सोनम अपने मुंह से शब्द निकालने के काबिल हुई तो बोली–''बस करो . . . बस करो पंकज, मैं मर जाऊंगी।''

लेकिन पंकज बस करने के मूड में न था। वह तो जैसे सोनम के लिए दिल में भरी तमाम नफरत एक साथ उंडेल रहा था।

उसने सोनम की जींस की जेब में हाथ डाला। उसमें से उसका मोबाइल निकलाकर अपनी जेब में ठूंसा और फिर उसकी जींस की बैल्ट खोलनी शुरू की। वह पैर पटकती रही लेकिन पंकज जींस को टांगों से अलग करके ही माना।

अब सोनम के जिस्म पर केवल पेंटी थी।

उसे उसी अवस्था में उठाकर पंकज ने कंधे पर लाद लिया और झोंपड़ी की तरफ बढ़ा। झोंपड़ी में घुप्प अंधेरा था। सोनम को उसने गन्ने की गीली खोई पर इस तरह पटका जैसे निर्जीव वस्तु हो।

सोनम के मुंह से निकलने वाली चीखें थीं कि बंद होने का नाम ही न ले रही थीं। पंकज ने जेब से टार्च निकालकर ऑन करते हुए कहा–''चुप करो, अब कहां मार रहा हूँ मैं तुम्हें!''

मगर, सोनम को पीड़ा ही इतनी हो रही थी कि अपनी चीखों पर खुद उसी का नियंत्रण न रहा था।

बेसाख्ता निकले जा रही थीं वे।

पंकज ने टार्च की रोशनी सबसे पहले उसके चेहरे पर डाली।

बुरी तरह लहूलुहान हो चुका चेहरा। कई जगह नील पड़े हुए थे। दाईं आंख फूलकर बाहर आ गई थी। देखने से ऐसा लगता था जैसे सचमुच नाक की हड्डी टूट गई हो।

मुंह से दो दांत गायब थे।

''अब ठीक है।'' पंकज ने कहा–''मैंने यही कल्पना की थी।''

सोनम के मुंह से बस चीखें निकल रही थीं।

पंकज ने टार्च का पिछला हिस्सा जमीन पर पड़ी गन्ने की खोई पर टिकाया और टार्च उसी अवस्था में खड़ी कर दी।

अब रोशनी का दायरा झोंपड़ी की छत पर स्थिर था और उसके परिणामस्वरूप मुकम्मल झोंपड़ी में धुंधली रोशनी थी।

उसने जेब से रेशम की मजबूत रस्सी निकाली। सोनम के दोनों हाथ उसके सिर के ऊपर ले-जाकर एक-दूसरे के साथ बांधता हुआ बोला–''तुम्हारे बयान में एक शब्द भी इधर से उधर नहीं होना चाहिए। हमलावर का मकसद तुमसे रेप करना था। राजेश कुमार ने विरोध किया तो हमलावर ने उससे मारपीट की। तुम्हारी ये हालत की। यहां लाकर बांध दिया। रेप में कामयाब होने ही वाला था कि राजेश कुमार एक बार फिर यहां आ गया। समझ रही हो न!''

''त . . . तुमने मुझे बहुत मारा है।''

''जरूरी था। मैंने तो पहले ही कहा था। हमला जरा भी नकली नजर आया तो पुलिस को शक हो जाएगा लेकिन अब सब ठीक है।'' रस्सी का एक सिरा उसकी दाईं टांग के टखने में बांधता हुआ वह कहता चला गया–''उनके फरिश्तों को भी तुम्हारे बयान पर शक नहीं होगा। याद रखना राजेश कुमार को झोंपड़ी में आया देखकर हमलावर जैसे पागल हो गया। गुस्से में उसे खींचता हुआ झोंपड़ी से बाहर ले गया। कुछ देर तक बाहर से

दोनों के बीच होती हाथापाई की आवाजें आती रहीं और उसके बाद तुमने 'पिट्ट-पिट्ट' की दो आवाजें और राजेश कुमार की चीखें सुनी थीं।''

''उ . . . उसके बाद?'' वह बड़ी मुश्किल से पूछ पाई।

रस्सी के दूसरे सिरे को कुट्टी काटने वाली मशीन के एक पाए से बांधते हुए पंकज ने कहा–''तुम हमलावर के वापस झोंपड़ी में आने का इंतजार करती रहीं लेकिन वह नहीं आया।''

''क . . . क्यों?''

''तुम्हें क्या मालूम! तुम तो यहां बंधी पड़ी थीं।'' कहने के साथ उसने सोनम की दूसरी टांग मशीन के दूसरे पाए से बांध दी।

अब सोनम दोनों हाथ सिर के ऊपर बंधे थे।

अलग-अलग दिशाओं में फैली दोनों टांगें मशीन के पायों से।

चित्त अवस्था में पड़ी थी वह।

फिर एक ही झटके में पंकज ने सोनम की पेंटी भी उसके जिस्म से अलग करके एक तरफ फैंक दी।

''य . . . यह क्या किया?'' वह चीखी।

''लगना चाहिए मैडम, पुलिस को लगना चाहिए कि ऐन वक्त पर राजेश कुमार अंदर न आ गया होता तो हमलावर अपने इरादे में कामयाब होने ही वाला था।''

''क्या पुलिस नहीं सोचेगी काकू को मारने के बाद हमलावर वापस झोंपड़ी में क्यों नहीं आया?''

''तुम उसे अपने बयान से यकीन दिलाओगी कि राजेश कुमार को मारने का हमलावर का कोई इरादा नहीं था। उसका मकसद सिर्फ तुमसे रेप करना था। उस अवस्था में पुलिस सोचेगी–राजेश कुमार का मर्डर हमलावर के हाथों हुई एक दुर्घटना थी। राजेश कुमार के मरते ही वह बुरी तरह डर गया। घबराहट में रेप का इरादा त्याग कर फौरन यहां से फरार हो गया।''

''ल . . . लेकिन मैं यहां की बदबू और मच्छरों के बीच नहीं रह सकती और . . . मुझे तो लगता है, यहां कोई सांप भी है।''

''तभी तो तुम्हें बेहोश करके जाऊंगा। उस अवस्था में न तुम्हें बदबू आएगी, न ही यह पता लगेगा कब किसने काटा।''

खौफ की ज्यादती के कारण सोनम का बुरा हाल हो गया।

उसने पुनः कुछ कहने के लिए मुंह खोला ही था कि पंकज ने जेब से एक

कपड़ा निकालकर उसमें ठूंस दिया। अब वह मुंह से गूं-गूं के अलावा दूसरी कोई आवाज नहीं निकाल सकती थी।

राजेश कुमार के सुईट की बगल में एक छोटा कमरा था।

नैना को रहने के लिए वही दिया गया था।

पंकज के कमरे में जाने के बाद वह उसी कमरे में आ गई थी।

दरवाजा अंदर से बंद करके काफी देर तक उपन्यास पढ़ती रही और पढ़ते ही पढ़ते जाने कब नींद आ गई!

सपना देखने लगी–

वह और पंकज खेतों के बीच बनी एक झोंपड़ी में थे।

पंकज वही सब करने की कोशिश कर रहा था जो उसने राजेश कुमार और सोनम के जाने के बाद किया था और वह उसी तरह खुद को पंकज से बचाने की कोशिश कर रही थी मगर बचा नहीं पा रही थी। उसके बार-बार मना करने के बाद भी, पंकज को जाने क्या हो गया था! मान ही नहीं रहा था वह।

जबरदस्ती करने लगा।

एक-एक करके उसके कपड़े उतारने लगा।

अचानक जाने कहां से झोंपड़ी में नैना का भाई आ गया।

उसने वह सीन देखा तो जेब से चाकू निकाल लिया।

गुस्से में पंकज पर झपटा।

दोनों में गुत्थमगुत्था होने लगी।

जाने कैसे चाकू पंकज के हाथ में आ गया और फिर उसने चाकू से उसके भाई को मार डाला।

"नहीं . . . हीं . . . हीं।" हलक से निकली। चीख के साथ वह एक झटके से उठ बैठी। सांसें धौंकनी की मानिंद चल रही थीं। चेहरे पर खौफ छाया हुआ था। यह समझ में आते ही हालांकि उसने राहत की सांस ली थी कि जो कुछ उसने देखा वह सिर्फ एक सपना था।

हकीकत से कोई वास्ता नहीं था उसका।

सारे जिस्म में अजीब-सी चिपचिपाहट महसूस की।

हाथों को चेहरे पर ले गई तो पाया–चेहरा पसीने से तर था और चेहरा ही क्यों, अपने सारे जिस्म पर पसीना तैरता पाया उसने।

कपड़े तक गीले हो चुके थे।

हालांकि वह खुद को यह समझाने की भरपूर कोशिश कर रही थी वैसा कुछ भी नहीं हुआ है जैसा देखा था मगर फिर भी, दिलो दिमाग पर छाए खौफ से खुद को मुक्त नहीं कर पा रही थी।

बुरी तरह डर गई थी वह।

रिस्टवॉच में टाइम देखा–दो बज रहे थे।

वह उठी और दरवाजा खोलकर गैलरी में आ गई।

सीढ़ियां तय करके लॉबी में।

कदम स्वतः पंकज के कमरे की तरफ उठ गए। हालांकि उस वक्त कानों में पंकज की चेतावनी गूंजी थी। यह कि–अगर वह कमरे में आई तो सुहागरात मना लेगा।

इस चेतावनी ने कदम रोके भी मगर दिलो दिमाग पर डर इस कदर हावी था कि उसे लगा–इस वक्त पंकज की सख्त जरूरत है।

वह वैसा नहीं है जैसा सपने में दिखा।

उसके साथ जबरदस्ती नहीं कर सकता वह।

दरवाजे पर पहुंचकर दस्तक देने के साथ कहा–"पंकज।"

अंदर सन्नाटा।

सोचा–शायद सो रहा है पंकज।

डिस्टर्ब करना मुनासिब न होगा।

ऐसा सोचकर वह दरवाजे के नजदीक से हट गई। कुछ समझ में न आने की अवस्था में इधर-उधर देखा। चारों तरफ खामोशी छाई हुई थी। इस खामोशी के कारण दिल में अजीब-सा भय समाने लगा, इतनी भयभीत हुई वह कि पुनः दरवाजे के नजदीक सरक आई।

इस बार दिल में ठान लिया था–भले ही पंकज चाहे जितना डिस्टर्ब हो, वह उसे जगाएगी। उसके बगैर अब उसे एक पल भी गुजारना भारी लगने लगा। अतः जोर-जोर से दस्तक देने के साथ आवाजें देने लगी। परंतु अंदर पंकज होता तो बोलता!

एक स्थिति ऐसी आ गई कि नैना पागलों की तरह दरवाजे को पीट-पीटकर पंकज को पुकारने लगी। जब तब भी कोई प्रतिक्रिया नहीं हुई तो दिल में अंजाना

खौफ समाता चला गया। उसके ख्याल से इतने शोर-शराबे पर तो कुंभकरण की नींद भी खुल जानी चाहिए थी। रूआंसी हो गई वह। थोड़ा पीछे हटकर इस तरह गेट की तरफ देखने लगी जैसे समझ न पा रही हो उसका क्या करे।

अब तो उसे शक होने लगा था कि कमरे में पंकज है भी या नहीं! कहीं चला तो नहीं गया वह! पर कहां जाएगा?

वह भी उसे बताए बगैर!

नहीं . . . वह इस तरह नहीं जा सकता।

एक बार फिर उसने दरवाजे को तोड़ डालने वाले अंदाज में बुरी तरह भड़भड़ाया और पंकज को आवाज देती इस बार रो पड़ी।

फिर, अपने ही रोने की आवाज से डर गई वह क्योंकि इतने बड़े बैंग्लो में, चारों तरफ भांएं-भांएं करते सन्नाटे के बीच उसे अपनी और सिर्फ अपनी ही आवाज सुनाई दी थी।

यह एहसास कि–'बैंग्लो में इस वक्त वह अकेली है।' दहशत बनकर नैना की नस-नस में उतनी ही तेजी से दौड़ा जैसे खून दौड़ता है। मदद के लिए इधर-उधर देखा तो हर तरफ सन्नाटा ही सन्नाटा था। एकाएक उसे बैंग्लो भूतिया महल-सा लगने लगा।

जब कुछ समझ में न आया तो औंधे मुंह सोफे पर जा गिरी और आंखें बंद करके रोने लगी।

बैंग्लो में उसके रुदन की आवाज बहुत भयावह लग रही थी।

⅄

झोंपड़ी से निकलते ही पंकज ने नकाब और दस्ताने उतारे तथा दौड़ता हुआ बाइक के नजदीक पहुंचा।

साइड टोकरी से ओरिजनल कपड़े निकाले। बाइक की सीट पर रखे तथा जिस्म पर मौजूद अंडरवियर, जूते, और बनियान सहित सभी कपड़े उतार दिए। उन पर कई जगह खून लगा था।

एक बार को तो जन्मजात नंगा हो गया था वह लेकिन फिर तेजी से बाइक की गद्दी पर रखे कपड़े पहनने लगा।

कपड़े चेंज करने के बाद बाइक में किक मारी और हाईवे की तरफ बढ़ा। सीधा सायन की अवैध बस्ती में पहुंचा।

लोग सोए हुए थे। मुकम्मल बस्ती में सन्नाटा पसरा पड़ा था। बाइक रंगराज के घर से थोड़ा पहले रोक दी।

साइड टोकरी से खून से सने कपड़ों का बंडल निकला और तेजी से रंगराज के मकान की तरफ बढ़ गया।

वह जानता था मकान में रंगराज अकेला, नशे में धुत्त पड़ा सो रहा होगा क्योंकि पत्नी नाइट ड्यूटी पर होगी।

बगैर किसी रोक-टोक के पंकज मकान के आंगन में घुस गया।

इमारत का जीर्णशीर्ण दरवाजा शायद अंदर से बंद था लेकिन पंकज ने उस तरफ बढ़ने की जेहमत नहीं उठाई।

वह मकान के पिछले खुले हिस्से में मौजूद उस जंगले पर पहुंचा जिसके बारे में जानता था वह अंदर वाले कमरे का है जबकि रंगराज बाहर वाले कमरे में सो रहा होगा।

कपड़े के बंडल सहित ग्रिल के बीच से हाथ अंदर डाला, पर्दे को एक तरफ सरकाया और फिर बंडल को जोर से एक खास दिशा में उछाल दिया। अंदर से 'धप्प' की बहुत हल्की-सी आवाज आई।

अंधेरे के कारण नजर भले ही कुछ न आ रहा हो पर पंकज अच्छी तरह जानता था कपड़ों का बंडल टांड पर जाकर गिरा है।

इस बात का अंदाजा वह तभी लग चुका था जब रंगराज के घर आया था कि उस खिड़की से कितनी फोर्स के साथ फैंकने पर कपड़ों का बंडल टांड पर पहुंच जाएगा।

वहां से तेज कदमों के साथ बाइक तक पहुंचा और इस बार जो किक मारकर उस पर सवार हुआ तो सीधा झुमरू की चाल पर।

बाइक नीचे खड़ी करके ऊपर।

झुमरू सोया पड़ा था।

चाबी कील पर टांगते हुए उसने कहा था–''बाइक नीचे खड़ी है दोस्त।'' झुमरू नींद में बोला–''बड़ा लंबा डिनर कराके लाया है नैना को।'' कहने के बाद वह करवट बदलकर खर्राटे लेने लगा था।

मुस्कराता हुआ पंकज बाहर निकल गया।

कुछ देर बाद एक टैक्सी उसे लिए बैंग्लो की तरफ उड़ी चली जा रही थी और उससे भी तेज उड़ रहा था–पंकज का मन।

अपने प्लान की कामयाबी पर वह बेहद खुश था।

हर कदम पर वही हुआ था जो उसने सोचा था, बल्कि जो प्लान किया था और अब . . . उसे पक्का यकीन था आगे भी सिर्फ और सिर्फ वही होने वाला है जो होने के उसने बीज बोए हैं।

वह अच्छी तरह जानता था पुलिस कब क्या सोचेगी। किससे क्या पूछेगी। कौन क्या जवाब देगा। कब और कैसे पुलिस को क्या सुराग मिलेगा और वह सुराग उसे कहां पहुंचाएगा।

काश, उसे मालूम होता बैंग्लो पर एक ऐसी मुसीबत उसका इंतजार कर रही है जो उसके छक्के छुड़ा देगी और उससे भी ज्यादा घटनास्थल पर एक ऐसी घटना घट चुकी है जिसके बारे में जब उसे पता लगेगा तो–दिमाग की धज्जियां उड़ जाएंगी।

बाइक की आवाज को वातावरण में गुम हुए जब पांच मिनट गुजर गए तो राजेश कुमार के जिस्म में हरकत हुई।

बड़े आराम से उठकर खड़ा हो गया वह।

अपने कपड़ों के उन स्थानों से धूल-सी झाड़ी जहां गोलियां लगी थीं और जहां इस वक्त भी खून लगा साफ नजर आ रहा था। वैसा करते वक्त उसके मुंह से एक ही लफ्ज निकला था–''गधा।''

जेब से हिप-फ्लास्क निकाला।

उसका ढक्कन खोला और मुंह से लगाकर चेहरा आकाश की तरफ उठाया। इधर व्हिस्की के घूंट हलक से नीचे उतर रहे थे उधर उसकी आंखें सितारों से सजे आकाश को देख रही थीं। उनके बीच चांदनी उगलता चंद्रमा मुस्करा रहा था।

जैसे उसी को देखकर मुस्करा रहा हो।

उसे, जिसने अब धीरे-धीरे उस तरफ चढ़ना शुरू कर दिया था जिधर से लुढ़कता हुआ तालाब के किनारे पर पहुंचा था।

ऊपर पहुंचने में उसे दस मिनट लगे लेकिन वहां पहुंचने के बाद झोंपड़ी के अंदर पहुंचने में केवल एक मिनट। इस एक मिनट में वह अपने हाथों में सफेद रंग के दस्ताने पहन चुका था।

जेब से टार्च निकालकर ऑन की।

इस टार्च की रोशनी पंकज की टार्च से बहुत ज्यादा थी। झोंपड़ी सफेद रंग की रोशनी से भर गई। फिर भी, उसका दायरा सोनम के जन्मजात नग्न जिस्म पर नचाया।

उसे उस अवस्था में देखकर राजेश कुमार के होठों पर बहुत ही विचित्र मुस्कान उभरी थी। एक बार फिर उसने हिप-फ्लास्क मुंह से लगाकर चेहरा ऊपर उठाया और गला तर करने के बाद टार्च उसी तरह उल्टी करके गन्ने की खोई के बीच रख दी जिस तरह पंकज ने रखी थी। रोशनी का दायरा भले ही छत पर स्थिर था मगर उसके कण समूची झोंपड़ी को रौशन किए हुए थे।

अब वह घुटनों के बल सोनम के जिस्म के नजदीक बैठ गया और फ्लास्क से थोड़ी व्हिस्की सोनम के चेहरे पर छिड़की।

पहले सोनम के जख्मी होठों से कराह निकली, फिर जिस्म में हरकत हुई और फिर आंखें खोलीं . . . आंखें खुलीं तो खुली की खुलीं रह गईं बल्कि यदि यह लिखा जाए तो ज्यादा मुनासिब होगा फटी की फटी रह गईं। विस्फारित अंदाज में फटी हुई थीं वे।

उसे यकीन नहीं आ रहा था आंखें जो देख रही हैं वह सच हो सकता है। लगा–अभी-भी बेहोश है वह और उसी अवस्था में ख्वाब देख रही है। ऐसा ख्वाब–जो उसे डराना चाहता है।

''बड़ा बेरहम था वो। क्या हालत कर दी मेरी अर्धांगनी की।'' कहने के साथ राजेश कुमार ने अपने दस्ताने युक्त हाथ से सोनम के चेहरे के ठीक उस स्थान को सहलाया जहां पंकज ने रिवाल्वर के दस्ते से भरपूर चोट की थी।

''ऊं . . . ऊं . . . ।'' इस आवाज के साथ वह दर्द के कारण तड़प उठी।

''अरे, मैं भी कितना बावला हूँ! जो काम सबसे पहले करना चाहिए था, वह अभी तक नहीं किया।'' कहने के साथ राजेश कुमार ने उसके मुंह में ठुंसा कपड़ा निकाल लिया।

बावजूद इसके, सोनम के मुंह से एक शब्द न फूट सका। चेहरा पीला पड़ गया था उसका। आंखों में नाचते खौफ के साए उसी तरह साफ नजर आ रहे थे जैसे फ्लोर पर डांस करती डांसर।

यकीन जो हो गया था कि जो देख रही थी वह ख्वाब नहीं था।

''क्या तुम उसे पहचान सकीं डार्लिंग?'' राजेश कुमार ने पूछा।

सोनम हैरान। परेशान।

वह समझ नहीं पा रही थी राजेश कुमार को कितना मालूम है।

क्या वह जानता है यह सारा खेल उसने और पंकज ने मिलकर खेला था? उसका सवाल तो यह बता रहा था कि अभी तक इस बारे में उसे कुछ भी मालूम नहीं है। वह यही समझ रहा है नकाबपोश कोई राह चलता लुटेरा था। इसी भ्रम में फंसी सोनम ने कहा–''नहीं काकू, मैं उसे नहीं पहचान सकी। क्या तुमने उसे पहचाना?''

राजेश कुमार के होठों पर बड़ी कड़वी मुस्कान उभरी थी। दो घूंट हलक से उतारने के बाद बोला–''नहीं, हम भी नहीं पहचान सके मगर ज्यादा दिनों तक वह हमारे दिमाग की आंखों से दूर नहीं रह सकेगा और जिस दिन हमने उसे पहचान लिया वह उसकी जिंदगी का आखिरी दिन होगा।''

राजेश कुमार के शब्द सुनकर, असहनीय जिस्मानी पीड़ा के बाद भी सोनम के दिलो-दिमाग में खुशियों के अनार फूट पड़े थे।

राजेश कुमार के शब्दों से यह ध्वनित जो हुआ था कि वह अब भी उनके षड्यंत्र को नहीं पकड़ पाया है।

ऐसा महसूस करते ही सोनम के जहन में जो सबसे पहला प्रश्न उभरा, राजेश कुमार से वही कर डाला–''पर तुम बचे कैसे काकू? उसने तो तुम्हें गोलियां मारी थीं।''

''बुलेटप्रूफ जैकेट डार्लिंग . . . बुलेटप्रूफ जैकेट।'' कहने के साथ उसने कोट के ही नहीं, कमीज के बटन भी खोल डाले।

सोनम आंखें फाड़े शर्ट के नीचे मौजूद जैकेट को देखती रह गई जबकि राजेश कुमार ने कहा–''बनाने वाले ने इसे गोलियों से बचने के लिए ही बनाया है।''

''पर तुमने इसे क्यों पहना? क्या तुम्हें मालूम था . . .

''नो डार्लिंग, बिल्कुल नहीं। बाहर निकलनते वक्त इसे पहनना हमारी आदत में शामिल है। आज उसी आदत के कारण बच गए।''

''और यह खून?''

''बताएंगे डार्लिंग . . . इसका रहस्य भी बताएंगे।''

सोनम उसकी तरफ देखती रह गई। अभी भी वह ठीक से नहीं समझ पा रही थी यह खेल आखिर है क्या?

राजेश कुमार सच कह रहा है या नाटक कर रहा है?

''वाकई। रहे तो हम बावले के बावले ही। सबसे पहले तो तुम्हें खोलना चाहिए था।'' कहने के बाद उसने पहले उसके हाथों पर बंधी रस्सी खोली। फिर पैरों की।

रस्सियां खुलते ही सोनम न सिर्फ खड़ी हो गई बल्कि लिपट गई राजेश कुमार से। रोते-रोते बोली–''छोड़ना नहीं काकू, छोड़ना नहीं उसे। देख ही रहे हो–तुम्हारी सोनू को उसने कितना मारा है। मैं चीखती रही, चिल्लाती रही मगर उस दरिंदे को रहम न आया।''

राजेश कुमार नंगी पीठ पर हाथ फिराता बोला–''राइटर तो बहुत बड़ा समझता है वह खुद को, इसके बावजूद प्लानिंग में एक बहुत बड़ी कमी रह गई। यह कि–तुमसे रेप किए बगैर चला गया। पुलिस जरूर सोचती–जिसका मकसद ही रेप करना था, वह राजेश कुमार की हत्या करने के बावजूद असली ख्वाहिश पूरे किए बगैर क्यों चला गया? यहां पुलिस को झोल नजर आ जाता मगर . . . करता भी क्या बेचारा! रेप करता तो रंगराज नहीं फंस सकता था क्योंकि जांच में उसका वीर्य तुमसे रेप करने वाले से नहीं मिलता। सो, यह झोल छोड़ देना मजबूरी थी बेचारे की।''

यह सब सुनते ही सोनम एक झटके से, इस तरह राजेश कुमार के जिस्म से अलग हुई जैसे अचानक उसके जिस्म में करंट उतर आया हो। एक बार फिर वह विस्फारित अंदाज में आंखें फाड़े राजेश कुमार की तरफ देखती रह गई थी और उस वक्त तो उसके जिस्म के जर्रे-जर्रे में मौत की सिहरन दौड़ती चली गई थी जब राजेश कुमार ने जेब से रिवाल्वर निकालकर उस पर ताना।

''न . . . नहीं। नहीं काकू।'' बुरी तरह भयाक्रांत अवस्था में वह पीछे हटी–''त . . . तुम मुझे नहीं मार सकते।''

''हमें दुख है, अंत समय में खौफ ने तुम्हारी बुद्धि इस कदर हर ली कि यह भी भूल गई, कोशिश के बावजूद पंकज से ट्रिगिर नहीं दब रहा था। तुम्हीं ने गोली चलाने के लिए कहा था उससे। एक गोली हमारे सीने में लगने के बावजूद दूसरी गोली चलाने के लिए भी तुम्हीं ने कहा था और फिर तुम्हीं ने बार-बार कहा था–'चैक तो कर लो', हम मर भी गए हैं या नहीं। इस सबके बावजूद तुम हमारे चंद शब्दों के जाल में फंसकर यह समझ बैठीं कि शायद अब भी हम उसे राह चलता लुटेरा समझ रहे हैं।''

सोनम को काटो तो खून नहीं।

चेहरा मृत व्यक्ति के जितना निस्तेज।

आवाज ऐसी जैसे अंधकूप से निकल रही हो–''म . . . मुझे माफ कर दो काकू। म . . . मेरी मति मारी गई थी। मुझे मत मारो।''

''वाकई!'' राजेश कुमार ने दांत भींचकर कहा–''ठीक ही कहा था

पंकज ने, तुमसे ज्यादा घृणित औरत ने शायद धरती पर जन्म ही नहीं लिया। अरे जरा भी गैरत होती तो कहतीं–मार डालो काकू। गोली से उड़ा दो मुझे। जब तुमने मेरा यह रूप देख लिया तो जी कैसे सकूंगी। मगर नहीं, तुममें अब भी जीने की तमन्ना है। यह बात जाहिर करती है तुम कितनी बड़ी कमीनी हो।''

सोनम लगातार पीछे हट रही थी। उसे कोई शक नहीं रह गया था कि राजेश कुमार उसका खात्मा करने का पक्का इरादा बना चुका है। बचने का बस एक ही रास्ता था–किसी तरह झोंपड़ी से भाग जाए मगर कैसे? कैसे करे ऐसा?

एक मात्र दरवाजा राजेश कुमार के पीछे था और . . . राजेश कुमार देख रहा था–कुट्टी काटने की मशीन के नुकीले हैंडिल को। उस हैंडिल को जो सोनम की पीठ के ठीक पीछे था और फिर–एकाएक उसने सोनम के पेट पर बहुत जोर से ठोकर मारी।

ठोकर इतनी जोरदार थी कि सोनम की पीठ पूरे वेग के साथ नुकीले हैंडिल से टकाराई। अगले पल उसके हलक से 'हिश्श' की ऐसी आवाज निकली जैसी एक ही झटके में हलाल होते वक्त बकरे के मुंह से निकलती है।

वह पूरी की पूरी नुकीले हैंडिल में धंस गई थी या यूं कहा जाए कि हैंडिल उसके जिस्म में धंस गया था।

खून से सराबोर हैंडिल का अगला सिरा उसकी नाभि से बाहर निकला नजर आ रहा था।

गर्म खून की बूंदें गन्ने की गीली खोई पर गिर रही थीं।

जमीन भी नसीब नहीं हुई थी सोनम की लाश को। मशीन के नुकीले हैंडिल पर झूलती रह गई थी वह। फटी-फटी आंखें अभी-भी सामने खड़े राजेश कुमार को घूर रही थीं।

''गधी थी . . . गधी ही रही।'' रिवाल्वर जेब में रखता राजेश कुमार बड़बड़ाया–''अंत समय में इतना भी नहीं समझ पाई कि रिवाल्वर से हम उसे मार ही नहीं सकते थे।''

खुद को घूर रही लाश से राजेश कुमार जरा भी नहीं डरा।

दो घूंट हलक से उतारने के बाद उसके पेट पर बने जूते के हल्के से निशान को मिटाने में जुट गया था। साथ ही एक गाना गुनगुनाए चला जा रहा

था वह–''मेरे अंगने में तुम्हारा क्या काम है . . . मेरे अंगने में . . . हॉय-हॉय, जिसकी बीवी हरजाई उसका भी बड़ा नाम है। ठिकाने लगा दो . . . ढोने का क्या काम है?''

दो आंखें इस दृश्य को देख रही थीं।

सुपरस्टार की कहानी में अभी बहुत कुछ है जबकि पृष्ठ संख्या लगभग समाप्त हो चुकी है। इसलिए न चाहते हुए भी मुझे इस कहानी का पार्ट बनाना पड़ रहा है। आगामी पार्ट का नाम है–पैंतरा।

'पैंतरा' में ही आपको पता लगेगा कि राजेश कुमार ने जो कुछ किया उसे देखने वाली आंखें किसकी थीं। 'पैंतरा' ही बताएगा कि राजेश कुमार ने यह सब कैसे और किस मकसद से किया। इस सवाल का जवाब भी 'पैंतरा' में ही होगा कि राजेश कुमार ने अपने दूसरे कातिल यानी पंकज का क्या हश्र किया। उससे भी पहले, नैना अगर यह समझ गई थी कि पंकज कमरे में नहीं है तो उस वक्त उसने पंकज का क्या हाल किया जब वह बैंग्लो में पहुंचा। कितना कुछ समझ गई थी वह! क्या वह जान गई थी कि सोनम और पंकज के संबंध हैं और उन्होंने राजेश कुमार की हत्या की है? यदि हां, तो किस तरह पेश आई वह पंकज के साथ और नैना का कौनसा रूप सामने आया। यह तो आप जान ही गए हैं कि पंकज का प्लान बुरी तरह फ्लाप ही नहीं हो गया है बल्कि पूरी तरह उलट चुका है। इन हालात में पंकज का क्या हश्र हुआ? क्या 'सुपरस्टार' नामक फिल्म कभी बन सकी? यदि बनी तो किन हालात में?

इस किस्म के हर सवाल का जवाब आपको 'पैंतरा' देगा क्योंकि 'पैंतरा' पैंतरों की कहानी है और किसका पैंतरा सबसे भारी पड़ा इसका जवाब भी पैंतरा ही देगा और . . . ज्यादा इंतजार नहीं करना पड़ेगा आपको।

इति